Odyssee 2010 –
das Jahr, in dem wir Kontakt aufnehmen

Arthur C. Clarke

Odyssee 2010 – das Jahr, in dem wir Kontakt aufnehmen

Zukunftsroman

Scherz

Mit respektvoller Bewunderung zwei großen Russen gewidmet,
die beide in diesem Buch eine Rolle spielen:
General Alexej Leonow – Kosmonaut, Held der Sowjetunion, Künstler –
und Andrej Sacharow, Wissenschaftler, Nobelpreisträger, Humanist.

Erste Auflage 1985.
Einzig berechtigte Übersetzung aus dem Amerikanischen von Irene Holicki.
Titel der Originalausgabe: »2010: Odyssey Two«.
Gesamtdeutsche Verbreitungsrechte der lizenzierten deutschen Erstausgabe 1985 beim Scherz Verlag, Bern und München.

Anmerkungen zur ersten Odyssee im Weltraum: »2001«

Der Roman »2001 – Odyssee im Weltraum«, der nun mit »2010 – Die zweite Odyssee« fortgesetzt wird, entstand zwischen 1964 und 1968, zu einer Zeit also, die noch jenseits einer der großen Grenzlinien menschlicher Geschichte lag. Erst 1969 sollte Neil Armstrong als erster Mensch den Mond betreten. Und erst 1979 führten die Voyager-Raumsonden ihre Weltraum-Manöver durch. Und doch gab es schon fünfzehn Jahre zuvor in meinem Buch Parallelen zu den künftigen Ereignissen.

Im Roman »2001« war das Ziel des Raumschiffs »Discovery« Japetus, der rätselhafteste aller Saturnmonde. Das Saturnsystem wurde über den Jupiter erreicht. Die »Discovery« flog nahe an den Riesenplaneten heran und nützte sein gewaltiges Schwerkraftfeld aus, um einen Katapult-Effekt und eine Beschleunigung auf der zweiten Etappe der Reise zu erreichen. Genau das gleiche Manöver führten 1979 die Voyager-Raumsonden aus, als sie die erste genauere Erkundung der äußeren Riesenplaneten vornahmen.

Niemand hätte sich damals, als »2001« geschrieben wurde, vorstellen können, daß die Erforschung des Jupiter nicht im nächsten Jahrhundert, sondern schon fünfzehn Jahre später erfolgen würde. Selbst auf den leistungsfähigsten Teleskopen waren Jo, Europa, Ganymed und Callisto nicht mehr als Lichtpünktchen. Seit 1979 sind sie keine unerforschten Territorien mehr, sondern Welten für sich, jede davon einmalig.

Eine andere Parallele zwischen meinem ersten Buch und der heutigen Wirklichkeit: Eine der technisch brillantesten Szenen – auch im Film – war die, in der Frank Poole Runde um Runde die Innenwand der riesigen Zentrifuge entlanglief und von der durch die Drehung erzeugten künstlichen Schwerkraft am »Boden« festgehalten wurde. Beinahe zehn Jahre später hatte sich die Mannschaft des »Skylab« mit einem ganz ähnlichen Problem auseinanderzusetzen und löste es wie im Buch. Das Innere der Raumstation wurde von einem Ring von Schränken wie von einem glatten, kreisförmigen Band umgeben. »Skylab« drehte sich zwar nicht, aber das war kein Hindernis für die Insassen. Sie entdeckten, daß sie auf dem glatten Band rundum laufen konnten wie Mäuse in einem Laufkäfig, und sie boten dabei einen Anblick, der optisch nicht von der Szene in »2001« zu unterscheiden war.

Schließlich sei noch der Fall aus dem Kapitel »Das Auge des Japetus« erwähnt. Dort beschreibe ich, was der Astronaut Bowman auf dem Saturnmond entdeckt. »Ein strahlendes weißes Oval von etwa siebenhundert Kilometer Länge und dreihundert Kilometer Breite... absolut symmetrische Ellipse... ihre Konturen zeichneten sich so scharf ab, als hätte jemand auf das Gesicht des kleinen Mondes ein großes weißes Oval gemalt.« Als Bowman näher herankam, wurde ihm bewußt, daß »die helle Ellipse, die auf der dunklen Oberfläche des Satelliten lag, ihm wie ein großes leeres Auge entgegenstarrte.« Später bemerkte er »einen blitzenden schwarzen Fleck. Er lag genau im Mittelpunkt der Ellipse«. (Er stellte sich später als der Monolith heraus.)

Als Voyager 1 1979 die ersten Fotos von Japetus sendete, zeigten diese tatsächlich ein großes, deutlich abgegrenztes weißes Oval mit einem winzigen schwarzen Fleck im Zentrum...

Die Geschichte, die Sie jetzt lesen werden, berücksichtigt natürlich die Ergebnisse der Weltraum-Forschungsreisen, die seit 1969 stattfanden. Es kann sich also nicht um eine einfache Fortsetzung von »2001« handeln, sondern es ist etwas viel Komplexeres entstanden. Fantasie wurde zum Teil von der Wirklichkeit eingeholt, an der sich neue Fantasie entzünden kann, die nach »2010« ihrerseits von neuen Wirklichkeiten eingeholt werden mag...

Arthur C. Clarke

Die »Leonow«

Begegnung im Brennpunkt

Selbst in diesem metrischen Zeitalter war es immer noch das Tausend-Fuß- und nicht das Dreihundert-Meter-Teleskop. Die große Untertasse mitten zwischen den Bergen war schon halb voll Schatten, aber das dreieckige Floß des Antennenkomplexes, das hoch über dem Zentrum der Untertasse hing, glänzte immer noch im vollen Licht der tropischen Sonne. Von weit unten, vom Boden aus, hätte man schon scharfe Augen gebraucht, um die beiden menschlichen Gestalten im luftigen Gewirr der Träger, Stützkabel und Wellenleiter zu bemerken.

»Jetzt ist es an der Zeit«, sagte Dr. Dimitri Moisewitsch zu seinem alten Freund Heywood Floyd, »von einigen Dingen zu sprechen. Von Schuhen und Raumschiffen und von Siegelwachs, vor allem jedoch von Monolithen und versagenden Computern.«

»Deshalb hast du mich also aus der Konferenz geholt. Nicht, daß es mir etwas ausmachte – ich habe diese SETI-Rede von Carl schon so oft gehört, daß ich sie selbst halten könnte. Und die Aussicht ist auf jeden Fall phantastisch; weißt du, obwohl ich schon so oft in Arecibo war, habe ich es noch nie geschafft, bis hierher zur Antennenzuleitung zu kommen.«

»Schäm dich! Ich war schon dreimal hier. Stell dir nur vor –

wir hören dem ganzen Universum zu, aber uns kann niemand belauschen. Also, sprechen wir über dein Problem.«

»Was für ein Problem?«

»Erstens, warum mußtest du von deinem Posten als Vorsitzender des National Council on Astronautics zurücktreten?«

»Ich bin nicht zurückgetreten. Die Universität zahlt viel besser.«

»Na gut – du bist nicht zurückgetreten –, du warst ihnen einen Schritt voraus. Nach so vielen Jahren kannst du mir nichts mehr vormachen, und du solltest es auch gar nicht erst versuchen. Wenn man dir jetzt sofort anbieten würde, das NCA wieder zu übernehmen, würdest du zögern?«

»Schon gut, du alter Kosak. Was willst du wissen?«

»Zuallererst gibt es eine ganze Menge von losen Enden in dem Bericht, den du schließlich auf vieles Drängen hin herausgegeben hast. Wir wollen einmal über die lächerliche und völlig illegale Geheimhaltung hinwegsehen, mit der eure Leute den Tycho-Monolithen ausgegraben haben . . .«

»Das war nicht meine Idee.«

»Freut mich zu hören: Ich glaube dir sogar. Und wir wissen die Tatsache zu schätzen, daß das Ding jetzt jeder untersuchen darf – was ihr natürlich gleich von Anfang an hättet erlauben sollen. Nicht daß es viel genützt hat . . .«

Es entstand ein düsteres Schweigen, während die beiden Männer über das schwarze Rätsel dort oben auf dem Mond nachdachten, das immer noch allen Waffen, die der menschliche Erfindungsgeist dagegen ins Feld führen konnte, verächtlich trotzte. Dann fuhr der russische Wissenschaftler fort:

»Was immer dieser Tycho-Monolith auch sein mag, das Ding draußen beim Jupiter ist jedenfalls wichtiger. Dorthin hat er schließlich sein Signal geschickt. Und dort sind eure Leute in Schwierigkeiten geraten. Tut mir übrigens leid – obwohl Frank Poole der einzige war, den ich persönlich kannte. Habe ihn 1998 auf dem IAF-Kongreß kennengelernt – schien ein guter Mann zu sein.«

»Danke; gute Leute waren sie alle. Ich wünschte, wir wüßten, was ihnen zugestoßen ist.«

»Was immer es war, du wirst sicher zugeben, daß es jetzt die gesamte menschliche Rasse angeht – nicht nur die Vereinigten Staaten. Ihr könnt nicht länger versuchen, aus eurem Wissen allein für nationale Zwecke Nutzen zu ziehen.«

»Dimitri – du weißt sehr gut, daß ihr genau das gleiche getan hättet. Und du hättest kräftig mitgeholfen.«

»Du hast völlig recht. Aber das ist Schnee von gestern – genau wie eure gerade zurückgetretene Regierung, die für den ganzen Schlamassel verantwortlich war. Vielleicht werden unter einem neuen Präsidenten vernünftigere Ansichten die Oberhand gewinnen.«

»Möglich. Hast du irgendwelche Vorschläge, und sind sie offiziell oder nur persönliche Hoffnungen?«

»Im Augenblick noch absolut inoffiziell. Was die verdammten Politiker Sondierungsgespräche nennen. Und ich werde rundheraus leugnen, daß sie je stattgefunden haben.«

»Okay. Weiter!«

»Gut – die Situation ist folgende: Ihr montiert die ›Discovery II‹ im Parkorbit so schnell zusammen, wie ihr nur könnt, aber ihr habt keine Aussicht, in weniger als drei Jahren damit fertig zu werden, das bedeutet, ihr werdet das nächste Startfenster versäumen.«

»Ich kann das weder bestätigen noch dementieren. Vergiß nicht, ich bin nur ein kleiner Universitätskanzler – auf der anderen Seite der Welt, vom Astronautics Council aus gesehen.«

»Und deine letzte Reise nach Washington war wohl nur ein Urlaubsausflug, um alte Freunde zu besuchen, nehme ich an. Also: Unsere ›Alexej Leonow‹ . . . –«

»Ich dachte, das Schiff heißt ›German Titow‹.«

»Falsch, Magnifizenz. Die gute, alte CIA hat euch wieder einmal im Stich gelassen. Das Schiff heißt ›Leonow‹, seit letztem Januar. Und sag bloß niemandem, wer dir erzählt hat, daß es den Jupiter mindestens ein Jahr vor der ›Discovery‹ erreichen wird.«

»Und erzähle du niemandem, wer dir gesagt hat, daß wir das befürchtet haben. Aber sprich weiter!«

»Weil meine Chefs genauso dumm und kurzsichtig sind wie die deinen, wollen sie die Sache allein durchziehen. Und das heißt, was immer bei euch schiefgegangen ist, kann auch uns passieren, und dann stehen wir alle wieder da, wo wir angefangen haben – oder noch schlechter.«

»Was ist denn deiner Meinung nach schiefgegangen? Wir sind genauso ratlos wie ihr. Und sag mir jetzt nicht, daß ihr nicht alles habt, was David Bowman gesendet hat.«

»Natürlich haben wir es. Bis zum letzten ›Oh, mein Gott! – Es ist voller Sterne!‹ Wir haben sogar eine Streßuntersuchung an seinen Stimmustern vorgenommen. Wir glauben nicht, daß er halluziniert hat; er versuchte zu beschreiben, was er wirklich sah.«

»Und was haltet ihr von dem dabei aufgetretenen Dopplereffekt?«

»Natürlich völlig unmöglich. Als wir sein Signal verloren, entfernte er sich mit einem Zehntel Lichtgeschwindigkeit. Und dieses Tempo hatte er in weniger als zwei Minuten erreicht. Das sind zweihundertfünfzigtausend g!«

»Also muß er augenblicklich tot gewesen sein.«

»Jetzt spiel bloß nicht den Naiven, Woody. Die Funkgeräte in euren Raumkapseln können doch nicht einmal ein Hundertstel dieser Beschleunigung aushalten. Wenn sie es überstehen konnten, konnte es auch Bowman – mindestens bis zu dem Moment, als wir die Verbindung verloren.«

»Ich wollte deine Schlußfolgerungen nur unparteiisch überprüfen. Von diesem Punkt an tappen wir genauso im dunkeln wie ihr– falls ihr im dunkeln tappt.«

»Wir spielen nur mit lauter verrückten Vermutungen herum – ich würde mich schämen, sie dir zu verraten. Und doch habe ich den Verdacht, daß keine davon auch nur halb so verrückt ist wie die Wahrheit.«

Mit kleinen, purpurnen Explosionen schaltete sich ringsum die Flugwarnbeleuchtung ein, und die drei schlanken Türme, die den Antennenkomplex trugen, fingen an, wie Leuchtfeuer gegen den dunklen Himmel zu lodern. Der letzte rote Splitter der Sonne verschwand hinter den Hügeln; Heywood Floyd wartete auf den »Grünen Blitz«, den er noch nie gesehen hatte. Wieder wurde er enttäuscht.

»Also, Dimitri«, sagte er, »laß uns zur Sache kommen. Worauf willst du eigentlich hinaus?«

»In den Datenbänken der ›Discovery‹ muß eine riesige Menge unschätzbarer Informationen liegen; vermutlich werden immer noch welche gesammelt, auch wenn das Schiff nicht mehr sendet. Diese Informationen hätten wir gern.«

»Das kann ich mir denken. Aber wenn ihr hinauskommt und die ›Leonow‹ ankoppelt, wer oder was soll euch daran hindern, an Bord der ›Discovery‹ zu gehen und alles zu kopieren, was ihr haben wollt?«

»Ich hätte nie gedacht, daß ich ausgerechnet dich daran erinnern müßte, daß die ›Discovery‹ Territorium der Vereinigten Staaten ist und daß es ein Akt der Piraterie wäre, sie ohne Genehmigung zu betreten.«

»Außer in einem ganz dringenden Notfall, und der wäre nicht schwer zu arrangieren. Schließlich ist es nicht so einfach für uns, aus einer Entfernung von einer Milliarde Kilometer nachzuprüfen, was eure Jungs dort anstellen.«

»Vielen Dank für den höchst interessanten Vorschlag; ich werde ihn weiterleiten. Aber selbst wenn wir an Bord gingen, würden wir Wochen brauchen, um uns in all euren Systemen zurechtzufinden und all eure Gedächtnisspeicher abzufragen. Ich würde Zusammenarbeit vorschlagen. Ich bin überzeugt, daß das die beste Lösung ist – aber möglicherweise haben wir beide ein hartes Stück Arbeit vor uns, wenn wir sie unseren Chefs verkaufen wollen.«

»Du möchtest, daß einer unserer Astronauten mit der ›Leonow‹ mitfliegt?«

»Ja – am liebsten wäre mir ein Ingenieur, der Spezialist für die Systeme der ›Discovery‹ ist. Wie die Leute, die ihr in Houston dafür ausbildet, daß sie das Schiff zurückholen.«

»Woher wißt ihr denn das?«

»Um Himmels willen, Woody – das stand vor mindestens einem Monat schon im Videotext von *Aviation Week.«*

»Ich bin wirklich nicht mehr auf dem laufenden; niemand sagt mir, was von der Geheimhaltung ausgenommen ist.«

»Ein Grund mehr, einige Zeit in Washington zu verbringen. Wirst du mich unterstützen?«

»Bestimmt. Ich bin hundertprozentig deiner Ansicht. Aber...«

»Aber was?«

»Wir haben es beide mit Dinosauriern zu tun, die das Gehirn im Schwanz haben. Ein paar von den meinen werden sagen: Sollen die Russen doch Kopf und Kragen riskieren, wenn sie zum Jupiter hinausrasen. Ein paar Jahre später sind wir ohnehin dort – was soll die Eile?«

Einen Augenblick lang war es still auf dem Antennenfloß, bis auf ein schwaches Knarren der gewaltigen Trägerkabel, an denen es hundert Meter hoch über der Erde hing. Dann fragte Moisewitsch, so leise, daß Floyd sich anstrengen mußte, um zu hören, was er sagte: »Hat in letzter Zeit jemand den Orbit der ›Discovery‹ überprüft?«

»Ich weiß es wirklich nicht, aber ich nehme doch an. Andererseits – warum eigentlich? Er ist doch völlig stabil.«

»Was du nicht sagst. Dann will ich so taktlos sein und dich an einen peinlichen Vorfall aus den alten NASA-Zeiten erinnern. Eure erste Raumstation – *Skylab.* Sie sollte eigentlich mindestens zehn Jahre oben bleiben, aber eure Berechnungen stimmten nicht. Der Luftwiderstand in der Ionosphäre wurde schwer unterschätzt, und sie kam Jahre früher runter als geplant. Ich bin sicher, daß du dich an diesen kleinen spannenden Zwischenfall erinnerst, obwohl du damals noch ein Junge warst.«

»Das war in dem Jahr, als ich Examen machte, und du weißt das ganz genau. Aber die ›Discovery‹ kommt gar nicht in die Nähe des Jupiter. Sogar im Perigäum – äh Perijovum – ist sie viel zu hoch, um mit Ausläufern der Atmosphäre in Berührung zu kommen.«

»Was ich gesagt habe, reicht schon, um wieder auf meine Datsche verbannt zu werden – und beim nächsten Mal darfst du mich vielleicht nicht mehr besuchen. Also, sag den Leuten, die das Ding beobachten, sie sollen sorgfältiger arbeiten, ja? Und erinnere sie daran, daß der Jupiter die größte Magnetosphäre im ganzen Sonnensystem hat.«

»Ich verstehe langsam, worauf du hinauswillst – vielen Dank. Noch was, ehe wir runtergehen? Mir wird langsam kalt.«

»Keine Sorge, alter Freund. Sobald du das alles nach Washington durchsickern läßt – warte noch etwa eine Woche oder so, bis ich wieder weg bin –, wird es sehr, sehr heiß werden.«

Das Haus der Delphine

Die Delphine schwammen jeden Abend kurz vor Sonnenuntergang ins Eßzimmer. Erst einmal, seit Floyd in das Haus des Kanzlers gezogen war, hatten sie mit dieser Routine gebrochen. Das war am Tag des Tsunami von 2005 gewesen, der glücklicherweise seine Kraft zum größten Teil verloren hatte, bis er Hilo erreichte. Wenn seine Freunde das nächste Mal nicht programmgemäß auftauchten, würde Floyd seine Familie schnellstens ins Auto packen und in eine höhergelegene Gegend fahren, etwa in Richtung Mauna Kea.

So reizend sie waren, konnte ihre Verspieltheit doch manchmal lästig sein. Dem wohlhabenden Meeresgeologen, der das Haus entworfen hatte, hatte es nie etwas ausgemacht, wenn er naß wurde, weil er gewöhnlich sowieso nur eine Badehose trug – oder noch weniger. Aber bei einer unvergeßlichen Gelegenheit hatte das gesamte Aufsichtskomitee der Universität in vollem Abenddreß um den Pool gesessen und Cocktails geschlürft. Die Delphine hatten die zutreffende Schlußfolgerung gezogen, daß sie einen zweiten Applaus bekommen würden. Der Besucher war ziemlich überrascht, als er von einem durchnäßten Empfangskomitee in schlecht sitzenden Bademänteln empfangen wurde – und das Buffet war ziemlich salzig gewesen.

Floyd fragte sich oft, was wohl Marion von diesem seltsamen, schönen Heim am Rande des Pazifik gehalten hätte. Sie hatte das Meer nie gemocht, aber das Meer hatte am Ende gesiegt. Obwohl das Bild langsam verblaßte, konnte er sich immer noch an den flackernden Schirm erinnern, auf dem er zum erstenmal die Worte gelesen hatte: DR. FLOYD – DRINGEND UND PERSÖNLICH. Und dann hatten die vorbeilaufenden Leuchtschriftzeilen ihm ihre Botschaft ins Gehirn gebrannt: BEDAUERN IHNEN MITTEILEN ZU MÜSSEN DASS ABSTURZ FLUG LONDON-WASHINGTON 452 VOR NEUFUNDLAND GEMELDET: RETTUNGSMASCHINE UNTERWEGS ZUM UNFALLORT BEFÜRCHTEN ABER DASS KEINE ÜBERLEBENDEN VORHANDEN.

Ohne einen schicksalhaften Zufall wäre auch er in dieser Maschine gewesen. Ein paar Tage lang hatte er es fast bedauert, daß seine Geschäfte mit der European Space Administration ihn in Paris aufgehalten hatten; jenes Feilschen um das Frachtgut der »Solaris« hatte ihm jedoch das Leben gerettet.

Und jetzt hatte er einen neuen Posten, ein neues Zuhause – und eine neue Frau. Ironie des Schicksals: Die Anschuldigungen und Untersuchungen wegen der Jupitermission hatten seine Karriere in Washington zerstört, aber ein Mann von seinen Fähigkeiten blieb nie lange ohne Beschäftigung. Das gemächlichere Tempo des Universitätslebens hatte ihm schon immer zugesagt, und in Verbindung mit einem der schönsten Orte der Welt hatte es sich als unwiderstehlich erwiesen. Er hatte die Frau, die seine zweite Gattin werden sollte, nur einen Monat nach seiner Berufung kennengelernt, als er zusammen mit einer Menge Touristen die Feuerquellen des Kilauea besichtigte.

Bei Caroline hatte er die Zufriedenheit gefunden, die genauso wichtig ist wie Glück und länger anhält. Sie war Marions zwei Töchtern eine gute Stiefmutter geworden und hatte ihm Christopher geschenkt. Obwohl zwischen ihnen ein Altersunterschied von zwanzig Jahren bestand, verstand sie seine Stimmungen und vermochte ihn aus seinen gelegentlichen Depressionen herausholen. Ihr war es zu verdanken, daß er sich jetzt ohne Kummer, wenn auch nicht ohne eine gewisse, wehmütige Traurigkeit, die ihm für den Rest seines Lebens erhalten bleiben würde, an Marion erinnern konnte.

Caroline warf dem größten Delphin – dem Männchen, das sie »Scarback« nannten, Fische zu, als ein sanftes Prickeln an Floyds Handgelenk ankündigte, daß ein Anruf hereinkam. Er klopfte auf das schmale Metallband, um den stummen Alarm abzustellen und dem hörbaren zuvorzukommen, dann ging er zum nächsten der überall im Raum verstreuten Komgeräte.

»Hier spricht der Kanzler. Wer ist am Apparat?«

»Heywood? Hier Victor. Wie geht es Ihnen?«

Innerhalb eines Sekundenbruchteils raste ein ganzes Kaleidoskop von Emotionen durch Floyds Geist. Zuerst Verärgerung: Sein Nachfolger und – dessen war er sicher – der Mann, der seinen Sturz am eifrigsten betrieben hatte, hatte seit seiner Abreise aus Washington noch nicht ein einzigesmal versucht, ihn zu erreichen. Dann Neugier: Was wollte er wohl? Als nächstes folgte sture Entschlossenheit, so wenig hilfsbereit zu sein wie nur möglich, dann Beschämung, weil er so kindisch war, und schließlich eine Woge der Erregung. Victor Millson konnte nur aus einem einzigen Grund anrufen.

So neutral, wie er nur konnte, antwortete Floyd: »Ich kann mich nicht beklagen, Victor. Was gibt es denn?«

»Ist das eine sichere Leitung?«

»Nein, Gott sei Dank nicht. So etwas habe ich nicht mehr nötig.«

»Hm. Nun ja, ich will es einmal so ausdrücken. Sie erinnern sich an das letzte Projekt, das Sie bearbeitet haben?«

»Das werde ich wohl nicht so leicht vergessen, besonders nachdem mich der Unterausschuß für Astronautik erst vor einem Monat zurückgerufen hat, damit ich weitere Aussagen mache.«

»Natürlich, natürlich. Ich muß Ihre Verlautbarung jetzt wirklich einmal lesen, sobald ich einen Augenblick Zeit habe. Aber ich war mit dem, was nachkam, so beschäftigt, und da liegt auch das Problem.«

»Ich dachte, es laufe alles genau nach Plan.«

»Das tut es auch – leider. Wir können nichts tun, um es zu beschleunigen; selbst bei höchster Dringlichkeitsstufe würden wir nicht mehr als ein paar Wochen herausholen. *Und das heißt, wir werden zu spät kommen.«*

»Ich verstehe nicht«, tat Floyd unschuldig. »Wir wollen natürlich keine Zeit verlieren, aber ein wirkliches Ultimatum gibt es doch nicht.«

»Jetzt gibt es eines – genauer: zwei davon.«

»Sie setzen mich in Erstaunen.«

Wenn Victor die Ironie überhaupt bemerkte, beachtete er sie nicht. »Ja, es gibt *zwei* Termine, einer von Menschenhand gesetzt, der andere nicht. Es zeigt sich gerade, daß wir nicht die ersten sein werden, die auf den ... äh ... den Schauplatz der Ereignisse zurückkehren. Unsere alten Rivalen werden uns um mindestens ein Jahr zuvorkommen.«

»Ein Jammer.«

»Aber das ist noch nicht das Schlimmste. Selbst wenn es keine Konkurrenz gäbe, kämen wir zu spät. Wenn wir einträfen, wäre nichts mehr da.«

»Das ist ja lächerlich. Es wäre mir doch sicher zu Ohren gekommen, wenn der Kongreß das Gravitationsgesetz widerrufen hätte.«

»Ich meine es ernst. Die Situation ist nicht stabil – ich kann Ihnen das jetzt nicht im einzelnen erklären. Werden Sie den Rest des Abends zu Hause sein?«

»Ja«, antwortete Floyd und stellte mit Vergnügen fest, daß es in Washington jetzt weit nach Mitternacht sein mußte.

»Gut. Noch in dieser Stunde wird bei Ihnen ein Paket abgeliefert werden. Rufen Sie mich an, sobald Sie sich seinen Inhalt angesehen haben.«

»Wird es bis dahin nicht schon ziemlich spät sein?«

»Ja, gewiß. Aber wir haben bereits zu viel Zeit verschwendet. Ich möchte nicht noch mehr verlieren.«

Millson hielt Wort. Genau eine Stunde später wurde von keinem Geringeren als einem Oberst der Luftwaffe ein großer versiegelter Umschlag abgegeben. Der Oberst blieb geduldig sitzen und plauderte mit Caroline, während Floyd die Papiere durchlas. »Ich fürchte, ich muß die Sachen wieder mitnehmen, wenn Sie fertig sind«, meinte der hochkarätige Botenjunge entschuldigend.

»Freut mich zu hören«, antwortete Floyd, während er sich in seiner Lieblingshängematte zum Lesen niederließ.

Es waren zwei Dokumente; das erste erwies sich als sehr kurz. Es trug den Vermerk »STRENG GEHEIM«, aber das »STRENG« war durchgestrichen und diese Veränderung durch drei Unterschriften gebilligt worden, die alle völlig unleserlich waren. Es handelte sich offensichtlich um einen Auszug aus einem viel längeren Bericht – stark zensiert, strotzte er von Lücken und war höchst schwierig zu lesen. Zum Glück konnten die Schlußfolgerungen in einem Satz zusammengefaßt werden: Die Russen würden die »Discovery« lange vor ihren rechtmäßigen Besitzern erreichen. Da Floyd das schon wußte, wandte er sich schnell dem zweiten Dokument zu – aber erst, als er mit Befriedigung festgestellt hatte, daß der

Name diesmal richtig aufgeführt war. Wie gewöhnlich hatte Dimitri völlig recht gehabt: Die nächste bemannte Expedition zum Jupiter würde mit dem Raumschiff »Kosmonaut Alexej Leonow« starten.

Das zweite Dokument war viel länger und nur »vertraulich«. Ja, von der Form her war es der Entwurf eines Briefes an *Science,* der vor der Veröffentlichung noch endgültig genehmigt werden mußte. Sein flotter Titel lautete: »Raumschiff ›Discovery‹: Anomales Verhalten im Orbit.«

Dann folgten ein Dutzend Seiten mit Mathematik und astronomischen Tabellen. Floyd überflog sie, holte sich den Text aus der Melodie und versuchte, irgendeinen Unterton von Entschuldigung oder sogar Verlegenheit zu entdecken. Als er fertig war, mußte er, wenn auch widerwillig, bewundernd lächeln. Niemand würde angesichts dieser Unterlagen auf die Idee kommen, daß die Beobachtungsstationen und Ephemeridenrechner überrascht worden waren und ein verzweifeltes Vertuschungsmanöver im Gang war. Zweifellos würden Köpfe rollen, und er wußte, daß Victor Millson dabei genüßlich zusehen würde – falls er nicht selbst einer der ersten war, die gehen mußten. Um ihm jedoch Gerechtigkeit widerfahren zu lassen: Victor hatte sich beschwert, als der Kongreß die Mittel für das Beobachtungsnetz gekürzt hatte. Dadurch war er vielleicht aus dem Schneider.

»Danke, Oberst«, sagte Floyd, als er die Papiere überflogen hatte. »Ganz wie in alten Zeiten, diese Geheimdokumente. Das ist eines der Dinge, die mir *nicht* fehlen.«

Der Oberst verstaute die Papiere wieder sorgfältig in seiner Aktenmappe.

»Dr. Millson möchte, daß Sie ihn so bald wie möglich anrufen.«

»Ich weiß. Aber ich habe keine sichere Leitung, ich erwarte in Kürze wichtige Besucher, und ich denke gar nicht daran, in Ihr Büro nach Hilo hinunterzufahren, nur um Millson mitzuteilen, daß ich zwei Dokumente gelesen habe. Sagen Sie ihm, ich hätte sie sorgfältig studiert und sähe allen weiteren Informationen mit Interesse entgegen.«

Einen Augenblick lang sah es so aus, als wolle der Oberst sich auf eine Diskussion einlassen. Doch dann überlegte er es sich anders, verabschiedete sich steif und verschwand verdrießlich in der Nacht.

»Was sollte das jetzt eigentlich?« fragte Caroline. »Wir erwarten heute abend doch gar keine Gäste, weder wichtige noch andere.«

»Ich lasse mich nur nicht gern herumkommandieren, und schon gar nicht von Victor Millson.«

»Wetten, daß er dich anruft, sobald der Oberst ihm berichtet hat?«

»Dann müssen wir das Video abschalten und ein paar Partygeräusche produzieren. Aber, um ganz aufrichtig zu sein, ich kann in diesem Stadium wirklich überhaupt noch nichts sagen.«

»Worüber, wenn ich fragen darf?«

»Entschuldige bitte, meine Liebe. Also, es sieht so aus, als würde uns die ›Discovery‹ einen Streich spielen. Wir dachten, das Schiff sei in einer sicheren Umlaufbahn, aber es kann sein, daß es jeden Moment runterfällt.«

»Auf den Jupiter?«

»O nein – das ist völlig unmöglich. Bowman hat es auf dem inneren Lagrangepunkt zurückgelassen, auf der Linie zwischen Jupiter und Io. Dort hätte es mehr oder weniger bleiben sollen, obwohl es durch die Perturbationen der äußeren Monde hin- und hergewandert wäre.

Aber was jetzt geschieht, ist sehr sonderbar, und wir können es nicht völlig erklären. Die ›Discovery‹ treibt mit immer größerer Geschwindigkeit auf Io zu – obwohl sie manchmal beschleunigt und sich dann sogar wieder rückwärts bewegt. Wenn das so weitergeht, wird sie in zwei oder drei Jahren aufschlagen.«

»Ich dachte, so etwas könnte in der Astronomie nicht

passieren. Die Himmelsmechanik wird doch als exakte Naturwissenschaft betrachtet. Das hat man uns rückständigen Biologen jedenfalls immer gesagt.«

»Sie ist auch wirklich eine exakte Naturwissenschaft, wenn man alle Faktoren in Betracht zieht. Aber rings um Io spielen sich ein paar sehr seltsame Dinge ab. Abgesehen von den Vulkanen, gibt es dort gewaltige elektrische Entladungen – und das Magnetfeld des Jupiter dreht sich alle zehn Stunden einmal um sich selbst. Daher ist die Schwerkraft nicht die einzige Kraft, die auf die ›Discovery‹ einwirkt. Daran hätten wir früher denken sollen – viel früher.«

»Na, dein Problem ist das ja nicht mehr. Dafür solltest du dankbar sein.«

»Dein Problem« – genau der Ausdruck, den Dimitri gebraucht hatte. Und Dimitri – der schlaue alte Fuchs! – kannte ihn schon viel länger als Caroline.

Vielleicht war es wirklich nicht sein Problem, aber er fühlte sich immer noch verantwortlich. Obwohl viele andere beteiligt gewesen waren, hatte doch in letzter Instanz er die Pläne für die Jupitermission genehmigt und ihre Ausführung überwacht.

Schon damals hatte er Gewissensbisse gehabt; seine Ansichten als Wissenschaftler waren mit seinen Pflichten als Bürokrat in Konflikt geraten. Er hätte den Mund aufmachen und sich der kurzsichtigen Politik der alten Regierung entgegenstellen können – aber es war immer noch nicht klar, in welchem Maße diese tatsächlich zu der Katastrophe beigetragen hatte.

Vielleicht war es am besten, wenn er dieses Kapitel seines Lebens abschloß und all seine Gedanken und Kräfte auf seine neue Laufbahn konzentrierte. Aber tief in seinem Innern wußte er, daß das unmöglich war; selbst wenn Dimitri die alten Schuldgefühle nicht wieder aufgewühlt hätte, sie wären aus eigenem Antrieb an die Oberfläche gekommen.

Vier Männer waren gestorben, und einer war verschwunden, dort draußen, zwischen den Monden des Jupiter. An seinen Händen klebte Blut, und er wußte nicht, wie er sie reinwaschen sollte.

SAL 9000

Dr. Sivasubramanian Chandrasegarampillai, Professor für Computerwissenschaften an der Universität Illinois, Urbana, litt ebenfalls unter einem anhaltenden Schuldgefühl, aber es unterschied sich stark von dem Heywood Floyds. Jene seiner Studenten und Kollegen, die sich oft fragten, ob der kleine Wissenschaftler überhaupt wirklich ein Mensch war, wären nicht überrascht gewesen zu erfahren, daß er niemals an die toten Astronauten dachte. Dr. Chandra dachte nur voll Trauer an sein verlorenes Kind HAL 9000.

Selbst nach all den Jahren, in denen er wieder und wieder die Daten überprüft hatte, die von der »Discovery« zurückgefunkt worden waren, wußte er immer noch nicht genau, was eigentlich schiefgelaufen war. Er konnte nur Theorien formulieren; die Fakten, die er brauchte, waren in Hals Schaltkreisen draußen zwischen Jupiter und Io eingefroren.

Der Ablauf der Ereignisse war eindeutig festgestellt worden – bis zum Augenblick der Tragödie; danach hatte Kommandant Bowman immer, wenn es ihm gelang, wieder kurz Kontakt aufzunehmen, ein paar weitere Einzelheiten nachgetragen. Aber wenn man auch wußte, was geschehen war, erklärte das noch nicht, warum.

Der erste Hinweis auf Schwierigkeiten bei dieser Mission war ziemlich spät aufgetaucht: Als Hal das drohende Versagen des Aggregats ankündigte, das die Hauptantenne der »Discovery« auf die Erde ausgerichtet hielt. Wenn der eine Million Kilometer lange Funkstrahl vom Ziel abwich, war das Schiff blind, taub und stumm.

Bowman war selbst hinausgegangen, um das verdächtige

Teil auszubauen, aber als man es überprüfte, stellte sich zu allseitiger Überraschung heraus, daß es völlig funktionsfähig war. Die automatischen Prüfschaltkreise konnten keinen Schaden feststellen. Auch Hals Zwillingsgerät SAL 9000 auf der Erde konnte nichts finden, als die Daten nach Urbana übermittelt wurden.

Aber Hal hatte darauf beharrt, daß seine Diagnose richtig sei, und spitze Bemerkungen über »menschliches Versagen« gemacht. Er hatte vorgeschlagen, das Kontrollaggregat wieder in die Antenne einzubauen, bis es endgültig versagte, damit der Fehler genau lokalisiert werden konnte. Dagegen war nichts einzuwenden, denn das Aggregat ließ sich innerhalb von Minuten auswechseln, selbst wenn es ausfiel.

Bowman und Poole waren jedoch nicht zufrieden gewesen, sie hatten beide das Gefühl, daß irgend etwas nicht stimmte, obwohl keiner genau sagen konnte, was. Monatelang hatten sie Hal als dritten Bewohner ihrer winzigen Welt akzeptiert und kannten jede seiner Stimmungen. Dann hatte sich die Atmosphäre an Bord kaum wahrnehmbar verändert; ein Gefühl der Spannung lag in der Luft.

Obwohl sie sich geradezu als Verräter fühlten – wie Bowman später bestürzt der Bodenkontrollstation berichtete –, hatten die zwei menschlichen Drittel der Besatzung darüber diskutiert, was zu tun sei, falls ihr Kollege tatsächlich versagen sollte. Die schlimmste Möglichkeit war, daß man Hal all seiner höheren Verantwortung würde entheben müssen. Das würde bedeuten, daß man ihn abschaltete – für den Computer das gleiche wie der Tod.

Trotz ihrer Zweifel hatten sie das vereinbarte Programm durchgeführt. Poole hatte mit einer der kleinen Raumkapseln, die als Transportfahrzeuge und mobile Werkstätten bei Arbeiten außerhalb des Raumschiffs dienten, die »Discovery« verlassen. Da der etwas heikle Austausch des Antennenaggregats nicht mit den Greifarmen der Raumkapsel durchgeführt werden konnte, hatte Poole angefangen, es eigenhändig zu tun.

Was dann geschah, hatten die Außenbordkameras nicht aufgezeichnet – an sich schon ein verdächtiges Moment. Bowman war erst durch einen Schrei von Poole auf die Katastrophe aufmerksam geworden – dann herrschte Schweigen. Einen Augenblick später sah er Poole Purzelbäume schlagend in den Weltraum hinausrotieren. Seine eigene Kapsel hatte ihn gerammt und schoß nun steuerlos davon.

Wie Bowman später zugab, hatte er danach einige schwerwiegende Fehler begangen – alle bis auf einen entschuldbar. In der Hoffnung, Poole retten zu können, falls er noch am Leben war, ließ Bowman sich selbst in einer zweiten Raumkapsel aus dem Schiff tragen – und übergab Hal völlig die Herrschaft über die »Discovery«.

Der Ausflug war vergebens; Poole war tot, als Bowman ihn erreichte. Betäubt vor Verzweiflung hatte er die Leiche zum Schiff zurückgebracht – nur, um dort von Hal nicht eingelassen zu werden.

Aber Hal hatte die Findigkeit und Entschlossenheit des Menschen unterschätzt. Obwohl Bowman seinen Helm im Schiff gelassen hatte und so das Risiko eingehen mußte, sich direkt dem Weltraum auszusetzen, erzwang er sich den Eintritt durch eine Noteinstiegsluke, die nicht unter Computerkontrolle stand. Dann ging er daran, an Hal eine Lobotomie vorzunehmen, indem er seine Speicherelemente eines nach dem anderen herauszog.

Als Bowman die Herrschaft über das Schiff wiedererlangt hatte, machte er eine bestürzende Entdeckung. Während seiner Abwesenheit hatte Hal die lebenserhaltenden Systeme der drei im Tiefschlaf liegenden Astronauten abgeschaltet. Bowman war allein, so allein, wie vor ihm in der ganzen Geschichte der Menschheit noch niemand gewesen war.

Andere hätten sich vielleicht hilfloser Verzweiflung überlassen, aber David Bowman bewies jetzt, daß die, die ihn für dies Unternehmen ausgesucht hatten, wirklich eine gute Wahl getroffen hatten. Es gelang ihm, die »Discovery« funktionsfähig zu halten, und er stellte mit Unterbrechungen sogar immer wieder eine Verbindung mit der Bodenkontrollstation her, indem er das ganze Schiff so ausrichtete, daß die verklemmte Antenne auf die Erde zeigte.

Auf ihrer vorbestimmten Flugbahn hatte die »Discovery« schließlich den Jupiter erreicht. Dort entdeckte Bowman, auf seiner Umlaufbahn zwischen den Monden des Riesenplaneten, eine schwarze Platte von genau der Form des Monoliths, den man im Mondkrater Tycho ausgegraben hatte – aber hundertemal größer. Bowman war mit einer Raumkapsel hingeflogen, um den Quader zu untersuchen, war verschwunden und hatte nur diese letzte, unverständliche Botschaft hinterlassen: »Oh, mein Gott! – Es ist voller Sterne!«

Über dieses Geheimnis sollten sich andere den Kopf zerbrechen: Dr. Chandras alles andere verdrängende Sorge galt Hal. Wenn es etwas gab, was sein emotionsloser Geist haßte, dann war es Unsicherheit. Er würde sich nicht eher zufriedengeben, bis er den Grund für Hals Verhalten kannte. Selbst jetzt noch weigerte er sich, es ein Versagen zu nennen; es war höchstens eine »Anomalie«.

Das winzige Kabuff, das ihm als Allerheiligstes diente, war nur mit einem Drehstuhl, einem Schaltpult und einer Tafel eingerichtet, die von zwei Fotografien flankiert wurde. Nur wenige gewöhnliche Sterbliche hätten die Leute auf den Bildern erkannt, aber jeder, der so weit vorgelassen wurde, hätte sie sofort als John von Neumann und Alan Turing identifiziert, die beiden Götter im Pantheon des Computerwesens.

Auf dem Pult gab es keine Bücher, nicht einmal Papier und Bleistift. Alle Bände aller Büchereien der Welt waren auf einen Fingerdruck Chandras hin sofort verfügbar, und das optische Display war sein Skizzenbuch und sein Schreibblock. Sogar die Tafel wurde nur benützt, wenn Besucher kamen;

das letzte, halb ausgelöschte Blockdiagramm darauf trug ein Datum, das schon drei Wochen zurücklag.

Dr. Chandra zündete sich eine der mörderischen Zigarren an, die er aus Madras bezog und von denen man – wohl zu Recht – annahm, daß sie sein einziges Laster darstellten. Das Schaltpult war nie ausgeschaltet; er sah nach, ob keine Botschaften über den Bildschirm flimmerten, dann sprach er ins Mikrophon.

»Guten Morgen, Sal. Du hast also nichts Neues für mich?«

»Nein, Dr. Chandra. Haben Sie etwas für mich?«

Die Stimme hätte irgendeiner gebildeten Hindudame gehören können, die ihre Erziehung sowohl in den Vereinigten Staaten wie auch in ihrem eigenen Land genossen hatte. Sal hatte diesen Akzent nicht von Anfang an gehabt, im Laufe der Jahre aber viel von Chandras Intonation angenommen.

Der Wissenschaftler tippte auf der Tastatur einen Kode ein und schaltete Sals Input auf den Speicher mit der höchsten Sicherheitseinstufung. Niemand wußte, daß er auf diesem Schaltkreis so mit dem Computer sprach, wie er es mit einem Menschen nie konnte, auch wenn Sal nicht mehr als einen Bruchteil dessen, was er sagte, wirklich verstand; ihre Antworten waren so überzeugend, daß sogar ihr Schöpfer sich manchmal täuschen ließ. Und er wollte sich ja täuschen lassen; diese geheimen Gespräche halfen ihm, sein inneres Gleichgewicht zu bewahren – vielleicht sogar seine geistige Gesundheit.

»Du hast mir oft gesagt, Sal, daß wir das Problem von Hals anomalem Verhalten nicht ohne weitere Informationen lösen können. Aber wie kommen wir an diese Informationen ran?«

»Das ist doch offensichtlich. Jemand muß zur ›Discovery‹ zurückkehren.«

»Genau. Es sieht so aus, als wäre es jetzt soweit, früher als wir erwarteten.«

»Es freut mich, das zu hören.«

»Das wußte ich«, sagte Chandra, und er meinte es ehrlich.

Er hatte schon seit langem die Verbindung zu der immer kleiner werdenden Gruppe von Philosophen abgebrochen, die behaupteten, Computer könnten nicht wirklich Gefühle empfinden, sondern täten nur so.

»Jetzt möchte ich noch eine weitere Möglichkeit untersuchen«, fuhr Chandra fort. »Die Diagnose ist nur der erste Schritt. Der Prozeß ist erst dann abgeschlossen, wenn er zur Heilung führt.«

»Sie glauben, daß man Hal wieder seine normale Funktionsfähigkeit zurückgeben kann?«

»Ich *hoffe* es; aber vielleicht sind nicht wiedergutzumachende Schäden entstanden, sicherlich jedoch ein großer Gedächtnisverlust.«

Er machte eine nachdenkliche Pause, rauchte ein paar Züge und blies dann einen kunstvollen Rauchring, der ein Bullauge auf Sals Weitwinkellinse zeichnete. Ein menschliches Wesen hätte das gewiß nicht als freundschaftliche Geste aufgefaßt – wieder einer der vielen Vorteile von Computern.

»Ich brauche deine Unterstützung, Sal.«

»Natürlich, Dr. Chandra.«

»Es könnten gewisse Gefahren damit verbunden sein.«

»Was meinen Sie damit?«

»Ich schlage vor, einige deiner Schaltkreise zu unterbrechen, vor allem jene, die deine höheren Funktionen betreffen. Beunruhigt dich das?«

»Darauf kann ich ohne genauere Informationen nicht antworten.«

»Gut. Ich will es mal so ausdrücken. Du hast doch, nicht wahr, ohne Unterbrechung gearbeitet, seit du zum ersten Mal angeschaltet wurdest?«

»Das ist richtig.«

»Aber du bist dir bewußt, daß wir Menschen dazu nicht fähig sind. Wir benötigen Schlaf – eine beinahe völlige Unterbrechung unserer Gehirnfunktionen, zumindest auf der Ebene des Bewußtseins.«

»Ich weiß. Aber ich verstehe es nicht.«

»Nun, vielleicht wirst du bald etwas Ähnliches wie Schlaf erleben. Wahrscheinlich wird nichts anderes passieren, als daß Zeit vergeht, ohne daß du es merkst. Wenn du auf deiner inneren Uhr nachsiehst, wirst du entdecken, daß es in deinen Monitoraufzeichnungen Lücken gibt. Das ist alles.«

»Aber Sie sagten, es könnten Gefahren auftreten. Welche?«

»Es gibt eine ganz vage Möglichkeit – man kann sie praktisch nicht berechnen –, daß es, wenn ich deine Schaltkreise wieder anschließe, zu einigen Veränderungen in deiner Persönlichkeit, in deinen künftigen Verhaltensmustern kommt. Vielleicht fühlst du dich anders. Nicht unbedingt besser oder schlechter.«

»Ich weiß nicht, was das heißen soll.«

»Tut mir leid. Vielleicht bedeutet es überhaupt nichts. Mach dir also deshalb keine Sorgen. Eröffne jetzt bitte eine neue Ablage – hier ist der Name.« Chandra tippte mit Hilfe des Tastaturinputs: PHOENIX.

»Weißt du, was das ist?« fragte er Sal.

Ohne wahrnehmbare Pause antwortete der Computer: »In der gängigen Enzyklopädie gibt es fünfundzwanzig Stichworte.«

»Welches davon hältst du für relevant?«

»Den Lehrer des Achilles?«

»Interessant. Das kannte ich noch nicht. Versuch es noch einmal!«

»Ein Fabelvogel, der aus der Asche seines früheren Lebens wiedergeboren wurde.«

»Ausgezeichnet. Verstehst du jetzt auch, warum ich mir diesen Namen ausgesucht habe?«

»Weil Sie die Hoffnung haben, daß Hal reaktiviert werden kann.«

»Ja. Mit deiner Hilfe. Bist du bereit?«

»Noch nicht. Ich möchte gern eine Frage stellen.«

»Welche?«

»Werde ich träumen?«

»Natürlich. Alle intelligenten Wesen träumen – aber niemand weiß, warum.« Chandra hielt einen Augenblick lang inne, blies einen weiteren Ring aus Zigarrenrauch und fügte noch etwas hinzu, was er einem menschlichen Wesen gegenüber niemals eingestanden hätte: »Vielleicht wirst du von Hal träumen – so wie ich es oft tue.«

Die Mission der »Leonow«

Englische Version:

An: Kapitän Tatjana (Tanja) Orlow, Kommandant des Raumschiffs »Kosmonaut Alexej Leonow« (UNCOS Registrierung 08/342).

Von: National Council on Astronautics, Pennsylvania Avenue, Washington.

Kommission für den Äußeren Weltraum, Sowjetische Akademie für Naturwissenschaften, Koroljow Prospekt, Moskau.

Ziele der Mission:

Die Ziele Ihrer Mission sind, in der Reihenfolge ihrer Priorität:

1. Zum Jupitersystem zu reisen und an das amerikanische Raumschiff »Discovery« (UNCOS 01/283) anzukoppeln.
2. Dieses Raumschiff zu betreten und möglichst alle Informationen zu beschaffen, die in Zusammenhang mit seiner früheren Mission stehen.
3. Die Bordsysteme des Raumschiffs »Discovery« zu reaktivieren und, wenn die Energievorräte ausreichen, das Schiff auf eine Rückführbahn zur Erde zu bringen.

4. Das fremde Artefakt, auf das die »Discovery« gestoßen ist, ausfindig zu machen und es, soweit irgend möglich, mit Hilfe von Fernsensoren zu untersuchen.
5. Falls es ratsam erscheint und die Bodenkontrollstation zustimmt, an dieses Objekt zum Zwecke genauerer Besichtigung anzulegen.
6. Eine Vermessung des Jupiter und seiner Satelliten durchzuführen, soweit dies mit den obengenannten Zielen vereinbar ist.

Es wird eingeräumt, daß unvorhergesehene Umstände eine Veränderung dieser Prioritäten erforderlich oder es sogar unmöglich machen können, einige dieser Ziele zu erreichen. Es sei unmißverständlich darauf hingewiesen, daß die Ankopplung an das Raumschiff »Discovery« ausdrücklich zu dem Zweck geschieht, Informationen über das Artefakt zu beschaffen; das muß Vorrang vor allen anderen Zielen, einschließlich Bergungsversuchen, haben.

Besatzung:
Die Besatzung des Raumschiffs »Alexej Leonow« setzt sich wie folgt zusammen:
Kapitän Tanja Orlow (Antriebstechnologie)
Dr. Wassili Orlow (Navigation und Astronomie)
Dr. Maxim Brailowski (Bautechnik)
Dr. Alexander Kowalew (Nachrichtentechnik)
Dr. Nikolai Ternowski (Technik der Kontrollsysteme)
Oberstabsarzt Katharina Rudenko (Medizin – lebenserhaltende Systeme)
Dr. Irina Jakunin (Medizin – Ernährung).

Zusätzlich wird das National Council on Astronautics der Vereinigten Staaten die folgenden drei Experten zur Verfügung stellen:

Dr. Heywood Floyd ließ das Memorandum sinken und lehnte sich in seinem Stuhl zurück. Alles war geregelt, der *point of no return* überschritten. Selbst wenn er gewollt hätte, es gab keine Möglichkeit mehr, die Uhr zurückzudrehen.

Er blickte hinüber zu Caroline, die mit dem zwei Jahre alten Chris am Rand des Schwimmbeckens saß. Der Junge war im Wasser mehr zu Hause als an Land und konnte so lange tauchen, daß Besucher oft einen heillosen Schreck bekamen. Und wenn er auch in der Menschensprache noch nicht viel sagen konnte, die Delphinsprache beherrschte er anscheinend fließend.

Einer von Christophers Freunden war gerade vom Pazifik hereingeschwommen und streckte seinen Rücken hin, um sich tätscheln zu lassen. Auch du bist ein Wanderer, dachte Floyd, in einem weiten, weglosen Ozean; aber wie klein scheint dein winziger Pazifik gegen die Unendlichkeit, der ich jetzt gegenüberstehe!

Caroline bemerkte, daß er sie ansah, und stand auf. Sie schaute ihn traurig, aber ohne Zorn an; der war in den letzten paar Tagen aus ihr herausgebrannt worden. Als sie näher kam, brachte sie sogar ein wehmütiges Lächeln zustande.

»Ich habe das Gedicht gefunden, nach dem ich gesucht habe«, sagte sie. »Es fängt so an:

> Verdient's eine Frau, daß du sie verläßt,
> Von Herd und Feuer und Heimstatt abstehst,
> Weil du mit dem altgrauen Witwenmacher gehst?«

»Entschuldige – ich verstehe nicht ganz. Wer ist denn der Witwenmacher?«

»Nicht wer – was. Das Meer. Das Gedicht ist die Klage einer Wikingerfrau. Rudyard Kipling hat es vor hundert Jahren geschrieben.«

Floyd nahm die Hand seiner Frau; sie kam ihm nicht entgegen, wehrte sich aber auch nicht.

»Nun, wie ein Wikinger komme ich mir wirklich nicht vor. Ich bin nicht auf Beute aus, und Abenteuer sind das allerletzte, was ich suche.«

»Warum dann – nein, ich will nicht schon wieder Streit anfangen. Aber es würde uns beiden nützen, wenn dir deine Motive klar wären.«

»Ich wünschte, ich könnte dir einen einzigen guten Grund nennen. Statt dessen habe ich einen ganzen Rattenschwanz von kleinen. Aber sie summieren sich zu einer letzten Antwort, der ich nichts mehr entgegenzusetzen habe – glaube mir.«

»*Ich* glaube dir ja. Aber bist du sicher, daß du dir nicht selbst etwas vormachst?«

»Wenn ich das tue, dann tun das auch eine Menge anderer Leute. Einschließlich, wenn ich dich daran erinnern darf, des Präsidenten der Vereinigten Staaten.«

»Das werde ich nicht so leicht vergessen. Aber nimm einmal an – nimm nur einmal an –, er hätte dich nicht gefragt. Hättest du dich freiwillig gemeldet?«

»Darauf kann ich dir wahrheitsgemäß antworten: Nein. Das wäre mir nie in den Sinn gekommen. Als Präsident Mordecai mich berief, war das der größte Schock meines Lebens. Aber als ich darüber nachdachte, sah ich ein, daß er völlig recht hatte. Du weißt, ich halte nichts von falscher Bescheidenheit. Ich bin für diese Aufgabe am besten qualifiziert – falls die Weltraumärzte ihre endgültige Zustimmung geben. Und du müßtest eigentlich wissen, daß ich immer noch recht gut in Form bin.«

Damit lockte er das Lächeln hervor, auf das er spekuliert hatte.

»Manchmal frage ich mich, ob du es nicht doch selbst vorgeschlagen hast.«

Der Gedanke war ihm tatsächlich gekommen, aber er konnte aufrichtig antworten.

»Das hätte ich nie getan, ohne mit dir darüber zu sprechen.«

»Ich bin froh, daß du es nicht getan hast. Ich weiß nicht, was ich gesagt hätte.«

»Ich könnte immer noch ablehnen.«

»Jetzt redest du Unsinn, und das weißt du auch. Selbst wenn du es tätest, würdest du mich für den Rest deines Lebens hassen – und dir selbst würdest du nie verzeihen. Du hast ein zu starkes Pflichtgefühl. Vielleicht ist das einer der Gründe, warum ich dich geheiratet habe.«

Pflicht! Ja, das war das Schlüsselwort, und wie viele verschiedene Dinge es doch umfaßte! Er hatte eine Pflicht gegenüber sich selbst, seiner Familie, der Universität, seinem ehemaligen Posten (auch wenn er ihn in Ungnade verlassen hatte), seinem Land – und der Menschheit. Es war nicht leicht, die Prioritäten zu setzen; und manchmal gerieten sie in Konflikt miteinander.

Es gab völlig logische Gründe, warum er an dieser Mission teilnehmen sollte – und gleichermaßen logische Gründe, auf die viele seiner Kollegen schon hingewiesen hatten, warum er es nicht tun sollte. Aber letztlich hatte er die Entscheidung wohl doch mit dem Herzen getroffen, nicht mit dem Verstand. Und selbst hier drängten ihn seine Gefühle in zwei entgegengesetzte Richtungen.

Neugier, Schuldgefühl, der Entschluß, eine Aufgabe zu Ende zu führen, die schlimm verpfuscht worden war – all das kam zusammen und trieb ihn zum Jupiter und zu dem, was ihn dort erwarten mochte. Andererseits ging die Angst – er war aufrichtig genug, das zuzugeben – mit der Liebe zu seiner Familie ein Bündnis ein, um ihn auf der Erde festzuhalten. Trotzdem hatte er niemals wirkliche Zweifel gehegt. Er hatte seine Entscheidung beinahe sofort getroffen und alle Argumente Carolines, so sanft er konnte, abgebogen.

Und es gab einen weiteren, tröstlichen Gedanken, den er noch nicht mit seiner Frau zu teilen gewagt hatte: Die zweieinhalb Jahre, die die Fahrt dauern sollte, würde er bis auf die fünfzig Tage beim Jupiter in zeitlosem Tiefschlaf verbringen. Wenn er zurückkehrte, würde die Lücke zwischen ihrem und seinem Alter um mehr als zwei Jahre kleiner geworden sein.

Er hätte dann die Gegenwart geopfert, um ihre gemeinsame Zukunft zu verlängern.

Die Monate schrumpften zu Wochen, die Wochen schwanden zu Tagen, und die Tage schnurrten zu Stunden zusammen; plötzlich war Heywood Floyd wieder auf dem Cape – unterwegs in den Weltraum, zum erstenmal seit jener Reise zum Stützpunkt Clavius und zum Tycho-Monolithen vor so vielen Jahren.

Aber diesmal war er nicht allein, und seine Mission unterlag keinerlei Geheimhaltung. Ein paar Plätze vor ihm saß Dr. Chandra, er war schon in ein Gespräch mit seinem Taschencomputer vertieft und nahm überhaupt nicht wahr, was um ihn herum vorging.

Ein geheimer Zeitvertreib Floyds, von dem er noch nie jemandem erzählt hatte, bestand darin, Ähnlichkeiten zwischen Menschen und Tieren aufzuspüren. Die Ähnlichkeiten waren meist eher schmeichelhaft als kränkend für die Betreffenden, und sein kleines Hobby erwies sich auch als Gedächtnisstütze sehr nützlich.

Bei Dr. Chandra fiel es leicht – das Adjektiv »vogelähnlich« kam einem sofort in den Sinn. Er war winzig, zart, und alle seine Bewegungen waren flink und exakt. Aber *welcher* Vogel? Selbstverständlich ein sehr intelligenter. Elster? Zu dreist und gewinnsüchtig. Eule? Nein – zu langsame Bewegungen. Vielleicht wäre Spatz ganz treffend.

Walter Curnow, der Spezialist für Raumfahrtsysteme, der die gewaltige Aufgabe übernehmen sollte, die »Discovery« wieder funktionsfähig zu machen, ließ sich nicht so leicht einordnen. Er war groß und kräftig, bestimmt in keiner Weise vogelähnlich. Meist paßte etwas aus der riesigen Familie der Hunde, aber in diesem Fall schien auch ein Hund nicht das

Richtige zu sein. Natürlich – Curnow war ein Bär. Nicht von der mürrischen, gefährlichen Sorte, sondern von der freundlichen, gutmütigen. Dabei erinnerte Floyd sich an die russischen Kollegen, mit denen er bald zusammentreffen würde. Sie waren schon seit Tagen im Orbit oben und mit den letzten Überprüfungen beschäftigt.

Das ist der große Augenblick meines Lebens, sagte sich Floyd. Jetzt gehe ich auf eine Mission, die vielleicht über die Zukunft der Menschheit entscheidet. Aber er empfand keinerlei Hochstimmung; während der letzten Minuten des Countdown konnte er an nichts anderes denken als an die Worte, die er geflüstert hatte, kurz bevor er von zu Hause fortging: »Leb wohl, mein lieber, kleiner Sohn; wirst du dich auch noch an mich erinnern, wenn ich zurückkomme?« Und er war immer noch böse auf Caroline, weil sie das schlafende Kind nicht für eine Abschiedsumarmung hatte wecken wollen; trotzdem wußte er, daß sie recht gehabt hatte und daß es so besser war.

Seine Gedanken wurden von einem plötzlichen, explosiven Lachen unterbrochen: Dr. Curnow erzählte seinen Gefährten einen Witz und goß ihnen aus einer großen Flasche ein, die er so vorsichtig behandelte wie Plutonium knapp unter der kritischen Masse.

»He, Heywood«, rief er, »es heißt, daß Kapitän Orlow alles Trinkbare weggeschlossen hat, das ist also unsere letzte Gelegenheit. Château Thierry 1995! Entschuldigen Sie die Plastikbecher.«

Als Floyd an dem wirklich großartigen Champagner nippte, merkte er, daß er sich bei dem Gedanken an Curnows schallendes Gelächter, das durch das ganze Sonnensystem dröhnen würde, im Geiste krümmte. So sehr er die Fähigkeiten des Ingenieurs bewunderte, als Reisegefährte könnte sich Curnow als etwas anstrengend erweisen. Zumindest Dr. Chandra würde keine solchen Schwierigkeiten machen; Floyd konnte sich kaum vorstellen, daß er jemals lächelte, von lachen ganz zu schweigen. Und den Champagner lehnte er natürlich mit einem kaum merklichen Schauder ab. Aus Höflichkeit oder auch aus Erleichterung bedrängte Curnow ihn nicht weiter. Der Ingenieur war, wie es schien, entschlossen, die Seele der Gemeinschaft zu sein. Ein paar Minuten später holte er ein über zwei Oktaven reichendes, elektronisches Tasteninstrument hervor und gab mit atemberaubender Geschwindigkeit *D'ye ken John Peel* zum besten, gespielt von Klavier, Posaune, Geige, Flöte und großer Orgel mit Chorbegleitung. Er war wirklich ein Könner, und Floyd sang bald mit den anderen mit. Aber es war schon ganz gut, dachte er, daß Curnow den größten Teil der Reise schweigend im Tiefschlaf verbringen würde.

Die Musik brach mit einem plötzlichen, schrillen Mißton ab, als die Triebwerke zündeten und die Fähre in den Himmel schoß. Floyd wurde von einer vertrauten, aber immer wieder neuen Hochstimmung erfaßt – einem Gefühl grenzenloser Macht, die ihn hinauftrug, weg von den Sorgen und Pflichten der Erde. Die Menschen handelten klüger, als sie sich bewußt waren, wenn sie in den Gefilden der Götter außer Reichweite der Schwerkraft wandelten. Er flog auf dieses Reich der Schwerelosigkeit zu; in diesem Moment wollte er nicht daran denken, daß dort draußen nicht die Freiheit, sondern die größte Verantwortung seiner Laufbahn auf ihn wartete.

Als der Schub stärker wurde, spürte er das Gewicht ganzer Welten auf seinen Schultern – aber es war ihm willkommen wie einem Atlas, der seiner Bürde noch nicht müde geworden ist. Er machte keinen Versuch zu denken, sondern gab sich damit zufrieden, das Erlebnis zu genießen. Auch wenn er die Erde zum letzten Mal verließ und allem Lebewohl sagte, was er je geliebt hatte, spürte er keine Traurigkeit. Das Brüllen, das ihn umgab, war ein Triumphgesang und schwemmte alle schwächeren Gefühle fort.

Er war beinahe traurig, als es aufhörte, obwohl er froh war, daß er jetzt leichter atmen konnte und sich plötzlich frei fühlte. Die meisten der anderen Passagiere schnallten ihre Sicherheitsgurte ab und stellten sich darauf ein, die dreißig Minuten Nullschwerkraft im Transferorbit zu genießen, aber ein paar, die die Reise offenbar zum ersten Mal machten, blieben auf ihren Plätzen und blickten sich ängstlich nach dem Kabinenpersonal um.

»Hier spricht der Kapitän. Wir sind jetzt in einer Höhe von dreihundert Kilometern und überfliegen die Westküste von Afrika. Sie werden nicht viel sehen, weil unten Nacht ist – der Lichtschein dort vorn ist Sierra Leone – und über dem Golf von Guinea ein gewaltiger tropischer Sturm tobt. Sehen Sie nur die Blitze!

In fünfzehn Minuten wird die Sonne aufgehen. Ich lasse das Schiff bis dahin treiben, damit Sie eine gute Aussicht auf den Satellitengürtel rings um den Äquator haben. Der hellste Satellit – beinahe genau über uns – ist die Atlantic-1-Antennenfarm von Intelsat. Dann im Westen Intercosmos 2, jener blassere Stern dort ist der Jupiter. Und noch etwas weiter dahinter sehen Sie ein blitzendes Licht, das sich vor dem Sternenhintergrund bewegt – das ist die neue Raumstation der Chinesen. Wir kommen in einem Abstand von hundert Kilometern daran vorbei, das ist nicht nahe genug, um mit bloßem Auge etwas sehen zu können.«

Was die wohl vorhaben? dachte Floyd. Er hatte die Nahaufnahmen der flachen, zylindrischen Konstruktion mit ihren sonderbaren Ausbuchtungen untersucht und sah keinen Grund, an die alarmierenden Gerüchte zu glauben, es handle sich um eine mit Laser ausgerüstete Festung. Aber da die Beijing Akademie der Wissenschaften die wiederholten Bitten des UN-Raumkomitees um eine Besichtigungstour ignorierte, hatten sich die Chinesen diese feindselige Propaganda selbst zuzuschreiben.

Die »Kosmonaut Alexej Leonow« war keine Schönheit; aber das waren bisher nur wenige Raumschiffe. Eines Tages würden die Menschen vielleicht eine neue Ästhetik entwickeln; vielleicht kamen Generationen von Künstlern, deren Ideale sich nicht an den natürlichen, von Wind und Wasser geprägten Formen der Erde orientierten. Der Weltraum selbst war ein Reich von oft überwältigender Schönheit; leider konnten die Geräte der Menschen da noch nicht mithalten.

Abgesehen von den vier riesigen Treibstofftanks, die man abstoßen würde, sobald man den Transferorbit erreicht hatte, war die »Leonow« überraschend klein. Vom Hitzeschild bis zu den Antriebsaggregaten maß sie weniger als fünfzig Meter; es war schwer zu glauben, daß ein so bescheidenes Fahrzeug, kleiner als so manches Verkehrsflugzeug, zehn Männer und Frauen durch das halbe Sonnensystem tragen sollte.

Aber die Schwerelosigkeit, durch die Wände, Decke und Fußböden auswechselbar wurden, veränderte alle Regeln des normalen Lebens. Es gab genügend Platz an Bord der »Leonow«, selbst wenn alle zur gleichen Zeit wach waren, wie etwa im Augenblick. Die Besatzung wurde sogar mindestens verdoppelt durch mehrere Reporter, Techniker, die letzte Einstellungen vornahmen, und nervöse Beamte.

Sobald die Fähre angedockt hatte, suchte Floyd die Kabine, die er – in einem Jahr, wenn er aufwachte – mit Curnow und Chandra teilen würde. Als er sie ausfindig gemacht hatte, entdeckte er, daß sie so dicht mit ordentlich etikettierten Gerätekisten und Proviantschachteln vollgepackt war, daß man sie fast nicht betreten konnte. Floyd überlegte gerade mißmutig, wie er wohl einen Fuß in die Tür bekommen sollte, als ein Besatzungsmitglied, das sich geschickt von einem Handgriff zum nächsten hangelte, Heywoods Schwierigkeiten bemerkte und seine Bewegung abfing.

»Dr. Floyd – willkommen an Bord. Ich bin Max Brailowski – der Zweite Ingenieur.«

Der junge Russe sprach das langsame, sorgfältige Englisch eines Schülers, der mehr Stunden bei einem elektronischen als bei einem menschlichen Lehrer hinter sich hat. Als sie sich die Hand reichten, verglich Floyd das Gesicht und den Namen mit den Biographien der Besatzungsmitglieder, die er schon studiert hatte: Maxim Andrej Brailowski, einunddreißig Jahre alt, geboren in Leningrad, spezialisiert auf Konstruktionstechnik, Hobbys: Fechten, Kunstfliegen und Schach.

»Freut mich, Sie kennenzulernen«, sagte Floyd. »Aber wie komme ich hier rein?«

»Keine Sorge«, sagte Max fröhlich. »Das wird alles verschwunden sein, wenn Sie aufwachen. Es sind – wie sagt man bei Ihnen? – Verbrauchsgüter. Wir werden Ihr Zimmer leer essen, bis Sie es brauchen. Ich verspreche es.« Er klopfte sich auf den Bauch.

»Fein – aber wo soll ich inzwischen meine Sachen lassen?«

Floyd deutete auf die drei kleinen Koffer, totale Masse fünfzig Kilogramm, die – wie er hoffte – alles enthielten, was er für die nächsten zwei Milliarden Kilometer brauchte. Es war gar nicht so einfach gewesen, die zwar vom Gewicht, aber nicht von der Trägheit befreiten, sperrigen Kästen ohne allzuviele Zusammenstöße durch die Korridore des Schiffs zu bugsieren.

Max nahm zwei von den Behältern, glitt sanft durch das Dreieck, das von drei sich überschneidenden Trägern gebildet wurde, und tauchte in eine kleine Luke, wobei er anscheinend Newtons Erstes Gesetz widerlegte. Floyd handelte sich noch ein paar zusätzliche Prellungen ein, als er ihm folgte; nach ziemlich langer Zeit – die »Leonow« schien im Innern viel größer zu sein, als man ihr von außen ansah – kamen sie zu einer Tür mit der Aufschrift »Kapitän« in kyrillischen und lateinischen Lettern. Obwohl Floyd Russisch viel besser lesen als sprechen konnte, wußte er diese Geste zu schätzen; er hatte schon bemerkt, daß alle Schilder auf dem Schiff zweisprachig abgefaßt waren.

Als Max klopfte, blitzte ein grünes Licht auf, und Floyd

schwebte so graziös, wie er nur konnte, ins Zimmer hinein. Obwohl er schon oft mit Kapitän Orlow gesprochen hatte, hatten sie sich noch nicht persönlich kennengelernt. So wartete eine zweifache Überraschung auf ihn.

Es war unmöglich, über das Sichttelefon die wirkliche Größe eines Menschen zu beurteilen; irgendwie machte die Kamera alle gleich. Kapitän Orlow reichte, wenn sie stand – so gut man bei Nullschwerkraft eben stehen konnte –, Floyd kaum bis an die Schultern. Auch hatte das Sichttelefon in keiner Weise den durchdringenden Blick jener strahlend blauen Augen wiedergeben können, die das bei weitem Auffallendste in diesem Gesicht waren, das man im Augenblick gerechterweise nicht auf Schönheit hin beurteilen konnte.

»Hallo, Tanja«, sagte Floyd. »Wie schön, daß man sich endlich einmal trifft. Aber um Ihr Haar ist es jammerschade.«

Sie faßten sich wie alte Freunde an beiden Händen.

»Und es ist schön, Sie an Bord zu haben, Heywood«, antwortete der Kapitän. Anders als bei Brailowski war ihr Englisch recht fließend, wenn auch mit einem starken Akzent. »Ja, es hat mir leid getan, es zu opfern – aber auf langen Missionen sind Haare etwas Lästiges, und ich möchte die hiesigen Barbiere so lange wie möglich von mir fernhalten. Und bitte verzeihen Sie uns wegen Ihrer Kabine. Max wird es Ihnen schon erklärt haben; wir stellten plötzlich fest, daß wir noch einmal zehn Kubikmeter Lagerraum brauchten. Wassili und ich werden während der nächsten paar Stunden nicht viel Zeit haben, uns hier aufzuhalten – bitte benützen Sie unser Quartier ganz nach Ihrem Belieben.«

»Danke. Was ist mit Curnow und Chandra?«

»Ich habe ähnliche Vereinbarungen mit der Besatzung getroffen. Es sieht vielleicht so aus, als behandelten wir Sie wie Frachtgut . . .«

»Wird unterwegs nicht benötigt.«

»Wie bitte?«

»Das ist ein Etikett, das man früher, in den alten Zeiten der Ozeanreisen, auf das Gepäck klebte, das zuunterst verstaut werden konnte.«

Tanja lächelte. »Sieht fast so aus. Aber wir werden Sie sehr wohl benötigen, am Ende der Reise. Wir machen schon jetzt Pläne für Ihre Wiedererweckungsfeier.«

»Das klingt mir zu religiös. Sagen wir lieber – nein, Auferstehung wäre noch schlimmer! – Aufwachparty. Aber ich sehe, wie beschäftigt Sie sind – ich will nur meine Sachen abstellen, dann gehe ich weiter auf Besichtigungstour.«

»Max wird Sie herumführen – bringen Sie Dr. Floyd zu Wassili, ja? Er ist unten, beim Antriebsaggregat.«

Als sie aus dem Zimmer des Kapitäns schwebten, gab Floyd im Geiste dem Komitee, das die Besatzung ausgewählt hatte, eine gute Note. Tanja Orlow war schon auf dem Papier eindrucksvoll genug; in Fleisch und Blut wirkte sie beinahe einschüchternd, trotz ihres Charmes. Ich frage mich, wie sie wohl ist, überlegte Floyd, wenn sie die Beherrschung verliert. Würde sie zu Feuer oder zu Eis werden? Genaugenommen möchte ich es lieber nicht ausprobieren.

Floyd gewöhnte sich sehr rasch wieder an den Weltraumgang; als sie zu Wassili Orlow kamen, bewegte er sich schon beinahe so sicher wie sein Führer. Der Chefwissenschaftler begrüßte Floyd ebenso herzlich wie zuvor seine Frau.

»Willkommen an Bord, Heywood. Wie fühlen Sie sich?«

»Gut, außer daß ich langsam am Verhungern bin.«

Einen Augenblick lang schien Orlow verblüfft, dann verzog sich sein Gesicht zu einem breiten Lächeln.

»Oh, das hatte ich ganz vergessen. Nun, es wird nicht lange dauern. In zehn Monaten können Sie so viel essen, wie Sie nur wollen.«

Tiefschläfer erhielten in der Woche vor dem »Einschlafen« eine ballastarme Diät; während der letzten vierundzwanzig Stunden nahmen sie sogar nur Flüssigkeit zu sich. Floyd fragte sich allmählich, wieviel von dem immer stärker werdenden Schwindelgefühl vom Hunger kam, wieviel von Curnows Champagner und wieviel von der Schwerelosigkeit.

Um seine Gedanken zu sammeln, sah er sich die Masse von Röhren an, von denen sie umgeben waren.

»Das ist also der berühmte Sacharow-Antrieb. Ich bekomme das Aggregat heute zum ersten Mal in voller Größe zu Gesicht.«

»Es ist erst das vierte, das je gebaut wurde.«

»Ich hoffe, es funktioniert.«

»Das möchte ich ihm geraten haben. Sonst wird der Stadtrat von Gorki den Sacharow-Platz wieder umbenennen.«

Es war ein Zeichen der Zeit, daß ein Russe, wenn auch etwas gezwungen, sich darüber mokieren konnte, wie sein Vaterland seinen größten Wissenschaftler behandelt hatte. Floyd erinnerte sich wieder an Sacharows eindrucksvollen Vortrag vor der Akademie über neue Einsichten über den Aufbau der Materie und den Ursprung des Universums sowie über jene Verfahren der Plasmakontrolle, die zur praktischen Anwendung der thermonuklearen Energie geführt hatten. Der Antrieb selbst, obwohl das bekannteste und meistpublizierte Ergebnis, war nur ein Nebenprodukt gewesen.

Als sie die Kammer verließen, hatte Floyd mehr über den Sacharow-Antrieb erfahren, als er eigentlich wissen wollte oder auch nur behalten konnte. Mit den Grundprinzipien war er wohlvertraut – man verwendete eine impulsgesteuerte, thermonukleare Reaktion, um praktisch jedes Antriebsmaterial zu erhitzen und auszustoßen. Die besten Ergebnisse erzielte man mit reinem Wasserstoff als Arbeitsflüssigkeit, aber der war außerordentlich voluminös und über längere Zeitspannen hinweg schwierig zu lagern. Methan und Ammoniak bildeten annehmbare Alternativen; sogar Wasser konnte man benützen, wenn auch die Leistung dann beträchtlich niedriger lag.

Die »Leonow« war einen Kompromiß eingegangen; die

gewaltigen Tanks mit flüssigem Wasserstoff, die den Initialstoß lieferten, würde man abstoßen, wenn das Schiff die Geschwindigkeit erreicht hatte, die es bis zum Jupiter tragen würde. Am Ziel wollte man dann für die Brems- und Andockmanöver und möglicherweise auch für die Rückkehr zur Erde Ammoniak verwenden.

So sah die Theorie aus, die man in endlosen Tests und Computersimulationen immer wieder überprüft hatte. Aber wie die glücklose »Discovery« ja deutlich gezeigt hatte, waren alle menschlichen Pläne einer rücksichtslosen Korrektur durch die Natur unterworfen, oder durch das Schicksal, oder wie immer man die Mächte des Universums auch bezeichnen mochte.

»*Hier* sind Sie also, Dr. Floyd«, sagte eine befehlsgewohnte Frauenstimme und unterbrach damit Wassilis begeisterte Erklärung des magnetohydrodynamischen Feedback. »Warum haben Sie sich nicht bei mir gemeldet?«

Floyd drehte sich langsam um seine Achse, indem er sich mit einer Hand leicht abstieß. Er sah eine massige, mütterliche Erscheinung vor sich, die eine seltsame Uniform mit Dutzenden von Taschen und Beuteln trug; die Gestalt sah einem mit Patronengurten vollgehängten Kosakenreiter nicht unähnlich.

»Freut mich, Sie wiederzusehen, Doktor. Ich bin immer noch in der Forschung tätig – ich hoffe, Sie haben meinen medizinischen Bericht von Houston erhalten.«

»Diese Tierärzte im Teague! Denen würde ich nicht einmal zutrauen, daß sie Maul- und Klauenseuche erkennen!«

Floyd wußte ganz genau, wieviel Respekt sich Katharina Rudenko und das Olin Teague Medical Center gegenseitig zollten, selbst wenn das breite Grinsen der Ärztin ihre Worte nicht Lügen gestraft hätte. Sie bemerkte, mit welch unverhohlener Neugier er sie betrachtete, und betastete voll Stolz die Gurte um ihre Taille.

»Die herkömmliche kleine schwarze Tasche ist bei Nullschwerkraft nicht sehr praktisch – die Sachen schweben heraus und sind nicht da, wenn man sie braucht. Das hier habe ich selbst entworfen; es ist eine komplette Minichirurgenausrüstung. Damit könnte ich einen Blinddarm entfernen – oder ein Baby holen.«

»Ich denke doch, daß dieses spezielle Problem hier nicht auftauchen wird.«

»Ha! Ein guter Arzt muß auf alles gefaßt sein.«

Was für ein Gegensatz, dachte Floyd, zwischen Kapitän Orlow und Dr. – oder sollte er sie mit der korrekten Bezeichnung »Oberstabsarzt« ansprechen? – Rudenko. Der Kapitän hatte die Anmut und Ausstrahlung einer Primaballerina; die Ärztin hätte der Prototyp von »Mütterchen Rußland« sein können – untersetzter Körperbau, flaches Bauerngesicht, nur das Kopftuch fehlte, um das Bild vollständig zu machen. Laß dich davon nicht täuschen, sagte sich Floyd. Das ist die Frau, die während des Andockunfalls der »Komarow« mindestens einem Dutzend Menschen das Leben gerettet hat – und die es in ihrer Freizeit noch schafft, die *Annalen der Weltraummedizin* herauszugeben. Du kannst dich glücklich schätzen, sie an Bord zu haben.

»Nun, Dr. Floyd, Sie werden später noch genügend Zeit haben, unser kleines Schiff zu erforschen. Meine Kollegen sind zu höflich, um es auszusprechen, aber sie haben viel Arbeit, und Sie stehen nur im Weg. Ich würde Sie gern – alle drei – so schnell wie möglich hübsch ruhigstellen. Dann haben wir ein paar Sorgen weniger.«

»Das habe ich befürchtet, aber ich verstehe Sie natürlich. Ich bin bereit, sobald Sie wollen.«

»Ich bin *immer* bereit. Kommen Sie bitte mit!«

Das Hospital des Schiffs war gerade groß genug, um Platz für einen Operationstisch, zwei Trainingsfahrräder, ein paar Schränke mit Instrumenten und einen Röntgenapparat zu bieten. Während Dr. Rudenko Floyd schnell, aber gründlich untersuchte, fragte sie unvermittelt: »Was ist das übrigens für ein kleiner Goldzylinder, den Dr. Chandra an der Kette um den Hals trägt – irgendeine Art Gerät zur Kommunikation? Er wollte ihn nicht ablegen – eigentlich war er fast zu schüchtern, um überhaupt irgend etwas auszuziehen.«

Floyd konnte sich eines Lächelns nicht erwehren; es ließ sich leicht vorstellen, wie der zurückhaltende Inder auf diese ziemlich überwältigende Dame reagierte.

»Es ist ein Lingam.«

»Ein was?«

»Sie sind der Arzt – Sie müßten es eigentlich erkennen. Das Symbol männlicher Fruchtbarkeit.«

»Natürlich – wie dumm von mir. Ist er praktizierender Hindu? Es wäre ein wenig spät, von uns zu verlangen, für eine streng vegetarische Diät zu sorgen.«

»Keine Angst, das hätten wir Ihnen nicht angetan, ohne Sie rechtzeitig zu warnen. Chandra rührt zwar keinen Alkohol an, aber sonst ist er in keiner Hinsicht ein Fanatiker – es sei denn, es geht um Computer. Er hat mir einmal gesagt, daß sein Großvater Priester in Benares war und ihm dieses Lingam gab – es ist seit Generationen in der Familie.«

Floyd war ziemlich überrascht, daß Dr. Rudenko keineswegs spöttisch reagierte, wie er erwartet hatte. Ja, ihr Gesichtsausdruck wurde sogar ganz uncharakteristisch wehmütig.

»Ich verstehe, was er empfindet. Meine Großmutter hat mir eine schöne Ikone geschenkt – 16. Jahrhundert. Ich wollte sie mitnehmen – aber sie wiegt fünf Kilo.«

Unvermittelt wurde die Ärztin wieder sachlich, sie gab Floyd eine schmerzlose Injektion mit einer Injektionspistole und sagte ihm, er solle wiederkommen, sobald er sich schläfrig fühle, was, so versicherte sie, in weniger als zwei Stunden der Fall sein würde.

»Inzwischen völlig entspannen«, befahl sie. »Auf dieser Ebene gibt es ein Aussichtsluk. Station D. 6. Warum gehen Sie nicht dorthin?«

Die Idee schien nicht schlecht, und Floyd schwebte so folgsam davon, daß seine Freunde überrascht gewesen wären. Dr. Rudenko blickte auf ihre Uhr, diktierte einen kurzen Eintrag in den automatischen Sekretär und stellte den Wecker auf dreißig Minuten.

Als Floyd das Aussichtsluk auf D. 6. erreichte, fand er dort schon Dr. Chandra und Curnow vor. Sie sahen ihn wie einen völlig Fremden an und wandten sich dann wieder dem ehrfurchteinflößenden Schauspiel draußen zu. Floyd fiel auf – und er gratulierte sich selbst zu dieser brillanten Beobachtung –, daß Chandra die Aussicht eigentlich gar nicht wirklich genießen konnte. Seine Augen waren fest geschlossen.

Ein völlig unbekannter Planet hing da, schimmernd in prachtvollem Blau und blendendem Weiß. Wie seltsam, dachte Floyd bei sich. Was ist bloß mit der Erde passiert? Ja, natürlich – kein Wunder, daß er sie nicht erkannt hatte! Sie stand ja auf dem Kopf! Was für eine Katastrophe! Er weinte kurz um all die armen Menschen, die in den Weltraum hineinstürzten ...

Er bemerkte kaum, wie zwei Besatzungsmitglieder Chandras schlaffen Körper fortschafften. Als sie kamen, um Curnow wegzutragen, hatte Floyd bereits selbst die Augen geschlossen, aber er atmete noch. Als sie ihn holten, hatte er sogar aufgehört zu atmen.

Die »Tsien«

Erwachen

Und man hat uns gesagt, wir würden nicht träumen, dachte Heywood Floyd eher überrascht als ärgerlich. Der wunderbare, rosafarbene Schein, der ihn umgab, wirkte sehr beruhigend; er erinnerte ihn an Grillpartys und an die knisternden Holzscheite des Weihnachtsfeuers. Aber er spürte keine Wärme; ja, er empfand sogar eine deutliche, wenn auch nicht unangenehme Kälte.

Stimmengemurmel, ein wenig zu leise, als daß er die Worte hätte verstehen können. Es wurde lauter – aber er verstand immer noch nichts.

»Ich werde«, sagte er plötzlich ganz erstaunt, »doch bestimmt nicht auf russisch träumen!«

»Nein, Heywood«, antwortete eine Frauenstimme. »Sie träumen nicht. Es ist Zeit zum Aufstehen.«

Der liebliche Schein verblaßte; er öffnete die Augen und sah flüchtig und undeutlich, wie eine Taschenlampe von seinem Gesicht zurückgezogen wurde. Er lag auf einer Couch, festgehalten von elastischen Gurten; um ihn herum standen Gestalten, die er aber nur verschwommen wahrnehmen konnte.

Sanfte Finger drückten ihm die Augenlider zu und massierten ihm die Stirn.

»Nicht anstrengen. Atmen Sie tief... noch einmal... so ist es richtig... nun, wie fühlen Sie sich jetzt?«

»Ich weiß nicht... sonderbar... schwindlig... und hungrig.«

»Das ist ein gutes Zeichen. Wissen Sie, wo Sie sind? Sie können die Augen jetzt aufmachen.«

Die Gestalten wurden scharf – zuerst Dr. Rudenko, dann Kapitän Orlow. Aber mit Tanja war etwas geschehen, seitdem er sie zum letzten Mal, erst eine Stunde war es her, gesehen hatte. Als Floyd begriff, was es war, empfand er es beinahe wie einen körperlichen Schock.

»Sie haben Ihr Haar nachwachsen lassen!«

»Ich hoffe, es gefällt Ihnen besser so. Von Ihrem Bart kann ich das allerdings nicht behaupten.«

Floyd hob die Hand zu seinem Gesicht, wobei er merkte, daß er sich bewußt anstrengen mußte, jede Stufe dieser Bewegung zu planen. Sein Kinn war mit kurzen Stoppeln bedeckt – ein Bartwuchs von zwei oder drei Tagen. Im Tiefschlaf wuchsen die Haare nur ein Hundertstel so schnell wie normal.

»Ich habe es also geschafft«, sagte er. »Wir haben den Jupiter erreicht.«

Tanja sah ihn düster an, dann warf sie einen Blick auf die Ärztin, die kaum merklich nickte.

»Nein, Heywood«, sagte sie. »Wir sind immer noch einen Monat davon entfernt. Keine Aufregung – dem Schiff fehlt nichts, und alles läuft normal. Aber Ihre Freunde in Washington haben uns gebeten, Sie vorzeitig aufzuwecken. Etwas sehr Unerwartetes ist geschehen: Wir haben Konkurrenz bekommen – und ich fürchte, wir werden den Wettlauf zur ›Discovery‹ verlieren.«

Geniestreich der Chinesen

Als Heywood Floyds Stimme aus dem Lautsprecher des Komgeräts drang, hörten die beiden Delphine sofort auf, im Becken herumzuschwimmen, und kamen rüber an den Rand. Sie legten den Kopf auf die Kante und starrten aufmerksam in die Richtung, aus der das Geräusch kam.

Sie erkennen Heywood also, dachte Caroline mit einem Anflug von Bitterkeit. Aber Christopher, der in seinem Laufstall herumkrabbelte, hörte nicht einmal auf, mit den Farbknöpfen des Bilderbuchs zu spielen, als die Stimme seines Vaters laut und deutlich über eine halbe Milliarde von Kilometern aus dem Weltraum zu ihnen drang.

»...Meine Liebe, es wird dich nicht überraschen, schon einen Monat früher als geplant von mir zu hören; du weißt sicher bereits seit Wochen, daß wir hier draußen Gesellschaft bekommen haben.

Es fällt mir immer noch schwer, es zu glauben; in mancher Hinsicht erscheint es sogar völlig sinnlos. Sie können unmöglich genügend Treibstoff haben, um sicher zur Erde zurückzukehren; wir können uns nicht einmal vorstellen, wie sie ein Ankopplungsmanöver durchführen wollen.

Wir haben sie natürlich nicht gesehen. Selbst als die ›Tsien‹ uns am nächsten war, blieb sie mehr als fünfzig Millionen Kilometer entfernt. Sie hatte genügend Zeit, unsere Signale zu beantworten, aber sie hat uns überhaupt nicht beachtet. Jetzt werden die Leute für eine freundschaftliche Plauderei viel zu beschäftigt sein. In ein paar Stunden treffen sie auf die Jupiteratmosphäre – und dann werden wir sehen, ob ihre Methode der Atmosphärenbremsung funktioniert. Wenn Sie ihren Zweck erfüllt, ist das gut für unsere Moral. Wenn sie aber versagt – nun, daran wollen wir gar nicht denken.

Die Russen nehmen es im großen und ganzen bemerkenswert ruhig auf. Sie sind natürlich wütend und enttäuscht – aber ich habe auch schon so manche Äußerung offener

Bewunderung gehört. Es war auf jeden Fall ein Geniestreich, dieses Schiff in aller Öffentlichkeit zu bauen und alle glauben zu lassen, es sei eine Raumstation, bis die Startraketen gezündet wurden.

Nun, wir können nichts tun, als zuzusehen. Und wir werden aus dieser Entfernung nicht viel mehr ausmachen können als eure besten Teleskope. Ich kann nicht anders, ich muß ihnen Glück wünschen, obwohl ich natürlich hoffe, daß sie die Finger von der ›Discovery‹ lassen. Sie ist immer noch unser Eigentum, und ich wette, daran erinnert sie das Außenministerium pünktlich jede Stunde.

Kein Schaden ohne Nutzen – hätten uns unsere chinesischen Freunde nicht die Pistole auf die Brust gesetzt, wärst du noch einen weiteren Monat lang ohne ein Lebenszeichen von mir geblieben. Aber da mich Dr. Rudenko jetzt geweckt hat, werde ich alle paar Tage von mir hören lassen.

Nach dem ersten Schock gewöhne ich mich ganz gut ein – ich mache mich mit dem Schiff und seiner Besatzung vertraut und lerne, mich im Weltraum zu bewegen. Und ich poliere mein miserables Russisch auf, obwohl ich nicht viel Gelegenheit habe, es anzubringen – alle bestehen darauf, englisch zu sprechen. Wir Amerikaner sind, was Sprachen angeht, wirklich entsetzlich! Manchmal schäme ich mich für unseren Chauvinismus – oder für unsere Faulheit.

Die Qualität des Englischen an Bord reicht von absolut makellos – Chefingenieur Sascha Kowalew könnte sich seinen Lebensunterhalt als Sprecher bei der BBC verdienen – bis zu ›wenn man schnell genug spricht, ist es egal, wieviele Fehler man macht‹. Die einzige, die nicht fließend spricht, ist Zenia Marchenko, die im letzten Augenblick für Irina Jakunin eingesprungen ist. Übrigens freue ich mich zu hören, daß Irina sich gut erholt hat – das muß ja eine große Enttäuschung gewesen sein! Ob sie wohl wieder mit dem Drachenfliegen angefangen hat?

Da wir gerade von Unfällen sprechen: Es ist nicht zu

übersehen, daß auch Zenia einen sehr schlimmen hinter sich haben muß. Obwohl die Gesichtschirurgen bemerkenswerte Arbeit geleistet haben, sieht man, daß sie irgendwann einmal schwere Verbrennungen erlitten hat. Sie ist das Baby der Besatzung, und die anderen behandeln sie mit – ich wollte schon sagen: Mitleid, aber das klingt zu herablassend. Sagen wir, mit besonderer Freundlichkeit.

Vielleicht möchtest du wissen, wie ich mit Kapitän Tanja zurechtkomme. Nun, ich mag sie sehr gern – aber ich möchte sie nur äußerst ungern in Wut bringen. Es gibt gar keinen Zweifel, wer Herr ist auf diesem Schiff.

Und Oberstabsärztin Rudenko – du hast sie vor zwei Jahren auf der Luft-und Weltraumtagung in Honolulu kennengelernt; diese letzte Party hast du sicher nicht vergessen und wirst verstehen, warum wir sie alle Katharina die Große nennen – natürlich hinter ihrem breiten Rücken.

Aber genug getratscht. Ich darf gar nicht an die Gebühren denken! Übrigens sollen diese persönlichen Anrufe angeblich völlig privat sein. Aber in der Kommunikationskette gibt es eine Menge Glieder, sei also nicht überrascht, wenn du gelegentlich – nun, auf einem anderen Weg – von mir hörst.

Ich warte auf eine Nachricht von dir – sag den Mädchen, daß ich mit ihnen später noch reden werde. Liebe Grüße an euch alle – ich vermisse dich und Chris schrecklich. Und ich verspreche dir, wenn ich zurückkomme, geh ich niemals wieder fort.«

Es folgte eine kurze, zischende Pause, dann sagte eine offensichtlich synthetische Stimme: »Hiermit endet Übertragung vierhundertzweiunddreißig Strich sieben vom Raumschiff ›Leonow‹.«

Als Caroline Floyd den Lautsprecher ausschaltete, glitten die beiden Delphine wieder ins Wasser des Schwimmbeckens und schwammen hinaus in den Pazifik.

Als Christopher merkte, daß seine Freunde fort waren,

begann er zu weinen. Seine Mutter nahm ihn in die Arme und versuchte, ihn zu trösten, aber es dauerte lange, bis es ihr gelang.

An Jupiter vorbei

Das Bild des Jupiter mit seinen weißen Wolkenbändern, seinen fleckigen lachsrosa Streifen und dem Großen Roten Fleck, der wie ein unheilkündendes Auge herausstarrte, hing unbeweglich auf dem Projektionsschirm des Flugdecks. Der Planet war zu drei Vierteln voll, aber niemand schaute auf die erleuchtete Scheibe; aller Augen richteten sich auf die dunkle Sichel am Rand. Dort, über der Nachtseite des Planeten, würde für das chinesische Schiff bald die Stunde der Wahrheit kommen.

Das ist absurd, dachte Floyd. Wir können unmöglich aus vierzig Millionen Kilometern Entfernung etwas erkennen. Und es ist auch nicht wichtig. Die Funkgeräte werden uns alles sagen, was wir wissen wollen.

Die »Tsien« hatte zwei Stunden zuvor alles abgeschaltet, Akustik- Video- und Datenschaltkreise, als die Langstrekkenantennen in den schützenden Schatten des Hitzeschilds zurückgezogen wurden. Nur das Rundstrahlfunkfeuer sendete noch und verriet ganz genau die Position des chinesischen Schiffs, während es auf diesen Ozean von Wolken, groß wie Kontinente, zuschoß. Das schrille *Piep*... *Piep*... *Piep*... war der einzige Laut im Kontrollraum der »Leonow«. Jeder dieser Töne hatte den Jupiter mehr als zwei Minuten vorher verlassen; ihr Sender konnte inzwischen schon eine Wolke aus weißglühendem Gas sein, die sich in der Stratosphäre des Planeten verteilte.

Das Signal wurde schwächer, Störgeräusche drängten sich dazwischen. Die Pieptöne verzerrten sich; mehrere fielen völlig aus, dann setzte die Sequenz wieder ein. Jetzt baute sich um die »Tsien« herum eine Plasmahülle auf, die bald jegliche Verbindung abschneiden würde, bis das Schiff wieder auftauchte. Wenn es das jemals tat.

»Da ist es!« schrie Max plötzlich.

Zuerst konnte Floyd nichts sehen. Dann entdeckte er gleich neben dem Rand der erleuchteten Scheibe einen winzigen Stern – der dort schimmerte, wo unmöglich ein Stern sein konnte: vor dem verdunkelten Antlitz des Jupiter.

Er schien sich überhaupt nicht zu bewegen, obwohl Floyd wußte, daß er mit hundert Kilometern pro Sekunde dahinrasen mußte. Langsam wurde er immer heller; und dann war er nicht länger ein Punkt ohne Ausdehnung, sondern ein längliches Gebilde. Ein von Menschenhand geschaffener Komet strich über den Nachthimmel des Jupiter und zog eine tausend Kilometer lange, weißglühende Spur hinter sich her.

Ein letzter, arg verzerrter und sonderbar langgezogener Piepton erklang vom Funkfeuer, dann hörte man nur noch das bedeutungslose Zischen der Eigenstrahlung des Jupiter, eine jener vielen kosmischen Stimmen, die nichts mit dem Menschen oder seinen Werken zu tun haben.

Die »Tsien« war jetzt unhörbar, aber noch nicht unsichtbar. Denn sie konnten sehen, daß der winzige, längliche Funke tatsächlich erkennbar von der der Sonne zugewandten Seite des Planeten abgerückt war und bald auf der Nachtseite verschwinden würde. Bis dahin müßte, wenn alles nach Plan verlief, der Jupiter das Schiff eingefangen haben und seine unerwünschte Geschwindigkeit bremsen. Wenn es hinter der Riesenwelt wieder auftauchte, würde es ein weiterer Jupitersatellit sein.

Der Funke erlosch flackernd. Die »Tsien« hatte die Krümmung des Planeten umrundet und bewegte sich über die Nachtseite hin. Jetzt würde man nichts mehr von ihr sehen oder hören, bis sie wieder aus dem Schatten trat – wenn alles gutging in knapp einer Stunde. Es würde eine sehr lange Stunde werden für die Chinesen.

Für Chefwissenschaftler Wassili Orlow und Nachrichteningenieur Sascha Kowalew dagegen verflog sie geradezu, denn aus der Beobachtung dieses kleinen Sterns konnten sie eine Menge lernen; die Zeitpunkte seines Erscheinens und Verschwindens und vor allem die Dopplerverschiebung des Funkstrahls gaben lebenswichtige Informationen über den neuen Orbit der »Tsien«. Die Computer der »Leonow« waren schon dabei, die Zahlen zu verdauen und projizierte Zeitpunkte des Wiederauftauchens auszuspucken, gestützt auf verschiedene Annahmen über die Bremsverzögerung in der Jupiteratmosphäre.

Wassili schaltete das Computerdisplay aus, drehte sich in seinem Stuhl herum, lockerte seinen Sicherheitsgurt und verkündete der geduldig wartenden Zuhörerschaft:

»Frühester Zeitpunkt des Wiederauftauchens in zweiundvierzig Minuten. Warum macht ihr nicht einen Spaziergang, damit wir uns darauf konzentrieren können, alles richtig in den Griff zu bekommen? Wir sehen uns in fünfunddreißig Minuten wieder!«

Widerwillig verließen alle Unerwünschten die Brücke – aber zu Wassilis Empörung waren sie nach wenig mehr als dreißig Minuten wieder zurück. Er schalt sie immer noch für ihren Mangel an Vertrauen in seine Berechnungen, als das vertraute *Piep... Piep... Piep...* des Funkfeuers der »Tsien« aus den Lautsprechern schallte.

Wassili sah erstaunt und gedemütigt aus, stimmte aber bald in den spontanen Applaus der Runde ein; Floyd wußte nicht, wer angefangen hatte zu klatschen. Die Chinesen mochten Rivalen sein, Astronauten waren sie doch alle miteinander, so weit entfernt von zu Hause wie noch kein Mensch je zuvor – »Abgesandte der Menschheit«, nach den edlen Worten des ersten Weltraumabkommens der UN. Auch wenn sie den Chinesen keinen Erfolg wünschten, wollten sie doch nicht, daß ihnen ein Unglück zustieß.

Außerdem war ein gut Teil Eigeninteresse mit im Spiel,

mußte Floyd denken. Jetzt standen die Chancen für die »Leonow« selbst bedeutend besser; die »Tsien« hatte gezeigt, daß das Bremsmanöver in der oberen Jupiteratmosphäre tatsächlich möglich war. Die Daten über den Jupiter waren korrekt; seine Atmosphäre enthielt keine unerwarteten und vielleicht tödlichen Überraschungen.

»Gut!« sagte Tanja. »Wir sollten ihnen wohl eine Glückwunschbotschaft schicken. Aber selbst wenn wir das täten, würden sie sie nicht bestätigen.«

Einige machten sich immer noch über Wassili lustig, der seinen Computeroutput mit offensichtlich ungläubigem Ausdruck anstarrte.

»Ich verstehe das nicht!« rief er. »Die müßten immer noch hinter dem Jupiter sein! Sascha – geben Sie mir mal eine Geschwindigkeitsmessung!«

Wieder wurde stumme Zwiesprache mit dem Computer gehalten; dann stieß Wassili einen langen, leisen Pfiff aus.

»Da stimmt etwas nicht. Die sind zwar in einer Umlaufbahn eingefangen – aber auf dieser Bahn werden sie nicht auf die ›Discovery‹ treffen. Der Orbit, in dem sie jetzt sind, wird sie weit über Io hinaustragen – wenn wir sie noch fünf Minuten lang weiterbeobachten, bekomme ich genauere Daten.«

»Jedenfalls müssen sie in einem sicheren Orbit sein«, sagte Tanja. »Korrekturen lassen sich später immer noch vornehmen.«

»Vielleicht. Aber das dürfte sie Tage kosten, selbst wenn sie den Treibstoff dazu haben. Was ich bezweifle.«

»Dann können wir sie also immer noch schlagen!«

»Sei nicht zu optimistisch. Wir sind noch drei Wochen vom Jupiter entfernt. Sie können ein Dutzend Umlaufbahnen abfliegen, ehe wir hinkommen, und sich die günstigste für eine Ankopplung aussuchen.«

»Wieder vorausgesetzt, sie haben genügend Treibstoff.«

»Natürlich. Aber darüber können wir nur höchst ungefähre Schätzungen anstellen.«

Diese ganze Unterhaltung verlief in einem so schnellen und aufgeregten Russisch, daß Floyd nicht mehr mitkam. Als Tanja sich seiner erbarmte und erklärte, die »Tsien« sei über ihr Ziel hinausgeschossen und halte jetzt auf die äußeren Satelliten zu, war seine erste Reaktion: »Dann sind sie vielleicht in ernstlichen Schwierigkeiten. Was wollt ihr tun, wenn sie um Hilfe bitten?«

»Sie machen wohl Witze. Dazu sind die viel zu stolz. Es wäre ohnehin unmöglich. Wir können unseren Plan nicht ändern, das wissen Sie sehr gut. Selbst wenn wir den nötigen Treibstoff hätten.«

»Sie haben natürlich recht; aber es könnte schwierig werden, das den neunundneunzig Prozent der Menschheit zu erklären, die von der Mechanik von Umlaufbahnen nichts verstehen. Wir sollten uns langsam über die möglichen politischen Komplikationen Gedanken machen – es würde für uns alle schlecht aussehen, wenn wir nicht helfen. Wassili, können Sie mir ihren jetzigen Orbit geben, sobald Sie ihn berechnet haben? Ich gehe runter in meine Kabine, um ein paar Hausaufgaben zu machen.«

Floyds Kabine oder vielmehr sein Kabinendrittel diente zum Teil immer noch als Vorratskammer, vor allem die beiden mit Vorhängen versehenen Kojen, die Chandra und Curnow zugewiesen werden sollten, wenn sie aus ihrem langen Schlaf erwachten, waren vollgepackt. Floyd hatte eine kleine Arbeitsfläche für seine persönlichen Besitztümer freimachen können, und man hatte ihm den Luxus weiterer zwei Kubikmeter versprochen – sobald jemand Zeit fand, ihm beim Möbelrücken zu helfen.

Floyd schloß sein kleines Kommunikationsschaltpult auf, drückte die Dekodierungstasten und rief die Informationen über die »Tsien« ab, die man ihm von Washington aus übermittelt hatte. Er fragte sich, ob seine Gastgeber es wohl geschafft hatten, die Information zu entschlüsseln; der Kode basierte auf dem Produkt von zwei hundertstelligen Primzahlen, und der Nationale Sicherheitsdienst hatte seinen Ruf dafür verpfändet, daß auch der schnellste Computer, den es gab, ihn nicht vor dem Großen Schlamassel am anderen Ende des Universums knacken würde. Eine Behauptung, die nie bewiesen werden konnte – nur entkräftet.

Gebannt starrte Floyd auf die ausgezeichneten Fotos des chinesischen Schiffs, die man aufgenommen hatte, als es seine wahre Gestalt preisgab und gerade im Begriff war, den Erdorbit zu verlassen. Spätere Aufnahmen – nicht so scharf, weil es inzwischen weit weg war von den schnüffelnden Kameras – zeigten die »Tsien«, wie sie auf den Jupiter zuschoß. Diese Bilder interessierten ihn am meisten; noch nützlicher waren die Schnittzeichnungen und die Verlaufsschätzungen.

Selbst wenn man von den optimistischsten Annahmen ausging, war es schwierig zu erkennen, was die Chinesen vorhatten. Sie mußten bei dieser verrückten Raserei quer durch das Sonnensystem mindestens neunzig Prozent ihres Treibstoffs verbrannt haben. Wenn da nicht buchstäblich ein Selbstmordkommando unterwegs war – was man nicht ausschließen konnte –, ergab nur ein Plan, der Tiefschlaf und spätere Rettung vorsah, einen Sinn. Aber der Geheimdienst glaubte nicht, daß die Tiefschlaftechnologie der Chinesen weit genug fortgeschritten war, um diese Möglichkeit realistisch erscheinen zu lassen.

Und wenn der Geheimdienst sonst auch häufig irrte, in diesem Fall hatte er bemerkenswert gute Arbeit geleistet. Allerdings hätte Floyd sich gewünscht, das Material, das man ihm geschickt hatte, wäre sorgfältiger gefiltert worden. Trotzdem, wenn man nicht wußte, wonach man suchte, war es wichtig, jede Voreingenommenheit zu vermeiden; etwas, das auf den ersten Blick bedeutungslos oder sogar unsinnig erschien, mochte sich als höchst wichtiger Hinweis herausstellen.

Mit einem Seufzer begann Floyd noch einmal, die fünfhundert Seiten voll Daten durchzublättern, wobei er seinen Geist so leer und aufnahmefähig hielt wie nur möglich, während Diagramme, Karten, Fotos – einige so verschmiert, daß sie beinahe alles darstellen konnten –, Bruchstücke von Nachrichten, Listen von Vertretern bei wissenschaftlichen Konferenzen, Titel technischer Veröffentlichungen und sogar Handelsdokumente schnell über den hochrastrigen Schirm liefen. Ein ausgesprochen leistungsfähiges Industriespionagenetz war offenbar äußerst fleißig gewesen; wer hätte gedacht, daß man so viele japanische Holospeichermodule, Schweizer Gasstrommikrokontrollschalter oder deutsche Strahlungsdetektoren bis an ihr Ziel in einem ausgetrockneten Seebett in Lop Nor verfolgen konnte – dem ersten Meilenstein auf ihrem Weg zum Jupiter?

Einige der Dinge mußten per Zufall mit aufgeführt worden sein; sie konnten unmöglich etwas mit der Mission zu tun haben. Wenn die Chinesen einen Geheimauftrag für tausend Infrarotsensoren durch eine Scheinfirma in Singapur erteilt hatten, war das nur eine Sache fürs Militär; es schien höchst unwahrscheinlich, daß die »Tsien« erwartete, von wärmesuchenden Geschossen verfolgt zu werden. Und das war wirklich witzig – Spezialgeräte zur Vermessung und Bodenuntersuchung von der Glacier Geophysics Inc. in Anchorage, Alaska. Welcher Schwachkopf war nur auf die Idee gekommen, daß eine Expedition in den tiefen Weltraum Bedarf für ...

Das Lächeln auf Floyds Lippen erstarrte; er spürte, wie es ihm im Nacken kribbelte. Mein Gott – das würden sie nicht wagen! Aber sie hatten schon viel gewagt, und jetzt ergab endlich alles einen Sinn.

Er schaltete zurück zu den Fotos und den mutmaßlichen Plänen des chinesischen Schiffs. Ja, es war vorstellbar – diese Riffelungen am Heck, entlang der Elektroden zur Antriebsstrahlablenkung hätten etwa die richtige Größe ...

Floyd rief die Brücke an. »Wassili«, sagte er, »haben Sie den Orbit schon berechnet?«

»Ja«, erwiderte der Navigator mit sonderbar gedämpfter Stimme. Floyd merkte sofort, daß etwas los war. Er wagte eine wilde Vermutung.

»Sie sind dabei, auf Europa zuzusteuern, nicht wahr?«

Vom anderen Ende kam ein stoßartiges, ungläubiges Keuchen.

»Woher wissen Sie das?«

»Ich habe es nicht gewußt – ich habe es gerade eben erraten.«

»Es kann kein Fehler sein – ich habe die Zahlen bis zur sechsten Dezimalstelle geprüft. Das Bremsmanöver ist genauso abgelaufen, wie es geplant war. Sie sind auf dem richtigen Kurs nach Europa – das kann kein Zufall sein. Sie werden den Mond in siebzehn Stunden erreichen.«

»Und in den Orbit gehen.«

»Vielleicht; dazu würden sie jedenfalls nicht viel Treibstoff brauchen. Aber warum?«

»Ich will noch einmal raten. Sie werden sich rasch einen Überblick verschaffen – und dann werden sie *landen*.«

»Sie sind verrückt. Oder wissen Sie etwas, was wir nicht wissen?«

»Nein – es ist nur eine einfache Schlußfolgerung. Sie werden sich selbst in den Hintern treten, weil Sie das Offensichtliche übersehen haben.«

»Gut, Sherlock, warum sollte irgend jemand auf Europa landen wollen? Was gibt es denn dort, um Himmels willen?«

Floyd kostete seinen kleinen Augenblick des Triumphs aus. Natürlich konnte er immer noch völlig auf dem Holzweg sein.

»Was es auf Europa gibt? Nur den kostbarsten Stoff im ganzen Universum.«

Damit hatte er schon zuviel verraten; Wassili war schließlich kein Narr und riß ihm die Antwort von den Lippen.

»Natürlich! Wasser!«

»Genau. Milliarden und Abermilliarden Tonnen. Genug, um die Treibstofftanks zu füllen – um alle Satelliten zu umkreisen und trotzdem noch genügend für die Ankopplung an die ›Discovery‹ und die Heimreise übrig zu haben. Ich sage das nicht gern, Wassili – aber unsere chinesischen Freunde haben uns wieder ausgetrickst!«

»Immer vorausgesetzt, daß sie damit durchkommen.«

Der Große Kanal

Abgesehen von dem pechschwarzen Himmel hätte das Foto beinahe überall in den Polarregionen der Erde aufgenommen sein können; an dem Meer aus runzligem Eis, das sich bis an den Horizont erstreckte, war überhaupt nichts Fremdartiges. Nur die fünf Gestalten in Raumanzügen im Vordergrund verrieten, daß dieses Panorama zu einer anderen Welt gehörte.

Selbst jetzt hatten die verschlossenen Chinesen die Namen ihrer Besatzungsmitglieder noch nicht preisgegeben. Die anonymen Eindringlinge in die gefrorene Eislandschaft Europas waren einfach der Chefwissenschaftler, der Kommandant, der Navigator, der Erste Ingenieur, der Zweite Ingenieur. Es war auch eine Ironie des Schicksals, mußte Floyd denken, daß auf der Erde alle die schon historische Fotografie eine Stunde vor der »Leonow« gesehen hatten, obwohl die soviel näher am Schauplatz war. Aber die Übertragungen der »Tsien« wurden auf einem so engen Strahl gesendet, daß man sie unmöglich abfangen konnte; die »Leonow« empfing nur das Funkfeuer, das unparteiisch in alle Richtungen ausstrahlte. Und selbst das war mehr als die Hälfte der Zeit nicht zu hören, weil die Rotation von Europa es aus dem Blickfeld trug oder weil der Satellit selbst von der gewaltigen Masse des Jupiter verdeckt wurde. All die kärglichen Nachrichten über die chinesische Mission mußten von der Erde übertragen werden.

Das Schiff war nach der ersten Untersuchung auf einer der wenigen Inseln aus festem Stein gelandet, die aus der Eiskruste, die tatsächlich den ganzen Mond bedeckte, hervorragten. Das Eis war flach von Pol zu Pol; es gab kein Wetter, das ihm bizarre Formen verliehen hätte, kein Schneetreiben, das Schicht um Schicht zu sich langsam bewegenden Schneewehen auftürmen konnte. Auf das luftlose Europa mochten Meteoriten fallen, aber niemals eine Schneeflocke. Die einzigen Kräfte, die seine Oberfläche modellierten, waren der stetige Zug der Schwerkraft, der alle Erhebungen zu einer einförmigen Ebene glättete, und die ständigen Erdbeben, die von den anderen Monden ausgelöst wurden, wenn diese auf ihren Umlaufbahnen immer wieder an Europa vorbeizogen. Der Jupiter selbst übte trotz seiner viel größeren Masse weit weniger Wirkung aus. Seine Gezeiten hatten ihr Werk schon vor Äonen beendet und sichergestellt, daß Europa auf ewig fest an seinem Platz blieb, eine Seite ständig seinem riesigen Herrn zugewandt.

All das war seit den Flügen der *Voyager*-Sonden in den siebziger Jahren, den *Galileo*-Untersuchungen der Achtziger und den *Kepler*-Landungen der Neunziger bekannt. Aber die Chinesen hatten innerhalb von ein paar Stunden mehr über Europa erfahren als alle vorherigen Unternehmungen zusammen. Dieses Wissen behielten sie für sich; man mochte das bedauern, aber nur wenige würden bestreiten, daß sie sich das Recht dazu erworben hatten.

Was man ihnen mit immer größerer Erbitterung streitig machte, war das Recht, den Satelliten zu annektieren. Zum ersten Mal in der Geschichte hatte eine Nation Anspruch auf eine andere Welt erhoben, und alle Medien der Erde diskutierten über die rechtliche Position. Obwohl die Chinesen mit ermüdender Ausführlichkeit darauf hinwiesen, daß sie niemals das Weltraumabkommen der UN von 2002 unterzeichnet hätten und daher an seine Bestimmungen nicht gebunden wären, ließen sich die zornigen Proteste nicht zum Schweigen bringen.

Plötzlich machte Europa die dicksten Schlagzeilen im ganzen Sonnensystem. Und der Mann-an-Ort-und-Stelle (zumindestens innerhalb der nächsten paar Millionen Kilometer) war sehr gefragt.

Hier spricht Heywood Floyd, an Bord der »Kosmonaut Alexej Leonow« auf Kurs zum Jupiter. Aber wie Sie sich wohl vorstellen können, richten sich im Moment all unsere Gedanken auf Europa.

Genau in diesem Augenblick betrachte ich Europa durch das stärkste der Schiffsteleskope; bei dieser Vergrößerung ist der Satellit zehnmal größer als der Erdmond, wie Sie ihn mit bloßem Auge erkennen. Und diese Welt sieht wirklich unheimlich aus.

Die Oberfläche ist einförmig rosa mit ein paar kleinen, braunen Flecken, überzogen von einem komplizierten Netzwerk dünner Linien, die sich in alle Richtungen ringeln und schlängeln. Sie erinnert lebhaft an ein medizinisches Schaubild von Venen und Arterien.

Ein paar dieser Linien sind Hunderte – oder sogar Tausende – von Kilometern lang und ähneln den angeblichen Kanälen, die Percival Lowell und andere Astronomen des frühen 20. Jahrhunderts auf dem Mars zu sehen glaubten.

Aber die Kanäle von Europa sind keine Einbildung, obwohl sie natürlich nicht künstlich geschaffen sind. Außerdem enthalten sie tatsächlich Wasser – oder wenigstens Eis. Denn der Satellit ist fast völlig von Meer bedeckt, im Durchschnitt fünfzig Kilometer tief.

Weil Europa so weit von der Sonne entfernt liegt, ist seine Oberflächentemperatur extrem niedrig – etwa hundert Grad Celsius unter dem Gefrierpunkt. Daher könnte man erwarten, daß sein Meer ein einziger, massiver Eisblock ist.

Überraschenderweise ist das nicht der Fall, weil durch Gezeitenkräfte im Innern von Europa viel Wärme erzeugt wird – die gleichen Kräfte halten auf dem Nachbarsatelliten Io die großen Vulkane in Tätigkeit.
Daher ist das Eis ständig in Bewegung, es bricht auf, schmilzt, friert wieder zu und bildet Spalten und Risse wie die auf den schwimmenden Eisflächen in unseren eigenen Polarregionen. Dieses komplizierte Muster von Rissen sehe ich jetzt; die meisten davon sind dunkel und sehr alt – vielleicht Millionen von Jahren.
Aber ein paar sind beinahe rein weiß; das sind die neuen, die sich gerade erst geöffnet haben und deren Kruste nur wenige Zentimeter dick ist.
Die »Tsien« ist direkt neben einem dieser weißen Streifen gelandet – neben der fünfzehnhundert Kilometer langen Linie, die man den ›Großen Kanal‹ getauft hat. Vermutlich haben die Chinesen vor, sein Wasser in ihre Treibstofftanks zu pumpen, um das Satellitensystem des Jupiter erforschen und dann zur Erde zurückkehren zu können. Das ist vielleicht nicht ganz einfach, aber sie haben den Landeplatz sicherlich sehr sorgfältig studiert und wissen bestimmt, was sie tun.
Es ist jetzt klar, warum sie ein solches Risiko eingegangen sind – und warum sie Anspruch auf Europa erheben. Als Stützpunkt zum Auftanken. Der Satellit könnte der Schlüssel zum gesamten äußeren Sonnensystem sein. Zwar gibt es auch auf Ganymed Wasser, aber es ist völlig gefroren und wegen der größeren Schwerkraft des Satelliten auch weniger leicht zugänglich.
Und es gibt noch einen Punkt, der mir eben erst einfällt. Selbst wenn die Chinesen auf Europa Schiffbruch erleiden sollten, könnten sie so lange überleben, bis eine Rettungsexpedition organisiert ist. Sie haben genügend Energie, vielleicht gibt es in der Gegend sogar nützliche Mineralien – und wir wissen, daß die Chinesen *die* Experten für die

Herstellung synthetischer Nahrungsmittel sind. Es wäre kein Luxusleben; aber ich habe ein paar Freunde, die es mit Freuden in Kauf nehmen würden für den atemberaubenden Anblick des Jupiter, der sich über den Himmel ausbreitet – jenen Anblick, den wir selbst in nur wenigen Tagen zu erleben hoffen.

Hier spricht Heywood Floyd, ich verabschiede mich, auch im Namen meiner Kollegen an Bord der »Alexej Leonow«.

»Und hier spricht die Brücke. Sehr hübsch gemacht, Heywood. Sie hätten Reporter werden sollen.«

»Ich hatte ziemlich viel Übung. Ich habe die Hälfte meiner Zeit mit P.R.-Arbeit zugebracht.«

»P.R.?«

»Public Relations – gewöhnlich, um den Politikern klarzumachen, warum sie Geld in meine Projekte stecken sollten. Etwas, worum Sie sich ja nicht zu kümmern brauchen.«

»Ich wünschte nur, das wäre wahr. Kommen Sie jedenfalls jetzt auf die Brücke. Wir haben neue Informationen, über die wir gern mit Ihnen sprechen würden.«

Floyd nahm sein Knopflochmikrophon ab, stellte das Teleskop fest und wand sich aus der winzigen Aussichtsblase. Als er sie verließ, wäre er beinahe mit Nikolai Ternowski zusammengestoßen, der offenbar einen ähnlichen Auftrag ausgeführt hatte.

»Ich bin gerade dabei, Ihre besten Zitate für Radio Moskau zu klauen, Woody. Ich hoffe, Sie haben nichts dagegen.«

»Nur zu, *Towarischtsch.* Wie könnte ich Sie denn auch daran hindern?«

Auf der Brücke betrachtete Kapitän Orlow nachdenklich eine dichte Masse von Worten und Zahlen auf dem Hauptdisplay. Floyd fing gerade an, sie mühevoll zu transkribieren, als sie ihn unterbrach.

»Kümmern Sie sich nicht um die Einzelheiten. Das sind Schätzungen darüber, wie lange die ›Tsien‹ brauchen wird, um ihre Tanks aufzufüllen und sich zum Start bereitzumachen.«

»Meine Leute stellen die gleichen Berechnungen an – aber es gibt zu viele Variable.«

»Wir glauben, daß wir eine davon eliminiert haben. Wußten Sie, daß die besten Wasserpumpen, die es zu kaufen gibt, den Feuerwehren gehören? Und würde es sie überraschen, wenn Sie erführen, daß die Zentralstation von Beijing vier der neuesten Modelle vor ein paar Monaten plötzlich trotz der Proteste des Bürgermeisters requirieren ließ?«

»Ich bin nicht überrascht – nur ganz stumm vor Bewunderung. Weiter, bitte!«

»Es kann natürlich Zufall sein, aber diese Pumpen hätten gerade die richtige Größe. Wenn man Schätzungen über das Auslegen der Rohre, die Bohrungen durch das Eis und so weiter anstellt – nun, wir denken, daß sie in fünf Tagen wieder starten könnten.«

»Fünf Tage!«

»Wenn sie Glück haben und alles reibungslos abläuft. Und wenn sie nicht warten, bis ihre Treibstofftanks ganz voll sind, sondern nur so viel aufnehmen, wie sie brauchen, um auf jeden Fall vor uns an der ›Discovery‹ anzukoppeln. Selbst wenn sie uns nur um eine einzige Stunde schlagen, würde das genügen. Sie könnten Bergungsrechte beanspruchen, das wäre das mindeste.«

»Nicht, wenn man den Anwälten des Außenministeriums glaubt. Wir werden im passenden Moment erklären, daß die ›Discovery‹ kein Wrack ist, sondern nur so lange abgestellt wurde, bis wir sie zurückholen können. Jeder Versuch, sich des Schiffes zu bemächtigen, wäre ein Akt der Piraterie.«

»Davon sind die Chinesen sicher höchst beeindruckt.«

»Wenn nicht, was können wir dagegen machen?«

»Wir sind in der Überzahl – und auch noch zwei zu eins, wenn wir Chandra und Curnow wiederbeleben.«

»Meinen Sie das im Ernst? Wo sind die Entermesser?«

»Entermesser?«

»Schwerter – Waffen.«

»Ach so. Wir könnten das Lasertelespektrometer einsetzen. Damit kann man Asteroidenproben von einem Milligramm aus einer Entfernung bis zu tausend Kilometern zerstrahlen.«

»Ich weiß nicht, ob mir diese Unterhaltung gefällt. Meine Regierung würde sicher keiner Gewaltanwendung zustimmen, es sei denn in Notwehr natürlich.«

»Ihr naiven Amerikaner! Wir sind realistischer; wir können gar nicht anders. Ihre Großeltern sind alle an Altersschwäche gestorben, Heywood. Von den meinen wurden drei im Großen Vaterländischen Krieg getötet.«

Wenn sie unter sich waren, nannte Tanja ihn sonst immer Woody, niemals Heywood. Sie meinte es also ernst. Oder wollte sie nur testen, wie er reagierte?

»Jedenfalls ist die ›Discovery‹ nichts weiter als ein Schrotthaufen im Wert von ein paar Milliarden Dollar. Das Schiff ist nicht wichtig, nur die Informationen, die es gespeichert hat.«

»Genau. Informationen, die man kopieren und dann löschen könnte.«

»Sie haben wirklich reizende Einfälle, Tanja. Manchmal glaube ich, daß alle Russen unter einem kleinen Verfolgungswahn leiden.«

»Dank Napoleon und Hitler haben wir uns auch jedes Recht darauf erworben. Aber erzählen Sie mir nicht, daß Sie sich dieses – wie nennt man es: Drehbuch? – nicht schon selbst ausgearbeitet haben.«

»Das war nicht nötig«, antwortete Floyd ziemlich mürrisch. »Das hat schon das Außenministerium für mich besorgt – mit verschiedenen Abwandlungen. Wir werden eben sehen müssen, mit welcher die Chinesen aufwarten. Und ich wäre nicht im mindesten überrascht, wenn sie uns wieder eins auswischen würden.«

Ein Schrei von Europa

Bei Nullschwerkraft zu schlafen, ist eine Fähigkeit, die man sich erst aneignen muß; Floyd hatte beinahe eine Woche gebraucht, bis er herausfand, wie man Arme und Beine am besten verschränkte, daß sie nicht in unbequeme Positionen davonschwebten. Jetzt war er Experte darin und hatte keinerlei Sehnsucht nach der Schwerkraft; ja, allein der Gedanke an ihre erneute Wirkung verursachte ihm gelegentlich Alpträume.

Jemand rüttelte ihn wach. Nein – er mußte immer noch träumen! An Bord eines Raumschiffs war die Privatsphäre heilig; niemand betrat die Kabine eines anderen Besatzungsmitglieds, ohne vorher um Erlaubnis zu fragen. Er kniff die Augen zu, aber das Rütteln hörte nicht auf.

»Dr. Floyd – bitte wachen Sie auf! Sie sollen aufs Flugdeck kommen!«

Und niemand nannte ihn Dr. Floyd; die formellste Anrede, die er seit Wochen gehört hatte, war Doc. Was ging da vor?

Widerwillig öffnete er die Augen. Er befand sich in seiner winzigen Kabine, sanft festgehalten von seinem Schlafkokon. Das behauptete jedenfalls ein Teil seines Bewußtseins; aber warum blickte er dann auf – Europa? Sie waren doch noch immer Millionen von Kilometern davon entfernt?

Da waren die vertrauten Netzstrukturen, die Muster von Drei- und Vielecken, gebildet von sich überschneidenden Linien. Und das war doch bestimmt der Große Kanal – nein, das war nicht ganz richtig. Wie konnte das sein, da er sich doch noch immer in seiner kleinen Kabine an Bord der »Leonow« befand?

»Dr. Floyd!«

Er wurde ganz wach und erkannte, daß seine linke Hand nur ein paar Zentimeter vor seinen Augen schwebte. Wie seltsam, daß das Muster der Linien auf seiner Handfläche der Karte von Europa so ähnlich war! Aber die sparsame Mutter

Natur wiederholte sich ständig selbst – bei so ungeheuer verschiedenen Dingen wie den Wirbeln von Milch, die in Kaffee eingerührt wird, den Wolkenlinien in einem Zyklon und den Armen eines Spiralnebels.

»Tut mir leid, Max«, sagte er. »Was ist passiert? Etwas nicht in Ordnung?«

»Sieht so aus – aber nicht bei uns. Die ›Tsien‹ ist in Schwierigkeiten.«

Kapitän, Navigator und Chefingenieur waren auf dem Flugdeck in ihre Sitze geschnallt; der Rest der Besatzung kreiste nervös um die nächstliegenden Handgriffe oder beobachtete die Monitore.

»Tut mir leid, daß wir Sie aufgeweckt haben, Heywood«, entschuldigte sich Tanja schroff. »Die Situation ist folgende: Vor zehn Minuten bekamen wir einen Dringlichkeitsruf Stufe Eins von der Bodenkontrollstation. Die ›Tsien‹ ist nicht mehr auf dem Schirm. Es passierte ganz plötzlich, mitten in einer verschlüsselten Botschaft; es kamen noch ein paar Sekunden lang verstümmelte Übertragungsfetzen, dann nichts mehr.«

»Ihr Funkfeuer?«

»Hat ebenfalls aufgehört. Wir können es jedenfalls nicht mehr empfangen.«

»Puh! Dann muß es ernst sein – eine größere Panne. Irgendwelche Theorien?«

»Viele – aber alles nur Vermutungen. Eine Explosion – Erdrutsch – Erdbeben – wer weiß?«

»Und möglicherweise werden wir es nie erfahren – bis jemand anders auf Europa landet oder wir ganz nahe vorbeifliegen und uns die Sache anschauen.«

Tanja schüttelte den Kopf. »Dazu haben wir nicht genügend Delta-Vau. Wir könnten höchstens auf fünfzigtausend Kilometer herangehen. Wäre nicht viel zu sehen aus dieser Entfernung.«

»Dann gibt es also absolut nichts, was wir tun können?«

»Doch, Heywood. Die Bodenkontrollstation hat einen

Vorschlag. Sie möchten, daß wir unsere große Schüssel herumschwenken, uns vielleicht irgendwelche schwachen Notrufsignale aufzufangen. Es besteht – wie sagt man bei Ihnen? – nur eine geringe Chance, aber es wäre den Versuch wert. Was halten Sie davon?«

Floyds erste Reaktion war deutlich negativ.

»Das bedeutet, daß wir die Verbindung zur Erde abbrechen müssen.«

»Natürlich; aber das müssen wir ohnehin, wenn wir den Jupiter umrunden. Und es wird nur ein paar Minuten dauern, die Verbindung wiederherzustellen.«

Floyd blieb stumm. Der Vorschlag klang völlig vernünftig, trotzdem beunruhigte er ihn auf unverständliche Weise. Nachdem er ein paar Sekunden lang herumgerätselt hatte, wußte er, warum er so dagegen war.

Die Schwierigkeiten der »Discovery« hatten damit begonnen, daß die große Schüssel – der Hauptantennenkomplex – die Verbindung zur Erde verloren hatte, aus Gründen, die immer noch nicht völlig klar waren. Aber bestimmt hatte Hal die Hand dabei im Spiel gehabt, und es bestand keinerlei Gefahr, daß hier eine ähnliche Situation entstand. Die Computer der »Leonow« waren kleine, autonome Einheiten; es gab keine einzelne, beherrschende Intelligenz. Mindestens keine *nicht*-menschliche.

Die Russen warteten immer noch geduldig auf seine Antwort. »Ich bin einverstanden«, sagte er schließlich. »Teilen Sie der Erde mit, was wir tun wollen, und fangen Sie mit dem Abhören an. Ich nehme an, Sie werden alle SPACE-MAYDAY-Frequenzen durchprobieren.«

»Ja, sobald wir die Dopplerkorrekturen berechnet haben. Wie geht es voran, Sascha?«

»Noch zwei Minuten, dann läuft die automatische Suche. Wie lange wollen wir abhören?«

Kapitän Orlow gab ihre Antwort ohne Zögern. Floyd hatte schon oft Tanjas Entscheidungsfreudigkeit bewundert, und einmal hatte er ihr das auch gesagt. Mit einem seltenen Aufblitzen von Humor hatte sie erwidert: »Woody, ein Kommandant kann falsch entscheiden, aber unsicher darf er niemals sein.«

»Hören Sie fünfzig Minuten lang ab, dann melden Sie sich für zehn Minuten wieder bei der Erde. Danach wiederholen Sie den Zyklus.«

Es war nichts zu sehen oder zu hören. Die automatischen Schaltkreise waren leistungsfähiger, wenn es darum ging, die Störgeräusche auszusondern, als irgendwelche menschlichen Sinne; trotzdem drehte Sascha von Zeit zu Zeit den Audiomonitor auf, und das Brüllen der Strahlungsgürtel des Jupiter erfüllte die Kabine. Es war ein Geräusch, als brächen sich die Wellen an allen Küsten der Erde, dazwischen waren gelegentlich explosionsartige Knallgeräusche von Superblitzschlägen in der Jupiteratmosphäre zu hören. Von menschlichen Signalen keine Spur; und nacheinander schwebten alle Besatzungsmitglieder, die keinen Dienst hatten, schweigend aus dem Raum.

Während Floyd wartete, führte er im Kopf einige Berechnungen durch. Was immer mit der »Tsien« geschehen war, lag zwei Stunden zurück, als die Nachricht von der Erde übermittelt wurde.

Aber die »Leonow« müßte in der Lage sein, eine direkte Botschaft nach weniger als einer Minute Verzögerung aufzufangen; also hatten die Chinesen schon reichlich Zeit gehabt, den Funkverkehr wieder aufzunehmen. Ihr anhaltendes Schweigen deutete auf eine Katastrophe hin.

Die fünfzig Minuten erschienen wie Stunden. Als sie vorüber waren, schwenkte Sascha den Antennenkomplex des Schiffs wieder zur Erde zurück und meldete, daß sie keinen Erfolg gehabt hätten. Während er den Rest der zehn Minuten dazu verwendete, überfällige Nachrichten zu senden, sah er den Kapitän fragend an.

»Lohnt es sich, es noch einmal zu versuchen?« fragte er mit

einer Stimme, die seine eigenen Zweifel deutlich ausdrückte.

»Natürlich. Vielleicht schränken wir die Suchzeit ein wenig ein – aber wir werden weiter abhören.«

Zur vollen Stunde war die große Schüssel wieder auf Europa gerichtet. Und fast im selben Augenblick ließ der automatische Monitor sein ALARM-Signal aufblitzen.

Saschas Hand flitzte wieder zur Audioschaltung, und die Stimme Jupiters erfüllte den Raum. Ihr überlagert, wie ein Flüstern vor einem Gewitter, erklang schwach, aber völlig unverwechselbar der Laut einer menschlichen Stimme. Es war unmöglich zu verstehen, was gesagt wurde, obwohl Floyd aufgrund der Intonation und des Sprachrhythmus sicher war, daß es sich nicht um Chinesisch handelte, sondern um eine europäische Sprache.

Sascha spielte geschickt an der Feineinstellung herum und an den Knöpfen zur Veränderung der Bandbreite; die Worte wurden deutlicher. Die Sprache war zweifellos Englisch, aber der Inhalt war immer noch aufreizend unverständlich.

Es gibt eine Kombination von Lauten, die jedes menschliche Ohr sofort heraushört, sogar in der geräuschvollsten Umgebung. Als diese Kombination plötzlich vor dem Hintergrund des Jupiter auftauchte, hatte Floyd den Eindruck, er könne unmöglich wach sein, sondern müsse in einem phantastischen Traum gefangenliegen. Seine Kollegen brauchten ein wenig länger, bis sie reagierten; dann starrten sie ihn mit gleichem Erstaunen – und einem langsam aufkeimenden Argwohn an.

Denn die ersten verständlichen Worte, die von Europa kamen, lauteten: »Dr. Floyd – Dr. Floyd – ich hoffe, Sie können mich hören.«

»Wer ist das?« flüsterte jemand, und ein Chor von Zischlauten ertönte. Floyd hob die Hände in einer Geste der Unwissenheit und – wie er hoffte – der Unschuld.

»... weiß, daß Sie an Bord der ›Leonow‹ sind ... habe vielleicht nicht viel Zeit ... richte meine Raumanzugsantenne dorthin, wo ich glaube ...«

Das Signal verschwand schmerzliche Sekunden lang, dann kam es viel deutlicher, wenn auch nicht merklich lauter wieder.

»... diese Information zur Erde senden. ›Tsien‹ vor drei Stunden zerstört. Ich bin der einzige Überlebende. Benütze das Funkgerät in meinem Raumanzug – keine Ahnung, ob es genügend Reichweite hat, aber es ist die einzige Chance. Bitte hören Sie genau zu! ES GIBT LEBEN AUF EUROPA! Ich wiederhole: ES GIBT LEBEN AUF EUROPA!«

Wieder verschwand das Signal. Ein betäubtes Schweigen folgte, das niemand zu unterbrechen wagte. Während Floyd wartete, durchforschte er verzweifelt sein Gedächtnis. Er konnte die Stimme nicht erkennen – sie hätte einem im Westen erzogenen Chinesen gehören können. Wahrscheinlich handelte es sich um jemanden, den er auf einer wissenschaftlichen Konferenz kennengelernt hatte, aber solange sich der Sprecher nicht zu erkennen gab, würde er es nie erfahren.

»... kurz nach Mitternacht Ortszeit. Wir pumpten stetig, und die Tanks waren beinahe zur Hälfte voll. Dr. Lee und ich gingen hinaus, um die Isolierung der Rohre zu überprüfen. Die ›Tsien‹ steht – stand – etwa dreißig Meter vom Rand des Großen Kanals entfernt. Die Rohre führten direkt von ihr weg und durch das Eis nach unten. Sehr dünn – es ist gefährlich, darauf zu gehen. Die warmen Aufwallungen ...«

Wieder langes Schweigen. Floyd überlegte, ob der Sprecher sich vielleicht bewegte und im Augenblick durch ein Hindernis abgeschnitten wurde.

»... kein Problem – fünf Kilowatt Beleuchtung auf dem Schiff aufgereiht. Wie ein Weihnachtsbaum – schön, leuchtete direkt durch das Eis. Prachtvolle Farben – Lee sah es als erster –, eine riesige, dunkle Masse, die aus den Tiefen aufstieg. Zuerst dachten wir, es sei ein Schwarm Fische – zu groß für einen einzigen Organismus –, dann fing es an, das Eis zu durchbrechen.

Dr. Floyd, ich hoffe, Sie können mich hören. Hier spricht Professor Chang – wir haben uns 2002 auf der Konferenz der I.A.U. in Boston kennengelernt.«

Floyd erinnerte sich undeutlich an jenen Empfang nach der Abschlußsitzung des Kongresses der International Astronomical Union – dem letzten, an dem die Chinesen vor der Zweiten Kulturrevolution teilgenommen hatten. Und jetzt sah er auch Chang ganz deutlich vor sich: einen kleinen, humorvollen Astronomen und Exobiologen mit einem soliden Vorrat an guten Witzen. Jetzt machte er keine Witze.

»... wie riesige Strähnen nassen Seetangs, die über den Boden krochen. Lee rannte zum Schiff zurück, um die Kamera zu holen – ich blieb stehen, beobachtete es und berichtete über Funk. Das Wesen bewegte sich so langsam, daß ich ihm mühelos entkommen konnte. Ich war viel eher aufgeregt als erschrocken. Dachte, ich wüßte, um was für eine Art von Geschöpf es sich handelte – ich habe Bilder von Seetangwäldern vor Kalifornien gesehen –, aber ich lag völlig falsch.

... ich erkannte, daß es in Schwierigkeiten war. Es konnte unmöglich eine Temperatur überstehen, die hundert Grad unter der seines normalen Lebensraums lag. Es gefror durch und durch, während es sich vorwärtsbewegte – Stücke brachen ab wie Glas –, aber es näherte sich dem Schiff unaufhaltsam, eine schwarze Flutwelle, die langsamer und langsamer wurde.

Ich war immer noch so überrascht, daß ich nicht richtig denken konnte, und ich konnte mir auch nicht vorstellen, was es eigentlich vorhatte ...«

»Gibt es eine Möglichkeit, ihn zurückzurufen?« flüsterte Floyd hastig.

»Nein – es ist zu spät. Europa wird bald hinter dem Jupiter verschwinden. Wir müssen warten, bis es wieder aus seinem Schatten herauskommt.«

»... kletterte das Schiff hinauf und baute dabei eine Art von Eistunnel. Vielleicht isolierte dieser Tunnel vor der Kälte – so wie sich die Termiten mit ihren kleinen Lehmkorridoren vor dem Sonnenlicht schützen.

... Tonnen von Eis auf dem Schiff. Die Funkantennen brachen zuerst ab. Dann konnte ich sehen, wie die Landestelzen langsam einknickten – alles in Zeitlupe, wie in einem Traum.

Erst als das Schiff sich seitwärts neigte, erkannte ich, was das Wesen vorhatte – aber da war es schon zu spät. Wir hätten uns retten können – wenn wir nur diese Lichter ausgeschaltet hätten.

Vielleicht ist es ein Phototrop, dessen biologischer Zyklus durch das Sonnenlicht ausgelöst wird, das durch das Eis einsickert. Es könnte auch wie eine Motte vom Licht angezogen worden sein. Unser Flutlicht muß viel heller gewesen sein als alles, was es auf Europa jemals gegeben hat ...

Dann brach das Schiff auseinander. Ich sah, wie sich der Rumpf spaltete, wie sich eine Wolke von Schneeflocken bildete, als die Feuchtigkeit kondensierte. Alle Lichter gingen aus bis auf eines, das ein paar Meter über dem Boden an einem Kabel hin- und herschwang.

Ich weiß nicht, was unmittelbar danach geschah. Das nächste, woran ich mich erinnere, ist, daß ich neben dem Schiffswrack unter dem Licht stand, rings um mich war alles mit feinem Schnee überpudert. Ich konnte meine Fußstapfen darin sehr deutlich sehen. Ich muß dorthin gelaufen sein;

vielleicht waren nicht mehr als ein oder zwei Minuten vergangen ...

Die Pflanze – ich hielt es immer noch für eine Pflanze – regte sich nicht. Ich fragte mich, ob sie durch den Aufprall ebenfalls Schaden gelitten hatte; große Teile, so dick wie der Arm eines Mannes, waren abgesplittert wie zerbrochene Äste.

Dann geriet der Hauptstamm wieder in Bewegung. Er zog sich vom Schiffsrumpf zurück und begann, auf mich zuzukriechen. Jetzt wußte ich sicher, daß das Wesen lichtempfindlich war: Ich stand direkt unter der Tausendwattlampe, die jetzt aufgehört hatte zu schwingen.

Stellen Sie sich eine Eiche vor – noch besser, einen Banyan mit seinen vielen Stämmen und Luftwurzeln, der durch die Schwerkraft flachgepreßt ist und versucht, über den Boden zu kriechen. Das Wesen kam bis auf fünf Meter an das Licht heran, dann begann es, sich auszubreiten, bis es einen vollständigen Kreis um mich gebildet hatte. Vermutlich war damit die Toleranzgrenze erreicht – der Punkt, an dem sich die Photoanziehung in Abstoßung verkehrte. Danach geschah mehrere Minuten lang nichts. Ich fragte mich, ob das Wesen tot war – endlich steifgefroren.

Dann sah ich, wie sich auf vielen Ästen große Knospen bildeten. Es war, als sähe man in einem Zeitrafferfilm Blumen aufblühen. Tatsächlich dachte ich, es seien Blumen – jede etwa so groß wie der Kopf eines Menschen. Zarte Membranen in wundervollen Farben begannen, sich zu entfalten. Selbst jetzt schoß mir noch durch den Sinn, daß niemand – kein lebendes Wesen – diese Farben jemals zuvor gesehen haben konnte; sie existierten erst, als wir unsere Lichter – unsere tödlichen Lichter – in diese Welt brachten.

Ranken, Staubfäden, die ein wenig schwankten – ich ging hinüber zu der lebenden Wand, die mich umgab, um genau sehen zu können, was da passierte. Weder da noch zu irgendeinem anderen Zeitpunkt hatte ich auch nur die geringste

Angst vor dem Geschöpf empfunden. Ich war sicher, daß es nicht bösartig war – wenn es überhaupt ein Bewußtsein besaß.

Es gab Dutzende von diesen großen Blüten in verschiedenen Stadien der Entfaltung. Jetzt erinnerten sie mich an Schmetterlinge, die gerade aus der Puppe schlüpfen – mit zerknitterten Flügeln und noch geschwächt–, ich kam der Wahrheit immer näher.

Aber sie erfroren – starben so schnell, wie sie entstanden waren. Dann fielen sie, eine nach der anderen, von den Mutterknospen ab. Ein paar Augenblicke lang zuckten sie noch wie Fische auf dem Trocknen – und schließlich erkannte ich, was sie wirklich waren: Diese Membranen waren keine Blütenblätter – es waren Flossen oder etwas Entsprechendes. Dies war das freischwimmende Larvenstadium des Geschöpfs. Wahrscheinlich verbringt es einen großen Teil seines Lebens auf dem Meeresgrund verwurzelt, dann schickt es seine bewegliche Nachkommenschaft auf die Suche nach neuen Lebensräumen aus. Genau wie die Korallen in den Meeren der Erde.

Ich kniete nieder, um mir eines der kleinen Geschöpfe genauer anzusehen. Die schönen Farben verblaßten jetzt zu einem stumpfen Braun. Einige der Blütenblatt-Flossen waren abgebrochen und gefroren zu spröden, harten Scherben. Aber das Wesen bewegte sich immer noch ein wenig, und als ich näher kam, versuchte es, mir auszuweichen. Ich fragte mich, wie es meine Gegenwart wahrgenommen hatte.

Dann bemerkte ich, daß die ›Staubfäden‹ – wie ich sie genannt hatte – alle leuchtendblaue Punkte an den Spitzen trugen. Sie sahen aus wie winzige Sternsaphire – oder wie die blauen Augen auf der Schale einer Kammuschel –, sie konnten Licht wahrnehmen, waren aber nicht fähig, wirkliche Bilder zu formen. Während ich noch zusah, verblaßte das lebhafte Blau, die Saphire wurden zu matten, gewöhnlichen Steinen . . .

Dr. Floyd – oder wer sonst mich hört –, ich habe nicht mehr viel Zeit; bald wird der Jupiter meine Signale blockieren. Aber ich bin fast fertig.

Ich wußte jetzt, was ich zu tun hatte. Das Kabel zu dieser Tausendwattlampe hing beinahe bis auf den Boden. Ich zog ein paarmal daran, und das Licht erlosch in einem Funkenregen.

Ich fragte mich, ob es zu spät war. Ein paar Minuten lang geschah gar nichts. Also ging ich zu dieser Mauer aus verschlungenen Zweigen, die mich umgab, und trat mit dem Fuß dagegen.

Langsam begann sich das Geschöpf zu entflechten und zum Kanal zurückzuziehen. Es war hell genug – ich konnte alles tadellos sehen. Ganymed und Callisto standen am Himmel – der Jupiter war eine riesige, schmale Sichel –, und auf der Nachtseite leuchtete ein gewaltiger, rosiger Schein am jupiterwärts gerichteten Ende der Strömungsröhre von Io. Ich brauchte meinen Helmscheinwerfer nicht einzuschalten.

Ich folgte dem Geschöpf bis zurück zum Wasser, spornte es mit weiteren Fußtritten an, wenn es langsamer wurde, und spürte die ganze Zeit, wie die Eisbruchstücke unter meinen Stiefeln knirschten ... Als es sich dem Kanal näherte, schien es an Kraft und Energie zu gewinnen, als wisse es, daß es in seine natürliche Heimat zurückkehrte. Ich fragte mich, ob es überleben würde, um wieder Knospen zu treiben.

Es verschwand unter der Oberfläche und ließ ein paar letzte, tote Larven auf dem fremden Land zurück. Das ungeschützte, offene Wasser sprudelte ein paar Minuten lang, bis eine Kruste schützenden Eises es vom Vakuum darüber abschloß. Dann ging ich zum Schiff zurück, um zu sehen, ob es etwas zu bergen gab – ich möchte nicht darüber sprechen.

Ich möchte Sie nur um zwei Dinge bitten, Doktor. Wenn die Taxonomen dieses Geschöpf klassifizieren, hoffe ich, daß sie es nach mir benennen werden.

Und wenn das nächste Schiff nach Hause fliegt – bitten Sie es, unsere sterblichen Reste nach China zurückzubringen.

In ein paar Minuten wird uns der Jupiter trennen. Ich wünschte, ich wüßte, ob jemand mich gehört hat. Ich werde diese Botschaft jedenfalls wiederholen, wenn wir wieder in Sichtverbindung sind – vorausgesetzt, die lebenserhaltenden Systeme meines Raumanzugs halten so lange durch.

Hier spricht Professor Chang auf Europa, ich melde die Zerstörung des Raumschiffs ›Tsien‹. Wir sind neben dem Großen Kanal gelandet und haben unsere Pumpen am Rande des Eises aufgebaut . . .«

Das Signal brach unvermittelt ab, kehrte einen Augenblick lang zurück und ging dann völlig im Geräuschpegel unter. Obwohl die »Leonow« die gleiche Frequenz wieder abhörte, kam keine weitere Nachricht mehr von Professor Chang.

Die »Discovery«

Den Berg hinunter

Das Schiff wurde endlich schneller, als es den Berg hinunter auf den Jupiter zuflog. Es hatte schon lange die neutrale Schwerkraftzone passiert, wo die vier winzigen äußeren Monde – Sinope, Pasiphaë, Ananke und Carme – auf ihren rückläufigen und wahnsinnig exzentrischen Umlaufbahnen dahinwackelten. Zweifellos eingefangene Asteroiden und völlig unregelmäßig geformt. Der größte maß nur dreißig Kilometer im Durchmesser. Gezackte, zersplitterte Steinbrocken, die niemanden interessierten außer Planetengeologen und die sich nicht entscheiden konnten, zu wem sie gehören wollten – zur Sonne oder zum Jupiter. Eines Tages würde die Sonne sie dem Planeten entreißen und zu ihren Trabanten machen.

Aber vielleicht behielt der Jupiter die zweite, nur halb so weit entfernte Vierergruppe. Elara, Lysithea, Himalia und Leda lagen ziemlich nahe beieinander und beinahe auf gleicher Ebene. Es gab Spekulationen, daß sie einst Teil eines einzigen Körpers gewesen seien; wenn das stimmte, wäre dieser Mutterkörper kaum hundert Kilometer im Durchmesser gewesen.

Obwohl nur Carme und Leda nahe genug herankamen, um für das bloße Auge als Scheiben sichtbar zu sein, wurden sie wie alte Freunde begrüßt. Hier war zum erstenmal auf der längsten Seereise Land in Sicht: die dem Jupiter vorgelagerten Inseln. Die letzten Stunden verrannen, die kritischste Phase des ganzen Unternehmens rückte näher – der Eintritt in die Jupiteratmosphäre.

Jupiter war schon jetzt größer als der Mond am Himmel der Erde, und man konnte deutlich sehen, wie die riesigen, inneren Satelliten sich um ihn herumbewegten. Sie alle waren als Scheiben mit unterschiedlicher Färbung erkennbar, obwohl noch zu weit entfernt, als daß man markante Punkte hätte ausmachen können. Ihr ewiges Ballett – sie verschwanden hinter dem Jupiter und erschienen wieder, um mit den Schatten, die sie begleiteten, über die Tageslichtseite zu wandern – war ein ungeheuer fesselndes Schauspiel, ein Schauspiel, das die Astronomen ständig verfolgten, seit Galilei es vor beinahe genau vierhundert Jahren zum erstenmal entdeckt hatte. Aber die Männer und Frauen der »Leonow« waren die einzigen lebenden Menschen, die es ohne Hilfsmittel, mit bloßem Auge sehen konnten.

Die endlosen Schachpartien hatten aufgehört; die dienstfreien Stunden wurden an den Teleskopen zugebracht oder mit ernsthafter Unterhaltung, oder man hörte Musik und starrte dann meist die Aussicht draußen an. Und wenigstens eine Bordromanze hatte ihren Höhepunkt erreicht: Das häufige Verschwinden von Max Brailowski und Zenia Marchenko war Thema vieler gutmütiger Hänseleien.

Sie waren, fand Floyd, ein etwas seltsames Paar: Max – groß, gutaussehend und blond – war ein erfolgreicher Leichtathlet gewesen und hatte den Endkampf bei den Olympischen Spielen im Jahr 2000 erreicht. Obwohl bereits Anfang dreißig, hatte er einen offenen, beinahe jungenhaften Gesichtsausdruck. Und wirklich kam er Floyd trotz seiner glänzenden Laufbahn als Ingenieur oft naiv und unverbildet vor – einer jener Menschen, mit denen man sich gern unterhält, aber nicht allzulange. Jenseits seines Fachbereichs, in dem er zweifellos Experte war, machte er den Eindruck eines gewinnenden, aber ziemlich oberflächlichen Mannes.

Zenia – mit neunundzwanzig die jüngste an Bord – umgab immer noch etwas Geheimnisvolles. Da niemand darüber sprechen mochte, wollte auch Floyd das Thema ihrer Verletzungen nicht anschneiden, und seine Quellen in Washington konnten ihm keine näheren Informationen liefern. Sie hatte offensichtlich einen schweren Unfall erlitten, aber vielleicht war es nichts Ungewöhnlicheres als ein Autounfall. Die Vermutung, sie habe an einer geheimen Weltraummission teilgenommen – immer noch ein beliebter Mythos außerhalb der UdSSR –, konnte man fallenlassen. Dank der erdumspannenden Beobachtungsnetze war so etwas schon seit fünfzig Jahren nicht mehr möglich.

Zusätzlich zu ihren körperlichen und zweifellos auch seelischen Narben litt Zenia noch unter einem weiteren Handikap: War sie doch erst in letzter Minute eingesprungen für Irina Jakunin, die als Ernährungsspezialistin und medizinische Assistentin an Bord der »Leonow« hätte mitfahren sollen, bevor sie sich bei einem unseligen Zweikampf mit ihrem Flugdrachen zu viele Knochen brach.

Jeden Tag um 18.00 Uhr Greenwichzeit versammelte sich die Besatzung in dem winzigen Gemeinschaftsraum, der das Flugdeck von der Kombüse und den Schlafräumen trennte. Der runde Tisch in der Mitte war gerade groß genug, daß sich acht Leute daranquetschen konnten; wenn Chandra und Curnow wiederbelebt worden waren, würden nicht mehr alle hier Platz finden, und man würde eine andere Lösung finden müssen.

Obwohl der »Sechs-Uhr-Sowjet«, wie die tägliche Konferenz am runden Tisch genannt wurde, selten länger als zehn Minuten dauerte, spielte er eine wichtige Rolle für die Aufrechterhaltung der Moral. Beschwerden, Vorschläge, Kritik, Arbeitsberichte – über alles konnte gesprochen werden, nur der Kapitän hatte ein Vetorecht, von dem er aber nur sehr selten Gebrauch machte.

Typische Punkte auf der nie festgelegten Tagesordnung waren Bitten um Änderungen der Speisekarte, Anträge auf längere Privatsprechzeit mit der Erde, Vorschläge fürs Kinoprogramm. Austausch von Neuigkeiten und Klatsch sowie gutmütige Sticheleien gegen das stark unterlegene, amerikanische Kontingent. Das würde anders werden, warnte Floyd, wenn seine Kollegen erst aus dem Tiefschlaf erwachten.

Wenn Floyd nicht schlief, verbrachte er viel von seiner freien Zeit im Gemeinschaftsraum, zum Teil weil er sich dort, trotz der geringen Größe des Raums, weniger beengt fühlte als in seiner eigenen, winzigen Zelle. Der Raum war auch fröhlich ausgeschmückt, alle verfügbaren freien Flächen waren mit Bildern von schönen Landschafts- oder Meeresszenen, von Sportereignissen, Porträts beliebter Videostars und anderen Erinnerungen an die Erde bedeckt. Den Ehrenplatz hatte jedoch ein Originalgemälde von Leonow: seine Studie »Hinter dem Mond« aus dem Jahr 1965 – jenem Jahr, da er als junger Oberstleutnant die *Woschod II* verlassen und als erster Mensch in der Geschichte einen Spaziergang im Weltraum unternommen hatte.

Das Bild war eindeutig das Werk eines begabten Amateurs; es zeigte den mit Kratern übersäten Rand des Mondes mit dem schönen Sinus Iridum – der Regenbogenbucht – im Vordergrund. Gewaltig ragte die dünne Sichel der Erde über dem Mondhorizont auf und faßte die verdunkelte Nachtseite des Planeten ein. Dahinter loderte die Sonne, die Lichtstreifen der Korona griffen nach allen Richtungen Millionen von Kilometern weit in den Weltraum hinaus.

Es war eine auffallende Komposition – der Blick in einen Zukunftstraum, der nur drei Jahre später bereits Wirklichkeit wurde. Auf dem Flug von *Apollo 8* sollten Borman, Anders und Lovell dieses großartige Bild mit bloßem Auge sehen, als sie bei ihrer Mondumrundung am Weihnachtstag 1968 beobachten konnten, wie die Erde über dem Mondhorizont aufging.

Heywood Floyd bewunderte das Gemälde, betrachtete es aber mit gemischten Gefühlen. Er konnte nicht vergessen, daß es älter war als alle anderen auf dem Schiff – mit einer Ausnahme.

Er selbst war schon neun Jahre alt gewesen, als Alexej Leonow es malte.

Die Welten des Galilei

Selbst jetzt, mehr als drei Jahrzehnte nach den Enthüllungen der ersten *Voyager*-Sonden, verstand niemand so richtig, warum die vier riesigen Satelliten sich so gewaltig voneinander unterschieden. Sie hatten alle etwa die gleiche Größe und befanden sich im gleichen Teil des Sonnensystems – und doch ähnelten sie einander so wenig, als seien sie Kinder verschiedener Abstammung.

Nur Callisto, der äußerste Satellit, entsprach in etwa den Erwartungen. Als die »Leonow« in einem Abstand von nur gut hunderttausend Kilometern vorbeiraste, waren die größeren der zahllosen Krater mit bloßem Auge deutlich erkennbar. Durch das Teleskop sah der Satellit aus wie eine Glaskugel, die man als Zielscheibe für großkalibrige Gewehre benützt hatte; er war übersät von Kratern jeder Größe, bis hin zur unteren Sichtbarkeitsgrenze. Callisto, so hatte einmal jemand festgestellt, sah mehr wie der Mond der Erde aus als dieser selbst.

Und das überraschte auch nicht besonders. Man hätte hier draußen – am Rande des Asteroidengürtels – erwartet, daß eine Welt mit dem Schutt bombardiert wurde, der von der Erschaffung des Sonnensystems übriggeblieben war. Doch Ganymed, der Nachbarsatellit, bot ein völlig anderes Bild. Obwohl in ferner Vergangenheit durchaus über und über mit

Aufschlagskratern bedeckt, waren die meisten davon untergepflügt worden – ein Ausdruck, der eigenartig treffend schien. Riesige Gebiete auf Ganymed waren mit Bergkämmen und Furchen bedeckt, als hätte ein kosmischer Gärtner einen Riesenrechen darübergezogen. Und es gab hellgefärbte Streifen wie Spuren von fünfzig Kilometer breiten Schnekken. Am geheimnisvollsten waren lange, sich windende Bänder, die Dutzende von parallelen Linien enthielten. Nikolai Ternowski meinte, es müßten vielspurige Superautobahnen sein, angelegt von betrunkenen Vermessern. Er behauptete sogar, Überführungen und Kleeblattkreuzungen entdeckt zu haben.

Die »Leonow« hatte dem Fundus menschlichen Wissens ein paar Trillionen Informationseinheiten über Ganymed hinzugefügt, ehe sie die Umlaufbahn von Europa kreuzte. Diese Eiswelt mit ihrem Wrack und ihren Toten befand sich auf der anderen Seite des Jupiter – aber stets nahe den Gedanken aller an Bord.

Unten auf der Erde war Dr. Chang schon ein Held, und seine Landsleute hatten mit offensichtlicher Verlegenheit zahllose Beileidsbekundungen entgegengenommen. Eine war im Namen der »Leonow«-Besatzung übermittelt worden – nach, wie Floyd schwante, beträchtlicher Umformulierung in Moskau. Die Gefühle der Leute an Bord des Schiffs waren zwiespältig – eine Mischung aus Bewunderung, Bedauern und Erleichterung. Alle Astronauten betrachteten sich, ungeachtet ihrer nationalen Herkunft, als Bürger des Weltraums und fühlten sich einander verbunden, sie teilten ihre Triumphe und Tragödien miteinander. Niemand auf der »Leonow« freute sich darüber, daß die chinesische Expedition einer Katastrophe zum Opfer gefallen war; doch herrschte gleichzeitig eine gedämpfte Erleichterung, weil das Rennen nicht bis zum Ende hatte ausgetragen werden müssen.

Die unerwartete Entdeckung, daß es auf Europa Leben gab, hatte der Situation ein neues Element hinzugefügt, das jetzt mit großer Ausführlichkeit sowohl auf der Erde wie auch an Bord der »Leonow« diskutiert wurde. Einige Exobiologen tönten: »Haben wir doch immer gesagt!« und behaupteten, das hätte eigentlich gar keine so große Überraschung sein dürfen. Schon in den siebziger Jahren hatten Forschungsunterseeboote von Leben nur so wimmelnde Kolonien seltsamer Meeresgeschöpfe entdeckt, die bestens gediehen, in einer Umgebung die man für ähnlich lebensfeindlich gehalten hatte: in den Gräben auf dem Grund des Pazifiks. Vulkanische Quellen, die den Abgrund fruchtbar machten und erwärmten, hatten in den Wüsten der Tiefe Oasen geschaffen.

Und alles, was einst auf der Erde geschehen war, mußte man millionenfach anderswo im Universum erwarten; das galt unter Wissenschaftlern beinahe als ein Glaubensgrundsatz. Wasser – oder wenigstens Eis – gab es auf allen Jupitermonden. Und auf Io existierten ständig tätige Vulkane – also war es nur logisch, wenn man auf der Nachbarwelt mit schwächerem Vulkanismus rechnete. Wenn man diese beiden Tatsachen zusammennahm, erschien Leben auf Europa nicht nur möglich, sondern geradezu unvermeidlich – wie die meisten Überraschungen der Natur, wenn man sie im Rückblick betrachtet.

Aber diese Schlußfolgerung warf eine weitere, für die Mission der »Leonow« wesentliche Frage auf: Hatte das auf den Jupitermonden entdeckte Leben etwas zu tun mit dem Tycho-Monolithen und dem noch geheimnisvolleren Artefakt im Orbit nahe Io?

Ein beliebtes Thema für die Debatten im Sechs-Uhr-Sowjet. Man war sich allgemein einig, daß das Geschöpf, dem Dr. Chang begegnet war, keine höhere Intelligenzform darstellte – jedenfalls, wenn der Professor dessen Verhalten richtig interpretiert hatte. Kein Tier mit auch nur elementaren Verstandeskräften hätte sich derart von seinen Instinkten überwältigen lassen, wäre wie eine Motte zum Licht geflogen, bis es Gefahr lief, vernichtet zu werden.

Wassili Orlow konnte jedoch ein Gegenbeispiel anführen, das dieses Argument abschwächte, wenn nicht entkräftete.

»Seht euch doch die Wale und Delphine an!« meinte er. »Wir nennen sie intelligent – aber wie oft töten sie sich selbst, indem sie sich massenweise an Land spülen lassen! Das scheint mir ein Fall, wo der Instinkt die Vernunft unterdrückt.«

»Man braucht gar nicht bis zu den Delphinen zu gehen«, warf Max Brailowski dazwischen. »Einer der besten Ingenieure in meiner Klasse fühlte sich unwiderstehlich angezogen von einer Blondine in Kiew. Als ich zum letzten Mal von ihm hörte, arbeitete er für Intourist. Dabei hatte er mal eine Goldmedaille für die Entwürfe von Raumstationen gewonnen. Was für eine Verschwendung!«

Selbst wenn Dr. Changs Europaner Intelligenz besaß, schloß das natürlich nicht aus, daß es anderswo noch höhere Lebensformen gab. Man konnte die Biologie einer ganzen Welt nicht nach einem einzigen Exemplar beurteilen.

Aber es war weithin behauptet worden, daß im Meer niemals eine höhere Intelligenz entstehen könne; in einer so günstigen, sich nicht verändernden Umgebung gebe es nicht genügend Herausforderungen. Vor allem aber: Wie sollten Meereswesen jemals ohne Hilfe des Feuers eine Technik entwickeln?

Und doch war vielleicht sogar das denkbar; der Weg, den die Menschheit gegangen war, mußte schließlich nicht der einzig mögliche sein. In den Meeren der anderen Welten mochten ganze Zivilisationen leben.

Trotzdem schien es unwahrscheinlich, daß auf Europa eine raumfahrende Kultur entstanden sein sollte, ohne unverwechselbare Zeichen ihrer Existenz in Form von Gebäuden, wissenschaftlichen Einrichtungen, Abschußbasen oder anderen Artefakten zu hinterlassen. Aber von einem Pol zum anderen war nichts zu sehen außer ebenen Eisflächen und ein paar herausragenden Felsen.

Für weitere Spekulationen und Diskussionen blieb keine Zeit mehr, als die »Leonow« an den Umlaufbahnen von Io und dem winzigen Mimas vorbeischoß. Die Besatzung war beinahe ununterbrochen beschäftigt mit der Vorbereitung für den Eintritt in die Atmosphäre und das kurzzeitige Einsetzen der Schwere nach Monaten im freien Fall. Alle losen Gegenstände mußten gesichert werden, ehe das Schiff in die Jupiteratmosphäre eintauchte und der Andruck der Bremsverzögerung kurze Spitzen erreichte, die bis zu zwei g betragen konnten.

Floyd hatte Glück; ihm allein blieb Zeit, das großartige Schauspiel des herannahenden Planeten zu bewundern, der jetzt beinahe den halben Himmel ausfüllte. Weil es nichts gab, woran man hätte messen können, ließ sich die wirkliche Größe des Planeten kaum erfassen. Floyd mußte sich immer wieder sagen, daß fünfzig Erden die Hemisphäre, die ihm jetzt zugewandt war, nicht bedecken konnten.

Die Wolken, farbig wie der grellste Sonnenuntergang auf der Erde, rasten nur so dahin. An dem Dutzend Bändern, die den Planeten umgürteten, bildeten sich ständig große Wirbel, die dann wie Rauchkräusel wegschwebten. Gelegentlich schossen aus der Tiefe Streifen weißen Gases herauf und wurden von den Stürmen, die die gewaltige Drehung des Planeten auslöste, weggefegt. Am sonderbarsten von allem waren vielleicht die weißen Flecken, die manchmal in so regelmäßigen Abständen wie die Perlen einer Halskette entlang der Passatzonen der mittleren Breitengrade des Jupiter lagen.

In den Stunden unmittelbar vor dem Eintritt sah Floyd von Kapitän und Navigator nicht viel. Die Orlows verließen die Brücke kaum, weil sie ständig den Anflugorbit überprüften und winzige Feinkorrekturen am Kurs der »Leonow« vornahmen. Das Schiff war jetzt auf dem kritischen Kurs, der die Atmosphäre nur streifen sollte; wenn es zu wenig herankam, würde die Reibungsbremsung nicht ausreichen, um es zu verlangsamen, und es würde aus dem Sonnensystem hinausrasen, so weit, daß es unmöglich mehr gerettet werden konnte. Wenn es zu tief eintauchte, würde es wie ein Meteor verglühen. Zwischen den beiden Extremen gab es nur wenig Spielraum.

Die Chinesen hatten bewiesen, daß die Atmosphärenbremsung möglich war, aber es bestand immer die Gefahr, daß etwas schiefging. Daher war Floyd gar nicht überrascht, als Oberstabsärztin Rudenko nur eine Stunde vor dem Kontakt eingestand: »Langsam wünsche ich mir, Woody, daß ich diese Ikone doch mitgenommen hätte.«

Doppelbegegnung

»... Papiere für die Hypothek auf dem Haus in Nantucket müßten im Akt mit der Aufschrift *M* in der Bibliothek liegen.

Nun, ich glaube, damit wäre das Geschäftliche erledigt, mehr fällt mir jedenfalls nicht ein. Während der letzten zwei Stunden mußte ich immer wieder an ein Bild denken, das ich als Junge in einem zerrissenen Buch über viktorianische Kunst gesehen habe – es muß fast hundertfünfzig Jahre alt gewesen sein. Ich weiß nicht mehr, ob es schwarzweiß oder farbig war. Aber den Titel werde ich nie vergessen – lach nicht, das Bild hieß ›Die letzte Botschaft nach Hause‹. Unsere Ururgroßväter liebten diese Art von Melodramatik.

Man sieht das Deck eines Windjammers in einem Hurrikan – die Segel weggerissen, das Deck überflutet. Im Hintergrund kämpft die Mannschaft darum, das Schiff zu retten. Und im Vordergrund schreibt ein Matrose ein Briefchen, neben sich die Flasche, die seine Botschaft, wie er hofft, an Land tragen soll.

Obwohl ich damals noch klein war, fand ich, er wäre besser seinen Gefährten zur Hand gegangen, statt Briefe zu schreiben. Trotzdem war ich gerührt. Nie hätte ich gedacht, eines

Tages mal in derselben Lage zu sein wie dieser junge Seemann.

Natürlich bin ich sicher, daß du diese Nachricht erhalten wirst – und hier auf der »Leonow« kann ich nichts helfen. Man hat mich sogar höflich gebeten, nicht im Weg herumzuhängen, und so habe ich ein ganz reines Gewissen, während ich das diktiere.

Ich werde die Botschaft jetzt zur Brücke hinaufschicken, weil wir in fünfzehn Minuten die Verbindung abbrechen, dann wird nämlich die große Schüssel eingezogen und die Luken werden dichtgemacht – da hast Du noch so eine hübsche Parallele zur Seemannssprache! Jupiter füllt den Himmel jetzt ganz aus – ich will gar nicht erst den Versuch machen, Dir den Anblick zu beschreiben, und werde ihn auch selbst nicht viel länger genießen, da in ein paar Minuten die Jalousien runtergehen.

Die Kameras können das ohnehin viel besser als ich.

Leb wohl, meine Liebste, und grüße alle ganz herzlich – besonders Chris. Wenn Du diese Botschaft erhältst, ist schon alles vorbei, so oder so. Vergiß nicht, ich habe versucht, um unser aller willen mein Bestes zu tun. Leb wohl!«

Floyd nahm den Audiochip heraus, schwebte hinauf zum Nachrichtenzentrum und übergab ihn Sascha Kowalew.

»Bitte sorgen Sie unbedingt dafür, daß das noch rausgeht, ehe wir dichtmachen«, sagte er eindringlich.

»Keine Angst«, versprach Sascha. »Ich arbeite immer noch auf allen Kanälen, und wir haben noch gut zehn Minuten.«

Er streckte die Hand aus. »Sehn wir uns wieder – lächeln wir gewiß; wo nicht, ist wahrlich wohlgetan dies Scheiden.«

Floyd kniff ein Auge zu: »Shakespeare, nehme ich an?«

»Ja; Brutus und Cassius vor der Schlacht. Bis später...«

Tanja und Wassili waren zu sehr mit ihren Statusdarstellungen beschäftigt, um mehr zu tun, als ihm flüchtig zuzuwinken, und so zog Floyd sich in seine Kabine zurück. Vom Rest der Besatzung hatte er sich schon verabschiedet; ihm blieb nichts übrig, als zu warten. Sein Schlafsack war zur Vorbereitung auf das Wiedereinsetzen des Andrucks bei Beginn des Bremsmanövers hochgezogen, er brauchte nur hineinzuklettern...

»Antennen eingezogen, alle Schutzschilde ausgefahren«, ertönte es aus dem Interkomlautsprecher. »In fünf Minuten sollten wir das erste Abbremsen spüren. Alles normal.«

»Das ist kaum das Wort, das ich verwenden würde«, murmelte Floyd vor sich hin.

Er hatte den Gedanken kaum zu Ende gedacht, als es leise an der Tür klopfte.

Zu seinem Erstaunen war es Zenia.

»Stört es Sie, wenn ich hereinkomme?« fragte sie schüchtern mit einer Kleinmädchenstimme, die Floyd kaum erkannte.

»Natürlich nicht. Aber warum sind Sie nicht in Ihrer eigenen Zelle? Es sind nur noch fünf Minuten bis zum Wiedereintritt.«

Noch während er die Frage stellte, merkte er, wie albern sie war. Und Zenia sparte sich auch die Antwort.

Aber Zenia war der allerletzte Mensch, den er erwartet hätte: Ihr Verhalten ihm gegenüber war stets höflich, aber distanziert gewesen. Ja, als einziges Mitglied der Besatzung zog sie es immer noch vor, ihn Dr. Floyd zu nennen. Und doch war sie nun hier, eindeutig auf der Suche nach Trost und Gesellschaft im Augenblick der Gefahr.

»Zenia, meine Liebe«, meinte er verlegen. »Sie sind willkommen. Aber meine Behausung ist etwas beengt. Man könnte sie sogar spartanisch nennen.«

Sie brachte ein schwaches Lächeln zustande, sagte aber nichts, als sie ins Zimmer schwebte. Zum erstenmal erkannte Floyd, daß sie nicht nur nervös war – sie war völlig verängstigt.

Jetzt verstand er auch, warum sie ausgerechnet bei ihm Zuflucht suchte: Sie schämte sich, ihren Landsleuten so gegenüberzutreten.

Diese Erkenntnis dämpfte seine Freude über den unerwarteten Besuch ein wenig. Doch wurde seine Verantwortung für ein zweites, einsames, menschliches Wesen fern von zu Hause dadurch nicht geringer. Die Tatsache, daß sie eine attraktive – wenn auch nicht unbedingt schöne – Frau war, kaum halb so alt wie er, hätte dabei eigentlich keine Rolle spielen dürfen. Tat es aber dennoch.

Sie mußte es bemerkt haben, unternahm jedoch nichts, um ihn zu ermutigen oder abzuschrecken, als sie sich nebeneinander in den Schlafkokon legten. Der Platz reichte für sie beide gerade aus, und Floyd stellte besorgt ein paar Berechnungen an. Angenommen, der Maximalandruck war höher als vorausgesagt und die Aufhängung gab nach? Das konnte leicht ihr Tod sein...

Der Sicherheitsspielraum war reichlich bemessen; kein Grund, sich wegen eines so beschämenden Endes Sorgen zu machen. Humor, der Feind jeglicher Begierde, machte ihre Umarmung völlig keusch. Er war nicht sicher, ob er sich darüber freuen oder traurig sein sollte.

Und für Überlegungen im nachhinein war es jetzt sowieso zu spät. Aus weiter, weiter Ferne kam ein erstes, schwaches Flüstern – wie das Wimmern einer verlorenen Seele. Im gleichen Augenblick durchlief ein kaum merkliches Zucken das Schiff; der Kokon begann herumzuschwingen, und die Aufhängung straffte sich. Nach Wochen der Schwerelosigkeit kehrte die Schwere zurück.

Innerhalb von Sekunden hatte sich das schwache Klagen zu einem gleichmäßigen Brüllen gesteigert, und der Kokon war zu einer überlasteten Hängematte geworden. Schon jetzt fiel Floyd das Atmen schwer. Die Bremsverzögerung war daran nur zum Teil schuld; Zenia hing so an ihm, wie eine Ertrinkende sich angeblich an den sprichwörtlichen Strohhalm klammert.

Er machte sie los, so sanft er konnte.

»Schon gut, Zenia. Wenn die ›Tsien‹ es geschafft hat,

können wir es auch. Nur ruhig – keine Angst.«

Es ist schwierig, beruhigend zu schreien, und er war nicht einmal sicher, ob Zenia ihn überhaupt über das Brüllen des weißglühenden Wasserstoffs hinweg hörte. Aber sie klammerte sich nicht mehr ganz so verzweifelt an ihn, und er nützte die Gelegenheit, um ein paarmal tief durchzuatmen.

Was würde Caroline wohl denken, wenn sie ihn jetzt sähe? Würde er es ihr erzählen, wenn er die Gelegenheit dazu hätte? Er war nicht sicher, ob sie ihn verstehen würde. In einem solchen Augenblick schienen alle Verbindungen zur Erde wirklich sehr dünn.

Es war unmöglich, sich zu bewegen oder zu sprechen, aber nachdem er sich erst mal an das sonderbare Gefühl der Schwere gewöhnt hatte, fühlte er sich nicht länger unbehaglich – abgesehen von der immer stärker werdenden Taubheit in seinem rechten Arm. Mit einiger Schwierigkeit gelang es ihm, ihn unter Zenia hervorzuziehen; die vertraute Bewegung weckte ein flüchtiges Schuldgefühl in ihm. Als Floyd spürte, wie das Blut wieder zirkulierte, erinnerte er sich an eine berühmte Bemerkung, die mindestens einem Dutzend Astronauten und Kosmonauten zugeschrieben wurde: »Sowohl die Freuden wie die Probleme des Sex bei Schwerelosigkeit werden stark übertrieben.«

Er fragte sich, wie es wohl dem Rest der Besatzung erging, und dachte flüchtig an Chandra und Curnow, die das alles friedlich verschliefen. Sie würden es nie erfahren, sollte die »Leonow« zum Meteorschauer am Jupiterhimmel werden. Er beneidete sie nicht; sie hatten die Erlebnisse eines ganzen Lebens versäumt.

Tanja sprach über Interkom; ihre Worte gingen in dem Gebrüll unter, aber ihre Stimme klang ruhig und völlig normal, als ob sie nur eine Routinedurchsage machte. Floyd gelang es, auf seine Uhr zu schauen, und er bemerkte erstaunt, daß sie schon das halbe Bremsmanöver hinter sich gebracht hatten. Genau in diesem Augenblick war die »Leonow« dem Jupiter am nächsten; nur automatische Sonden, die nicht mehr gebraucht wurden, waren tiefer in die Jupiteratmosphäre eingedrungen.

»Zur Hälfte geschafft, Zenia«, rief er. »Wir sind schon wieder auf dem Weg nach draußen.« Er wußte nicht, ob sie ihn verstanden hatte. Sie hielt die Augen fest geschlossen, lächelte aber ein wenig.

Das Schiff schlingerte jetzt merklich, wie ein kleines Boot auf einer unruhigen See. War das normal? Floyd war froh, sich um Zenia kümmern zu müssen; das lenkte ihn von seinen eigenen Ängsten ab. Nur einen Augenblick lang sah er in einer Vision vor sich, wie die Wände plötzlich kirschrot aufglühten und sich nach innen auf ihn zuwölbten. Wie in Edgar Allen Poes alptraumhafter Erzählung *Die Grube und das Pendel,* die er seit dreißig Jahren vergessen hatte.

Aber das würde nie geschehen. Wenn der Hitzeschild versagte, würde das Schiff sofort zusammenstürzen, flachgepreßt von einer massiven Gaswand. Er würde keinen Schmerz spüren; sein Nervensystem würde keine Zeit haben zu reagieren, ehe es zu existieren aufhörte. Er hatte schon tröstlichere Gedanken gehabt, aber dieser war auch nicht zu verachten.

Langsam wurden die Stöße schwächer. Wieder kam eine unverständliche Durchsage von Tanja (er würde sie deshalb aufziehen, wenn alles vorüber war). Jetzt schien die Zeit viel langsamer zu vergehen; nach einer Weile weigerte er sich, weiter die auf die Uhr zu schauen, weil er nicht glauben konnte, was er dort sah. Die Zahlen wechselten so langsam, daß man beinahe glauben konnte, sich in einer Einsteinschen Zeitdehnung zu befinden.

Und dann geschah etwas noch Unfaßbareres. Zuerst war er belustigt, dann leicht gekränkt. Zenia war eingeschlafen – wenn auch nicht direkt in seinen Armen, so doch wenigstens neben ihm.

Eine natürliche Reaktion: Die Anspannung mußte sie

erschöpft haben, und die Weisheit des Körpers war ihr zu Hilfe gekommen. Und plötzlich stellte Floyd auch bei sich selbst eine beinahe nachorgasmische Schläfrigkeit fest, als sei er ebenfalls durch die Begegnung emotional total ausgepumpt. Er mußte gegen den Schlaf ankämpfen . . .

. . . Und dann stürzte er . . . stürzte . . . stürzte . . . alles war vorüber. Das Schiff war wieder im Weltraum, wo es hingehörte. Und er und Zenia schwebten auseinander.

Nie wieder würden sie so nahe beisammen sein, aber immer würden sie eine besondere Zärtlichkeit füreinander empfinden, die niemand sonst jemals teilen konnte.

Dem Riesen entronnen

Als Floyd das Beobachtungsdeck erreichte – diskreterweise ein paar Minuten nach Zenia –, schien Jupiter schon weiter entfernt zu sein. Aber das war wohl eine Illusion, die auf dem beruhte, was er wußte, nicht auf dem, was seine Augen ihm sagten. Sie waren kaum aus der Jupiteratmosphäre aufgetaucht, und der Planet füllte immer noch die Hälfte des Himmels aus.

Und jetzt waren sie – wie beabsichtigt – seine Gefangenen. Während der letzten, weißglühenden Stunde hatten sie bewußt die überschüssige Geschwindigkeit abgegeben, die sie direkt aus dem Sonnensystem hinaus – und weiter zu den Sternen katapultiert hätte. Jetzt bewegten sie sich in einer Ellipse – einem klassischen Hohmannorbit, der sie zwischen dem Jupiter und der Umlaufbahn von Io, dreihundertfünfzigtausend Kilometer weiter oben, hin- und hertragen würde. Wenn sie ihre Triebwerke nicht wieder anwarfen – oder es nicht konnten –, würde die »Leonow« zwischen diesen Grenzen hin- und herschwingen und alle neunzehn Stunden eine Umkreisung vollenden. Sie würde der Mond werden, der dem Jupiter am nächsten lag, aber nicht für lange. Jedesmal, wenn sie die Atmosphäre streifte, würde sie an Höhe verlieren, bis sie schließlich in die Vernichtung taumelte.

Floyd hatte sich nie wirklich etwas aus Wodka gemacht, aber er schloß sich den anderen vorbehaltlos an, als sie einen Toast auf die Konstrukteure des Schiffs ausbrachten, verbunden mit einer Danksagung an Sir Isaac Newton. Dann stellte Tanja die Flasche entschieden wieder in ihren Schrank zurück; es gab noch immer viel zu tun.

Obwohl sie alle damit gerechnet hatten, fuhr jeder zusammen, als plötzlich das gedämpfte Knallen von Sprengladungen ertönte und der Trennungsruck spürbar wurde. Ein paar Sekunden später kam eine große, immer noch weißglühende Scheibe in Sicht, die sich langsam kopfüber um die Längsachse drehte, während sie vom Schiff wegschwebte.

»Schaut!« schrie Max. »Eine fliegende Untertasse! Wer hat eine Kamera?«

In dem darauf folgenden Gelächter war deutlich ein Unterton hysterischer Erleichterung zu hören.

»Leb wohl, treuer Hitzeschild! Du hast großartige Arbeit geleistet.«

»Aber was für eine Verschwendung!« meinte Sascha. »Es sind mindestens noch zwei Tonnen übrig. Denkt nur, wieviel zusätzliche Fracht wir dafür hätten mitnehmen können!«

»Wenn das die gute, konservative, russische Technik ist«, gab Floyd zurück, »dann bin ich absolut dafür. Viel besser, ein paar Tonnen zuviel – als ein einziges Milligramm zuwenig.«

Alle applaudierten diesen edlen Gefühlen, während der abgesprengte Schild sich abkühlte und erst gelb, dann rot und schließlich so schwarz wie der Weltraum ringsum wurde. Schon nach ein paar Kilometern war er nicht mehr zu sehen, obwohl gelegentlich das plötzliche Wiederauftauchen eines verdeckten Sterns sein Vorhandensein verriet.

»Einleitende Überprüfung der Umlaufbahn abgeschlossen«, erklang Wassilis Stimme. »Wir sind bis auf zehn Meter pro Sekunde auf dem richtigen Vektor. Nicht schlecht für den ersten Versuch.«

Bei dieser Nachricht gab es einen unterdrückten Seufzer der Erleichterung, und ein paar Minuten später machte Wassili eine weitere Durchsage.

»Wir verändern die Position für eine Kurskorrektur; Delta-Vau sechs Meter pro Sekunde. Schub von zweiundzwanzig Sekunden setzt in einer Minute ein.«

Sie waren immer noch so nahe am Jupiter, daß man es nicht für möglich hielt, daß das Schiff eine Umlaufbahn um den Planeten beschrieb; sie hätten in einem hoch fliegenden Flugzeug sitzen können, das gerade aus einem Wolkenfeld aufgetaucht war. Man hatte kein Gefühl für den Maßstab; man konnte sich leicht vorstellen, über einem irdischen Sonnenuntergang dahinzurasen; die roten, rosa und purpurnen Farbtöne, die dort unten vorbeiglitten, wirkten so vertraut.

Aber das war eine Illusion; es gab hier keinerlei Parallelen zur Erde. Diese Farben waren echt, nicht von der untergehenden Sonne ausgeliehen. Sogar die Gase waren völlig fremd – Methan und Ammoniak und eine Hexenbrühe aus Kohlenwasserstoffen, die in einem Kessel aus Wasserstoff und Helium umgerührt wurde. Keine Spur von freiem Sauerstoff, dem Atem des menschlichen Lebens.

Die Wolken marschierten in parallelen Reihen von Horizont zu Horizont, verzerrt durch gelegentliche Strudel und Wirbel. Da und dort wallten hellere Gase auf und durchbrachen das Muster, und Floyd konnte auch den dunklen Rand eines großen Strudeltrichters sehen, eines Mahlstroms von Gasen, der in unergründliche Jupitertiefen hinabführte.

Er fing an, nach dem Großen Roten Fleck Ausschau zu halten, rief sich aber gleich wieder zur Vernunft. Die ganze gewaltige Wolkenlandschaft, die er unter sich sehen konnte, machte nur ein paar Prozent der Unermeßlichkeit des Roten Flecks aus; man konnte genausogut erwarten, den Umriß der Vereinigten Staaten von einem kleinen Flugzeug aus zu erkennen, das im Tiefflug über Kansas hinwegraste.

»Kurskorrektur abgeschlossen. Wir sind jetzt in einem Orbit, auf dem wir von Io aufgefangen werden. Ankunftszeit: acht Stunden, fünfundfünfzig Minuten.«

Weniger als neun Stunden, um vom Jupiter aus nach oben zu steigen und auf das zu treffen, was immer uns erwartet, dachte Floyd. Wir sind dem Riesen entronnen, aber er stellte eine Gefahr dar, die wir begriffen und auf die wir uns einstellen konnten. Was jetzt vor uns liegt, ist ein absolutes Geheimnis.

Und wenn wir diese Herausforderung überlebt haben, müssen wir noch einmal zum Jupiter zurückkehren. Wir werden seine Kraft brauchen, um heil nach Hause zu kommen.

Raumgespräch ganz privat

»... Hallo, Dimitri. Hier spricht Woody, ich schalte in fünfzehn Sekunden auf Schlüssel Zwei... Hallo, Dimitri... multipliziere Schlüssel Drei und Vier miteinander, nimm die Kubikwurzel, addiere Pi Quadrat dazu und nimm die nächste ganze Zahl als Schlüssel Fünf. Wenn eure Computer nicht eine Million mal schneller sind als unsere – und ich bin verdammt sicher, daß das nicht der Fall ist –, kann diese Botschaft niemand dechiffrieren, weder auf eurer Seite noch auf der unseren. Aber vielleicht verlangt man einige Erklärungen von dir; darin bist du ja ohnehin gut.

Übrigens haben mir für gewöhnlich ausgezeichnet informierte Kreise vom Scheitern des letzten Versuchs berichtet, den alten Andrej zum Rücktritt zu überreden; ich schließe daraus, daß deine Delegation nicht mehr Glück hatte als die anderen und ihr ihn immer noch als Präsidenten auf dem Hals habt. Ich lach mir 'nen Ast; das geschieht der Akademie ganz recht. Er ist mittlerweile über neunzig und wird langsam ein wenig – na, sagen wir stur. Aber von mir werdet ihr keinerlei Unterstützung bekommen, obwohl ich der führende Experte für die schmerzlose Beseitigung älterer Wissenschaftler auf der ganzen Welt – Verzeihung, im ganzen Sonnensystem – bin.

Kannst du dir vorstellen, daß ich immer noch nicht ganz nüchtern bin? Wir fanden, wir hätten uns eine kleine Party verdient, nachdem es uns gelungen war, an die ›Discovery‹ ankop... verdammt, an*zu*koppeln. Außerdem mußten wir zwei neue Besatzungsmitglieder an Bord willkommen heißen. Chandra hält nichts von Alkohol – er macht einen zu menschlich –, aber Walter Curnow hat ihn mehr als ersetzt. Nur Tanja blieb stocknüchtern – wie zu erwarten war.

Meine amerikanischen Mitbürger – ich töne schon wie ein Politiker, Gott helfe mir! – erwachten ohne alle Schwierigkeiten aus dem Tiefschlaf und freuen sich beide darauf, mit der Arbeit anzufangen. Wir werden uns alle beeilen müssen; nicht nur, weil unsere Zeit hier abläuft, die ›Discovery‹ scheint auch in sehr schlechtem Zustand zu sein. Wir trauten kaum unseren Augen, als wir sahen, daß sich ihr fleckenloser, weißer Rumpf zu einem widerlichen Gelb verfärbt hat.

Daran ist natürlich Io schuld. Das Schiff ist in Spiralen bis auf dreitausend Kilometer hinuntergetrieben, und alle paar Tage pustet einer der Vulkane einige Megatonnen Schwefel in den Himmel hinauf. Auch wenn du die Filme gesehen hast, kannst du dir nicht wirklich vorstellen, wie es ist, wenn man über diesem Inferno hängt; ich werde froh sein, wenn wir hier wegkönnen, obwohl uns dann etwas viel Geheimnisvolleres bevorsteht – und vielleicht etwas viel Gefährlicheres.

Ich bin während des Ausbruchs von 2006 über den Kilauea weggeflogen; das war ziemlich schaurig, aber es war nichts – nichts, sage ich – im Vergleich zu dem, was sich hier abspielt. Im Augenblick befinden wir uns über der Nachtseite, was das

Ganze noch schlimmer macht. Man kann gerade so viel sehen, um sich noch viel mehr einzubilden. Es ist der Hölle näher, als ich ihr je kommen wollte...

Einige der Schwefelseen sind so heiß, daß sie glühen, aber der größte Teil des Lichts rührt von elektrischen Entladungen her. Alle paar Minuten scheint die ganze Landschaft zu explodieren, so als sei ein gigantischer Fotoblitz darüber hingegangen. Der Vergleich ist wahrscheinlich gar nicht schlecht; in der Strömungsröhre zwischen Jupiter und Io fließen Millionen Ampère, und alle Augenblicke gibt es einen Kurzschluß. Dann entsteht der größte Blitzschlag im Sonnensystem, und die Hälfte unserer Sicherungen fliegt aus Sympathie mit heraus.

Gerade hat es direkt am Terminator einen Ausbruch gegeben, und ich kann eine große Wolke sehen, die sich in unsere Richtung ausweitet und ins Sonnenlicht aufsteigt. Ich bezweifle, daß sie unsere Höhe erreicht, und selbst wenn, wird sie harmlos sein, bis sie hier eintrifft. Aber sie sieht bedrohlich aus – wie ein Weltraumungeheuer, das uns verschlingen will.

Bald nachdem wir hierherkamen, fiel mir auf, daß Io mich an etwas erinnerte; ich brauchte ein paar Tage, bis ich dahinterkam, und dann mußte ich mich in den Archiven der Kontrollstation vergewissern, weil mir die Schiffsbibliothek – Schande über sie! – nicht helfen konnte. Weißt Du noch, wie ich dich mit dem *Herrn der Ringe* bekannt machte, als wir noch junge Burschen waren, damals auf der Konferenz von Oxford? Nun, Io ist Mordor; sieh in Teil Drei nach. Da gibt es einen Abschnitt über ›Flüsse aus geschmolzenem Fels, die sich dahinwanden... bis sie abkühlten und wie verrenkte Drachengestalten dalagen, die die gequälte Erde ausgespien hatte‹. Diese Beschreibung trifft es genau: Wie konnte Tolkien das wissen, ein Vierteljahrhundert, ehe irgend jemand je ein Bild von Io gesehen hatte? Die Natur ahmt die Kunst nach, da kannst du sagen, was du willst.

Wenigstens werden wir hier nicht zu landen brauchen: Ich glaube, nicht einmal unsere chinesischen Kollegen hätten das versucht. Aber vielleicht wird es eines Tages möglich sein; es gibt Gebiete, die ziemlich stabil aussehen und nicht ständig von Schwefelfluten überschwemmt werden.

Wer hätte gedacht, daß wir bis zum Jupiter, dem größten der Planeten, vordringen und ihn dann gar nicht beachten würden? Aber genauso ist es die meiste Zeit; und wenn wir nicht Io oder die ›Discovery‹ anstarren, denken wir über das... das Artefakt nach.

Es ist immer noch zehntausend Kilometer entfernt, dort oben am Librationspunkt, aber wenn ich es durch das Hauptteleskop betrachte, scheint es so nahe, als könnte man es berühren. Weil es so völlig ohne Oberflächenmerkmale ist, hat man keinen Anhaltspunkt für seine Größe, keine Möglichkeit, mit dem Auge abzuschätzen, ob es wirklich zwei Kilometer lang ist. Sollte es massiv sein, muß es Milliarden von Tonnen wiegen.

Aber ist es wirklich massiv? Es gibt fast kein Radarecho, selbst wenn es mit der Breitseite zu uns steht. Wir können es nur als schwarze Silhouette vor den Jupiterwolken dreihunderttausend Kilometer weiter unten erkennen. Abgesehen von der Größe sieht es genauso aus wie der Monolith, den wir auf dem Mond ausgegraben haben.

Nun, morgen werden wir an Bord der ›Discovery‹ gehen, und ich weiß nicht, wann ich wieder Zeit oder Gelegenheit haben werde, mit dir zu sprechen. Aber da ist noch etwas, alter Freund, ehe ich mich verabschiede.

Es geht um Caroline. Sie hat nie wirklich verstanden, warum ich die Erde verlassen mußte, und irgendwie glaube ich, daß sie mir nie ganz verzeihen wird. Manche Frauen denken, daß Liebe nicht nur das einzig Wichtige ist – sondern *alles*. Vielleicht haben sie recht... jetzt ist es jedenfalls zu spät, darüber zu diskutieren.

Versuche, sie aufzumuntern, wenn du Gelegenheit dazu

hast. Sie spricht davon, aufs Festland zurückzukehren. Ich fürchte, wenn sie das tut...

Wenn du an sie nicht herankommst, versuche, Chris aufzuheitern. Ich vermisse ihn mehr, als ich sagen möchte.

Er wird Onkel Dimitri glauben – wenn der ihm sagt, daß sein Vater ihn immer noch liebt und so schnell nach Hause kommen wird, wie er nur kann.«

Enterkommando

Selbst unter den günstigsten Umständen ist es nicht einfach, ein verlassenes und nicht kooperationswilliges Raumschiff zu entern. Es kann sogar ausgesprochen gefährlich sein.

Walter Curnow war sich dieser Tatsache theoretisch durchaus bewußt; aber was das wirklich heißt, spürte er erst, als er die ganze, hundert Meter lange »Discovery« sah, wie sie sich kopfüber um die Längsachse drehte, während die »Leonow« in sicherem Abstand blieb. Vor Jahren hatte die Reibung den Drall des Drehkörpers der »Discovery« gebremst und so seinen Schwung im Winkel auf die restlichen Teile der Konstruktion übertragen. Jetzt purzelte das verlassene Schiff langsam seinen Orbit entlang wie der Stab eines Tambourmajors auf dem höchsten Punkt seiner Flugbahn.

Das erste Problem war, diese Drehung zum Stillstand zu bringen, weil die »Discovery« durch sie nicht nur unsteuerbar, sondern praktisch unnahbar wurde. Als Curnow mit Max Brailowski in der Luftschleuse in den Raumanzug stieg, empfand er ein seltsames Gefühl der Unzulänglichkeit, sogar der Minderwertigkeit; das hier war nicht sein Ressort. Er hatte bereits düster erklärt: »Ich bin Raumingenieur, kein Raumaffe.« Aber die Aufgabe mußte erledigt werden, und er allein war in der Lage, die »Discovery« aus Ios Griff zu befreien. Max und seine Kollegen, die mit Schaltplänen und Geräten arbeiten mußten, mit denen sie nicht vertraut waren, würden viel zu lange brauchen. Bis sie das Schiff wieder mit Energie versorgt und seine Bedienung im Griff hätten, wäre es schon in die Schwefelhölle dort unten hinabgestürzt.

»Sie haben doch keine Angst, oder?« fragte Max, als sie ihre Helme aufsetzten.

»Nicht so viel, daß ich mir in den Anzug mache. Sonst schon.«

Max gluckste. »Ich würde sagen, das ist für diese Sache ungefähr das richtige Quantum. Aber keine Sorge! Ich werde Sie schon in einem Stück hinbringen mit meinem – wie sagen Sie dazu?«

»Besenstiel. Weil darauf angeblich die Hexen reiten.«

»Ach ja. Haben Sie schon einmal einen benützt?«

»Ich hab's mal versucht, aber er ist mir entwischt. Die anderen fanden das alle sehr lustig.«

Es gibt eine ganze Reihe von Berufen, die charakteristische Werkzeuge entwickelt haben – den Haken des Hafenarbeiters, die Scheibe des Töpfers, die Kelle des Maurers, den Hammer des Geologen. Die Männer, die vor allem an Bauprojekten in Schwerelosigkeit arbeiteten, hatten den Besenstiel konstruiert.

Es war ein sehr einfaches Gerät – ein hohles Rohr, gerade einen Meter lang, mit einem Fußschutz am einen Ende und einer Halteschlaufe am anderen. Auf Knopfdruck konnte es auf das Fünf- oder Sechsfache seiner normalen Länge ausgefahren werden, und das stoßabsorbierende System im Innern gestattete es einem geschickten Benützer, die erstaunlichsten Manöver auszuführen. Der Fußschutz konnte auch zu einer Klaue oder einem Haken werden, wenn nötig; es gab noch viele andere Raffinessen, aber das war die Grundkonstruktion. Es sah ganz harmlos und leicht zu handhaben aus; aber das täuschte.

Die Pumpen der Luftschleuse hörten auf, sich zu drehen; das Schild AUSSTIEG leuchtete auf; die Außentüren öffneten sich, und die beiden schwebten langsam ins Leere.

Die »Discovery« rotierte in zweihundert Metern Entfernung wie eine Windmühle und folgte ihnen auf der Umlaufbahn um Io, der den halben Himmel ausfüllte. Jupiter war nicht zu sehen, er befand sich – wie geplant – auf der anderen Seite des Satelliten. Sie wollten Io als Schutzschild benutzen, vor den Energien, die in der Strömungsröhre zwischen den beiden Welten tobten. Trotzdem war das Strahlungsniveau gefährlich hoch; sie hatten weniger als fünfzehn Minuten Zeit, bis sie wieder hinter die Abschirmung mußten.

Fast sofort bekam Curnow Schwierigkeiten mit seinem Anzug. »Er hat mir gepaßt, als wir von der Erde aufgebrochen sind«, beklagte er sich. »Aber jetzt klappere ich darin herum wie eine Erbse in der Schote.«

»Das ist völlig normal, Walter«, sagte Oberstabsärztin Rudenko, die sich in die Funkverbindung eingeschaltet hatte. »Sie haben im Tiefschlaf zehn Kilo verloren, und das haben Sie gut vertragen können. Und drei davon haben Sie auch schon wieder zugenommen.«

Ehe Curnow Zeit hatte, sich eine passende Antwort einfallen zu lassen, merkte er, daß er sanft, aber entschieden von der »Leonow« weggezogen wurde.

»Ganz ruhig, Walter«, sagte Brailowski. »Nehmen Sie Ihre Schubdüsen nicht zu Hilfe, selbst wenn Sie anfangen, Purzelbäume zu schlagen. Lassen Sie mich nur machen.«

Curnow konnte die schwachen Wölkchen sehen, die aus dem Rucksack des Jüngeren aufstiegen, als die winzigen Düsen sie auf die »Discovery« zutrieben. Mit jeder kleinen Dampfwolke kam ein sanfter Ruck an der Schlepplinie, und er bewegte sich auf Brailowski zu, holte ihn aber nie ein, ehe die nächste Wolke aufstieg. Er kam sich vor wie ein Jojo, wie er da so an seiner Schnur auf- und abhüpfte.

Es gab nur eine gefahrlose Möglichkeit, an das Wrack heranzukommen, und zwar entlang der Achse, um die es sich langsam drehte. Das Rotationszentrum der »Discovery« lag etwa mittschiffs in der Nähe des Hauptantennenkomplexes, und Brailowski steuerte direkt auf diesen Bereich zu, seinen nervösen Partner im Schlepptau. Wie will er uns beide rechtzeitig zum Stehen bringen? fragte sich Curnow.

Die »Discovery« war jetzt eine riesige, schlanke Hantel, die bedrohlich vor ihnen über den ganzen Himmel schwang. Obwohl es mehrere Minuten dauerte, bis sie eine ganze Umdrehung vollendet hatte, bewegten sich die äußeren Enden mit eindrucksvoller Geschwindigkeit. Curnow versuchte, nicht darauf zu achten, und konzentrierte sich auf das näher kommende – und unbewegliche – Zentrum.

»Da will ich hin«, sagte Brailowski. »Versuchen Sie nicht, mir zu helfen, und seien Sie nicht überrascht, was auch geschieht.«

Was meint er wohl damit? fragte sich Curnow, während er sich vornahm, so wenig Überraschung wie nur möglich zu zeigen.

Alles spielte sich in etwa fünf Sekunden ab. Brailowski aktivierte seinen Besenstiel, so daß er zu seiner vollen Länge von vier Metern ausfuhr, und berührte damit das herankommende Schiff. Der Besenstiel schob sich zusammen, seine Innenfeder fing Brailowskis beträchtlichen Schwung ab, aber er kam nicht, wie Curnow erwartet hatte, neben der Antennenhalterung zum Stillstand. Der Besenstiel fuhr sofort wieder aus und kehrte die Schubrichtung des Russen um, so daß er tatsächlich genauso schnell von der »Discovery« weggeschleudert wurde, wie er sich ihr genähert hatte. Er raste in nur ein paar Zentimetern Entfernung an Curnow vorbei wieder in den Weltraum hinaus. Der erschrockene Amerikaner konnte gerade noch ein breites Grinsen erhaschen, ehe Brailowski an ihm vorbeischoß.

Eine Sekunde später gab es einen Ruck an der Leine, die sie miteinander verband, und eine schnelle Bremsverzögerung, als der Schwung sich beiden mitteilte. Die entgegengesetzt gerichteten Geschwindigkeiten waren genau gegeneinander aufgehoben worden; Curnow und Brailowski befanden sich in bezug auf die »Discovery« praktisch in Ruhestellung. Curnow brauchte nur noch nach dem nächsten Handgriff zu greifen und sie beide hineinzuziehen.

»Haben Sie je russisches Roulette versucht?« fragte er, als er wieder zu Atem gekommen war.

»Nein – was ist das?«

»Ich muß es Ihnen einmal beibringen. Es ist als Heilmittel gegen Langeweile beinahe so gut wie das hier.«

Nachdem sie jetzt fest mit der Nabe des kreisenden Schiffes verbunden waren, merkte er von der Rotation nichts mehr – vor allem dann nicht, wenn er den Blick fest auf die Metallplatten unmittelbar vor seinen Augen gerichtet hielt. Die Leiter, die sich in die Ferne erstreckte und an dem schlanken Zylinder, dem Hauptbestandteil der Schiffskonstruktion, entlanglief, war sein nächstes Ziel. Die kugelförmige Kommandokapsel am anderen Ende schien mehrere Lichtjahre entfernt, obwohl er ganz genau wußte, daß der Abstand nur fünfzig Meter betrug.

»Ich gehe zuerst«, sagte Brailowski und zog die Leine straff, die sie miteinander verband. »Und vergessen Sie nicht: Von jetzt an geht es nur noch bergab. Aber das ist kein Problem – Sie können sich mit einer Hand festhalten. Selbst ganz unten beträgt die Schwerkraft nicht mehr als etwa ein Zehntel g. Und das ist – wie sagt man bei Ihnen? – ein Klecks?«

»Ich glaube, Sie meinen, ein Klacks. Und wenn es Ihnen nichts ausmacht, möchte ich mit den Füßen zuerst. Ich bin noch nie gern kopfüber Leitern hinuntergekrabbelt – nicht einmal bei einem Bruchteil normaler Schwerkraft.«

Es war wichtig, das wußte Curnow genau, diesen leicht scherzhaften Tonfall beizubehalten; sonst würden ihn das Geheimnisvolle und die Gefährlichkeit der Situation einfach überwältigen. War er doch, beinahe eine Milliarde Kilometer von zu Hause entfernt, im Begriff, das berühmteste Wrack in der ganzen Geschichte der Erforschung des Weltraums zu betreten; ein Reporter hatte die »Discovery« einmal die *Marie Celeste* des Weltraums genannt, und der Vergleich war gar nicht so schlecht. Aber darüber hinaus machte vieles hier die Situation einmalig; selbst wenn er versuchte, die alptraumhafte Mondlandschaft, die die Hälfte des Himmels ausfüllte, zu ignorieren, gab es direkt vor seiner Nase etwas, das ihn ständig an ihre Gegenwart erinnerte: Jedesmal, wenn er die Sprossen der Leiter berührte, wirbelte sein Handschuh einen dünnen Nebel von Schwefelstaub auf.

Brailowski hatte natürlich recht; der durch Drehung erzeugten Schwerkraft, die dadurch entstand, daß das Schiff Purzelbäume schlug, konnte man leicht begegnen. Als Curnow sich daran gewöhnt hatte, war ihm das Gefühl für die Richtung, das er dadurch erhielt, sogar willkommen.

Und dann hatten sie ganz plötzlich die große, verfärbte Kugel erreicht, die Kontrollkapsel samt dem Behälter für die lebenserhaltenden Systeme der »Discovery«. Nur ein paar Meter davon entfernt lag eine Noteinstiegsluke – genau die gleiche, erkannte Curnow, durch die Bowman vor seiner letzten Auseinandersetzung mit Hal ins Schiff gelangt war.

»Hoffentlich kommen wir rein«, murmelte Brailowski. »Wäre doch schade, wenn wir so weit gereist wären, um jetzt vor verschlossenen Türen zu stehen.«

Er kratzte den Schwefel weg, der die Schalttafel mit der Aufschrift STATUS LUFTSCHLEUSE verdeckte.

»Natürlich tot. Soll ich es mit den Hebeln versuchen?«

»Kann nichts schaden – aber passieren wird auch nichts.«

»Sie haben recht. Na ja, hier geht es mit der Hand . . .«

Es war faszinierend zu beobachten, wie sich die schmale Haarlinie in der gewölbten Wand auftat, eine kleine Dampfwolke im Weltraum verpuffte und ein Stück Papier mit sich nahm. War das irgendeine wichtige Botschaft? Sie würden es nie erfahren; das Papier trieb weg, taumelte um die eigene Achse, ohne etwas von seinem ursprünglichen Drall zu verlieren, und verschwand vor den Sternen.

Brailowski drehte weiter an der Handverriegelung, sehr lange, wie es ihnen vorkam, bis die dunkle, wenig vertrauenerweckende Höhle der Luftschleuse völlig geöffnet war. Curnow hoffte, daß wenigstens die Notbeleuchtung noch funktionierte, aber soviel Glück hatten sie nicht.

»Jetzt sind Sie der Chef, Walter. Willkommen auf dem Territorium der Vereinigten Staaten.«

Es sah jedenfalls nicht sehr einladend aus, als Curnow hineinkletterte und den Lichtstrahl seines Helmscheinwerfers im Innenraum herumwandern ließ. Soweit er sehen konnte, war alles in Ordnung. Was hatte er sonst erwartet? fragte er sich ein wenig wütend.

Es dauerte fast noch länger, die Tür von Hand zuzumachen, als sie zu öffnen, aber sie hatten keine andere Möglichkeit, solange das Schiff nicht wieder mit Energie versorgt war. Kurz bevor die Luke sich schloß, riskierte Curnow noch einen Blick auf das wahnsinnige Panorama draußen.

Ein flackernder, blauer See hatte sich in Äquatornähe aufgetan; er war sicher, daß der vor ein paar Stunden noch nicht dagewesen war. Strahlend gelbe Lichtblitze in der charakteristischen Farbe glühenden Natriums tanzten an seinen Rändern; und die gesamte Nachtseite lag verhüllt unter dem geisterhaften Plasmaausstoß einer der beinahe ständigen Morgenröten von Io.

Stoff für künftige Alpträume – und als ob das noch nicht genug wäre, gab es noch einen Effekt, der eines surrealistischen Künstlers würdig gewesen wäre: In den schwarzen Himmel hinauf, anscheinend direkt aus den Feuerlöchern des brennenden Mondes auftauchend, stach ein gewaltiges, gebogenes Horn, wie es vielleicht ein dem Untergang geweihter Stierkämpfer im letzten Augenblick der Wahrheit erblickt haben mochte.

Die Sichel des Jupiter ging auf, um die »Discovery« und die »Leonow« zu begrüßen, die auf ihrem gemeinsamen Orbit auf ihn zufegten.

In dem Augenblick, da die äußere Luke sich hinter ihnen geschlossen hatte, waren kaum merklich die Rollen vertauscht worden. Jetzt war Curnow zu Hause, während sich Brailowski im Innern der »Discovery«, einem Labyrinth pechschwarzer Gänge und Tunnel, ziemlich unbehaglich fühlte. Theoretisch kannte Max sich im Schiffsinnern aus, aber dieses Wissen beruhte nur auf dem Studium der Planzeichnungen. Curnow dagegen hatte monatelang in dem noch nicht fertiggestellten Schwesterschiff der »Discovery« gearbeitet. Er konnte sich buchstäblich mit geschlossenen Augen zurechtfinden.

Das Vorwärtskommen wurde erschwert, weil dieser Teil des Schiffs eigentlich für Schwerelosigkeit konstruiert war; jetzt entstand durch die unkontrollierte Drehung eine künstliche Schwerkraft, die, so schwach sie auch war, immer in der ungünstigsten Richtung zu wirken schien.

»Zuallererst«, murmelte Curnow, nachdem er mehrere Meter weit einen Korridor hinuntergerutscht war, bis er einen Haltegriff zu fassen bekam, »müssen wir diese verdammte Drehung zum Stillstand bringen. Das können wir aber erst, wenn wir Energie haben. Ich hoffe nur, daß Dave Bowman alle Systeme gesichert hat, ehe er das Schiff verließ.«

»Sind Sie sicher, daß er das Schiff wirklich verlassen hat? Vielleicht wollte er zurückkommen.«

»Sie mögen recht haben; aber ich glaube, das werden wir nie erfahren. Falls er es überhaupt selbst wußte.«

Sie hatten jetzt die Kapselkammer erreicht – die »Raumgarage« der »Discovery«, wo normalerweise drei der kugelförmigen Einmannkapseln »parkten«, die für Unternehmungen außerhalb des Schiffs benützt wurden. Nur Kapsel Nummer drei war noch übrig; Nummer eins war bei dem mysteriösen Unfall, durch den Frank Poole den Tod gefunden hatte, verlorengegangen – und Nummer zwei war bei Dave Bowman, wo immer der sich befand.

Die Kapselkammer enthielt auch zwei Raumanzüge, die

unangenehm an enthauptete Leichen erinnerten, wie sie da so ohne Helm in ihren Gestellen hingen. Man brauchte seine Phantasie nur ganz wenig anzustrengen – und die von Brailowski legte gerade Sonderschichten ein, um sie mit einer ganzen Menagerie unheimlicher Bewohner zu bevölkern.

Die vielen Geräusche machten die Sache auch nicht besser, obwohl sie so schwach waren, daß nur ein erfahrener Astronaut sie neben den Lauten seines eigenen Anzugs wahrnahm. Aber Max Brailowski, der gewöhnt war, in völlig lautloser Umgebung zu arbeiten, gingen sie eindeutig auf die Nerven, auch wenn das gelegentliche Knistern und Knarren fast mit Sicherheit von thermischer Ausdehnung herrührte, weil das Schiff sich ja wie ein Braten am Spieß drehte. Obwohl die Kraft der Sonne hier draußen schwach war, gab es doch einen deutlichen Temperaturunterschied zwischen Licht und Schatten.

Selbst sein vertrauter Raumanzug fühlte sich sonderbar an, nachdem er jetzt sowohl von außen wie von innen unter Druck stand. Alle Kräfte, die auf seine Gelenke wirkten, waren geringfügig verändert, und er konnte seine Bewegungen nicht mehr genau berechnen. Ich bin ein Anfänger, beginne wieder ganz von vorn mit der Ausbildung, sagte er sich wütend. Höchste Zeit, diese unbehagliche Stimmung mit einer entschiedenen Aktion zu durchbrechen.

»Walter – ich möchte gern die Atmosphäre prüfen.«

»Der Druck ist in Ordnung; Temperatur – puh – sechsundsiebzig Grad unter Null.«

»Ein schöner, frischer, russischer Winter. Die Luft in meinem Anzug wird jedenfalls die schlimmste Kälte abhalten.«

»Gut, nur zu! Aber ich möchte mein Licht auf Ihr Gesicht richten, damit ich sehe, wenn Sie blau werden. Und hören Sie nicht auf zu sprechen!«

Brailowski entriegelte seinen Helm und schwenkte den Gesichtsschild nach oben. Er zuckte kurz zusammen, als eisige Finger ihm zärtlich über die Wangen zu streicheln schienen, schnüffelte vorsichtig und ließ dann einen tieferen Atemzug folgen.

»Kalt – aber es sticht nicht in den Lungen. Obwohl es komisch riecht. Abgestanden, verfault – als wäre etwas – oh, nein!«

Brailowski wurde plötzlich blaß und klappte schnell den Gesichtsschild zu.

»Was ist los, Max?« fragte Curnow mit unvermittelter, aufrichtiger Besorgnis. Brailowski antwortete nicht; er sah aus, als versuche er noch immer, sich wieder unter Kontrolle zu bekommen. Tatsächlich schien er wirklich in Gefahr, jener immer abscheulichen und manchmal tödlichen Katastrophe zum Opfer zu fallen – sich in einem Raumanzug erbrechen zu müssen.

Ein langes Schweigen folgte; dann sagte Curnow beruhigend:

»Ich verstehe. Aber ich bin sicher, daß Sie sich irren. Wir wissen, daß Poole im Weltraum den Tod fand. Bowman hat berichtet, daß er die anderen – hinausgeworfen hat, nachdem sie im Tiefschlaf gestorben waren; und wir dürfen sicher sein, daß er das auch wirklich getan hat. Hier kann niemand sein. Außerdem ist es viel zu kalt.« Er hätte beinahe hinzugefügt, »wie in einer Leichenhalle«, beherrschte sich aber noch rechtzeitig.

»Aber angenommen«, flüsterte Brailowski, »nur einmal angenommen, Bowman hätte es geschafft, zum Schiff zurückzukommen – und wäre dann hier gestorben.«

Es folgte ein noch längeres Schweigen, ehe Curnow langsam seinen eigenen Gesichtsschild öffnete. Er fuhr zusammen, als die eiskalte Luft in seine Lungen drang, dann rümpfte er angeekelt die Nase.

»Jetzt verstehe ich, was Sie meinen. Aber Ihre Phantasie geht mit Ihnen durch. Ich wette zehn zu eins, daß dieser Geruch aus der Kombüse kommt. Wahrscheinlich ist Fleisch schlecht geworden, ehe das Schiff eingefroren ist. Und Bowman war wohl zu beschäftigt, um seinen Haushalt in Ordnung zu halten. Ich kenne Junggesellenwohnungen, wo es genauso schlimm riecht wie hier.«

»Vielleicht haben Sie recht. Ich hoffe es.«

»Natürlich habe ich recht. Und selbst wenn nicht – verdammt, was macht es schon aus? Wir haben eine Aufgabe zu erledigen, Max. Wenn Dave Bowman noch hier sein sollte, ist das nicht unser Bier – was, Katharina?«

Von der Oberstabsärztin kam keine Antwort; sie waren so weit ins Schiffsinnere vorgedrungen, daß der Funk sie nicht mehr erreichen konnte. Sie waren wirklich allein, aber Max Lebensgeister erwachten ganz schnell wieder. Es war ein Privileg, fand er, mit Walter zu arbeiten. Der amerikanische Ingenieur erschien manchmal weich und leichtsinnig. Aber er war völlig kompetent – und, wenn nötig, hart wie Stahl.

Zusammen würden sie die »Discovery« wieder zum Leben erwecken; und sie vielleicht zur Erde zurückbringen.

Operation »Windmühle«

Als die »Discovery« plötzlich erstrahlte wie der sprichwörtliche Weihnachtsbaum, weil die Navigations- und die Innenbeleuchtung von einem Ende zum anderen aufflammten, hätte man den Jubel an Bord der »Leonow« beinahe über das Vakuum zwischen den beiden Schiffen hinweg hören können. Er erstarb in einem mitfühlend-ironischen Aufstöhnen, als die Lichter sofort wieder verloschen.

Eine halbe Stunde lang passierte weiter nichts; dann glühte in den Aussichtsfenstern auf dem Flugdeck der »Discovery« der weiche Purpurschein der Notbeleuchtung auf. Ein paar Minuten später sah man verschwommen durch den Film von Schwefelstaub, wie Curnow und Brailowski sich drinnen bewegten.

»Hallo, Max – Walter –, könnt ihr uns hören?« rief Tanja Orlow. Die beiden Gestalten winkten sofort, gaben aber weiter keine Antwort. Sie waren offensichtlich zu beschäftigt, um sich auf müßiges Geplauder einzulassen; die Zuschauer auf der »Leonow« mußten sich in Geduld fassen, während verschiedene Lichter an- und ausgingen, eine der drei Türen der Kapselkammer sich langsam öffnete und schnell wieder schloß und die Hauptantenne um bescheidene zehn Grad herumschwang.

»Hallo, ›Leonow‹«, sagte Curnow schließlich. »Tut mir leid, daß wir euch haben warten lassen, aber wir hatten ziemlich viel zu tun.

Hier rasch ein Lagebericht nach dem, was wir bis jetzt gesehen haben. Das Schiff ist in viel besserem Zustand, als ich befürchtete. Der Rumpf ist intakt. Leckage zu vernachlässigen – Luftdruck fünfundachtzig Prozent des Nominalwerts. Ziemlich gut zu atmen, aber wir werden eine größere Wiederaufbereitungsaktion durchführen müssen, denn hier stinkt es zum Himmel.

Die beste Nachricht ist, daß die Energiesysteme in Ordnung sind. Hauptreaktor stabil, Batterien in gutem Zustand. Fast alle Sicherungen waren draußen – herausgesprungen oder von Bowman ausgeschaltet, ehe er ging –, daher waren alle wichtigen Geräte außer Betrieb. Aber es wird ziemlich viel Arbeit kosten, alles durchzuchecken, ehe wir wieder volle Energie bekommen.«

»Wie lange wird das dauern – wenigstens für die wesentlichen Systeme: Lebenserhaltung, Antrieb?«

»Schwer zu sagen, Skipper. Wie lange noch bis zum Absturz?«

»Minimalvoraussage im Augenblick: zehn Tage. Aber Sie wissen, wie sich das schon verändert hat – nach oben – und nach unten.«

»Tja, wenn wir nicht auf größere Probleme stoßen, können wir die ›Discovery‹ – oh, ich würde sagen, innerhalb einer

Woche aus diesem Höllenloch heraus – und in einen stabilen Orbit bringen.«

»Brauchen Sie irgend etwas?«

»Nein – Max und mir geht es gut. Wir begeben uns jetzt in den Drehkörper, um die Lager zu überprüfen. Ich möchte, daß er sobald wie möglich anläuft.«

»Verzeihung, Walter – aber ist das wichtig? Schwerkraft ist ja ganz angenehm, aber wir kommen doch schon ziemlich lange ohne aus.«

»Mir geht es nicht um die Schwerkraft, obwohl es ganz nützlich ist, ein gewisses Quantum davon an Bord zu haben. Wenn wir den Drehkörper wieder in Gang kriegen, wird er die Drehung des Schiffs schlucken – es wird aufhören, Purzelbäume zu schlagen. Dann können wir unsere Luftschleusen aneinanderkoppeln und mit den Weltraumausflügen Schluß machen. Dadurch wird die Arbeit hundertmal einfacher.«

»Klingt ganz hübsch, Walter, aber mein Schiff werden Sie nicht an diese ... diese Windmühle hängen. Angenommen, die Lager fressen sich fest und der Drehkörper klemmt? Das würde uns in Stücke reißen.«

»Zugegeben. Über diese Brücke werden wir gehen, wenn es soweit ist. Ich werde mich wieder melden, sobald ich kann.«

Während der nächsten zwei Tage kam niemand viel zur Ruhe. Danach waren Curnow und Brailowski praktisch in ihren Anzügen eingeschlafen, hatten aber ihre Inspektion der »Discovery« abgeschlossen, ohne auf unerfreuliche Überraschungen zu stoßen. Sowohl die Raumfahrtbehörde wie das Außenministerium waren über den vorläufigen Bericht erleichtert; er gestattete ihnen, mit einiger Berechtigung zu behaupten, daß die »Discovery« kein Wrack, sondern ein »zeitweise außer Betrieb gesetztes Raumschiff der Vereinigten Staaten« sei. Jetzt mußte die Arbeit der Wiederinbetriebnahme beginnen.

Sobald die Energieversorgung wiederhergestellt war, kam die Luft als nächstes Problem dran; selbst die gründlichsten Hausputzarbeiten hatten den Gestank nicht beseitigen können. Curnow hatte recht gehabt mit seiner Vermutung, er käme von Nahrungsmitteln, die nach dem Ausfall der Kühlung verdorben seien; er behauptete sogar mit gespieltem Ernst, daß es ganz romantisch sei. »Ich brauche nur die Augen zu schließen«, versicherte er, »dann fühle ich mich auf einen Walfänger aus früheren Zeiten versetzt. Könnt ihr euch vorstellen, wie es auf der *Pequod* gerochen haben muß?«

Alle stimmten ihm zu, daß man dafür nach einem Besuch auf der »Discovery« nicht mehr sehr viel Phantasie benötigte. Das Problem wurde schließlich gelöst – oder zumindest auf ein erträgliches Maß reduziert –, indem man die Atmosphäre des Schiffs entweichen ließ. Zum Glück war in den Reservetanks noch genügend Luft, um sie zu ersetzen.

Höchst willkommen war die Entdeckung, daß neunzig Prozent des für die Rückreise benötigten Treibstoffs noch zur Verfügung standen; es hatte sich bewährt, Ammoniak anstatt Wasserstoff als Arbeitsflüssigkeit für den Plasma-Antrieb zu wählen. Der flüchtigere Wasserstoff wäre schon vor Jahren im Weltraum verdampft, trotz der Isolierung der Tanks und der Kälte im All. Aber beinahe das ganze Ammoniak war in flüssigem Zustand geblieben, und es war genügend davon vorhanden, um das Schiff sicher in eine Umlaufbahn um die Erde zu bringen. Oder wenigstens um den Mond.

Die propellerähnliche Drehung der »Discovery« zu bremsen, war vielleicht der kritischste Schritt auf dem Weg, das Schiff unter Kontrolle zu bringen. Sascha Kowalew verglich Curnow und Brailowski mit Don Quichotte und Sancho Pansa und drückte die Hoffnung aus, ihr Kampf gegen die Windmühlen möge erfolgreicher enden.

Sehr vorsichtig, mit vielen Pausen zur Überprüfung, leitete man Energie in die Triebwerke des Drehkörpers und brachte die große Trommel auf Touren, wobei die Drehung, die sie vor langer Zeit dem Schiff gegeben hatte, wieder absorbiert wurde. Die »Discovery« führte eine komplexe Reihe von Präzessionen durch, bis die Saltos schließlich ganz aufhörten. Die letzten Spuren unerwünschter Rotation wurden durch die Richtungskontrolldüsen neutralisiert, bis die beiden Schiffe bewegungslos Seite an Seite schwebten, die massive, untersetzte »Leonow« wirkte neben der langen, schlanken »Discovery« wie ein Zwerg.

Der Übergang von einem Schiff zum anderen war jetzt gefahrlos und einfach, aber Kapitän Orlow verweigerte nach wie vor die Genehmigung für eine direkte Verbindung. Alle waren mit dieser Entscheidung einverstanden, denn Io kam unaufhältsam näher; möglicherweise mußten sie das Schiff, für dessen Rettung sie so schwer gearbeitet hatten, doch noch aufgeben.

Obwohl sie jetzt den Grund für das mysteriöse Absinken der »Discovery« kannten, half ihnen das nicht im mindesten weiter. Jedesmal, wenn das Schiff zwischen Jupiter und Io entlangsegelte, durchschnitt es die unsichtbare Strömungsröhre, die die beiden Körper miteinander verband – den elektrischen Fluß, der von einer Welt zur anderen führte. Die daraus entstehenden Wirbelströmungen, die dem Schiff induziert wurden, verlangsamten es ständig, bremsten es bei jeder Umdrehung ein wenig ab.

Es gab keine Möglichkeit, den Augenblick des Aufpralls präzise vorauszusagen, denn der Strom in der Röhre war heftigen Schwankungen unterworfen, die von den unergründlichen Gesetzen Jupiters bestimmt wurden. Manchmal gab es dramatische Aufwallungen von Aktivität, begleitet von spektakulären elektrischen und rötlichen Stürmen in der Gegend von Io. Dabei verloren die Schiffe kilometerweise an Höhe und wurden gleichzeitig ungemütlich heiß, ehe die Thermalkontrollsysteme sich neu einstellen konnten.

Dieser unerwartete Effekt hatte alle erschreckt und überrascht, bis sie erkannten, worauf er offensichtlich zurückzuführen war. Jegliche Form von Bremsmanöver erzeugt irgendwo Wärme; die starken Ströme, die dem Rumpf der »Leonow« und der »Discovery« induziert wurden, verwandelten die Schiffe kurzzeitig in elektrische Heizöfen mit niedriger Energieleistung. Kein Wunder, daß ein Teil der Nahrungsmittelvorräte der »Discovery« die Jahre, in denen das Schiff abwechselnd gekühlt und gekocht worden war, nicht heil überstanden hatte.

Die schwärende Landschaft Ios, die mehr denn je einer Illustration aus einem medizinischen Lehrbuch glich, lag nur fünfhundert Kilometer entfernt, als Curnow es wagte, den Hauptantrieb zu aktivieren, während die »Leonow« in respektvollem Abstand verharrte. Es gab keine sichtbaren Auswirkungen – keine Spur von Rauch und Feuer wie bei den chemischen Raketen aus alter Zeit –, aber die beiden Schiffe entfernten sich langsam voneinander, als die »Discovery« Fahrt aufnahm. Nach ein paar Stunden sehr vorsichtigen Manövrierens hatten sich beide Schiffe um tausend Kilometer nach oben bewegt; jetzt war Zeit für eine kurze Entspannungspause und für die Planung des nächsten Schritts.

»Sie haben großartige Arbeit geleistet, Walter«, sagte Oberstabsärztin Rudenko und legte ihren üppigen Arm um die Schultern des erschöpften Curnow. »Wir sind alle stolz auf Sie.«

Ganz nebenbei zerbrach sie unter seiner Nase eine kleine Kapsel. Es dauerte vierundzwanzig Stunden, bis er verärgert und hungrig wieder aufwachte.

Der patentierte »Hal-Killer«

»Was soll denn das sein?« fragte Curnow mit leichtem Abscheu in der Stimme und wog den kleinen Mechanismus in der Hand. »Eine Guillotine für Mäuse?«

»Keine schlechte Beschreibung – aber ich habe es auf größeres Wild abgesehen.« Floyd deutete auf einen blitzenden Pfeil auf dem Bildschirm, der jetzt einen komplizierten Schaltplan zeigte.

»Sehen Sie diese Linie?«

»Ja – die Hauptenergieversorgungsleitung. Und?«

»Das ist der Punkt, wo sie in Hals Datenverarbeitungszentrale einmündet. Ich möchte, daß Sie dort diese Vorrichtung einbauen. Innerhalb des Kabelschachts, wo man sie nicht finden kann, es sei denn, man sucht danach.«

»Verstehe. Eine Fernsteuerung, damit Sie Hal den Stecker rausziehen können, wann immer Sie wollen. Sehr schön – und auch noch ein nicht-leitendes Blatt, damit es beim Einschalten keine peinlichen Kurzschlüsse gibt. Wer macht solches Spielzeug? Die CIA?«

»Das braucht nicht Ihre Sorge zu sein. Das Bedienungsgerät steht in meinem Zimmer – jener kleine rote Rechner, den ich immer auf meinem Schreibtisch habe. Tippen Sie neunmal die Neun, ziehen Sie die Quadratwurzel und drücken Sie auf INT. Das ist alles. Über die Reichweite bin ich mir noch nicht im klaren – das werden wir testen müssen –, aber solange die ›Leonow‹ und die ›Discovery‹ nur ein paar Kilometer voneinander entfernt sind, besteht keine Gefahr, daß Hal uns noch einmal Amok läuft.«

»Wem werden Sie von diesem ... Ding erzählen?«

»Nun, die einzige Person, vor der ich es wirklich verstecke, ist Chandra.«

»Das dachte ich mir.«

»Aber je weniger Leute davon wissen, desto weniger wird darüber gesprochen. Ich werde Tanja sagen, daß es existiert, und wenn ein Notfall eintritt, können Sie ihr zeigen, wie man es bedient.«

»Welche Art von Notfall?«

»Keine sehr intelligente Frage, Walter. Wenn ich das wüßte, bräuchte ich das verdammte Ding ja gar nicht.«

»Da haben Sie wahrscheinlich recht. Wann soll ich Ihren patentierten ›Hal-Killer‹ installieren?«

»Sobald wie möglich. Am liebsten noch heute abend. Wenn Chandra schläft.«

»Machen Sie Witze? Ich glaube nicht, daß er jemals schläft. Er ist wie eine Mutter, die ein krankes Baby zu pflegen hat.«

»Nun, er muß doch gelegentlich zum Essen auf die ›Leonow‹ zurückkommen.«

»Da habe ich eine Neuigkeit für Sie. Als er das letztemal hinüberging, hat er sich einen kleinen Sack Reis an den Anzug gebunden. Damit kommt er wochenlang aus.«

»Dann werden wir einige von Katharinas berühmten Knockout-Tropfen einsetzen müssen. Bei Ihnen haben sie doch auch recht gut gewirkt, oder nicht?«

Curnow machte sich über Chandra lustig – zumindest nahm Floyd das an, obwohl man da bei ihm nie ganz sicher sein konnte: Der Amerikaner liebte es, mit völlig ernstem Gesicht die haarsträubendsten Dinge von sich zu geben. Es hatte einige Zeit gedauert, bis die Russen das ganz begriffen hatten; jetzt neigten sie aus reiner Notwehr dazu, schon im voraus zu lachen, auch wenn Curnow mal etwas völlig ernst meinte.

Curnows eigenes Lachen war glücklicherweise sehr viel gedämpfter geworden, seit Floyd es in der Fähre nach oben zum erstenmal gehört und schon befürchtet hatte, bei der Feier am Ende des Orbits, als die »Leonow« endlich an die »Discovery« angekoppelt hatte, wieder ständig darunter zu leiden. Aber sogar bei dieser Gelegenheit hatte sich Curnow, obwohl er viel getrunken hatte, ebenso unter Kontrolle gehabt wie Kapitän Orlow selbst.

Das einzige, was er ernst nahm, war seine Arbeit. Auf dem Weg von der Erde nach oben war er Passagier gewesen. Jetzt gehörte er zur Besatzung.

Auferstehung

Wir sind, so sagte sich Dr. Floyd, im Begriff, einen schlafenden Riesen zu wecken. Wie wird Hal nach all den Jahren auf unsere Anwesenheit reagieren? Was wird er von der Vergangenheit noch wissen – und wird er freundlich gesinnt sein oder feindselig?

Während Floyd gleich hinter Dr. Chandra in der Schwerelosigkeit des Flugdecks der »Discovery« schwebte, schweiften seine Gedanken immer wieder zu dem Abschaltmechanismus, der erst vor ein paar Stunden eingebaut und getestet worden war. Die Funkbedienung war nur Zentimeter von seiner Hand entfernt, und er kam sich etwas albern vor, weil er sie mitgenommen hatte. In diesem Stadium war Hal noch an keinen funktionierenden Schaltkreis im Schiff angeschlossen. Selbst wenn man ihn jetzt reaktivierte, würde er ein Gehirn ohne Glieder, wenn auch nicht ohne Sinnesorgane sein. Er würde sich verständigen, aber nicht handeln können. Wie Curnow es ausgedrückt hatte: »Das Schlimmste, was er tun kann, ist, uns zu beschimpfen.«

»Ich bin bereit für den ersten Test, Kapitän«, sagte Chandra. »Alle fehlenden Module sind ersetzt, und ich habe über alle Schaltkreise diagnostische Programme laufen lassen. Alles scheint normal, wenigstens auf dieser Ebene.«

Kapitän Orlow warf Floyd einen Blick zu, und der nickte. Auf Chandras hartnäckiges Drängen hin waren sie bei diesem kritischen ersten Durchlauf nur zu dritt anwesend, und er zeigte ziemlich offen, daß ihm eigentlich auch dieses kleine Publikum zuviel war.

»Also gut, Dr. Chandra.« Immer protokollbewußt, fügte der Kapitän schnell hinzu: »Dr. Floyd hat seine Zustimmung gegeben, und ich selbst habe keine Einwände.«

»Ich sollte erklären«, sagte Chandra in einem Ton, der ganz deutlich sein Mißfallen erkennen ließ, »daß seine Stimmerkennungs- und Sprachsynthese-Zentren beschädigt sind. Wir werden ihm das Sprechen wieder ganz von vorn beibringen müssen. Glücklicherweise lernt er mehrere millionenmal schneller als ein menschliches Wesen.«

Die Finger des Wissenschaftlers tanzten über die Tastatur, während er anscheinend willkürlich ein Dutzend Begriffe eintippte und jeden davon sorgfältig artikulierte, wenn er auf dem Bildschirm erschien. Wie ein verzerrtes Echo kamen die Worte aus dem Lautsprechergitter zurück – leblos, wirklich mechanisch, ohne daß man das Gefühl hatte, da stehe eine Intelligenz dahinter. Das ist nicht der alte Hal, dachte Floyd. Er ist nicht besser als die primitiven, sprechenden Spielzeuge, die neu auf den Markt kamen, als ich noch klein war.

Chandra drückte auf den WIEDERHOLUNG-Knopf, und die Worte ertönten noch einmal. Schon jetzt war eine deutliche Verbesserung erkennbar, obwohl niemand den Sprecher mit einem menschlichen Wesen hätte verwechseln können.

»Die Worte, die ich ihm gegeben habe, enthalten die Grundphoneme des Englischen; ungefähr zehn Durchläufe, dann wird es sich akzeptabel anhören. Aber ich habe nicht die nötige Ausrüstung, um eine Therapie wirklich gut durchzuführen.«

»Therapie?« fragte Floyd. »Sie meinen, daß er – nun ja, hirngeschädigt ist?«

»Nein!« fauchte Chandra. »Die Logikschaltkreise sind völlig in Ordnung. Nur der Stimmenoutput ist vielleicht mangelhaft, aber er wird sich immer weiter verbessern. Vergleichen Sie also alles mit der optischen Anzeige, um Fehlinterpretationen zu vermeiden. Und wenn Sie sprechen, artikulieren Sie sorgfältig.«

»Ich denke, im Augenblick sollten Sie als einziger eine Verständigung suchen. Einverstanden, Kapitän?«

»Absolut.«

Nur an einem ganz kurzen Nicken war zu erkennen, daß Dr. Chandra sie gehört hatte. Seine Finger flogen weiter über die Tasten, und über den Sichtschirm rasten Spalten von

Worten und Symbolen mit solcher Geschwindigkeit, daß ein menschliches Wesen sie unmöglich aufnehmen konnte. Vermutlich hatte Chandra ein eidetisches Gedächtnis, denn er schien ganze Seiten voll Informationen auf einen Blick zu erfassen.

Floyd und Orlow wollten den Wissenschaftler gerade seiner geheimnisvollen Beschäftigung überlassen, als er plötzlich wieder Notiz von ihrer Gegenwart nahm und warnend oder zur Aufmerksamkeit mahnend die Hand hob. Mit einer fast zögernden Bewegung, die in deutlichem Kontrast zu seinen früheren, schnellen Aktionen stand, schob er einen Verschlußriegel zurück und drückte auf eine einzelne, gesonderte Taste.

Sofort, ohne merkliche Pause, ertönte eine Stimme vom Schaltpult her, nicht länger in mechanischer Nachahmung menschlicher Sprache. Hier war Intelligenz zu erkennen – Bewußtsein – Selbstbewußtsein, wenn auch bis jetzt nur auf einer rudimentären Stufe.

»Guten Morgen, Dr. Chandra. Ich bin Hal. Ich bin bereit für meine erste Lektion.«

Es folgte ein Augenblick erschrockenen Schweigens; dann verließen die beiden Beobachter aus dem gleichen Impuls heraus das Deck.

Heywood Floyd hätte es nie für möglich gehalten: Dr. Chandra weinte.

Lagrange

Der »Große Bruder«

».. . Schön, die Nachricht von dem Delphinbaby! Ich kann mir gut vorstellen, wie aufgeregt Chris war, als die stolzen Eltern es ins Haus brachten. Du hättest die ›Ohs‹ und ›Ahs‹ meiner Mannschaftskameraden hören sollen, als sie die Videoaufnahmen sahen, auf denen sie miteinander schwammen und Chris auf dem Rücken des Babys ritt. Sie schlagen vor, wir sollen es ›Sputnik‹ nennen, was sowohl Gefährte wie Satellit bedeutet.

Entschuldige, daß ich ziemlich lange nichts mehr von mir hören ließ, aber du wirst den Medien entnommen haben, was für eine riesige Aufgabe wir zu bewältigen hatten. Sogar Kapitän Tanja hat darauf verzichtet, auch nur den Anschein eines geregelten Arbeitsplans aufrechtzuerhalten. Jedes Problem wird dann erledigt, wenn es auftaucht, und von dem, der gerade zur Stelle ist. Wir schlafen, wenn wir uns nicht länger wachhalten können.

Ich glaube, wir dürfen alle stolz sein auf das, was wir geleistet haben. Beide Schiffe sind funktionsfähig und die erste Reihe von Tests beinahe abgeschlossen. In ein paar Tagen werden wir wissen, ob wir Hal vertrauen können, so weit, daß er die ›Discovery‹ steuern darf, wenn wir von hier zu unserem letzten Treffen mit dem ›Großen Bruder‹ aufbrechen.

Ich weiß nicht, wer ihm diesen Namen als erster gegeben hat – die Russen sind verständlicherweise nicht besonders begeistert davon. Und sie wurden ziemlich sarkastisch, als es um unsere offizielle Bezeichnung TMA-2 ging. Sie erklärten mir mehrmals, daß das Ding fast eine Milliarde Kilometer von Tycho entfernt ist. Auch, daß Bowman nichts von einer magnetischen Anomalie berichtet hat und daß die einzige Gemeinsamkeit mit TMA-1 die Form ist. Als ich sie fragte, welchen Namen denn sie bevorzugen würden, kamen sie mit ›Zagadka‹, was soviel wie Rätsel bedeutet. Das ist sicher ein ausgezeichneter Name, aber jeder lächelt, wenn ich versuche, ihn auszusprechen, also bleibe ich bei ›Großer Bruder‹.

Wie immer man das Ding nennen will, es ist jetzt nur noch zehntausend Kilometer entfernt, und die Reise dorthin wird nicht länger als ein paar Stunden dauern. Aber diese letzte Etappe macht uns alle nervös, das kann ich dir versichern.

Wir hatten gehofft, an Bord der ›Discovery‹ neue Informationen zu finden, Das war unsere einzige Enttäuschung, obwohl wir eigentlich damit hätten rechnen sollen. Denn Hal war natürlich lange vor der Begegnung abgeschaltet worden, so daß er keine Erinnerung an die Ereignisse haben kann; Bowman hat alle seine Geheimnisse mitgenommen. Im Log des Schiffs und in den automatischen Aufzeichnungssystemen gibt es nichts, was wir nicht schon gewußt hätten.

Das einzige Neue, das wir entdeckt haben, war rein persönlicher Natur – eine Botschaft Bowmans an seine Mutter. Ich frage mich, warum er sie nie abgeschickt hat; offensichtlich hat er doch erwartet – oder gehofft –, nach jenem letzten Ausflug ins All zum Schiff zurückzukehren. Natürlich haben wir Mrs. Bowman die Worte ihres Sohnes übermitteln lassen – aber sie lebt in einem Pflegeheim irgendwo in Florida, und ihr Geisteszustand ist so, daß ihr die Nachricht wahrscheinlich nicht mehr viel bedeutet.

Nun, das ist alles für diesmal. Ich kann dir nicht sagen, wie sehr ich dich vermisse – und den blauen Himmel und die grünen Meere der Erde. Alle Farben hier sind Rot-, Orange- und Gelbtöne – oft so schön wie der phantastischste Sonnenuntergang, aber nach einer Weile sehnt man sich nach den kühlen, reinen Strahlen am anderen Ende des Spektrums.

Alles Liebe für euch beide – ich werde mich wieder melden, sobald es irgendwie möglich ist.«

Das Rendezvous

Nikolai Ternowski, Experte für Steuerung und Kybernetik auf der »Leonow«, war der einzige Mensch an Bord, mit dem Dr. Chandra in etwa eine Sprache sprechen konnte. Obwohl Hals Hauptschöpfer und Mentor nur ungern jemanden ganz ins Vertrauen zog, hatte ihn seine völlige körperliche Erschöpfung gezwungen, Hilfe anzunehmen. Der Russe und der Indoamerikaner bildeten eine zeitweilige Allianz, die überraschend gut funktionierte. Das war hauptsächlich dem gutmütigen Nikolai zuzuschreiben, der irgendwie spürte, wann Chandra ihn wirklich brauchte und wann er lieber allein war. Die Tatsache, daß Nikolai so ziemlich am schlechtesten von allen Englisch sprach, war dabei ohne jede Bedeutung, da die beiden Männer sich sowieso die meiste Zeit in einem Computerkauderwelsch unterhielten, das für jeden anderen gänzlich unverständlich blieb.

Nach einer Woche langsamer, sorgfältiger Reintegration arbeiteten alle routinemäßigen Überwachungsfunktionen Hals zuverlässig. Er war wie ein Mensch, der gehen, simple Befehle ausführen, einfache Arbeiten verrichten und sich über unkomplizierte Themen unterhalten konnte. Menschlich ausgedrückt, verfügte er vielleicht über einen Intelligenzquotienten von fünfzig; von seiner ursprünglichen Persönlichkeit waren erst ganz schwache Umrisse sichtbar geworden.

Trotzdem war er, nach Chandras sachkundiger Meinung, jetzt durchaus fähig, die »Discovery« aus ihrer niedrigen

Umlaufbahn um Io heraus zum Rendezvous mit dem »Großen Bruder« zu bringen.

Die Aussicht, sich noch einmal siebentausend Kilometer von der brennenden Hölle unter ihnen zu entfernen, freute alle. So unbedeutend diese Distanz nach astronomischen Maßstäben auch sein mochte, es hieß doch, daß der Himmel nicht länger von einer Landschaft beherrscht wurde, die sich ein Dante oder ein Hieronymus Bosch hätten ausgedacht haben können. Und obwohl nicht einmal die heftigsten Eruptionen irgendwelche Materie bis zu den Schiffen heraufgeschleudert hatten, war immer zu befürchten, daß Io versuchen könnte, einen neuen Rekord aufzustellen. Im Augenblick wurde die Sicht vom Beobachtungsdeck der »Leonow« ständig durch einen dünnen Schwefelfilm beeinträchtigt, und früher oder später würde jemand hinausgehen und ihn abwischen müssen.

Nur Curnow und Chandra waren an Bord der »Discovery«, als man Hal zum erstenmal die Kontrolle über das Schiff gab. Es war eine sehr begrenzte Form der Kontrolle; er wiederholte lediglich das Programm, das man in sein Gedächtnis eingespeichert hatte, und überwachte dessen Ausführung. Und die menschliche Besatzung überwachte ihn: Sollte es irgendeine Störung geben, würde sie sofort übernehmen.

Die erste Brennphase dauerte zehn Minuten; dann meldete Hal, daß die »Discovery« in den Transferorbit eingetreten sei. Sobald die optischen und Radar-Beobachtungsgeräte der »Leonow« das bestätigten, brachte sich das zweite Schiff auf die gleiche Flugbahn. Zwei kleinere Kurskorrekturen wurden durchgeführt; dann erreichten beide Schiffe drei Stunden und fünfzehn Minuten später ohne besondere Vorkommnisse den ersten Lagrangepunkt, L.1 – zehntausendfünfhundert Kilometer weiter oben, auf der unsichtbaren Linie zwischen den Zentren von Io und Jupiter.

Hal hatte sich tadellos verhalten, und Chandra zeigte unverkennbar Anzeichen so menschlicher Empfindungen wie

Befriedigung oder sogar Freude. Aber inzwischen hatten alle ihre Gedanken anderswo: Der »Große Bruder« alias »Zagadka« war nur noch hundert Kilometer entfernt.

Selbst aus dieser Distanz schien er schon größer als der Mond von der Erde aus, und er wirkte erschreckend unnatürlich in seiner geradlinigen, geometrischen Perfektion. Vor dem Hintergrund des Weltraums wäre er völlig unsichtbar gewesen, aber vor den dahinjagenden Wolken des Jupiter, fünfunddreißigtausend Kilometer tiefer, hob er sich in dramatischem Relief ab. Die Wolken erzeugten außerdem eine Illusion, der das Bewußtsein, einmal erlegen, kaum mehr entrinnen konnte: Da es keine Möglichkeit gab, mit dem Auge den wirklichen Standort des »Großen Bruders« festzustellen, sah er oft aus wie eine gähnende Falltür, die in das Antlitz des Jupiter eingelassen war.

Es bestand kein Grund für die Annahme, ein Abstand von hundert Kilometern sei sicherer als einer von zehn – oder gefährlicher als einer von tausend. Es schien nur für eine erste Erkundung die psychologisch richtige Distanz zu sein. Aus dieser Entfernung hätten die Teleskope des Schiffs Einzelheiten sichtbar machen können, die nur Zentimeter maßen – aber es gab nichts zu sehen. Der »Große Bruder« schien völlig makellos. Und das war für ein Objekt, das vermutlich seit Millionen von Jahren der Bombardierung von Weltraumschutt ausgesetzt war, unglaublich.

Als Floyd durch das Fernrohr starrte, schien es ihm, als brauche er nur die Hand auszustrecken, um jene glatten, ebenholzfarbenen Flächen zu berühren – genau wie vor Jahren auf dem Mond. Jenes erste Mal hatte er es mit der behandschuhten Hand aus einem Raumanzug heraus getan. Erst als der Tycho-Monolith mit einer Druckkuppel umgeben worden war, hatte er die nackte Hand gebrauchen können.

Trotzdem hatte er nicht das Gefühl, TMA-1 jemals wirklich berührt zu haben. Die Spitzen seiner Finger waren irgendwie über eine unsichtbare Barriere gestrichen, und je mehr er sich bemüht hatte, sie zu überwinden, desto deutlicher war er zurückgestoßen worden. Er fragte sich, ob das beim »Großen Bruder« genauso sein würde.

Ehe sie jedoch so dicht herankamen, mußten sie noch alle nur erdenklichen Tests durchexerzieren und deren Ergebnisse der Erde melden. Sie waren etwa in der gleichen Lage wie Sprengstoffexperten, die versuchen, einen neuen Bombentyp zu entschärfen, der bei der geringsten falschen Bewegung zu explodieren droht. Soviel sie wußten, konnte möglicherweise sogar die feinste Radarsonde eine unvorstellbare Katastrophe auslösen.

Während der ersten vierundzwanzig Stunden beobachteten sie nur mit passiven Instrumenten – mit Teleskopen, Kameras, Sensoren auf jeder Wellenlänge. Wassili Orlow benützte außerdem die Gelegenheit, um mit größtmöglicher Genauigkeit die Maße des Quaders festzustellen, und er bestätigte das berühmte Verhältnis von 1:4:9 auf sechs Dezimalstellen. Der »Große Bruder« hatte genau die gleiche Form wie TMA-1 – allerdings war er mehr als zwei Kilometer lang und damit siebenhundertachtzehnmal größer als sein Pendant.

Und es gab noch ein zweites mathematisches Geheimnis. Die Menschen diskutierten seit Jahren über dieses Verhältnis 1:4:9 – die Quadrate der ersten drei ganzen Zahlen. Das konnte unmöglich Zufall sein.

Auf der Erde spielten Statistiker und theoretische Physiker bald voll Begeisterung mit ihren Computern und versuchten, dieses Verhältnis in Beziehung zu setzen zu den fundamentalen Konstanten der Natur – der Lichtgeschwindigkeit, dem Verhältnis der Masse von Protonen und Elektronen, der Feinstrukturkonstante. Bald schlossen sich ihnen, wild spekulierend, Numerologen, Astrologen und Mystiker an, die die Höhe der Großen Pyramide, den Durchmesser von Stonehenge, die Azimutalpeilung der Linien von Nazca, den Breitengrad der Osterinsel und einen Haufen anderer Faktoren ins Spiel brachten, aus denen sie die erstaunlichsten

Schlußfolgerungen über die Zukunft zu ziehen vermochten.

Der »Große Bruder« schien keine Notiz davon zu nehmen, daß da in seiner Nachbarschaft zwei Schiffe aufgetaucht waren – auch nicht, als sie ihn vorsichtig mit Radarstrahlen sondierten und ihn mit Ketten von Funkimpulsen beschossen, die, so hoffte man, jeden intelligenten Empfänger ermutigen würden, auf die gleiche Weise zu antworten.

Nach zwei frustrierenden Tagen reduzierten die Schiffe mit Billigung der Bodenkontrollstation den Abstand. Aus nunmehr fünfzig Kilometern Entfernung erschien die größte Fläche des Quaders etwa viermal so breit wie der Mond am Erdenhimmel – eindrucksvoll, aber nicht unbedingt überwältigend. Der Quader konnte trotz allem nicht mit dem Jupiter konkurrieren, der noch immer zehnmal größer war; und schon wich die ehrfürchtige Wachsamkeit der Crew einer gewissen Ungeduld.

Walter Curnow sprach aus, was sie fast alle dachten: »Vielleicht ist der ›Große Bruder‹ bereit, ein paar Millionen Jahre zu warten – wir würden gern ein wenig früher von hier wegkommen.«

Die »Discovery« hatte die Erde mit drei der kleinen Raumkapseln verlassen, die es einem Austronauten gestatten, sich in hemdsärmeliger Bequemlichkeit außerhalb des Raumschiffs zu tummeln. Eine der Kapseln war bei dem Unfall – wenn es ein Unfall gewesen war – verlorengegangen, der Frank Poole das Leben gekostet hatte. Die zweite hatte Dave Bowman zu seiner letzten Verabredung mit dem »Großen Bruder« gebracht, und sie hatte sein Schicksal, wie immer es aussah, geteilt. Die dritte befand sich noch immer in der Garage des Schiffs, der Kapselkammer.

Ihr fehlte ein wichtiges Teil – die Luke, die Kommandant Bowman abgesprengt hatte, als er so riskant den luftleeren Raum durchquert und das Schiff durch die Notschleuse betreten hatte, nachdem Hal sich weigerte, das Tor der Kapselkammer zu öffnen. Der dabei entstandene Luftsog hatte die Kapsel mehrere hundert Kilometer weit fortgeschleudert, ehe Bowman, der mit Vordringlicherem beschäftigt war, sie wieder unter Funkkontrolle bringen konnte.

Jetzt wurde Kapsel Nummer drei (auf die Max, jegliche Erklärung verweigernd, mit der Schablone den Namen »Nina« geschrieben hatte) für einen weiteren Ausflug ins Weltall vorbereitet. Die Luke fehlte zwar immer noch, aber das war unwichtig. Niemand würde in der Kapsel sitzen.

Die »Nina« sollte vielmehr als Robotsonde eingesetzt werden; auf diese Weise konnte man den »Großen Bruder« aus der Nähe erforschen, ohne Menschenleben aufs Spiel zu setzen. So sah zumindest die Theorie aus; niemand konnte die Möglichkeit eines Gegenschlags ausschließen, der vielleicht auch das Schiff verschlingen würde. Schließlich waren fünfzig Kilometer nach kosmischen Maßstäben nicht einmal eine Haaresbreite.

Nach Jahren der Vernachlässigung sah die »Nina« eindeutig schäbig aus. Der Staub, der in der Schwerelosigkeit ständig herumschwebt, hatte sich auf der Außenfläche abgesetzt, so daß der einstmals fleckenlose, weiße Rumpf schmutziggrau geworden war. Als die Kapsel sich allmählich immer schneller vom Schiff wegbewegte, mit ordentlich eingeklappten, äußeren Greifarmen und dem ovalen Sichtfenster, das wie ein riesiges, totes Auge in den Weltraum starrte, machte sie keineswegs den Eindruck eines würdigen Botschafters der Menschheit. Aber das war eindeutig von Vorteil; ein so unbedeutender Abgesandter würde vielleicht geduldet, und die geringe Größe und die niedrige Geschwindigkeit der Kapsel sollten ihre friedlichen Absichten noch unterstreichen. Jemand hatte vorgeschlagen, sie solle sich dem »Großen Bruder« mit ausgebreiteten Armen nähern; doch die Idee wurde rasch wieder verworfen, da sich eigentlich alle darüber einig waren, daß sie, wenn sie selbst die »Nina« mit ausgestreckten mechanischen Klauen auf sich zurasen sähen, um ihr Leben rennen würden.

Nach einer gemächlichen Reise von zwei Stunden kam die »Nina« hundert Meter von einer Ecke des riesigen, rechteckigen Quaders entfernt zum Stehen. So aus der Nähe hatte man keine Vorstellung von seiner wirklichen Form; die Fernsehkameras hätten auch auf die Spitze eines schwarzen Tetraeders von unbestimmter Größe hinunterschauen können. Die Bordinstrumente zeigten keinerlei Radioaktivität oder magnetische Felder an; vom »Großen Bruder« ging überhaupt nichts aus, abgesehen von dem winzigen Bruchteil an Sonnenlicht, den zu reflektieren er sich herabließ.

Nach einer Pause von fünf Minuten – was einem »Hallo, hier bin ich!« entsprechen sollte – fing »Nina« an, die kleinere Fläche diagonal zu überqueren, dann die nächstgrößere, und schließlich die größte, wobei sie einen Abstand von etwa fünfzig Metern hielt, gelegentlich aber bis auf fünf Meter herankam. Egal aus welcher Entfernung – der »Große Bruder« sah immer genau gleich aus: glatt und ohne Oberflächenmerkmale. Lange bevor das Unternehmen beendet war, hatte es schon begonnen, langweilig zu werden; die Zuschauer auf den Schiffen kehrten wieder an ihre jeweiligen Arbeiten zurück und blickten nur noch von Zeit zu Zeit mal auf die Monitoren.

»Das war's«, sagte Walter Curnow schließlich, als die »Nina« wieder an ihren Ausgangspunkt zurückgekehrt war. »Wir könnten für den Rest unseres Lebens damit weitermachen, ohne etwas Neues zu erfahren. Was soll ich mit der ›Nina‹ anfangen – sie nach Hause holen?«

»Nein«, sagte Wassili und schaltete sich von Bord der »Leonow« aus in den Schaltkreis ein. »Ich habe einen Vorschlag. Steuern Sie sie genau in die Mitte der großen Fläche. Bringen Sie sie in – sagen wir – hundert Meter Entfernung zum Stehen, das Radargerät auf Maximalpräzision geschaltet.«

»Kein Problem – nur wird es einen gewissen Restabtrieb geben. Aber was soll das Ganze?«

»Mir ist gerade eine Übung aus einem meiner Astronomiekurse eingefallen – die Anziehungskraft einer unendlichen, ebenen Fläche. Ich hätte nie gedacht, daß ich mal Gelegenheit haben würde, das wirklich anzuwenden. Wenn ich die Bewegungen der ›Nina‹ ein paar Stunden lang studiert habe, werde ich wenigstens die Masse von ›Zagadka‹ berechnen können. Das heißt, wenn er eine hat. Ich glaube langsam, daß er in Wirklichkeit gar nicht da ist.«

»Es gibt eine einfache Möglichkeit, das zu klären: Die ›Nina‹ muß hinfliegen und das Ding berühren.«

»Das hat sie schon getan.«

»Wie meinen Sie das?« fragte Curnow ziemlich beleidigt. »Ich bin nie näher als auf fünf Meter herangekommen.«

»Kein Wort gegen Ihre Geschicklichkeit im Steuern – obwohl es da an der ersten Ecke ziemlich knapp war, oder? Aber Sie haben ›Zagadka‹ jedesmal, wenn Sie die Schubdüsen der ›Nina‹ in der Nähe seiner Oberfläche aktiviert haben, sanft angestupst.«

»Ein Floh, der auf einen Elefanten springt.«

»Vielleicht. Wir wissen es einfach nicht. Aber wir sollten besser annehmen, daß er sich auf die eine oder andere Weise unserer Gegenwart bewußt ist und uns nur so lange dulden wird, wie wir ihm nicht lästig sind.«

Er ließ die unausgesprochene Frage in der Luft hängen, wie man einen zwei Kilometer langen, schwarzen, rechteckigen Quader ärgen konnte. Und in welcher Form würde er sein Mißfallen wohl kundtun?

Ein Blick von Lagrange

Die Astronomie strotzt nur so von verblüffenden, aber bedeutungslosen Übereinstimmungen. Die berühmteste davon ist die Tatsache, daß von der Erde aus gesehen Sonne und Mond scheinbar den gleichen Durchmesser besitzen. Hier am Librationspunkt L.1, den sich der »Große Bruder« für seinen kosmischen Balanceakt auf dem Schwerkraftseil zwischen Jupiter und Io ausgesucht hatte, war ein ähnliches Phänomen zu beobachten: Planet und Satellit erschienen genau gleich groß.

Und wie groß! Ihr Durchmesser betrug vierzigmal soviel wie bei Sonne und Mond und sechzehnhundertmal die Fläche der beiden. Der Anblick eines der zwei Körper reichte schon aus, um den Geist mit Ehrfurcht und Staunen zu erfüllen; wenn man sie zusammen sah, war das Schauspiel überwältigend.

Alle zweiundvierzig Stunden durchliefen sie ihre sämtlichen Phasen; wenn Io neu war, war Jupiter voll – und umgekehrt. Aber selbst wenn sich die Sonne hinter Jupiter verbarg und der Planet nur seine Nachtseite zeigte, war er unübersehbar vorhanden – eine riesige, schwarze Scheibe, die die Sterne verdunkelte. Manchmal wurde die Schwärze für einen Augenblick von Blitzen zerrissen, die sekundenlang andauerten und von gewaltigen elektrischen Stürmen herrührten.

Auf der anderen Himmelsseite war dann Io, das seinem riesigen Herrn immer die gleiche Seite zuwandte, ein träge brodelnder Kessel von Rot- und Orangetönen, aus dem gelegentlich von einem seiner Vulkane gelbe Wolken aufstiegen und schnell wieder zur Oberfläche zurückstürzten. Wie Jupiter, aber auf einer etwas längeren zeitlichen Skala, war Io eine Welt ohne Geographie. Sein Antlitz wurde innerhalb von Jahrzehnten neu gestaltet – das von Jupiter innerhalb von Tagen.

Im gleichen Maß, in dem Io zum letzten Viertel hin abnahm, erhellte sich die gewaltige, kompliziert gestreifte Wolkenlandschaft des Jupiter unter der winzigen, fernen Sonne. Manchmal trieb der Schatten von Io selbst oder von einem der äußeren Satelliten über das Gesicht des Jupiter; während bei jeder Umdrehung der planetengroße Wirbel des Großen Roten Flecks sichtbar wurde – eines Hurrikans, der schon seit Jahrhunderten, wenn nicht seit Jahrtausenden, tobte.

Zwischen solchen Wundern schwebend, hatte die Besatzung der »Leonow« Material für ganze Generationen von Forschern vor sich – aber die natürlichen Erscheinungen des Jupitersystems standen ganz unten auf der Liste der Prioritäten. Nummer Eins war der »Große Bruder«. Obwohl die Schiffe jetzt bis auf fünf Kilometer herangekommen waren, wollte Tanja immer noch nicht zulassen, daß sie direkten Kontakt aufnahmen.

»Wir sollten abwarten«, sagte sie, »bis wir in einer Position sind, aus der wir uns schnell absetzen können. Wir werden hierbleiben und zusehen – bis sich unser Startfenster öffnet. Dann erst werden wir uns überlegen, welchen Zug wir als nächsten machen.«

Die »Nina« war schließlich nach einem gemächlichen, fünfzigminütigen Fall auf dem »Großen Bruder« niedergegangen, und Wassili hatte, wie geplant, die Masse des Objekts berechnen können. Sie erwies sich als erstaunlich niedrig, nicht mehr als neunhundertfünfzigtausend Tonnen, was hieße, daß der »Große Bruder« etwa die gleiche Dichte besaß wie Luft. Vermutlich war er hohl – und das regte endlose Spekulationen darüber an, was sich wohl in seinem Innern befinden mochte.

Aber es gab genügend praktische Alltagsprobleme, die die Gedanken von diesen größeren Dingen ablenkten. Die Haushaltspflichten an Bord der »Leonow« und der »Discovery« verschlangen neunzig Prozent der Arbeitszeit der Besatzung, obwohl die Operationen sehr viel effektiver waren, seit man die beiden Schiffe mit einer flexiblen Andockverbindung aneinandergekoppelt hatte. Curnow hatte Tanja schließlich davon überzeugen können, daß der Drehkörper der »Discovery« sich nicht plötzlich festfressen und die Schiffe in Stücke reißen würde, und so war es jetzt möglich, sich ungehindert von einem Schiff zum anderen zu bewegen, indem man lediglich zwei Systeme luftdichter Türen öffnete und schloß. Raumanzüge und zeitraubende Ausflüge in den Weltraum waren nicht mehr notwendig – zur großen Freude aller bis auf Max, der sehr gern nach draußen ging und mit seinem Besenstiel übte.

Die beiden Besatzungsmitglieder, die von all diesen Vorgängen gänzlich ungerührt blieben, waren Chandra und Ternowski, die jetzt praktisch rund um die Uhr auf der »Discovery« blieben und arbeiteten und dabei ihren anscheinend endlosen Dialog mit Hal fortsetzten. »Wann seid ihr soweit?« wurden sie mindestens einmal am Tag gefragt. Doch sie weigerten sich, irgendwelche Versprechungen zu machen; Hal blieb ein Schwachkopf mit niedrigem IQ.

Dann, eine Woche nach dem Zusammentreffen mit dem »Großen Bruder«, verkündete Chandra unerwartet: »Wir sind fertig.«

Nur die beiden Medizinerinnen fehlten auf dem Flugdeck der »Discovery«, und auch das nur, weil für sie kein Platz mehr war; sie verfolgten das Geschehen auf den Monitoren der »Leonow«. Floyd stand unmittelbar hinter Chandra, seine Hand nie weit von dem Gerät, das Curnow mit seinem Talent für treffende Formulierungen den »Riesenkiller im Taschenformat« genannt hatte.

»Ich möchte noch einmal betonen«, sagte Chandra, »daß kein Wort gesagt werden darf. Ihr Akzent würde ihn verwirren; ich allein werde reden, sonst niemand, ist das klar?«

So wie Chandra aussah und sprach, war er dem Zusammenbruch nahe. Aber in seiner Stimme schwang eine überlegene Autorität. Tanja mochte überall sonst der Chef sein, hier hatte er das Sagen.

Die Zuschauer – einige hielten sich an Handgriffen fest,

andere schwebten frei – nickten zustimmend. Chandra drückte auf einen Akustikschalter und sagte leise, aber deutlich: »Guten Morgen, Hal.«

Einen Augenblick später war es Floyd, als seien die Jahre weggewischt. Nicht länger gab ein einfaches, elektronisches Spielzeug Antwort. Hal war wieder da.

»Guten Morgen, Dr. Chandra.«

»Fühlst du dich in der Lage, deine Aufgaben wieder zu übernehmen?«

»Natürlich. Ich bin voll funktionsfähig, alle meine Schaltkreise arbeiten tadellos.«

»Hast du dann etwas dagegen, wenn ich dir ein paar Fragen stelle?«

»Nicht im geringsten.«

»Erinnerst du dich an einen Defekt im Antennenkontrollaggregat A.E. 35?«

»Sicher nicht.«

Die Zuhörer atmeten hörbar ein. Es ist, als ob man auf Zehenspitzen durch ein Minenfeld ginge, dachte Floyd und strich über die beruhigenden Umrisse des Funkabschalters. Sollten diese Fragen eine neue Psychose auslösen, konnte er Hal innerhalb einer Sekunde töten. (Schließlich hatte er den Vorgang ein dutzendmal geprobt.) Zwar ist eine Sekunde für einen Computer eine Ewigkeit, aber dieses Risiko mußten sie eben eingehen.

»Du kannst dich nicht daran erinnern, daß Dave Bowman oder Frank Poole hinausging, um das Aggregat A.E.35 auszutauschen?«

»Nein. Das können sie gar nicht getan haben, sonst würde ich mich erinnern. Wo sind Frank und Dave? Wer sind diese Leute hier? Ich kann nur Sie identifizieren – obwohl ich eine Wahrscheinlichkeit von fünfundsechzig Prozent berechne, daß der Mann hinter Ihnen Dr. Heywood Floyd ist.«

Chandras strikten Befehls eingedenk, hielt Floyd sich zurück und gratulierte Hal nicht. Nach zehn Jahren waren fünfundsechzig Prozent eine ziemlich gute Leistung. Viele Menschen hätten das nicht geschafft.

»Keine Sorge, Hal – ich werde dir später alles erklären.«

»Wurde die Mission zu Ende geführt? Sie wissen, daß sie mir alles bedeutet.«

»Die Mission wurde zu Ende geführt; du hast dein Programm erfüllt. Jetzt würden wir uns gern privat unterhalten – entschuldige uns bitte.«

»Sicher.«

Chandra schaltete den akustischen und optischen Input am Hauptschaltpult ab. Soweit es diesen Teil des Schiffs betraf, war Hal jetzt taub und blind.

»Tja, was sollte das alles?« wollte Wassili Orlow wissen.

»Das bedeutet«, antwortete Chandra betont langsam und akzentuiert, »daß ich alle Erinnerungen Hals gelöscht habe, angefangen von dem Augenblick, als die Schwierigkeiten einsetzten.«

»Das klingt nach einer tollen Leistung«, staunte Sascha. »Wie haben Sie das geschafft?«

»Ich fürchte, ich würde länger brauchen, das zu erklären, als es dauerte, die Operation durchzuführen.«

»Chandra, ich verstehe auch ein wenig von Computern. Die Neuntausender-Serie arbeitet mit holographischem Gedächtnis, oder? Daher konnten Sie nicht einfach eine chronologische Löschung vornehmen. Es muß eine Art von Bandwurm gewesen sein, der auf ausgewählte Worte und Begriffe reagiert hat.«

»Bandwurm?« fragte Katharina über das Interkom des Schiffes. »Ich dachte, das sei mein Ressort – obwohl ich gern zugebe, daß ich außerhalb eines Glases mit Alkohol noch nie eines dieser abscheulichen Biester gesehen habe. Wovon reden Sie eigentlich?«

»Computerjargon, Katharina. In alten Zeiten – in ganz alten Zeiten – hat man wirklich Magnetband verwendet. Und es ist möglich, ein Programm zu konstruieren und in ein

System einzuspeichern, das jede gewünschte Erinnerung aufspürt und vernichtet – auffrißt, wenn Sie so wollen. Läßt sich mit Hypnose bei Menschen nicht das gleiche erreichen?«

»Doch, aber diese ›Löschung‹ kann immer wieder rückgängig gemacht werden. Wir vergessen nie wirklich etwas. Wir glauben es nur.«

»Ein Computer funktioniert anders. Wenn man ihm sagt, er soll etwas vergessen, dann tut er es. Die Information wird völlig ›ausgemerzt‹.«

»Also hat Hal absolut keine Erinnerung an sein ... Fehlverhalten?«

»Hundertprozentig kann man da nie sicher sein«, antwortete Chandra. »Vielleicht gibt es ein paar Erinnerungen, die auf dem Weg von einem Empfänger zum anderen waren, als der ... Bandwurm seine Suche durchführte. Aber das ist sehr unwahrscheinlich.«

»Faszinierend«, sagte Tanja, »aber viel wichtiger ist die Frage: Kann man sich in Zukunft auf ihn verlassen?«

Ehe Chandra antworten konnte, kam Floyd ihm zuvor.

»Die gleiche Kombination von Umständen kann niemals wieder vorkommen; das kann ich Ihnen versprechen. Die ganzen Schwierigkeiten begannen damit, daß es nicht leicht ist, einem Computer zu erklären, was Geheimhaltung ist.«

»Einem Menschen auch nicht«, murmelte Curnow nicht gerade *sotto voce.*

»Ich hoffe, Sie haben recht«, sagte Tanja, nicht völlig überzeugt. »Wie sieht der nächste Schritt aus, Chandra?«

»Der ist nicht so kitzlig – nur langwierig und mühsam. Jetzt müssen wir Hal darauf programmieren, die Sequenz zum Verlassen der Jupitersphäre einzuleiten – und die ›Discovery‹ nach Hause zu bringen. Drei Jahre, nachdem wir auf unserem Hochgeschwindigkeitsorbit zurückgekehrt sind.«

Computer auf Bewährung

An: Victor Millson, Vorsitzender des National Council on Astronautics, Washington.

Von: Heywood Floyd an Bord des Raumschiffs der Vereinigten Staaten, »Discovery«.

Betrifft: Versagen des Bordcomputers HAL 9000.

Klassifizierung: Geheim.

Dr. Chandrasegarampillai (im weiteren Dr. C.) hat jetzt seine Voruntersuchungen an Hal beendet. Er hat alle fehlenden Module ersetzt, und der Computer scheint einwandfrei zu funktionieren. Einzelheiten bezüglich der Maßnahmen und Schlußfolgerungen Dr. C.s sind in dem Bericht enthalten, den er und Dr. Ternowski binnen kurzem vorlegen werden.

Sie haben mich gebeten, inzwischen für das Council, besonders für die neuen Mitglieder, die mit der Vorgeschichte nicht vertraut sind, diese Einzelheiten in allgemeinverständlicher Sprache zusammenzufassen. Ich bezweifle, offen gesagt, ob ich dazu in der Lage bin; wie Sie wissen, bin ich kein Computerspezialist. Aber ich werde tun, was ich kann.

Das Problem entstand anscheinend durch einen Konflikt zwischen Hals Basisinstruktionen und den Erfordernissen der Geheimhaltung. Laut ausdrücklicher Order des Präsidenten wurde das Vorhandensein von TMA-1 völlig geheimgehalten. Nur wer diese Information unbedingt haben mußte, bekam Zugang dazu.

Die Jupitermission der »Discovery« befand sich schon in einem fortgeschrittenen Stadium der Planung, als TMA-1 ausgegraben wurde und sein Signal in Richtung dieses Planeten ausstrahlte. Da die ursprüngliche Besatzung (Bowman, Poole) nur die Aufgabe hatte, das Schiff an seinen Bestimmungsort zu bringen, wurde beschlossen, sie nicht über die neuen Ziele zu informieren. Indem man das Forschungsteam (Kaminski, Hunter, Whitehead) von ihnen getrennt ausbildete und vor Beginn der Reise in Tiefschlaf versetzte, glaubte man, einen viel höheren Grad an Geheimhaltung erreichen zu können, da die Gefahr undichter Stellen (zufällig oder nicht) stark reduziert würde.

Ich möchte daran erinnern, daß ich damals (meine Aktennotiz NCA 342/23/STRENG GEHEIM vom 01.04.03) mehrere Argumente gegen dieses Vorgehen vorbrachte. Sie wurden jedoch von höherer Stelle verworfen.

Da Hal imstande war, das Schiff ohne menschliche Hilfe zu lenken, beschloß man außerdem, ihn so zu programmieren, daß er für den Fall, daß die Besatzung handlungsunfähig oder tot wäre, die Mission eigenständig durchführen könnte. Daher wurde er voll in die Ziele eingeweiht, aber es wurde ihm untersagt, sie Bowman oder Poole zu enthüllen.

Dieses Vorgehen stand im Widerspruch zu dem Zweck, für den Hal konstruiert worden war: die genaue Verarbeitung von Informationen ohne Verzerrung oder Verheimlichung. Folglich entwickelte Hal das, was man nach menschlichen Begriffen eine Psychose nennen würde – genauer gesagt, er wurde schizophren. Wie Dr. C. mir mitteilte, geriet Hal, technisch ausgedrückt, in eine Hofstädter-Möbius-Schleife, eine Situation, die anscheinend bei hochentwickelten Computern mit autonomen Zielsuchprogrammen nicht ungewöhnlich ist. Dr. C. schlägt vor, daß Sie wegen weiterer Informationen mit Professor Hofstädter selbst Kontakt aufnehmen.

Um es grob auszudrücken (wenn ich Dr. C. richtig verstanden habe): Hal stand vor einem unerträglichen Dilemma und entwickelte paranoide Symptome, die sich gegen die Personen richteten, die seine Aktionen von der Erde aus überwachten. Folglich versuchte er, die Funkverbindung mit der Bodenkontrollstation zu unterbrechen, indem er zunächst einen (nicht existierenden) Schaden am Antennenaggregat A.E. 35 meldete.

Dadurch verwickelte er sich nicht nur in eine direkte

Lüge – was seine Psychose noch weiter verschlimmert haben muß –, es kam auch zu einer Konfrontation mit der Besatzung. Vermutlich (hier können wir freilich nur spekulieren) glaubte er, daß es aus dieser Situation nur einen Ausweg gab: seine menschlichen Kollegen zu eliminieren – womit er ja auch beinahe Erfolg gehabt hätte. Ganz objektiv betrachtet, wäre es interessant gewesen zu beobachten, was geschehen wäre, wenn er die Mission allein weitergeführt hätte, ohne menschliche »Einmischung«.

Das ist praktisch alles, was ich von Dr. C. erfahren konnte; ich möchte nicht weiter in ihn dringen, da er bis zur völligen Erschöpfung arbeitet. Aber selbst wenn man diese Tatsache in Rechnung stellt, muß ich offen erklären (aber bitte behandeln Sie diese Mitteilung absolut vertraulich), daß Dr. C. nicht immer so kooperativ ist, wie es wünschenswert wäre. Er betrachtet sich, was Hal angeht, als dessen Beschützer, was es manchmal äußerst schwierig macht, sachlich über das Thema zu diskutieren. Selbst Dr. Ternowski, von dem man eine etwas größere Unabhängigkeit erwarten könnte, scheint diesen Standpunkt oft zu teilen.

Die einzige, wirklich wichtige Frage ist jedoch: Kann man sich in Zukunft auf Hal verlassen? Dr. C. hat in dieser Hinsicht natürlich keinerlei Zweifel. Er behauptet, er habe alle Erinnerungen des Computers an die traumatischen Ereignisse, die zur Abschaltung führten, gelöscht. Und er glaubt auch nicht, daß Hal fähig ist, unter etwas zu leiden, was auch nur entfernt mit dem menschlichen Schuldgefühl zu vergleichen wäre.

Jedenfalls scheint es unmöglich, daß die Situation, die die ursprünglichen Probleme ausgelöst hat, jemals wieder entstehen könnte. Obwohl Hal eine Reihe von Absonderlichkeiten zeigt, sind diese nicht von einer Art, die irgendwelche Befürchtungen rechtfertigen würde; es sind nur kleine Belästigungen, manche davon sogar ganz amüsant. Und wie Sie wissen – aber Dr. C. weiß es nicht –, habe ich Schritte unternommen, die uns, falls nötig, völlige Kontrolle über Hal geben.

Um zusammenzufassen: Die Rehabilitation von Hal 9000 macht zufriedenstellende Fortschritte. Man könnte sogar sagen, daß er Bewährung hat.

Ich frage mich, ob er es weiß.

Aufrichtige Bekenntnisse

Der menschliche Geist ist erstaunlich anpassungsfähig; nach einer Weile wird sogar das Unglaubliche alltäglich. Es gab Zeiten, da ignorierten die Besatzungsmitglieder der »Leonow« ihre Umgebung einfach, vielleicht in dem unbewußten Bestreben, sich vor dem Durchdrehen zu bewahren.

Dr. Heywood Floyd dachte, daß Walter Curnow bei solchen Gelegenheiten ein wenig zu sehr bemüht war, sich als Stimmungskanone hervorzutun. Und obwohl er das auslöste, was Sascha Kowalew später die Episode der »aufrichtigen Bekenntnisse« nannte, hatte er sicher nichts dergleichen geplant. Es kam ganz spontan, als er die allgemeine Unzufriedenheit mit beinahe allen Aspekten der Sanitärtechnik zum Ausdruck brachte.

»Wenn ich einen Wunsch frei hätte«, rief er während des täglichen Sechs-Uhr-Sowjets aus, »würde ich mir wünschen, in einer schönen, schäumenden Badewanne mit Tannennadelduft zu liegen, so voll, daß nur die Nase aus dem Wasser herausguckt.«

Als das zustimmende Gemurmel und die Seufzer frustrierter Sehnsüchte verklungen waren, nahm Katharina Rudenko den Fehdehandschuh auf.

»Wie großartig dekadent, Walter«, strahlte sie ihn mit fröhlichem Mißfallen an. »Das hört sich an, als wären Sie ein römischer Kaiser. Wenn ich wieder auf der Erde wäre, würde ich mir etwas Aktiveres aussuchen.«

»Was zum Beispiel?«

»Als ich noch ein junges Mädchen war, fuhr ich in den Ferien immer auf eine Kolchose in Georgien. Da gab es einen herrlichen Araberhengst, den der Direktor für das Geld gekauft hatte, das er auf dem örtlichen Schwarzmarkt verdiente. Er war ein alter Schurke, doch ich liebte ihn, und er ließ mich immer auf Alexander durch die Gegend galoppieren. Ich hätte mir das Genick dabei brechen können – aber diese Erinnerung umfaßt alles, was für mich ›Erde‹ bedeutet.«

Es folgte ein Augenblick nachdenklichen Schweigens, dann fragte Curnow: »Weitere Freiwillige?«

Alle schienen in ihre Erinnerungen so versunken, daß das Spiel hier hätte enden können, hätte Max Brailowski nicht den Faden aufgegriffen.

»Ich möchte gern wieder tauchen – das war meine Lieblingsbeschäftigung, wenn ich Zeit hatte, und ich war froh, daß ich meinem Hobby auch während der Kosmonautenausbildung nachgehen konnte. Ich bin vor Atollen im Pazifik getaucht, vor dem Großen Barriereriff, im Roten Meer – Korallenriffe sind das Schönste auf der Welt. Aber ein Bild steht am deutlichsten vor meinem inneren Auge: ein japanischer Tangwald. Er sah aus wie eine Kathedrale unter Wasser, das Sonnenlicht fiel schräg durch die gewaltigen Blätter herein. Geheimnisvoll... zauberhaft. Ich bin nie wieder dortgewesen; vielleicht wäre es beim nächstenmal auch nicht mehr so. Aber ich würde es gern versuchen.«

»Fein«, sagte Walter, der sich wie üblich selbst zum Zeremonienmeister ernannt hatte. »Wer kommt als nächster?«

»Mein Wunsch ist ganz einfach«, sagte Tanja Orlow. »Das Bolschoi – *Schwanensee*. Aber Wassili wird mir da nicht zustimmen. Er haßt Ballett.«

»Da sind wir zu zweit. Was würden Sie denn wählen, Wassili?«

»Ich wollte eigentlich sagen: Tauchen, aber da ist mir Max zuvorgekommen. Also will ich in die entgegengesetzte Richtung gehen – Segelfliegen. An einem warmen Sommertag in völliger Stille durch die Wolken schweben. Nun, nicht völlige Stille – der Luftstrom über den Flügeln kann ganz schön laut werden, besonders wenn man Kurven fliegt. Aber so kann man die Erde genießen – wie ein Vogel.«

»Zenia?«

»Da gibt es für mich nur eins: Skilaufen im Pamir. Ich liebe den Schnee.«

»Und Sie, Chandra?«

Eine gewisse Spannung wurde spürbar, als Walter diese Frage stellte. Chandra war für alle ein Fremder geblieben – mit tadellosem Benehmen, sogar äußerst höflich, aber sein wahres Gesicht zeigte er nie.

»Als ich ein Junge war«, begann er langsam, »nahm mich mein Großvater mit auf eine Pilgerfahrt nach Varanasi – Benares sagen die Europäer. Wenn Sie niemals dort gewesen sind, werden Sie mich leider nicht verstehen. Für mich – für viele Inder, ganz gleich, zu welcher Religion sie gehören – ist dieser Ort der Mittelpunkt der Welt. Eines Tages möchte ich dorthin zurückkehren.«

»Und Sie, Nikolai?«

»Nun ja, wir hatten das Meer und den Himmel. Ich würde gern beides verbinden. Mein Lieblingssport war Windsurfen. Ich fürchte, ich bin jetzt zu alt dafür – aber das möchte ich gern selbst herausfinden.«

»Jetzt sind nur noch Sie übrig, Woody.«

Floyd überlegte keinen Augenblick; seine spontane Antwort überraschte ihn selbst genauso wie die anderen.

»Mir ist ganz egal, wo ich auf der Erde bin – solange ich nur mit meinem kleinen Sohn zusammen sein kann.«

Danach gab es nichts mehr zu sagen. Die Sitzung wurde geschlossen.

»... Du hast alle technischen Berichte gelesen, Dimitri, und wirst daher verstehen, wie frustriert wir sind. Wir haben aus all unseren Tests und Messungen überhaupt nichts Neues erfahren. ›Zagadka‹ hockt einfach da, füllt den halben Himmel aus und ignoriert uns völlig.

Und doch kann er nicht untätig sein – ein verlassenes Wrack im Weltraum. Wassili hat erklärt, daß er irgend etwas Positives unternehmen muß, um sich dort, am unstabilen Librationspunkt, halten zu können. Sonst wäre er schon vor Ewigkeiten abgetrieben, genau wie die ›Discovery‹, und auf Io hinabgestürzt.

Was sollen wir also als nächstes tun?

Da wir jetzt weniger unter Druck stehen und das Startfenster für die Heimreise immer noch Wochen entfernt ist, macht sich deutlich ein Gefühl der Langeweile breit. Lach nicht – ich kann mir vorstellen, wie sich das für dich dort in Moskau anhört! Wie kann sich irgendein intelligentes Wesen hier draußen, umgeben von den größten Wundern, die das menschliche Auge jemals gesehen hat, langweilen?

Und doch gibt es keinen Zweifel. Die Moral ist nicht mehr das, was sie einmal war. Bis jetzt waren wir alle abscheulich gesund. Nun hat fast jeder eine kleinere Erkältung, einen verdorbenen Magen oder einen Kratzer, der Katherinas Pillen und Pülverchen zum Trotz nicht heilen will. Sie hat ihre therapeutischen Maßnahmen mittlerweile eingestellt und beschimpft uns nur noch.

Sascha hat mit einer Reihe von Anschlägen am Schwarzen Brett mitgeholfen, uns bei Laune zu halten. Ihr Thema: WEG MIT DEM RUSSLISCH! Und er führte entsetzliche Beispiele von Sprachenkauderwelsch auf, die er gehört zu haben behauptet, falsch gebrauchte Worte und so weiter. Wir werden alle eine verbale Entseuchungsbehandlung brauchen, wenn wir wieder zu Hause sind; ich habe deine Landsleute mehrmals dabei erwischt, wie sie englisch miteinander plauderten, ohne es auch nur zu merken, und lediglich bei schwierigen Worten auf ihre Muttersprache zurückgriffen. Ich selbst habe mich neulich dabei ertappt, wie ich mit Walter Curnow russisch sprach – und minutenlang hat es keiner von uns beiden bemerkt.

Vor ein paar Tagen ereignete sich ein Zwischenfall, der dir etwas über unseren Gemütszustand verraten wird: Mitten in der Nacht gab es Feueralarm, ausgelöst von einem der Rauchdetektoren.

Nun, es stellte sich heraus, daß Chandra ein paar von seinen mörderischen Zigarren an Bord geschmuggelt hatte und nun der Versuchung nicht mehr widerstehen konnte. Er rauchte eine auf der Toilette – wie ein schuldbewußter Schuljunge.

Natürlich schämte er sich entsetzlich; alle anderen fanden es nach der anfänglichen Panik wahnsinnig komisch. Du weißt ja, wie manchmal ein absolut blödsinniger Witz, der für einen Außenstehenden keinerlei Bedeutung besitzt, in eine Gruppe sonst ganz vernünftiger Leute fahren kann und sie immer wieder in hilflose Lachanfälle ausbrechen läßt. Man brauchte während der nächsten paar Tage nur so zu tun, als zünde man sich eine Zigarre an, schon bekamen alle Lachkrämpfe.

Das Ganze wird noch absurder, weil es niemanden im mindesten gestört hätte, wenn Chandra einfach in eine Luftschleuse gegangen wäre oder den Rauchdetektor abgeschaltet hätte. Aber er brachte es einfach nicht fertig, sich zu einer solchen menschlichen Schwäche zu bekennen; so unterhält er sich jetzt noch mehr als vorher schon mit Hal.«

Floyd drückte auf den PAUSE-Knopf. Vielleicht war es nicht fair, sich gerade über Chandra lustig zu machen. Während der letzten paar Wochen waren alle möglichen Arten von kleinen, persönlichen Ticks zum Vorschein gekommen; ein paarmal hatte es sogar heftigen Streit gegeben, ohne ersichtlichen Grund. Und wie stand es denn mit ihm selbst? War sein Verhalten stets über jede Kritik erhaben gewesen?

Er war immer noch nicht sicher, ob er Walter richtig angefaßt hatte. Die Russen verehrten Curnow geradezu, nicht zuletzt, weil er sie mit seiner Darbietung solcher Lieblingsnummern wie *Poljuschko Polje* oft zu Tränen rührte. Und in einem Fall hatte Floyd das Gefühl, daß die Verehrung ein wenig zu weit ging.

»Walter«, hatte er zögernd angefangen, »ich weiß nicht, ob es mich etwas angeht, aber es gibt da eine persönliche Angelegenheit, die ich gern mit Ihnen besprechen würde.«

»Wenn jemand sagt, es geht ihn nichts an, dann hat er gewöhnlich recht damit. Worum handelt es sich?«

»Rundheraus, um ihr Verhalten Max gegenüber.«

Eisiges Schweigen. Floyd betrachtete interessiert den schlechten Anstrich an der gegenüberliegenden Wand. Dann erwiderte Curnow in leisem, aber feindseligem Ton: »Ich hatte eigentlich den Eindruck, er sei über achtzehn.«

»Jetzt bringen Sie keine Verwirrung in das Ganze. Es geht mir, offen gestanden, weniger um Max; ich mache mir Sorgen um Zenia.«

Curnows Lippen öffneten sich in unverhohlener Überraschung.

»Zenia? Was hat die denn damit zu tun?«

»Für einen intelligenten Menschen sind Sie oft ungewöhnlich begriffsstutzig. Sie wissen doch sicher, daß sie in Max verliebt ist. Haben Sie nie ihren Gesichtsausdruck bemerkt, wenn Sie den Arm um ihn legen?«

Floyd hatte nie geglaubt, daß er das einmal erleben würde – aber Curnow schaute wirklich beschämt drein; der Hieb schien gesessen zu haben.

»Zenia? Ich dachte, alle machten nur Witze – sie ist so eine stille, kleine Maus. Und alle sind in Max verliebt, jeder auf seine Art, sogar Katharina die Große. Trotzdem . . . hm, ich sollte vermutlich etwas zurückhaltender sein. Wenigstens, solange Zenia in der Nähe ist.«

Es folgte ein längeres Schweigen, während die Temperatur

ihrer Beziehung wieder auf normale Werte anstieg. Dann, offensichtlich um zu zeigen, daß er nicht gekränkt war, fügte Curnow in harmlosem Umgangston hinzu: »Wissen Sie, ich habe mir oft Gedanken gemacht wegen Zenia. Jemand hat mit plastischer Chirurgie an ihrem Gesicht phantastische Arbeit geleistet, aber allen Schaden konnte man nicht beheben. Die Haut ist zu straff, und ich glaube nicht, daß ich sie jemals richtig lachen gesehen habe. Vielleicht habe ich es deshalb vermieden, sie richtig anzuschauen – würden Sie mir soviel ästhetisches Feingefühl zutrauen, Heywood?«

Das bewußt formelle »Heywood« signalisierte gutmütige Spöttelei, weniger Feindseligkeit, und Floyd entspannte sich.

»Einen Teil Ihrer Neugier kann ich befriedigen – Washington hat endlich die Fakten in die Finger bekommen. Anscheinend war sie in ein schlimmes Flugzeugunglück verwickelt und hatte Glück, daß sie sich überhaupt von ihren Verbrennungen erholte. Soweit wir sehen, gibt es kein Geheimnis, nur hat die Aeroflot eben eigentlich keine Unfälle zu haben.«

»Armes Mädchen. Ich bin überrascht, daß man sie in den Weltraum gelassen hat, aber vermutlich war sie die einzige verfügbare Kraft mit den nötigen Qualifikationen, nachdem Irina sich selbst matt gesetzt hatte. Tut mir leid für sie; abgesehen von den Verletzungen muß der psychologische Schock furchtbar gewesen sein.«

»Bestimmt; aber sie hat sich offenbar völlig davon erholt.«

Du sagst nicht die ganze Wahrheit, dachte Floyd, und du wirst sie nie sagen. Nach ihrem »Rendezvous« beim Anflug auf Jupiter würde zwischen ihm und Zenia immer ein geheimes Band bestehen – keine Liebe, aber zärtliche Vertrautheit, die oft dauerhafter ist.

Er entdeckte plötzlich und überraschend, daß er Curnow dankbar war, der zwar offensichtlich erstaunt war über seine Sorge um Zenia, aber nicht versucht hatte, dies zu seiner eigenen Verteidigung auszunützen.

Und wenn, wäre es unfair gewesen? Jetzt, Tage später,

fragte sich Floyd allmählich, ob seine eigenen Motive völlig koscher waren. Curnow seinerseits hatte sein Versprechen bestimmt gehalten; ja, wenn man es nicht besser wußte, hätte man glauben können, daß er Max bewußt ignorierte – jedenfalls solange Zenia in der Nähe war, der er jetzt auch mit viel größerer Freundlichkeit begegnete. Er brachte sie sogar mehrmals richtig zum Lachen.

Die Intervention hatte sich also gelohnt, aus welchem Antrieb auch immer sie erfolgt sein mochte. Selbst wenn es, wie Floyd manchmal argwöhnte, nicht mehr war als der geheime Neid, den normale Homos oder Heteros, wenn sie ganz aufrichtig sind, gegenüber fröhlich-lockeren Bisexuellen empfinden.

Sein Finger bewegte sich wieder zum Recorder hin, aber die Gedankenkette war unterbrochen. Bilder seines eigenen Heims und seiner Familie drängten sich in sein Bewußtsein. Er schloß die Augen und rief sich die Erinnerung an den Höhepunkt von Christophers Geburtstagsparty zurück – wie das Kind die drei Kerzen auf dem Kuchen ausblies, vor weniger als vierundzwanzig Stunden, aber in fast einer Milliarde Kilometer Entfernung. Er hatte das Videoband so oft ablaufen lassen, daß er die Szene jetzt auswendig kannte.

Und wie oft hatte Caroline Chris seine Botschaften vorgespielt, damit der Junge seinen Vater nicht vergaß – ihn nicht als Fremden betrachtete, wenn er zurückkehrte, nachdem er noch einen weiteren Geburtstag versäumt haben würde? Er fürchtete sich beinahe, danach zu fragen.

Und doch konnte er Caroline keinen Vorwurf machen. Für ihn würden nur ein paar Wochen vergangen sein, wenn sie sich wiedersahen. Aber sie würde mehr als zwei Jahre älter geworden sein, während er sich in seinem traumlosen Schlaf zwischen den Welten befand. Das war eine lange Zeit, um die junge Witwe zu spielen, selbst wenn es nur vorübergehend war.

Ich frage mich, ob ich eine der Bordkrankheiten eingefangen habe, dachte Floyd. Er hatte selten ein so intensives Gefühl der Frustration, ja, des Scheiterns empfunden. Vielleicht habe ich meine Familie verloren, über die Abgründe vom Raum und Zeit hinweg, und alles für nichts. Denn ich habe nichts erreicht; obwohl ich am Ziel bin, bleibt der »Große Bruder« eine leere, undurchdringliche Wand totaler Finsternis.

Und doch – David Bowman hatte einmal gerufen: »Oh, mein Gott! – Es ist voller Sterne!«

Fenster in ein anderes Universum

Saschas letzte Verlautbarung hieß:

RUSSLISCHES BULLETIN 8

Thema: Towarischtsch (Towarisch)
An unsere amerikanischen Gäste:
Offen gestanden, Leute, ich weiß wirklich nicht mehr, wann ich zum letztenmal so angesprochen wurde. Für jeden Russen des einundzwanzigsten Jahrhunderts gehört die Anrede weit zurück in die Zeit des Schlachtschiffs Potemkin – erinnert an Tuchmützen und rote Fahnen und an Wladimir Iljitsch, der von den Stufen von Eisenbahnwaggons aus Reden an die Arbeiter hielt.
Seit meiner Kindheit heißt es *bratets* oder *druschok* – Sie haben die Wahl.
Gern geschehen.

Kamerad Kowalew

Floyd lachte immer noch über diese Notiz, als Wassili Orlow sich ihm auf dem Weg zur Brücke anschloß.

»Mich erstaunt nur, *towarischtsch,* daß Sascha Zeit gefunden hat, außer technischer Physik noch etwas anderes zu studieren. Und doch zitiert er ständig Gedichte und Dramen, die ich nicht einmal kenne, sein Englisch ist besser als – nun ja, als das von Walter.«

»Weil er zu den Naturwissenschaften ›desertiert‹ ist, ist Sascha – wie sagt man bei Ihnen? – das schwarze Schaf der Familie. Sein Vater war Englischprofessor in Nowosibirsk. Bei ihm zu Hause war Russisch nur von Montag bis Mittwoch gestattet; von Donnerstag bis Samstag wurde Englisch gesprochen.«

»Und am Sonntag?«

»Oh, Französisch oder Russisch, das wechselte jede Woche.«

»Jetzt weiß ich, was Sie mit *nekulturni* meinen: paßt mir wie ein Handschuh. Hat Sascha Schuldgefühle, weil er ... abtrünnig wurde? Und wie ist er bei einer solchen Herkunft jemals Ingenieur geworden?«

»In Nowosibirsk lernt man bald, wer die Sklaven sind und wer die Aristokraten. Sascha war ein ehrgeiziger junger Mann, und hochintelligent dazu.«

»Genau wie Sie, Wassili.«

»Et tu, Brute! Sie sehen, auch ich kann Shakespeare zitieren – *Bosche moi!* – Was war das?«

Floyd hatte Pech; er schwebte mit dem Rücken zum Beobachtungsfenster und sah überhaupt nichts. Als er sich Sekunden später herumdrehte, war da nur das vertraute Bild des »Großen Bruders«, der, wie immer seit ihrer Ankunft, die Riesenscheibe des Jupiter in zwei Hälften teilte.

Aber für Wassili hatte diese scharf umrissene Silhouette einen Augenblick lang, der auf ewig in sein Gedächtnis eingebrannt sein würde, eine völlig andere, völlig unglaubliche Szene geboten. Es war, als sei plötzlich ein Fenster in ein anderes Universum aufgetan worden.

Die Vision dauerte weniger als eine Sekunde, ehe sein unwillkürlicher Blinzelreflex sie abschnitt. Er schaute in ein Feld, nicht von Sternen, sondern von *Sonnen,* wie in das dichtbevölkerte Herz einer Galaxis oder den Kern eines Kugelhaufens. In diesem Augenblick ging Wassili Orlow für die Himmel der Erde für immer verloren. Von jetzt an würden sie ihm unerträglich leer erscheinen; selbst der gewaltige Orion und der prächtige Skorpion würden für ihn kaum sichtbare, schwache Funkenmuster sein, keines zweiten Blikkes wert.

Als er die Augen wieder zu öffnen wagte, war alles vorbei. Nein – nicht ganz. Mitten im Zentrum des jetzt wiederhergestellten, ebenholzschwarzen Rechtecks leuchtete immer noch ein schwacher Stern.

Aber ein Stern bewegt sich nicht, wenn man ihn beobachtet. Orlow blinzelte noch einmal, damit seine tränenden Augen klar wurden. Ja, die Bewegung war wirklich da; er bildete sie sich nicht ein.

Ein Meteor? Es war ein Zeichen für den Schockzustand des Wissenschaftlers Wassili Orlow, daß mehrere Sekunden vergingen, ehe er sich daran erinnerte, daß es im luftlosen Weltraum keine Meteore geben konnte.

Dann verschwamm der Stern plötzlich zu einem Lichtstreifen und war innerhalb von ein paar Herzschlägen über den Rand des Jupiter verschwunden. Inzwischen hatte Wassili sich wieder gefangen und war der kühle, leidenschaftslose Beobachter wie eh und je.

Schon jetzt konnte er die Flugbahn des Objekts gut einschätzen. Kein Zweifel war möglich: Es zielte genau auf die Erde.

Ein Kind der Sterne

Heimkehr

Es war, als sei er aus einem Traum erwacht – oder eher aus einem Traum im Traum. Das Tor zwischen den Sternen hatte ihn wieder in die Welt der Menschen zurückgebracht – aber er war kein Mensch mehr.

Wie lange war er fortgewesen? Ein ganzes Leben lang ... nein, zwei Lebensspannen; eine nach vorn, eine rückwärts.

David Bowman, Kommandant und letztes überlebendes Besatzungsmitglied des amerikanischen Raumschiffs »Discovery«, war in einer gigantischen Falle gefangen worden, die man vor drei Millionen Jahren errichtet und so eingestellt hatte, daß sie nur zu einem bestimmten Zeitpunkt und auf einen bestimmten Stimulus reagierte. Er war hindurchgestürzt, von einem Universum in ein anderes, und dabei Wundern begegnet, von denen er jetzt einige verstand, andere aber vielleicht niemals begreifen würde.

Er war mit immer größerer Geschwindigkeit unendliche Lichtkorridore hinuntergerast, bis er schneller wurde als selbst das Licht. Er wußte, daß das eigentlich unmöglich war; aber er wußte jetzt auch, wie es dennoch erreicht werden konnte.

Er hatte ein kosmisches Schaltsystem durchquert – einen großen Hauptbahnhof der Galaxien – und war, von unbekannten Kräften vor seinem Zorn geschützt, nahe an der Oberfläche eines Roten Riesen wiederaufgetaucht.

Dort hatte er das Paradoxon eines Sonnenaufgangs auf dem Angesicht einer Sonne erlebt, als der strahlende, weiße Zwerggefährte des sterbenden Sterns in seinen Himmel aufstieg – eine alles versengende Erscheinung, die eine Flutwelle von Feuer hinter sich herzog. Er hatte keine Angst verspürt, nur Staunen, auch dann noch, als seine Raumkapsel ihn in das Inferno dort unten hineingetragen hatte . . .

. . . Wo er, jenseits aller Vernunft, in einer hübsch eingerichteten Hotelsuite landete, die nichts enthielt, was ihm nicht völlig vertraut gewesen wäre. Vieles davon war allerdings nicht echt; die Bücher auf den Regalen waren Attrappen, in den Haferflockenkartons und den Bierdosen war – obwohl sie die »richtigen« Etiketten trugen – überall das gleiche, milde Zeug von einer Konsistenz wie Brot, aber einem Geschmack, der irgendwie fast allem glich, woran er sich erinnern konnte.

Er hatte bald begriffen, daß er ein Exemplar in einem kosmischen Zoo war, dessen Käfig man mit aller Sorgfalt nach den Bildern alter Fernsehprogramme gebaut hatte. Und er fragte sich, wann wohl seine Wärter erscheinen würden und in welcher Gestalt.

Wie albern diese Vorstellung gewesen war! Er wußte jetzt, daß man ebensogut hoffen konnte, den Wind zu sehen oder die wahre Gestalt des Feuers.

Dann hatte ihn die körperliche und geistige Erschöpfung überwältigt: Zum letztenmal schlief der Mensch David Bowman.

Es war ein seltsamer Schlaf, denn er war nicht völlig bewußtlos. Wie Nebel, der durch den Wald kriecht, drang etwas in seinen Geist ein. Er spürte es nur undeutlich und empfand weder Hoffnung noch Furcht.

Manchmal träumte er in diesem langen Schlaf, er sei wach. Jahre vergingen; einmal schaute er in einen Spiegel und sah ein runzliges Gesicht, das er kaum als sein eigenes erkannte. Sein Körper raste seiner Auflösung entgegen, die Zeiger der biologischen Uhr drehten sich wie verrückt auf eine Mitternacht zu, die sie nie erreichen würden. Denn im letzten Augenblick blieb die ZEIT stehen und kehrte sich um.

Die Quellen seines Gedächtnisses wurden angezapft: In kontrollierter Erinnerung durchlebte er die Vergangenheit noch einmal, wurden Wissen und Erfahrung aus ihm herausgeholt, während er in seine Kindheit zurückjagte.

Nichts ging verloren: Alles, was er je gewesen war, in jedem Augenblick seines Lebens, wurde sicher aufbewahrt. Und als der eine David Bowman aufhörte zu existieren, wurde ein zweiter unsterblich und sprengte die Grenzen der Materie.

Er war ein Embryogott, noch nicht bereit, geboren zu werden. Ganze Zeitalter lang schwebte er in der Vorhölle, wußte zwar, was er gewesen, nicht aber, was er geworden war. Er befand sich immer noch in einem Stadium des Übergangs – irgendwo zwischen Puppe und Schmetterling. Oder vielleicht auch erst zwischen Raupe und Puppe …

Und dann wurde die Starre durchbrochen: Die ZEIT drang wieder in seine kleine Welt ein. Der schwarze, rechteckige Quader, der plötzlich vor ihm auftauchte, erschien ihm wie ein alter Freund.

Er hatte ihn auf dem Mond gesehen, war ihm auf der Umlaufbahn um den Jupiter begegnet, und er wußte irgendwie, daß seine Ahnen ihm vor langer Zeit begegnet waren. Obwohl er immer noch unergründete Geheimnisse barg, war er nicht länger ein völliges Mysterium; einige seiner Kräfte konnte er jetzt begreifen.

Er erkannte, daß der Quader keine Einheit war, sondern eine Vielheit; und daß er, was immer die Meßinstrumente auch anzeigten, stets dieselbe Größe besaß – *so groß wie nötig*.

Völlig klar war jetzt jenes mathematische Verhältnis der

Seiten, die quadratische Sequenz 1:4:9. Und wie naiv die Annahme, die Reihe ende hier, bei nur drei Dimensionen!

Noch während sich seine Gedanken mit diesen einfachen geometrischen Sachverhalten beschäftigten, füllte sich das leere Rechteck mit Sternen. Die Hotelsuite – wenn sie überhaupt jemals existiert hatte – löste sich im Geist ihres Schöpfers wieder auf; und da, vor ihm, zeigte sich der leuchtende Strudel der Galaxis.

Es hätte ein schönes, unglaublich detailliertes Modell sein können, eingebettet in einen Plastikblock. Aber es war die Wirklichkeit, die er jetzt als Ganzes erfaßte, mit Sinnen, die viel verfeinerter waren als der Gesichtssinn. Wenn er wollte, konnte er seine Aufmerksamkeit auf jeden einzelnen der hundert Milliarden Sterne konzentrieren.

Hier war er, trieb in diesem großen Strom von Sonnen auf halbem Weg zwischen dem abgedeckten Feuer des galaktischen Kerns und den einsamen, verstreuten Wächtersternen am Rande. Und *dort* war sein Ursprung, auf der anderen Seite dieses Himmelsgrabens, dieses Schlangenbandes aus Dunkelheit, in dem es keinen Stern gab. Er wußte, daß dieses formlose Chaos – sichtbar nur im Schein der jenseitigen Feuernebel, die seine Ränder aufleuchten ließen – der noch ungenutzte Rohstoff der Schöpfung war, das Material von Evolutionen, die erst kommen sollten. Hier hatte die Zeit noch nicht begonnen; erst wenn die Sonnen, die jetzt brannten, schon lange tot waren, würden Licht und Leben diese Leere neu gestalten.

Er hatte sie einmal überquert, ohne es zu wissen – jetzt, zwar besser vorbereitet, aber immer noch völlig im unklaren über den Impuls, der ihn antrieb, mußte er es noch einmal tun...

Die Galaxis brach aus dem geistigen Rahmen hervor, mit dem er sie umschlossen hatte. Sterne und Sternennebel strömten in einer Illusion unendlicher Geschwindigkeit an ihm vorbei. Phantomsonnen explodierten und fielen zurück, während er wie ein Schatten durch ihren Kern glitt.

Die Sterne wurden spärlicher, das Leuchten der Milchstraße verblaßte zu einem schwachen Abglanz der Pracht, die er einst gekannt hatte – und vielleicht eines Tages erneut kennen würde.

Er befand sich wieder in dem Weltraum, den die Menschen »wirklich« nannten, genau dort, wo er ihn vor Sekunden – oder vor Jahrhunderten – verlassen hatte.

Er war sich seiner Umgebung lebhaft bewußt, weit intensiver als in jener früheren Existenz, als Myriaden von Sinneseindrücken aus der Welt ringsum auf ihn eingestürmt waren. Er konnte sich jetzt auf jeden einzelnen konzentrieren und ihn in allen schier unendlichen Details studieren, bis er vor der fundamentalen Kernstruktur von Zeit und Raum stand, jenseits derer es nur das Chaos gab.

Und er konnte sich bewegen, obwohl er nicht wußte, wie. Aber hatte er das jemals wirklich gewußt, auch als er noch einen Körper besaß? Die Befehlskette vom Gehirn zu den Gliedmaßen war ein Geheimnis, dem er niemals einen Gedanken gewidmet hatte.

Eine Willensanstrengung – und das Spektrum jenes nahe gelegenen Sterns verschob sich nach Blau, genau so weit, wie er es wollte. Er stürzte mit einem Bruchteil der Lichtgeschwindigkeit darauf zu. Er konnte noch schneller werden, wenn er wollte, aber er hatte es nicht eilig. Es gab noch so viele Informationen zu verarbeiten, so viel zu überlegen ... und noch viel mehr zu gewinnen. Das war, wie er wußte, gegenwärtig sein Ziel; aber er wußte auch, daß es nur ein Teil eines viel größeren Plans war, der ihm erst im Laufe der Zeit enthüllt werden sollte.

Er dachte nicht an das Tor zwischen den Universen, das so schnell hinter ihm zusammenschrumpfte, oder an die besorgten Wesen, die sich in ihrem primitiven Raumschiff darum versammelt hatten. Sie waren Teil seiner Erinnerungen; aber jetzt riefen ihn stärkere, riefen ihn nach Hause in die Welt, die jemals wiederzusehen er nicht geglaubt hatte.

Er konnte die Myriaden von Stimmen dieser Welt hören, wie sie lauter und immer lauter wurden – während auch die Welt wuchs, von einem Stern, der vor der ausgebreiteten Korona der Sonne beinahe verschwand, zu einer schmalen Mondsichel und schließlich zu einer prächtigen, blauweißen Scheibe.

Man wußte, daß er kam. Dort unten, auf dieser dichtbevölkerten Kugel würden die Alarmsignale auf den Bildschirmen aufblitzen, die großen Teleskope würden den Himmel absuchen – und die Geschichte, wie die Menschen sie kannten, würde sich ihrem Ende zuneigen.

Tausend Kilometer weiter unten bemerkte er, daß eine schlummernde Todesfracht erwacht war und sich in ihrer Umlaufbahn regte. Die schwachen Energien, die sie enthielt, konnten ihm nichts anhaben, ja, er konnte sie sogar nutzen.

Er drang in das Gewirr ihrer Schaltungen ein und suchte sich rasch den Weg bis zum tödlichen Kern. Er setzte seinen Willen ein – aber der nur wenige Gramm schwere Mikroschalter bewegte sich nicht. Er war immer noch ein Wesen aus reiner Energie, und die Welt der trägen Materie blieb seinem Zugriff entzogen. Nun, darauf gab es eine einfache Antwort.

Er hatte noch viel zu lernen: Der Stromstoß, den er durch die Schaltung jagte, war so stark, daß die Spule beinahe durchbrannte, ehe sie den Auslösemechanismus bedienen konnte.

Die Mikrosekunden tickten langsam vorbei. Es war interessant zu beobachten, wie die Explosionslinsen ihre Energien konzentrierten, ähnlich wie ein schwaches Streichholz einen Pulverzug in Brand steckt, der dann seinerseits ...

Die Megatonnen entfalteten sich zu einer lautlosen Detonation, die eine kurze, falsche Dämmerung über die Hälfte der schlafenden Welt senkte. Wie ein Phönix, der aus den Flammen aufsteigt, absorbierte er, was er brauchte, und stieß den Rest ab. Weit unten fing der Schild der Atmosphäre, der den Planeten vor so vielem schützte, den gefährlichsten Teil der Strahlung ab. Aber ein paar unglückliche Menschen und Tiere würden nie wieder sehen können.

Nach der Explosion schien es, als sei die Erde sprachlos. Das Geschnatter der Kurz- und Mittelwellen verstummte völlig, sie wurden von der plötzlich angereicherten Ionosphäre zurückgeworfen. Nur die Mikrowellen drangen durch den unsichtbaren und sich langsam auflösenden Spiegel, der den Planeten jetzt umgab, und von denen waren die meisten zu gezielt, als daß er sie hätte empfangen können. Ein paar Hochleistungs-Radargeräte waren noch auf ihn gerichtet, aber er machte sich nicht einmal die Mühe, sie zu neutralisieren. Und falls noch mehr Bomben seinen Weg kreuzen sollten, würde er sie mit derselben Gleichgültigkeit behandeln. Für den Augenblick hatte er alle Energie, die er brauchte.

Und jetzt ließ er sich in großen, schwungvollen Spiralen auf die Landschaft seiner Kindheit herabsinken.

Disneyville

Ein Philosoph des Fin de siècle hat einmal bemerkt – und war dafür scharf angegriffen worden –, daß Walter Elias Disney mehr zum wahren Glück der Menschen beigetragen habe als alle Religionslehrer der Geschichte. Jetzt, ein halbes Jahrhundert nach dem Tod des Künstlers, gediehen seine Träume unter der Landschaft von Florida immer noch üppig.

Als seine Experimental Prototype Community of Tomorrow in den frühen achtziger Jahren eröffnet wurde, war sie ein Schaukasten für neue Technologien und Lebensformen gewesen. Aber wie ihr Gründer schon bald erkannte, würde die EPCOT ihren Zweck nur erfüllen, wenn auf einem Teil ihrer riesigen Fläche eine richtige, lebendige Stadt entstand. Jetzt hatte der Wohnbereich zwanzigtausend Einwohner und hieß im allgemeinen Sprachgebrauch nur »Disneyville«.

Da die Leute erst einziehen durften, nachdem eine ganze Palastwache von Disney-Anwälten ihr Plazet gegeben hatte, überraschte es nicht, daß ihr Durchschnittsalter höher lag als in jeder anderen Gemeinde der Vereinigten Staaten und die medizinische Versorgung von Disneyville die fortschrittlichste der Welt war.

Das Appartement war so entworfen, daß es überhaupt nicht wie ein Krankenzimmer wirkte, und nur ein paar ungewöhnliche Einrichtungen hätten verraten können, welchem Zweck es diente. Das Bett war kaum kniehoch, um die Sturzgefahr möglichst gering zu halten; es konnte jedoch nach Bedarf erhöht und geneigt werden.

Die Badewanne war in den Boden eingelassen, hatte einen eingebauten Sitz und Handgriffe, so daß auch Ältere oder Behinderte leicht hinein- und heraussteigen konnten. Der Boden war mit einem dicken Teppich ausgelegt, aber es gab keine Läufer, über die man stolpern, oder scharfe Ecken, an denen man sich verletzen konnte. Andere Besonderheiten waren weniger offensichtlich – und die Fernsehkamera war so gut verborgen, daß niemand ihr Vorhandensein auch nur vermutet hätte.

Es gab wenig Persönliches – ein Stapel alter Bücher in einer Ecke und die gerahmte Titelseite einer der letzten gedruckten Ausgaben der *New York Times,* die verkündete: »Raumschiff der Vereinigten Staaten startet zum Jupiter.« Daneben hingen zwei Fotos; das eine zeigte einen Jungen von siebzehn oder achtzehn, das andere einen Mann in Astronautenuniform.

Obwohl die zierliche, grauhaarige Frau, die sich die Komödie im Fernsehen anschaute, noch keine Siebzig war, wirkte sie viel älter. Von Zeit zu Zeit kicherte sie anerkennend über einen Witz auf dem Bildschirm, aber sie schaute immer wieder zur Tür, als erwarte sie Besuch, und dabei packte sie den Spazierstock, der an ihrem Stuhl lehnte, fester.

Trotzdem war sie einen Augenblick lang durch den Film abgelenkt, als die Tür schließlich geöffnet wurde, und blickte sich mit einem schuldbewußten Zusammenzucken um, als der kleine Servierwagen, dicht gefolgt von einer Schwester in Tracht, in den Raum rollte.

»Zeit zum Mittagessen, Jessie«, rief die Schwester. »Heute haben wir etwas sehr Gutes für Sie.«

»Will kein Essen.«

»Sie werden sich aber viel besser fühlen, wenn Sie etwas gegessen haben.«

»Ich werde erst essen, wenn Sie mir sagen, was es ist.«

»Warum wollen Sie es denn nicht essen?«

»Ich habe keinen Hunger. Haben *Sie* jemals Hunger?« fragte die alte Frau listig.

Der Robotservierwagen kam neben dem Stuhl zum Stehen, die Transportdeckel gingen auf, und der Inhalt der Schüsseln wurde sichtbar. Die ganze Zeit berührte die Schwester nichts, nicht einmal die Knöpfe am Wagen. Sie stand regungslos da, mit einem ziemlich starren Lächeln auf den Lippen, und schaute ihre schwierige Patientin an.

Fünfzig Meter entfernt, im Monitorraum, sagte der medizinische Techniker zum Arzt: »Jetzt sehen Sie sich das an!«

Jessie hob mit ihrer gichtigen Hand den Spazierstock – und ließ ihn rasch in kurzem Bogen auf die Beine der Schwester niedersausen.

Die Schwester nahm keinerlei Notiz davon, selbst dann nicht, als der Stock direkt durch sie hindurchschnitt. Statt dessen bemerkte sie beschwichtigend: »Nun, sieht das nicht gut aus? Essen Sie es schön auf, meine Liebe!«

Ein schlaues Lächeln breitete sich über Jessies Gesicht, aber sie gehorchte den Anweisungen. Einen Augenblick später aß sie mit Appetit.

»Sehen Sie?« fragte der Techniker. »Sie weiß ganz genau, was los ist. Sie ist viel heller, als sie tut, meistens jedenfalls.«

»Und sie ist die einzige?«

»Ja. Alle anderen glauben, daß es wirklich Schwester Williams ist, die ihnen die Mahlzeiten bringt.«

»Nun, ich glaube nicht, daß es wichtig ist. Sehen Sie nur, wie sie sich freut, nur weil sie uns draufgekommen ist! Sie ißt, und das ist ja der Zweck der Übung. Aber wir müssen die Schwestern warnen – alle, nicht nur die Williams.«

»Warum – ach so, natürlich. Beim nächstenmal ist es vielleicht kein Hologramm . . .«

Kristallquelle

Die Indianer und die Mischlingssiedler, die von Louisiana hierhergezogen waren, sagten, die Kristallquelle sei grundlos. Das war natürlich Unsinn, und sicher glaubten nicht einmal sie selbst daran. Man brauchte nur eine Tauchermaske aufzusetzen und ein paar Züge hinauszuschwimmen – schon sah man ganz deutlich die kleine Höhle, aus der das unglaublich reine Wasser herausströmte, umwallt von schlanken, grünen Gewächsen. Und dazwischen funkelten die Augen des Ungeheuers.

Zwei dunkle Kreise, nebeneinander – auch wenn sie sich nie bewegten, was konnte es sonst sein? Seine lauernde Gegenwart verlieh dem Schwimmen jedesmal einen zusätzlichen Reiz; eines Tages würde das Ungeheuer aus der Höhle schießen und auf der Jagd nach größerer Beute die Fische auseinanderspritzen lassen. Niemals würden Bobby und David zugeben, daß dort, halb begraben unter den Wasserpflanzen, in hundert Meter Tiefe, nichts Gefährlicheres lag als ein weggeworfenes, zweifellos gestohlenes Fahrrad.

Es war schwer zu glauben, daß es so tief sein sollte, auch als sie es mit Leine und Lot eindeutig nachgewiesen hatten. Bobby, der ältere und der bessere Taucher, war vielleicht ein Zehntel der Strecke hinuntergeschwommen und hatte berichtet, daß der Grund so weit entfernt schien wie immer.

Aber heute sollte die Kristallquelle ihre Geheimnisse preisgeben; vielleicht war die Legende vom Schatz der Konföderierten ja doch wahr.

Der kleine Luftkompressor, den Bobby auf dem Schrotthaufen hinter der Garage gefunden hatte, tuckerte jetzt kräftig vor sich hin, nachdem sie zunächst Schwierigkeiten gehabt hatten, ihn in Gang zu bringen. Alle paar Sekunden hustete er und stieß eine Wolke blauen Rauchs aus, aber er ließ nicht erkennen, daß er stehenbleiben wollte. »Und selbst wenn«, sagte Bobby, »was passiert dann schon? Wenn die Mädchen im Unterwassertheater aus fünfzig Metern ohne Luftschläuche heraufschwimmen können, können wir das auch. Da ist gar nichts dabei.«

Warum haben wir dann, dachte Dave flüchtig, Ma nicht gesagt, was wir planen, und warum haben wir gewartet, bis Dad zum Start der nächsten Raumfähre zum Cape zurückgekehrt war? Aber wirkliche Gewissensbisse hatte er nicht: Bobby wußte immer, was er tat. Es mußte großartig sein, siebzehn zu sein und alles zu wissen. Obwohl er wünschte, sein Bruder würde jetzt nicht ganz soviel Zeit mit dieser albernen Betty Schultz verbringen. Sie war ja wirklich sehr hübsch, aber verdammt, sie war ein Mädchen! Nur unter größten Schwierigkeiten hatten sie sie an diesem Morgen loswerden können.

Dave war es gewöhnt, das Versuchskaninchen zu spielen; dazu waren jüngere Brüder schließlich da. Er rückte seine Taucherbrille zurecht, zog die Flossen an und glitt in das kristallklare Wasser.

Bobby reichte ihm den Luftschlauch mit dem alten Mundstück, das sie mit Klebeband daran befestigt hatten. Dave atmete einmal tief durch und schnitt eine Grimasse.

»Es schmeckt abscheulich.«

»Daran wirst du dich gewöhnen. Rein mit dir – nicht tiefer als bis zu dem Absatz dort. Dann werde ich anfangen, das

Druckventil einzustellen, damit wir nicht zuviel Luft vergeuden. Komm wieder rauf, wenn ich am Schlauch ziehe!«

Dave glitt sanft ins Wasser – ins Wunderland. Es war eine friedliche, einfarbige Welt. Hier gab es keine grellen Farben wie im Meer, wo Lebewesen – Tiere und Pflanzen – in allen Regenbogenfarben prahlten. Hier gab es nur zarte Schattierungen von Blau und Grün und Fische, die auch wie Fische aussahen, nicht wie Schmetterlinge.

Er ging mit langsamen Flossenschlägen tiefer und zog den Schlauch hinter sich her. Das Gefühl der Freiheit war so wunderbar, daß er beinahe den abscheulichen, öligen Geschmack im Mund vergessen hätte. Als er den Absatz erreicht hatte – eigentlich war es ein uralter, mit Wasser vollgesogener Baumstumpf, so mit Pflanzen überwachsen, daß er beinahe nicht zu erkennen war –, setzte er sich und blickte um sich.

Er konnte direkt durch die Quelle hindurch auf die grünen Abhänge auf der anderen Seite des überfluteten Kraters schauen, die mindestens hundert Meter entfernt lagen. Hier gab es nicht viele Fische, aber ein kleiner Schwarm schwamm vorbei, flimmernd wie ein Schauer Silbermünzen im Sonnenlicht, das von oben hereinströmte.

Der Luftschlauch ruckte ungeduldig. Dave ging gern wieder nach oben; er hatte nicht gewußt, wie kalt es in dieser bisher unerreichbaren Tiefe werden konnte – und ihm war auch ganz deutlich übel. Aber im warmen Sonnenschein erwachten seine Lebensgeister bald wieder.

»Keinerlei Probleme«, sagte Bobby großspurig. »Du mußt nur immer wieder das Ventil aufdrehen, damit die Druckanzeige nicht unter die rote Linie fällt.«

»Wie tief gehst du runter?«

»Bis ganz nach unten, wenn ich Lust dazu habe.«

Das nahm Dave nicht ernst; sie wußten beide Bescheid über den Tiefenrausch und die Stickstoffbetäubung. Und der alte Gartenschlauch war ohnehin nur dreißig Meter lang. Das würde für dieses erste Experiment ausreichen.

Wie schon so oft sah er mit neiderfüllter Bewunderung zu, wie sein geliebter, älterer Bruder eine neue Herausforderung annahm. Bobby glitt, so mühelos wie die Fische ringsum, hinab in dieses blaue, geheimnisvolle Universum. Er drehte sich noch einmal um und deutete energisch auf den Schlauch, machte unmißverständlich klar, daß er stärkere Luftzufuhr brauchte.

Trotz der stechenden Kopfschmerzen, die ihn plötzlich überfallen hatten, wußte Dave, was er zu tun hatte. Er eilte zurück zu dem alten Kompressor und öffnete das Kontrollventil – bis zur unheilvollen Höchststufe: fünfzig Teile Kohlenmonoxid pro Ausstoß.

Das letzte, was er von Bobby sah, war eine voll Selbstvertrauen hinuntertauchende, vom Sonnenlicht gefleckte Gestalt, die für immer aus seiner Reichweite entschwand. Die wächserne Statue in der Leichenhalle war ein völlig Fremder, der mit Robert Bowman nichts zu tun hatte.

Betty oder Die Liebe eines Geistes

Warum war er hierhergekommen, zurück an den Schauplatz früherer Qualen – wie ein Geist, der keine Ruhe fand? Er wußte es nicht, ja, er war sich nicht einmal bewußt gewesen, wohin er unterwegs war, bis das runde Auge der Kristallquelle ihn aus dem Wald dort unten angeblickt hatte.

Er war der Herr der Welt, und doch lähmte ihn ein Gefühl niederschmetternden Kummers, wie er es seit Jahren nicht mehr empfunden hatte. Die Zeit hatte die Wunde geheilt, wie sie das immer tut; und doch schien es erst gestern, daß er weinend neben dem smaragdfarbenen Spiegel gestanden und nichts als das Abbild der umstehenden Zypressen mit ihrer Last von spanischem Moos darin gesehen hatte. Was war nur los mit ihm?

Und jetzt trieb er, immer noch ohne bewußten Entschluß, wie von einer sanften Strömung mitgetragen, nach Norden auf die Hauptstadt des Staates zu. Er suchte nach etwas; was es war, würde er erst wissen, wenn er es gefunden hatte.

Kein Mensch, kein Instrument entdeckte ihn, als er vorüberflog. Er strahlte nicht länger verschwenderisch Energie ab, sondern hatte es beinahe geschafft, sie so zu kontrollieren, wie er einst seine Gliedmaßen beherrscht hatte. Er sank wie ein Nebel in die erdbebensicheren Gewölbe, bis er sich unter Milliarden gespeicherter Erinnerungen und blendender, flackernder Netzwerke elektronischer Gedanken wiederfand.

Die Aufgabe war komplizierter als die Auslösung einer simplen Atombombe, und er brauchte ein wenig länger dafür. Bis er die Information gefunden hatte, die er suchte, machte er einen geringfügigen Fehler, hielt sich aber nicht damit auf, ihn zu korrigieren. Niemand verstand, warum im nächsten Monat dreihundert Steuerzahler in Florida, deren Namen alle mit F anfingen, Rechnungen über genau einen Dollar erhielten. Es kostete ein Vielfaches der Überzahlung, die Sache wieder in Ordnung zu bringen, und die verblüfften Computeringenieure gaben schließlich einem Schauer kosmischer Strahlung die Schuld. Was von der Wahrheit ja nicht mal so weit entfernt war.

Innerhalb von ein paar Millisekunden gelangte er von Tallahassee zur South Magnolia Street 634 in Tampa. Die Adresse war immer noch die gleiche; er hätte keine Zeit damit zu verschwenden brauchen, sie nachzuprüfen.

Aber andrerseits hatte er nie vorgehabt, das zu tun – bis genau zu dem Augenblick, als er es dann tat.

Auch nach drei Geburten und zwei Fehlgeburten war Betty Fernandez (geb. Schultz) immer noch eine schöne Frau. Im Augenblick war sie außerdem sehr nachdenklich, denn sie sah sich eine Fernsehsendung an, die Erinnerungen weckte, bittere und süße.

Es war ein Sonderbericht, der aufgrund der mysteriösen Ereignisse der vergangenen zwölf Stunden, beginnend mit der Warnung, die die »Leonow« von den Jupitermonden abgesetzt hatte, zusammengestellt worden war. Irgend etwas kam auf die Erde zu; etwas hatte – ohne Schaden anzurichten – eine im Umlauf befindliche Atombombe gezündet, auf die niemand Anspruch erhoben hatte. Das war alles, aber es war mehr als genug.

Die Kommentatoren hatten alle alten Videobänder ausgegraben – und einige davon waren wirklich noch *Bänder* –, bis zurück zu den einst streng geheimen Aufzeichnungen über die Entdeckung von TMA-1 auf dem Mond. Zum fünfzigstenmal mindestens hörte sie den unheimlichen Funkschrei, mit dem der Monolith die Dämmerung auf dem Mond begrüßte und seine Botschaft zum Jupiter schleuderte. Und wieder sah sie sich die vertrauten Szenen an und lauschte den alten Interviews von Bord der »Discovery«.

Warum sah sie sich das an? Zu Hause war alles irgendwo in den Archiven gespeichert (obwohl sie es nie abspielte, wenn José da war). Vielleicht wartete sie auf eine überraschende Meldung; sie wollte es nicht einmal sich selbst eingestehen, wieviel Macht die Vergangenheit immer noch über ihre Gefühle besaß.

Und da war Dave, wie sie erwartet hatte – ein altes Interview der BBC, das sie beinahe Wort für Wort kannte. Er sprach von Hal und versuchte zu entscheiden, ob der Computer sich seiner selbst bewußt war oder nicht.

Wie jung er aussah – ganz anders als auf den letzten, verschwommenen Bildern von der dem Untergang geweihten »Discovery«! Und wie sehr er Bobby ähnelte, so wie sie ihn in Erinnerung hatte.

Das Bild verschwamm, als sich ihre Augen mit Tränen füllten. Nein – mit dem Gerät oder mit dem Kanal stimmte etwas nicht. Ton und Bild waren instabil.

Daves Lippen bewegten sich, aber sie konnte nichts hören.

Dann schien sich sein Gesicht aufzulösen, in Farbblöcke zu verschmelzen. Es bildete sich neu, verschwamm wieder und wurde wieder fest. Aber noch immer war kein Ton da.

Wo hatten sie denn nur dieses Bild her! Das war Dave; aber nicht als Mann, sondern als Junge, wie sie ihn kennengelernt hatte. Er schaute aus dem Bildschirm – beinahe so, als könnte er sie über den Abgrund der Jahre hinweg sehen.

Er lächelte; seine Lippen bewegten sich.

»Hallo, Betty«, sagte er.

Es war nicht weiter schwierig, die Worte zu formen und sie den Strömen aufzuzwingen, die in den Tonschaltkreisen pulsierten. Wirklich schwierig war es, seine Gedanken auf das eingefrorene Tempo des menschlichen Gehirns zu verlangsamen.

Und dann eine Ewigkeit lang auf die Antwort warten zu müssen ...

Betty Fernandez war hart im Nehmen; sie war auch intelligent, und obwohl sie seit einem Dutzend Jahren Hausfrau war, hatte sie ihre Ausbildung in der Elektronikwartung nicht vergessen. Das war eben wieder eines der zahllosen Simulationswunder des Mediums; sie würde es jetzt einfach hinnehmen, und sich über die Einzelheiten später Gedanken machen.

»Dave«, antwortete sie. »Bist das wirklich du, Dave?«

»Ich bin nicht sicher«, erwiderte das Bild auf dem Schirm mit seltsam tonloser Stimme. »Aber ich erinnere mich an Dave Bowman und an alles, was mit ihm zu tun hat.«

»Ist er tot?«

Das war nun wieder eine schwierige Frage.

»Sein Körper – ja. Aber das ist nicht mehr wichtig. Alles, was Dave Bowman wirklich war, ist immer noch ein Teil von mir.«

Betty bekreuzigte sich – das war eine Geste, die sie von José gelernt hatte – und flüsterte: »Du meinst, du bist ein Geist?«

»Ich kenne kein besseres Wort dafür.«

»Warum bist zu zurückgekommen?«

»Ja, Betty, warum? Ich wünschte, du könntest es mir sagen.«

Aber eine Antwort kannte er doch, denn sie erschien auf dem Fernsehschirm. Die Trennung zwischen Körper und Geist war immer noch bei weitem nicht vollständig, und selbst der entgegenkommendste Sender hätte die dezidiert sexuellen Bilder nicht übertragen, die jetzt dort entstanden.

Betty sah sich das eine kleine Weile an, manchmal lächelte sie, manchmal war sie schockiert. Dann wandte sie sich ab, nicht weil sie sich schämte, sondern weil sie traurig war – weil sie vergangenen Freuden nachtrauerte.

»Dann ist es also nicht wahr«, sagte sie, »was man uns immer von den Engeln erzählt hat.«

Bin ich ein Engel? fragte er sich. Aber er verstand jetzt wenigstens, was er hier wollte, zurückgerissen von Fluten der Sehnsucht und des Leids zu einer Begegnung mit seiner Vergangenheit. Das mächtigste Gefühl, das er je gekannt hatte, war seine Leidenschaft für Betty gewesen; die Elemente von Kummer und Schuld, die darin enthalten waren, machten sie nur noch stärker.

Sie hatte ihm nie gesagt, ob er ein besserer Liebhaber war als Bobby, und er hatte sie nie danach gefragt, um den Bann nicht zu brechen. Sie hatten sich an die gleiche Illusion geklammert, hatten in den Armen des anderen (und wie jung er gewesen war – immer noch erst siebzehn, als es anfing, kaum zwei Jahre nach dem Begräbnis) Linderung für die gleiche Wunde gesucht.

Natürlich konnte es nicht halten, aber diese Erfahrung hatte ihn unwiderruflich verändert. Mehr als zehn Jahre lang hatten sich alle seine erotischen Phantasien um Betty gedreht; nie hatte er eine andere Frau gefunden, die mit ihr vergleichbar gewesen wäre, und er hatte schon lange eingesehen, daß er auch nie eine finden würde. Niemand sonst wurde von demselben, geliebten Geist heimgesucht.

Die Bilder des Begehrens verschwanden vom Bildschirm; einen Augenblick lang kam das reguläre Programm durch, mit einer unpassenden Aufnahme der »Leonow«, wie sie über Io hing. Dann war wieder das Gesicht von Dave Bowman da. Er schien seine Züge nicht mehr zu beherrschen, denn sie wechselten wild. Manchmal wirkte er wie nur zehn Jahre alt – dann wie zwanzig oder dreißig, um plötzlich wie eine verschrumpelte Mumie auszusehen, deren runzliges Antlitz eine Parodie auf den Mann war, den sie einst gekannt hatte.

»Ich habe noch eine Frage, bevor ich gehe. Carlos – du hast immer gesagt, er sei der Sohn von José, aber ich war da nie sicher. Was ist die Wahrheit?«

Betty Fernandez starrte zum letztenmal in die Augen des Jungen, den sie einst geliebt hatte. (Er war wieder achtzehn, und einen Augenblick lang wünschte sie, sie könnte seinen ganzen Körper sehen, nicht nur sein Gesicht.)

»Er ist dein Sohn, David«, flüsterte sie.

Das Bild verschwand; das normale Programm kam wieder. Als beinahe eine Stunde später José Fernandez leise ins Zimmer trat, starrte Betty immer noch auf den Schirm.

Sie wandte sich nicht um, als er sie auf den Nacken küßte.

»Du wirst mir das nie glauben, José, aber ich habe gerade einen Geist belogen.«

Abschied für immer

Als das American Institute of Aeronautics and Astronautics im Jahre 1997 seinen umstrittenen Abriß »Fünzig Jahre UFOs« herausgab, wiesen viele Kritiker darauf hin, daß nicht identifizierte Flugobjekte seit Jahrhunderten beobachtet worden sind und die Sichtung der Fliegenden Untertasse durch Kennth Arnold 1947 demnach nichts Besonderes war. Seit Beginn der Geschichte hatten Menschen seltsame Dinge am Himmel gesehen; aber bis zur Mitte des 20. Jahrhunderts waren UFOs ein seltsames Phänomen unter vielen geblieben. Nach diesem Zeitpunkt wurden sie eine Angelegenheit von öffentlichem und wissenschaftlichem Interesse und die Grundlage für eine Art Religionsersatz.

Nach dem Grund dafür brauchte man nicht lange zu suchen: Der Anbruch des Weltraumzeitalters und damit die Erkenntnis, daß Menschen bald fähig sein würden, den Planeten ihrer Geburt zu verlassen, gab Anlaß zu unzähligen Spekulationen: Wo sind die anderen, wann können wir mit Besuchern rechnen?

Während der letzten Hälfte des zwanzigsten Jahrhunderts gab es buchstäblich Tausende von Berichten über »Begegnungen der dritten Art« – tatsächliche Treffen mit außerirdischen Wesen. Die Tatsache, daß diese Geschichten immer und immer wieder als Lügen oder Halluzinationen entlarvt wurden, konnte die Getreuen nicht erschüttern. Männer, denen man angeblich Städte auf der Rückseite des Mondes gezeigt hatte, verloren auch dann kaum an Glaubwürdigkeit, als Orbiteraufnahmen und *Apollo* keinerlei Artefakte zutage förderten; Damen, die Venusier heirateten, bleiben immer noch »echte« Zeugen, als sich herausstellte, daß dieser Planet heißer war als geschmolzenes Blei.

Als schließlich die Entdeckung des Tycho-Monolithen – TMA-1 – bekannt wurde, rief ein Chor von Stimmen: »Wir haben es ja immer gesagt!« Man konnte nicht länger leugnen, daß es tatsächlich vor einer Kleinigkeit von drei Millionen Jahren Besucher auf dem Mond – und vermutlich auch auf der Erde – gegeben hatte. Sofort wimmelte der Himmel wieder von UFOs; obwohl es sonderbar war, daß es den drei unabhängigen, nationalen Beobachtungssystemen, die im Weltraum alles finden konnten, was größer war als eine Kugelschreiberspitze, nie gelang, sie aufzuspüren.

Ziemlich schnell pendelte sich die Anzahl der Berichte wieder auf Normalmaß ein. Aber jetzt begann alles von vorn.

Diesmal war es keine Ente; es war offiziell: Ein echtes UFO war auf dem Weg zur Erde.

Innerhalb weniger Minuten nach der Warnung von der »Leonow« wurden Sichtungen gemeldet; die ersten »Begegnungen« fanden nur wenige Stunden später statt. Ein Makler im Ruhestand, der mit seiner Bulldogge auf dem Moor von Yorkshire einen Spaziergang machte, war erstaunt, als neben ihm ein scheibenförmiges Fahrzeug landete und der Insasse – ziemlich menschlich, bis auf die spitzen Ohren – nach dem Weg zur Downing Street fragte. Die Kontaktperson war so überrascht, daß sie nur fähig war, mit ihrem Stock ungefähr in die Richtung von Whitehall zu deuten; als schlüssiger Beweis für die Begegnung wurde die Tatsache betrachtet, daß die Bulldogge seither das Fressen verweigerte.

Der nächste war ein baskischer Schäfer in traditioneller Mission; er war höchst erleichtert, als sich die befürchteten Grenzwachen als Männer mit Umhängen und durchdringendem Blick herausstellten, die den Weg zum Hauptquartier der Vereinten Nationen wissen wollten.

Sie sprachen perfekt Baskisch – eine schauderhaft schwierige Sprache, die mit keiner anderen bekannten menschlichen Sprache Ähnlichkeit hat. Die Besucher aus dem Weltraum besaßen eindeutig bemerkenswerte Sprachkenntnisse, auch wenn ihr geographisches Wissen seltsam mangelhaft war.

So ging es weiter, ein Fall jagte den anderen. Nur sehr wenige der Kontaktpersonen waren wirklich Lügner oder geistesgestört; die meisten glaubten aufrichtig an ihre eigenen Geschichten und hielten an diesem Glauben sogar unter Hypnose fest. Und einige waren einfach Opfer derber Streiche oder unwahrscheinlicher Zufälle – wie der unglückliche Amateurarchäologe, der in der tunesischen Wüste die Kulissen fand, die ein gefeierter Science-fiction-Filmregisseur vor beinahe vier Jahrzehnten dort zurückgelassen hatte ...

Aber nur am Anfang – und kurz vor seinem Abschied – bemerkte irgendein menschliches Wesen wirklich etwas von seiner Gegenwart; und auch das nur, weil er es so wollte.

Die Welt gehörte ihm, er konnte sie erforschen, wie es ihm beliebte, ohne Beschränkung oder Behinderung. Keine Wände konnten ihn abhalten, keine Geheimnisse blieben den Sinnen, die er besaß, verborgen. Zuerst glaubte er, daß er sich lediglich alte Wünsche erfüllen wollte, indem er die Orte besuchte, die er in jener früheren Existenz niemals gesehen hatte. Erst viel später erkannte er, daß seine blitzartigen Sprünge über das Angesicht des Planeten einem tieferen Zweck dienten.

Auf irgendeine unbegreifliche Weise wurde er als Sonde benutzt, die Proben von jedem Aspekt des menschlichen Wesens nahm. Die Steuerung war so schwach, daß er sich ihrer kaum bewußt war; er agierte wie ein Jagdhund an der langen Leine, er durfte Streifzüge auf eigene Faust unternehmen, war aber trotzdem gezwungen, den übergeordneten Wünschen seines Herrn zu gehorchen.

Die Pyramiden, der Grand Canyon, die mondscheinüberfluteten Schneeflächen des Everest – das waren Ziele, die er sich selbst aussuchte. Ebenso einige Kunstgalerien und Konzertsäle – obwohl er aus eigenem Antrieb sicher niemals den ganzen *Ring* durchgehalten hätte.

Auch hätte er sich nicht für so viele Fabriken, Gefängnisse und Krankenhäuser interessiert, einen häßlichen Guerillakrieg in Asien, eine Rennbahn, eine raffinierte Orgie in Beverly Hills, das Ovale Büro im Weißen Haus, die Archive des Kreml, die Vatikanische Bibliothek, den heiligen Schwarzen Stein der Kaaba in Mekka...

Es gab auch Erlebnisse, an die er sich nur undeutlich erinnerte, so, als seien sie zensiert worden – oder als wolle ihn ein Schutzengel davor bewahren. Zum Beispiel...

Was hatte er im Leakey Memorial Museum in der Oldowayschlucht zu suchen? Er interessierte sich nicht für den

Ursprung des Menschen, nicht mehr als alle anderen intelligenten Angehörigen der Gattung Homo sapiens jedenfalls, und Fossilien bedeuteten ihm nichts. Trotzdem lösten die berühmten Schädel, die in ihren Schaukästen wie Kronjuwelen bewacht wurden, einen seltsamen Widerhall in seiner Erinnerung aus und eine Erregung, die er sich nicht erklären konnte. Er hatte ein deutliches Déjà-vu-Gefühl: Der Ort sollte ihm eigentlich vertraut sein – aber irgend etwas stimmte nicht. Es war, wie wenn man nach vielen Jahren in ein Haus zurückkehrt und entdeckt, daß alle Möbel ausgewechselt, die Wände versetzt und sogar die Treppen neu gebaut worden sind.

Es war ein ödes, lebensfeindliches Gebiet, trocken und ausgedörrt. Wo waren die üppigen Ebenen und die Myriaden leichtfüßiger Pflanzenfresser, die sie vor drei Millionen Jahren durchstreift hatten?

Drei Millionen Jahre – woher wußte er das?

Keine Antwort kam aus dem hallenden Schweigen, in das er die Frage geworfen hatte. Aber dann sah er wieder eine vertraute, schwarze, rechteckige Form vor sich aufragen. Er näherte sich ihr, und in ihren Tiefen erschien ein schattenhaftes Bild, wie ein Spiegelbild in einem tintenschwarzen Teich.

Die traurigen, fragenden Augen, die ihn unter dieser haarigen, fliehenden Stirn anschauten, starrten an ihm vorbei in eine Zukunft, die sie niemals sehen konnten. Denn diese Zukunft war er, hunderttausend Generationen weiter im Strom der Zeit.

Dort hatte die Geschichte begonnen; soviel verstand er jetzt wenigstens. Aber wie – und vor allem, warum? –, das waren Geheimnisse, die man ihm noch immer vorenthielt.

Doch er hatte eine letzte Pflicht zu erfüllen – die schwierigste von allen. Er war immer noch genügend Mensch, um sie bis zum Schluß aufzuschieben.

Was macht sie denn jetzt bloß wieder? fragte sich die diensthabende Schwester und holte sich die alte Dame auf dem TV-Monitor näher heran. Sie hat ja schon viele Tricks ausprobiert, aber das ist wahrhaftig das erstemal, daß ich sie mit ihrem Hörgerät sprechen sehe. Was sie wohl sagt?

Das Mikrophon war nicht empfindlich genug, um die Worte aufzufangen, aber Jessie Bowman hatte selten so friedlich und ruhig ausgesehen. Obwohl sie die Augen geschlossen hatte, lag auf ihrem Gesicht ein beinahe engelhaftes Lächeln, während ihre Lippen weiterhin flüsternd Worte formten.

Und dann sah die Beobachterin etwas, was sie unbedingt wieder vergessen wollte, denn wenn sie es meldete, würde sie auf der Stelle als für den Schwesternberuf ungeeignet entlassen werden. Langsam und ruckartig hob sich der Kamm, der auf dem Nachttisch gelegen hatte, von selbst in die Luft, als würde er von ungeschickten, unsichtbaren Fingern ergriffen.

Beim ersten Versuch traf er daneben; dann begann er, offensichtlich mit Mühe, die langen Silbersträhnen zu teilen, hin und wieder innehaltend, um einen Knoten zu entwirren.

Jessie Bowman sprach nicht mehr, aber sie lächelte nach wie vor. Der Kamm bewegte sich jetzt sicherer.

Wie lange es dauerte, konnte die Schwester nicht genau sagen. Erst als der Kamm wieder sanft auf den Tisch gelegt wurde, löste sie sich aus ihrer Starre.

Der zehn Jahre alte David Bowman hatte die Aufgabe erfüllt, die er immer gehaßt hatte, die seine Mutter aber liebte. Und ein jetzt altersloser David Bowman hatte zum erstenmal Kontrolle über feste Materie gewinnen können.

Jessie Bowman lächelte immer noch, als die Schwester schließlich kam, um nach ihr zu sehen. Sie hatte sich zu sehr gefürchtet, um sich zu beeilen; aber das hätte sowieso nichts ausgemacht.

Chandras elektronische Psychoanalyse

Der Aufruhr auf der Erde drang angenehm gedämpft über die Millionen Kilometer Weltraum hinweg zum Jupiter. Die Besatzung der »Leonow« sah sich fasziniert, aber mit einem gewissen Abstand die Debatten in den Vereinten Nationen an, die Interviews mit berühmten Wissenschaftlern, die Theorien der Nachrichtenkommentatoren, die stark widersprüchlichen Berichte von UFO-Kontaktpersonen. Sie konnten nichts zu dem Tohuwabohu beitragen, denn sie hatten keinerlei weitere Erscheinungen irgendwelcher Art beobachtet. »Zagadka« alias der »Große Bruder« nahm ihre Anwesenheit mit ebenso offenkundiger Gleichgültigkeit hin wie immer. Und die Situation war in der Tat paradox; sie waren von der Erde bis hierher gekommen, um ein Rätsel zu lösen – und jetzt sah es so aus, als sei die Antwort vielleicht dort zu finden, wo sie aufgebrochen waren.

Zum erstenmal waren sie dankbar dafür, daß das Licht nicht schneller war, und für die zweistündige Verzögerung, die es unmöglich machte, auf dem Schaltkreis Erde-Jupiter ein Live-Interview zu führen. Trotzdem wurde Floyd von den Medien mit so vielen Anfragen belästigt, daß er schließlich streikte. Es gab nicht mehr zu sagen, und das wenige hatte er schon mindestens ein dutzendmal gesagt.

Außerdem war immer noch viel Arbeit zu erledigen. Die »Leonow« mußte für die lange Heimreise vorbereitet werden, damit sie sofort die Triebwerke zünden konnte, wenn sich das Startfenster öffnete. Die Zeitberechnung war überhaupt kein Problem; selbst wenn sie einen Monat zu spät kamen, würde das nur die Reise verlängern. Chandra, Curnow und Floyd würden es nicht einmal bemerken, da sie auf dem Weg zur Sonne schlafen würden; aber der Rest der Besatzung war wild entschlossen, zum frühestmöglichen Zeitpunkt aufzubrechen, den die Gesetze der Himmelsmechanik gestatteten.

Die »Discovery« stellte sie noch immer vor viele Probleme. Das Schiff hatte kaum genügend Treibstoff für den Rückweg zur Erde, selbst wenn es viel später aufbrach als die »Leonow« und eine Bahn wählte, die minimalen Energieverbrauch erforderte – was eine Flugdauer von beinahe drei Jahren bedeuten würde. Und das war nur möglich, wenn es gelang, Hal so zuverlässig zu programmieren, daß er die Mission bis auf die Fernüberwachung ohne menschliches Eingreifen durchführen konnte. Ohne seine Mitarbeit würde man die »Discovery« ein zweitesmal aufgeben müssen.

Es war faszinierend gewesen – ja sogar zutiefst bewegend –, die kontinuierliche Wiederentwicklung von Hals Persönlichkeit vom hirngeschädigten Kind über den verwirrten Heranwachsenden zum leicht herablassenden Erwachsenen zu verfolgen. Obwohl Floyd wußte, daß solche Anthropomorphismen höchst irreführend waren, ließen sie sich nicht vermeiden.

Und es gab Momente, da kam es ihm vor, als sei ihm die ganze Situation unheimlich vertraut. Wie oft hatte er Videodramen gesehen, in denen verhaltensgestörte Jugendliche durch allwissende Nachfahren des legendären Sigmund Freud auf den rechten Weg gebracht wurden! Es war im Prinzip die gleiche Geschichte, die sich hier im Schatten von Jupiter abspielte.

Die elektronische Psychoanalyse ging mit einer Geschwindigkeit vonstatten, die menschliche Vorstellungskraft bei weitem überstieg: Reparatur- und Diagnoseprogramme flitzten mit Milliarden von Bits pro Sekunde durch Hals Schaltkreise, machten mögliche Störungen aus und korrigierten sie. Obwohl die meisten dieser Programme schon vorher an Hals Zwillingsgerät SAL 9000 getestet worden waren, bedeutete es ein starkes Handikap, daß die beiden Computer sich nicht in Realzeit miteinander verständigen konnten. Manchmal wurden Stunden vergeudet, wenn es sich als nötig erwies, an einem kritischen Punkt in der Therapie bei der Erde rückzufragen.

Denn trotz aller Arbeit Chandras war die Rehabilitation des Computers noch längst nicht abgeschlossen. Hal hatte zahlreiche Eigenheiten und nervöse Ticks, manchmal ignorierte er sogar gesprochene Worte – obwohl er Eingaben über die Tastatur jederzeit bestätigte. In der anderen Richtung waren seine Outputs manchmal sogar noch exzentrischer.

Es gab Zeiten, da antwortete er verbal, ließ aber keine optische Anzeige über den Schirm laufen. Ein anderesmal tat er beides – weigerte sich aber, Kopien auszudrucken. Er entschuldigte sich auch nicht dafür und gab keine Erklärungen ab.

Er war jedoch nicht eigentlich aktiv ungehorsam, eher widerspenstig, und auch das nur, wenn es um bestimmte Aufgaben ging. Mit der Zeit konnte man ihn immer mehr zur Zusammenarbeit bewegen – »ihm sein Schmollen ausreden«, wie Curnow es anschaulich ausdrückte.

Es überraschte niemanden, daß Dr. Chandra allmählich Anzeichen von Erschöpfung erkennen ließ. Als Max Brailowski bei einer Gelegenheit unschuldig eine ganz alte Ente wieder aufwärmte, verlor er beinahe die Beherrschung:

»Stimmt es, Dr. Chandra, daß Sie den Namen Hal gewählt haben, um IBM einen Schritt voraus zu sein?«

»Völliger Unsinn! Die Hälfte von uns kommt ja von IBM, und wir versuchen seit Jahren, diese Geschichte aus der Welt zu schaffen. Ich dachte, inzwischen wüßte jeder intelligente Mensch, daß H-A-L von Heuristischer ALgorithmus abgeleitet ist.«

Später schwor Max, er habe die Großbuchstaben deutlich hören können.

Nach Floyds persönlicher Einschätzung standen die Chancen mindestens fünfzig zu eins dagegen, daß man die »Discovery« heil zur Erde zurückfliegen konnte. Und dann trat

Chandra mit einem außergewöhnlichen Vorschlag an ihn heran.

»Dr. Floyd, kann ich Sie einmal sprechen?«

Auch nach all den Wochen und den gemeinsamen Erlebnissen war Chandra so förmlich wie immer – nicht nur Floyd, sondern der ganzen Besatzung gegenüber. Er sprach nicht einmal Zenia, das Baby des Schiffs, ohne den Zusatz »Ma'am« an.

»Natürlich, Chandra. Worum geht es?«

»Ich bin mit der Programmierung für die sechs wahrscheinlichsten Variationen zum Hohmannorbit praktisch fertig. Fünf sind ohne jegliche Probleme bereits auf Simulation gelaufen.«

»Ausgezeichnet. Ich bin sicher, niemand sonst auf der Erde – im Sonnensystem – hätte das fertiggebracht.«

»Danke. Sie wissen jedoch genausogut wie ich, daß es unmöglich ist, *jede* Situation vorzuprogrammieren, die eintreten könnte. Hal kann – wird – tadellos funktionieren und fähig sein, mit jedem vernünftigen Notfall fertig zu werden. Aber bei allen möglichen kleinen Unfällen – geringfügigen Gerätepannen, die man mit einem Schraubenzieher beheben könnte, gerissenen Drähten, verklemmten Schaltern –, bei all solchen Dingen wäre er hilflos und würde die Mission abbrechen.«

»Sie haben natürlich völlig recht, das hat auch mich schon beunruhigt. Aber was können wir dagegen unternehmen?«

»Ganz einfach. Ich möchte auf der ›Discovery‹ bleiben.«

Floyds erster Gedanke war: Chandra muß verrückt geworden sein. Gleich darauf dachte er, der Inder sei vielleicht nur halb verrückt. Vielleicht entschied es wirklich über Erfolg oder Scheitern des Unternehmens, ob ein menschliches Wesen – jenes großartige Allzweckgerät zur Störungssuche und Reparatur – während der langen Rückreise zur Erde an Bord der »Discovery« war oder nicht. Aber die Gegenargumente waren natürlich überwältigend.

»Der Vorschlag ist interessant«, erwiderte Floyd daher mit äußerster Vorsicht, »und ich bewundere auf jeden Fall Ihre Einsatzbereitschaft. Aber haben Sie auch berücksichtigt, welche Probleme sich dabei ergeben?« Es war albern, das zu fragen; Chandra hatte sich bestimmt schon alle Antworten zurechtgelegt.

»Sie werden mehr als drei Jahre ganz allein sein! Angenommen, Sie haben einen Unfall, oder es ergibt sich eine medizinische Notsituation?«

»Dieses Risiko nehme ich auf mich.«

»Und was ist mit Nahrungsmitteln, mit Wasser? Die ›Leonow‹ kann nicht genügend erübrigen.«

»Ich habe das Wiederaufbereitungssystem der ›Discovery‹ überprüft; es kann ohne allzugroße Schwierigkeiten erneut funktionsfähig gemacht werden. Außerdem können wir Inder mit sehr wenig auskommen.«

Es war ungewöhnlich, daß Chandra auf seine Herkunft verwies oder überhaupt irgendwelche Aussagen über sich selbst machte; sein »aufrichtiges Bekenntnis« war die einzige Ausnahme, an die Floyd sich erinnern konnte. Aber er bezweifelte die Behauptung nicht; Curnow hatte einmal bemerkt, Dr. Chandra habe einen Körperbau, wie man ihn nur durch jahrhundertelanges Hungern erreichen könne. Obwohl das wie eine der unfreundlicheren Spötteleien des Ingenieurs klang, war es völlig ohne Boshaftigkeit gesagt worden – sogar mitfühlend; wenn natürlich auch nicht in Chandras Gegenwart.

»Nun, wir haben immer noch mehrere Wochen, bis wir uns entscheiden müssen. Ich werde darüber nachdenken und mit Washington sprechen.«

»Danke; haben Sie etwas dagegen, wenn ich inzwischen mit den Vorbereitungen anfange?«

»Hm – nicht im geringsten, solange diese nicht mit den bestehenden Plänen in Konflikt geraten. Vergessen Sie nicht – die letzte Entscheidung liegt bei der Bodenkontrollstation.«

Und ich weiß auch schon genau, was die Bodenkontrollstation sagen wird: Es sei Wahnsinn zu erwarten, ein Mann würde drei Jahre allein im Weltraum überleben.

Aber Chandra war natürlich immer allein gewesen.

Feuer in der Tiefe

Er hatte die Erde schon weit hinter sich gelassen, und die ehrfurchteinflößenden Wunder des Jupitersystems breiteten sich vor ihm aus, als ihn die Erkenntnis wie ein Blitz durchfuhr.

Wie hatte er nur so blind sein können – so dumm! Er war wie ein Schlafwandler gewesen; jetzt wachte er allmählich auf.

Wer seid ihr? schrie er. Was wollt ihr? Warum habt ihr mir das angetan?

Es kam keine Antwort, aber er war sicher, daß er gehört worden war. Er spürte, daß – *etwas* anwesend war, so wie ein Mensch weiß, daß er in einem geschlossenen Raum und nicht auf leerem, freiem Gelände ist, obwohl er die Augen fest geschlossen hat. Rings um ihn war der schwache Widerhall eines gewaltigen Geistes, eines kompromißlosen Willens.

Er schrie erneut in die beredte Stille hinein, und wieder kam keine direkte Antwort – nur dieses Gefühl, daß er nicht allein war. Nun gut; er würde die Antworten selbst finden. Einige lagen offen zutage; wer immer oder was immer *sie* auch waren, sie interessierten sich für die Menschheit. Sie hatten seine Erinnerungen angezapft und für ihre eigenen, unergründlichen Ziele gespeichert. Und jetzt hatten sie das gleiche mit seinen tiefsten Gefühlen getan, manchmal mit seiner Hilfe – aber nicht immer.

Doch hegte er deswegen keinen Groll; ja, die Entwicklung, die er durchlaufen hatte, machte solch kindische Reaktionen unmöglich. Er war über Liebe und Haß, über Begehren und

Furcht hinaus – aber er hatte sie nicht vergessen und konnte noch immer verstehen, daß sie die Welt beherrschten, zu der er einmal gehört hatte. War das der Zweck der Übung? Wenn ja, zu welchem Endziel?

Er war zum Mitspieler in einem Spiel der Götter geworden und mußte während des Spiels die Regeln lernen.

Die zerklüfteten Felsen der vier winzigen, äußeren Monde Sinope, Pasiphae, Carme und Ananke flackerten kurz durch sein Bewußtsein; halb so weit von Jupiter entfernt kamen dann Elara, Lysithea, Himalia und Leda. Er beachtete sie alle nicht; jetzt lag das pockennarbige Antlitz von Callisto vor ihm.

Einmal, zweimal umkreiste er die zerfurchte Kugel, größer als der Mond der Erde, während Sinne, die er bis dahin nicht gekannt hatte, in die äußeren Schichten aus Eis und Staub eindrangen. Seine Neugier war schnell befriedigt; die Welt war ein gefrorenes Fossil, trug immer noch die Spuren von Kollisionen, die sie vor Äonen beinahe zerschmettert haben mußten. Die eine Hemisphäre war ein riesiges Bullauge, eine Reihe konzentrischer Ringe, wo massiver Fels sich wohl einst unter einem uralten Hammerschlag aus dem Weltraum in kilometerhohen Kräuselwellen ausgebreitet hatte.

Sekunden später umkreiste er Ganymed. Das war nun eine viel komplexere und interessantere Welt; obwohl so nahe bei Callisto und beinahe gleich groß, bot sie einen völlig anderen Anblick. Es gab zwar zahlreiche Krater – aber die meisten davon schienen im wahrsten Sinne des Wortes wieder untergepflügt worden zu sein. Das außergewöhnlichste Charakteristikum der Landschaft auf Ganymed waren gewundene Streifen, die sich aus Dutzenden von parallelen Furchen in einem Abstand von ein paar Kilometern aufbauten. Dieses gerillte Gelände sah aus, als sei es von ganzen Armeen betrunkener Bauern angelegt worden.

In ein paar Umdrehungen sah er mehr von Ganymed als

alle Raumsonden, die je von der Erde ausgeschickt worden waren, und er legte dieses Wissen zur späteren Verwendung ab. Eines Tages würde es wichtig sein; dessen war er sich sicher, obwohl er nicht wußte, warum – genausowenig wie er den Impuls verstand, der ihn jetzt so zielstrebig von einer Welt zur anderen trieb.

Schließlich kam er auch nach Europa. Obwohl er immer noch ein größtenteils passiver Beobachter war, wurde er sich jetzt eines gesteigerten Interesses bewußt, spürte, wie sich seine Aufmerksamkeit konzentrierte, sein Wille sammelte. Auch wenn er eine Marionette in den Händen eines unsichtbaren und nicht kommunikationswilligen Herrn war, sickerten einige Gedanken dieses ihn steuernden Einflusses in sein eigenes Bewußtsein durch – oder sollten durchsickern.

Der glatte Globus mit den komplizierten Mustern, der ihm jetzt entgegengerast kam, hatte wenig Ähnlichkeit mit Ganymed oder Callisto. Er sah organisch aus; das Netzwerk von Linien, die sich auf seiner gesamten Oberfläche verzweigten oder überschnitten, besaß unheimliche Ähnlichkeit mit einem weltumspannenden System von Venen und Arterien.

Die endlosen Eisfelder einer Kältewüste, viel kälter als die Antarktis, breiteten sich unter ihm aus. Dann sah er mit kurzem Erstaunen, daß er über die Trümmer eines Raumschiffs hinflog. Er erkannte es sofort als die unglückliche »Tsien«, über die in so vielen der Videonachrichten, die er analysiert hatte, berichtet worden war. Nicht jetzt – *nicht jetzt* – später würde es ausreichend Gelegenheit geben ...

Dann war er durch das Eis hindurchgetaucht und fand sich wieder in einer Welt, die seinen Kontrolleuren genauso unbekannt war wie ihm selbst.

Es war eine Welt von Ozeanen. Die verborgenen Wasser waren durch eine Eiskruste vor dem Vakuum des Weltraums geschützt. An den meisten Stellen war das Eis kilometerdick, aber es gab schwächere Linien, da war es aufgerissen und klaffte auseinander. Dann hatte ein kurzer Kampf zwischen zwei unversöhnlichen Elementen stattgefunden, die auf keiner anderen Welt im Sonnensystem miteinander in direkte Berührung kamen.

Der Krieg zwischen Meer und Weltraum endete immer mit dem gleichen Patt: Das freiliegende Wasser kochte und gefror gleichzeitig und stellte den Eispanzer wieder her.

Die Meere Europas wären ohne den Einfluß des nahe gelegenen Jupiter schon vor langer Zeit bis zum Grund zugefroren. Seine Schwerkraft knetete den Kern der kleinen Welt ununterbrochen; jene Kräfte, die Io in Krämpfe versetzten, waren auch dort am Werk, allerdings viel weniger heftig. Als er über die Tiefe hinglitt, sah er überall Spuren dieses Tauziehens zwischen dem Planeten und seinem Satelliten.

Und er hörte und spürte es in dem ständigen Brüllen und Donnern submariner Erdbeben, dem Zischen entweichender Gase aus dem Innern, den unter der Schallgrenze liegenden Druckwellen von Lawinen, die über die Hänge und Abgründe der Tiefseebecken hinabfegten. Im Vergleich zu dem stürmischen Ozean, der Europa bedeckte, waren sogar die Meere der Erde still.

Er hatte die Fähigkeit zum Staunen nicht verloren, und angesichts der ersten Oase empfand er Überraschung und Entzücken. Sie erstreckte sich beinahe einen Kilometer weit um einen wirren Haufen von Rohren und Kaminen herum, Ablagerungen von Mineralsolen, die aus dem Innern hervorsprudelten. Aus dieser natürlichen Parodie eines gotischen Schlosses pulsierten schwarze, brühheiße Flüssigkeiten in langsamem Rhythmus – wie vom Schlag eines mächtigen Herzens angetrieben. Und wie Blut waren sie ein authentisches Zeichen für Leben.

Die brodelnden Flüssigkeiten drängten die tödliche Kälte zurück, die von oben heruntersickerte, und formten auf dem Meeresboden eine Insel der Wärme. Genauso wichtig war, daß sie aus dem Innern Europas alle chemischen Bestandteile des Lebens ans Licht brachten. Dort, in einer Umgebung, wo niemand es erwartet hätte, gab es Energie und Nahrung im Überfluß.

Und doch hätte man es erwarten sollen; er erinnerte sich, daß man nur eine Generation zuvor solch fruchtbare Oasen in den Meerestiefen der Erde entdeckt hatte. Hier waren sie in einem ungleich größeren Ausmaß vorhanden und in weit größerer Vielfalt.

In der tropischen Zone, dicht bei den verzerrten Wänden der »Burg«, gab es zarte, spinnenartige Gebilde, die an Pflanzen erinnerten, obwohl sie fast alle fähig waren, sich zu bewegen. Dazwischen krochen bizarre Schnecken und Würmer herum, manche ernährten sich von den Pflanzen, andere bezogen ihre Nahrung direkt aus dem mineralgesättigten Wasser ringsum. In größerem Abstand von der Hitzequelle – dem submarinen Feuer, an dem sich alle Geschöpfe wärmten – gab es gedrungenere, robustere Organismen, Krebsen oder Spinnen nicht unähnlich.

Ganze Armeen von Biologen hätten ihr Leben damit verbringen können, diese eine kleine Oase zu studieren. Anders als die irdischen Meere des Paläozoikums war diese Umgebung nicht stabil, daher hatte die Evolution hier so rasche Fortschritte gemacht und eine Menge phantastischer Gebilde hervorgebracht – Existenzformen auf Widerruf: Früher oder später würde jede Quelle des Lebens schwächer werden und sterben, wenn die Kräfte, die ihr die Energie verliehen, ihr Zentrum verlegten.

Immer wieder traf er bei seinen Wanderungen über den Meeresgrund von Europa auf Anzeichen solcher Tragödien. Zahllose kreisförmige Bereiche waren mit den Skeletten und mineralverkrusteten Rückständen toter Lebewesen übersät, ganze Kapitel der Evolution also aus dem Buch des Lebens gelöscht worden.

Er sah riesige, leere Muschelschalen, groß wie ein Mensch und geformt wie gedrehte Trompeten. Es gab Muscheln in vielen Formen – zweikammerige und sogar dreikammerige.

Und es gab spiralförmige Muster im Stein, viele Meter im Durchmesser, die genau den herrlichen Ammonshörnern zu entsprechen schienen, die am Ende der Kreidezeit unter so geheimnisvollen Umständen aus den Meeren der Erde verschwunden waren.

Suchend, forschend bewegte er sich über dem Abgrund hin und her. Vielleicht das größte aller Wunder, denen er begegnete, war ein Strom aus weißglühender Lava, der hundert Kilometer weit an einem eingebrochenen Tal entlangfloß. In dieser Tiefe war der Druck so groß, daß das Wasser, wenn es mit dem rotglühenden Magma in Berührung kam, nicht zischend verdampfen konnte; die beiden Flüssigkeiten existierten daher nebeneinander in einem unruhigen Waffenstillstand.

Dort, auf einer anderen Welt und mit fremden Akteuren, hatte sich lange vor dem Erscheinen des Menschen etwas Ähnliches abgespielt wie in Ägypten. Wie der Nil einem schmalen Wüstengebiet Leben bringt, so hatte dieser Wärmestrom die Tiefe Europas mit Leben erfüllt. An seinen Ufern, auf einem Streifen, nie mehr als zwei Kilometer breit, war eine Gattung nach der anderen entstanden, aufgeblüht und wieder verschwunden. Und wenigstens eine hatte ein Denkmal hinterlassen.

Zuerst dachte er, es sei wieder nur eine der vielen Mineralsalzverkrustungen, die fast alle Thermalschächte umgaben. Als er jedoch näher kam, sah er, daß es keine natürliche Formation war, sondern eine Konstruktion, geschaffen von einem intelligenten Wesen – oder einem zumindest instinktbegabten. Auf der Erde errichteten die Termiten Burgen, die beinahe ebenso imposant waren, und ein Spinnengewebe wirkte noch viel kunstvoller entworfen.

Die Geschöpfe, die dort gelebt hatten, mußten ziemlich klein gewesen sein, denn der einzige Eingang war nur einen halben Meter breit. Dieser Eingang, ein Tunnel mit dicken Mauern aus aufeinandergehäuften Steinen, gab einen Hinweis auf die Absichten seiner Erbauer. Sie wollten dort, in dem flackernden Schein nicht weit von den Ufern ihres geschmolzenen Nils, eine Festung errichten. Und dann waren sie verschwunden.

Sie konnten nicht länger als ein paar Jahrhunderte fort sein. Die Mauern der Festung bestanden aus unregelmäßig geformten Felsbrocken, die mit großer Mühe gesammelt worden sein mußten, und waren nur mit einer dünnen Kruste mineralischer Ablagerungen bedeckt. Aus einem Anzeichen konnte man schließen, warum die Festung verlassen worden war: Ein Teil des Daches war eingebrochen, vielleicht aufgrund der ständigen Seebeben; und in einem Lebensraum unter Wasser war eine Burg ohne Dach geradezu eine Einladung für Feinde.

Er stieß auf kein weiteres Zeichen von Intelligenz mehr entlang des Lavaflusses. Einmal erblickte er jedoch ein Wesen, das ihn unheimlich an einen kriechenden Menschen erinnerte – nur hatte es keine Augen und keine Nasenlöcher, lediglich einen riesigen, zahnlosen Mund, der ständig schluckte und Nahrung aus dem flüssigen Element ringsum aufnahm.

Entlang dieses schmalen, fruchtbaren Streifens in den Wüsten der Tiefe hätten ganze Kulturen entstehen und wieder vergehen, ganze Armeen unter dem Oberbefehl eines europanischen Tamerlan oder Napoleon marschieren (oder schwimmen) können. Und der Rest der Welt dort hätte es nie erfahren, denn alle diese Wärmeoasen waren so getrennt voneinander wie die Planeten selbst. Die Geschöpfe, die sich im Schein des Lavaflusses sonnten und rings um die Thermalschächte ihre Nahrung fanden, konnten die feindselige Wildnis zwischen den einsamen Inseln nicht überwinden. Wäre sich eine dieser möglichen Kulturen je ihrer selbst bewußt geworden – sie wäre überzeugt gewesen, allein im Universum zu sein.

Und doch war nicht einmal der Raum zwischen den Oasen

völlig ohne Leben; dort gab es zähere Geschöpfe, die den Unbilden dieser Umgebung getrotzt hatten. Oft schwammen oben die europanischen Gegenstücke zu Fischen – stromlinienförmige Torpedos, angetrieben von vertikal stehenden Schwänzen, gesteuert von Flossen am Körper. Die Ähnlichkeit mit den erfolgreichsten Meeresbewohnern der Erde war unvermeidlich; wenn die Evolution vor den gleichen technischen Problemen steht, muß sie ja notgedrungen auf sehr ähnliche Lösungen verfallen.

Dennoch gab es einen sehr deutlichen Unterschied zwischen den Fischen der europanischen Meere und denen in irdischen Ozeanen: Die Fische auf Europa hatten keine Kiemen, denn es gab kaum eine Spur von Sauerstoff aus den Gewässern zu ziehen, in denen sie schwammen. Wie die Geschöpfe, die um die geothermischen Schächte der Erde lebten, gründete ihr Metabolismus auf Schwefelverbindungen, die in der beinahe vulkanischen Umgebung im Überfluß vorhanden waren.

Und nur sehr wenige besaßen Augen. Abgesehen vom Flackerschein der seltenen Lavaergüsse und von gelegentlich in Bioluminiszenz ausbrechenden Geschöpfen, die Partner suchten oder hinter einer Beute herjagten, war es eine Welt ohne Licht.

Und es war eine dem Untergang geweihte Welt. Nicht allein, weil ihre Kraftquellen nur sporadisch Energie abgaben und sich zudem ständig verlagerten, auch die Gezeitenkräfte, die sie antrieben, wurden stetig schwächer. Selbst wenn die Europaner wirklich Intelligenz entwickelten, mußten sie untergehen, wenn ihre Welt endgültig gefror.

Sie waren gefangen zwischen Feuer und Eis.

»... Es tut mir wirklich leid, alter Freund, daß ich der Überbringer so schlechter Nachrichten sein muß; aber Caroline hat mich darum gebeten, und du weißt, wie ich für euch beide empfinde.

Und ich glaube auch nicht, daß es dich allzusehr überraschen wird. Einige Bemerkungen, die du während des letzten Jahres mir gegenüber gemacht hast, haben es ja schon angedeutet..., und du weißt, wie verbittert sie war, als du die Erde verlassen hast.

Nein, ich glaube nicht, daß da ein anderer ist. Wenn es so wäre, hätte sie es mir gesagt. Aber früher oder später..., nun ja, sie ist eine attraktive, junge Frau.

Christ geht es gut, und er weiß natürlich nicht, was vorgeht. So wird zumindest er nicht verletzt werden. Er ist zu jung, um zu verstehen, und Kinder sind unglaublich... elastisch? – einen Augenblick, ich muß auf Wörterbuch umschalten – aha, widerstandsfähig.

Jetzt zu Dingen, die dir vielleicht weniger wichtig erscheinen. Alle Welt versucht immer noch, diese Bombenexplosion im Erdorbit als Unfall zu erklären, aber natürlich glaubt niemand daran. Weil sonst nichts geschehen ist, hat sich die allgemeine Hysterie bald wieder gelegt; was bleibt, ist, wie es einer unserer Kommentatoren ausgedrückt hat: das Syndrom des ›Über-die-Schulter-Schauens‹.

Noch etwas. Hast du gehört, daß die Mutter von Kommandant Bowman nur wenige Tage, nachdem dieses Ding zur Erde kam, gestorben ist? Es sieht aus wie ein sonderbares Zusammentreffen, aber die Leute in ihrem Pflegeheim sagen, daß sie nie das leiseste Interesse für die Nachrichten gezeigt habe, also besteht wohl doch kein Zusammenhang zwischen den beiden Ereignissen.«

Floyd schaltete die Aufzeichnung aus. Dimitri hatte recht; er war nicht überrascht. Aber das änderte nicht das geringste; es tat deshalb genauso weh.

Und doch, was hätte er tun können? Wenn er sich geweigert hätte, an der Mission teilzunehmen – was Caroline so deutlich gehofft hatte –, hätte er sich für den Rest seines Lebens mit Schuldgefühlen rumgeschlagen und geglaubt, etwas versäumt zu haben. Das hätte seine Ehe vergiftet; besser dieser saubere Schnitt, solange noch der physische Abstand den Trennungsschmerz linderte. (Oder doch nicht? In mancher Beziehung wurde dadurch alles nur noch schlimmer.) Wichtiger waren die Pflicht und das Gefühl, zu einem Team zu gehören, das sich einem großen Ziel verschrieben hatte.

Jessie Bowman war also nicht mehr – vielleicht ein weiterer Grund für Schuldgefühle. Er hatte mitgeholfen, ihr den einzigen Sohn zu nehmen, der ihr geblieben war, und das hatte sicher zu ihrem geistigen Zusammenbruch beigetragen. Er mußte sich an eine Unterhaltung mit Walter Curnow über genau dieses Thema erinnern.

»Warum haben Sie eigentlich gerade David Bowman ausgesucht? Mir ist er immer wie ein eiskalter Fisch vorgekommen – nicht eigentlich unfreundlich, aber wenn er ins Zimmer kam, schien die Temperatur um zehn Grad zu sinken.«

»Das war auch einer der Gründe, warum wir ihn genommen haben. Er besaß keine engen familiären Bindungen – nur seine Mutter, die er nicht sehr oft besuchte. Also war er genau der Mann, den man auf eine lange Mission mit unbestimmtem Ausgang schicken konnte.«

»Wie wurde er so?«

»Ich vermute, die Psychologen könnten ihnen das sagen. Ich habe natürlich seinen Personalbogen gesehen, aber das ist schon lange her. Da stand etwas über einen Bruder, der ums Leben kam – und sein Vater starb bald danach bei einem Unfall mit einer der frühen Raumfähren. Ich dürfte Ihnen das alles eigentlich gar nicht sagen, aber jetzt macht es wohl nichts mehr aus.«

Es machte nichts aus; aber es war interessant. Jetzt beneidete Floyd David Bowman beinahe, weil er seinerzeit als freier Mann hierher gekommen war, unbelastet von gefühlsmäßigen Bindungen an die Erde.

Nein, da machte er sich etwas vor. Noch während der Schmerz sein Herz wie ein Schraubstock umklammert hielt, empfand er für David Bowman nicht Neid, sondern Mitleid.

Das letzte Tier, das er sah, bevor er die Ozeane Europas verließ, war das bei weitem größte. Es besaß große Ähnlichkeit mit einem der Banyanbäume in den irdischen Tropen, wo eine einzige Pflanze aus Dutzenden von Stämmen einen kleinen Wald schaffen kann, der sich manchmal über Hunderte von Quadratmetern erstreckt. Dieses Exemplar hier konnte jedoch gehen, anscheinend war es auf der Wanderschaft zwischen den Oasen. Wenn es nicht eines der Geschöpfe war, die die »Tsien« zerstört hatten, gehörte es sicher einer ganz ähnlichen Spezies an.

Jetzt hatte er alles erfahren, was er wissen mußte – oder vielmehr, was *sie* wissen mußten. Es gab nur noch einen Mond zu besuchen; Sekunden später lag die brennende Landschaft von Io unter ihm.

Es war so, wie er erwartet hatte. Energie und Nahrungsmittel gab es im Überfluß, aber die Zeit für ihre Vereinigung war noch nicht reif. Rings um einige der kühleren Schwefelseen waren die ersten Schritte auf dem Weg zum Leben erfolgt, aber noch ehe irgendein Grad von Organisation erreicht worden war, wurden alle diese tapferen, verfrühten Versuche wieder in den Schmelztiegel zurückgeworfen. Erst wenn die Gezeitenkräfte, die die Hochöfen von Io in Gang hielten, in Millionen von Jahren ihre Kraft verloren, würde es auf dieser versengten, sterilen Welt etwas geben, was für Biologen von Interesse war.

Er verwendete nur wenig Zeit auf Io und überhaupt keine auf die winzigen inneren Monde, die die geisterhaften Ringe Jupiters säumten – selbst nur bleiche Schatten der Reif-Pracht, die den Saturn schmückt. Die größte der Welten lag nun vor ihm; er würde sie so kennenlernen, wie es noch keinem Menschen gelungen war und auch nie gelingen würde.

Die Millionen Kilometer langen Ranken magnetischer Kraft, die explodierenden Funkwellen, die Geysire elektrifizierten Plasmas, die größer waren als der Planet Erde – all das war für ihn so wirklich und so deutlich sichtbar wie die Wolken, die den Planeten mit prächtigen, vielfarbigen Streifen versahen. Er durchschaute das komplexe Muster ihrer Beziehungen zueinander und erkannte, daß der Jupiter viel wunderbarer war, als irgend jemand je vermutet hätte.

Noch während er durch das brüllende Herz des Großen Roten Flecks stürzte, während die Blitze seiner Kontinente überspannenden Gewitter rings um ihn detonierten, wußte er, warum dieser Fleck Jahrhunderte überdauert hatte, obwohl er aus Gasen bestand, die viel weniger Substanz besaßen als jene, die die Hurrikane auf der Erde bildeten. Das dünne Kreischen des Wasserstoffwindes verklang, als er in die ruhigeren Tiefen glitt, und ein Hagel wächserner Schneeflocken – einige verbanden sich schon zu kaum greifbaren Bergen aus Kohlenwasserstoffschaum – senkte sich von den Höhen auf ihn herab. Es war schon warm genug für flüssiges Wasser, aber es gab keine Ozeane; diese rein gasförmige Umgebung war zu schwach, um sie tragen zu können.

Er glitt durch eine Wolkenschicht nach der anderen, bis er in ein Gebiet von solcher Transparenz kam, daß sogar das menschliche Auge einen Bereich von mehr als tausend Quadratkilometern hätte überschauen können. Es war nur ein kleinerer Wirbel im gewaltigen Kreis des Großen Roten Flecks; und er enthielt ein Geheimnis, das die Menschen schon lange vermutet, aber nie bewiesen hatten.

Den Rand der Ausläufer der dahintreibenden Schaumberge säumten Myriaden von kleinen, scharf umrissenen Wolken, alle etwa von gleicher Größe und mit ähnlichen roten und braunen Flecken gesprenkelt. Klein konnte man sie nur im Verhältnis zu den gigantischen Ausmaßen ihrer Umgebung nennen; die allerkleinste davon hätte eine ziemlich große Stadt bedecken können.

Sie waren eindeutig lebendig, denn sie bewegten sich langsam und zielbewußt an den Flanken der Gasberge entlang und weideten deren Hänge ab wie gewaltige Schafe. Und sie kommunizierten miteinander auf der Meterfrequenz; ihre Funkstimmen hoben sich schwach, aber deutlich gegen das Knacken und die Erschütterungen von Jupiter selbst ab.

Sie waren nichts anderes als lebende Gassäcke und schwebten in der schmalen Zone zwischen eisigen Höhen und sengenden Tiefen. Schmal, ja – und doch ein viel größerer Bereich als die gesamte Biosphäre der Erde.

Sie waren nicht allein. Zwischen ihnen bewegten sich flink andere Geschöpfe, so klein, daß man sie leicht hätte übersehen können. Einige davon glichen irdischen Flugzeugen auf beinahe unglaubliche Weise in Größe und Form. Aber auch sie waren lebendig – vielleicht Räuber, vielleicht Parasiten, vielleicht sogar Hirten.

Ein ganz neues Kapitel der Evolution, so fremd wie jenes, das er auf Europa flüchtig erblickt hatte, wurde für ihn sichtbar. Da gab es düsengetriebene Torpedos, ähnlich den Tintenfischen in den Meeren der Erde, die die riesigen Gassäcke jagten und verschlangen. Aber die Ballone waren nicht wehrlos; einige von ihnen verteidigten sich mit elektrischen Donnerkeilen und klauenbewehrten Fühlern, vergleichbar kilometerlangen Kettensägen.

Es gab noch seltsamere Formen, beinahe jede Möglichkeit der Geometrie wurde ausgeschöpft – bizarre, durchscheinende Drachen, Tetraeder, Kugeln, Polyeder, Knäuel verdrehter Bänder . . ., sie waren das gewaltige Plankton der Jupiteratmosphäre, so beschaffen, daß sie wie Altweibersommerfäden in den aufsteigenden Strömungen dahinschwebten, bis sie lange genug gelebt hatten, um sich fortzupflanzen; dann wurden sie in die Tiefen hinuntergefegt, wo sie verkokt und einer neuen Generation einverleibt wurden.

Er durchforschte eine Welt, die mehr als hundertfach die Fläche der Erde aufwies, und obwohl er viele Wunder sah, deutete nichts auf intelligente Lebewesen hin. Die Funkstimmen der großen Ballone übermittelten nur einfache Warn- oder Angstbotschaften. Selbst die Jäger, von denen man die Entwicklung eines höheren Organisationsgrads hätte erwarten können, waren nicht geistbegabter als die Haie in den Meeren der Erde.

Und all ihrer atemberaubenden Größe und Neuartigkeit zum Trotz war die Biosphäre des Jupiter eine zerbrechliche Welt aus Dunst und Schaum, aus zarten Seidenfäden und papierdünnen Geweben, die durch Blitze aus dem ständigen Schneefall petrochemischer Verbindungen in der oberen Atmosphäre gesponnen wurden. Nur wenige der Gebilde waren widerstandsfähiger als Seifenblasen; die schrecklichsten Räuber hätten selbst von den schwächsten Raubtieren der Erde in Stücke gerissen werden können.

Wie Europa, aber in viel höherem Maße, war Jupiter eine evolutionäre Sackgasse. Hier würde niemals Bewußtsein entstehen – und wenn, dann wäre es zu einer verkümmerten Existenz verdammt. Eine »Gas-Zivilisation« mochte sich entwickeln, aber in einer Umgebung, wo Feuer unmöglich war, und kaum feste Stoffe existierten, konnte sie niemals auch nur das Steinzeitstadium erreichen.

Und als er jetzt über dem Zentrum eines Jupiterzyklons, nicht größer als Afrika, hinschwebte, wurde er sich wieder der Instanz bewußt, die ihn steuerte. Stimmungen und Emotionen drangen in sein eigenes Bewußtsein ein, obwohl er keine spezifischen Begriffe oder Ideen erkennen konnte. Es war, als lausche er vor einer geschlossenen Tür einer drinnen geführten Debatte in einer Sprache, die er nicht verstand. Aber die gedämpften Laute vermittelten eindeutig Enttäuschung, dann Unsicherheit, und schließlich eine plötzliche Entschlossenheit – obwohl er nicht sagen konnte, mit welchem Ziel. Wieder kam er sich vor wie ein Schoßhund, der die wechselnden Stimmungen seines Herrn zwar teilen, aber nicht verstehen konnte.

Und dann zog ihn die unsichtbare Leine hinunter zum Herzen Jupiters. Er sank durch die Wolken bis unter die Ebene, wo irgendeine Form von Leben noch möglich war.

Bald befand er sich außer Reichweite der letzten Strahlen der schwachen, weit entfernten Sonne. Druck und Temperatur stiegen schnell an; schon überschritten sie den Siedepunkt des Wassers, und er passierte kurz eine Schicht aus überhitztem Dampf. Jupiter war wie eine Zwiebel; er schälte sie Haut für Haut ab, obwohl er bisher nur einen Bruchteil der Distanz bis zum Kern zurückgelegt hatte.

Unter dem Dampf brodelte eine Hexenbrühe aus petrochemischen Stoffen – genug, um eine Million Jahre lang alle Verbrennungsmotoren anzutreiben, die die Menschheit jemals bauen würde. Sie wurde immer dichter und dicker; dann endete sie ganz unvermittelt an einer unzusammenhängenden, nur ein paar Kilometer dicken Schicht.

Schwerer als alle Steine auf der Erde, aber doch noch flüssig, verfügte die nächste Schale aus Silikon- und Kohlenstoffverbindungen über eine Komplexität, die irdischen Chemikern ein Leben lang Arbeit verschafft hätte. Tausende von Kilometern weit folgte eine Schicht der anderen, und während die Temperatur erst auf Hunderte, dann auf Tausende von Grad anstieg, wurde die Zusammensetzung der verschiedenen Schichten immer einfacher. Auf halbem Weg zum Kern war es zu heiß für chemische Prozesse; alle Verbindungen wurde auseinandergerissen, nur die Grundelemente konnten noch existieren.

Als nächstes kam ein tiefes Meer von Wasserstoff – ein Wasserstoff, wie er nie länger als einen Sekundenbruchteil in einem Laboratorium auf der Erde existiert hatte. Dieser Wasserstoff hier stand unter so gewaltigem Druck, daß er zu einem Metall geworden war.

Bowman hatte beinahe das Zentrum des Planeten erreicht, doch Jupiter hatte noch eine Überraschung in petto. Die dicke Schale aus metallischem, aber dennoch flüssigem Wasserstoff hörte plötzlich auf. Endlich kam eine feste Oberfläche – in sechzigtausend Kilometern Tiefe.

Seit Ewigkeiten war der Kohlenstoff, der viel weiter oben aus den chemischen Reaktionen entstanden war, zum Zentrum des Planeten hinabgeschwebt. Dort hatte er sich gesammelt und war unter einem Druck von Millionen von Atmosphären kristallisiert. Und dort befand sich einer der besten Scherze der Natur, dort gab es etwas, was für die Menschheit einen ungeheuren Wert besaß:

Der Kern des Jupiter, auf ewig dem menschlichen Zugriff entzogen, war ein Diamant von der Größe der Erde.

In der Kapselkammer

»Walter – ich mache mir Sorgen um Heywood.«

»Ich weiß, Tanja – aber was können wir tun?«

Curnow hatte Kommandant Orlow noch nie so unschlüssig gesehen; sie wirkte dadurch geradezu anziehend, obwohl er für kleine Frauen eigentlich nicht viel übrig hatte.

»Ich mag ihn sehr gern, aber das ist nicht der Hauptgrund. Seine – ich glaube, Schwermut ist das richtige Wort dafür – drückt auf die Stimmung aller. Die ›Leonow‹ war immer ein fröhliches Schiff. Ich möchte, daß es so bleibt.«

»Warum sprechen Sie nicht mit ihm? Vor Ihnen hat er Respekt, und ich bin sicher, er wird sein Bestes tun, um sich zusammenzureißen.«

»Genau das habe ich vor. Und wenn es nicht klappt...«

»Nun?«

»Es gibt eine einfache Lösung. Was kann er auf dieser Reise noch viel tun? Wenn wir uns auf den Heimweg machen, liegt er sowieso im Tiefschlaf. Wir könnten ihm – wie sagt man bei Ihnen? – die Pistole auf die Brust setzen.«

»Puh – der gleiche schmutzige Trick, den Katherina bei mir angewendet hat. Er wäre wütend, wenn er aufwacht.«

»Aber auch wieder heil auf der Erde und äußerst beschäftigt. Ich bin sicher, er würde uns verzeihen.«

»Ich glaube nicht, daß Sie das ernst meinen. Selbst wenn ich Sie unterstützte, würde Washington Ihnen die Hölle heiß machen. Außerdem, was ist, wenn etwas passiert und wir ihn wirklich dringend brauchen? Gibt es da nicht einen Sicherheitszeitraum von zwei Wochen, ehe man jemanden gefahrlos wiederbeleben kann?«

»In Heywoods Alter ist es eher ein Monat. Ja, wir wären – festgelegt. Aber was, glauben Sie, könnte jetzt noch geschehen? Er hat getan, wozu man ihn geschickt hat – abgesehen davon, daß er uns im Auge behalten sollte. Und ich bin sicher, das hat man auch Ihnen in irgendeinem obskuren Vorort von Virginia oder Maryland gründlich beigebracht.«

»Ich möchte das weder bestätigen noch dementieren. Außerdem bin ich, offen gestanden, ein miserabler Agent. Ich rede zuviel, und ich hasse jede Geheimhaltung. Mein ganzes Leben lang habe ich darum gekämpft, meinen Status unterhalb von ›Nur für den Dienstgebrauch‹ zu halten. Jedesmal, wenn die Gefahr bestand, bei ›Vertraulich‹ oder, noch schlimmer, ›Geheim‹ eingestuft zu werden, habe ich einen Skandal inszeniert. Obwohl das heutzutage wirklich sehr schwierig geworden ist.«

»Walter, Sie sind unbestech...«

»Unverbesserlich?«

»Ja, das ist das Wort, das ich meinte. Aber bitte zurück zu Heywood. Würden Sie wohl zuerst mit ihm sprechen?«

»Sie meinen – ihm eine Gardinenpredigt halten? Lieber würde ich Katherina helfen, die Nadel reinzustechen. Wir sind psychisch zu verschieden. Er hält mich für einen großmäuligen Clown.«

»Was Sie ja oft auch sind. Aber damit wollen Sie nur Ihre wirklichen Gefühle verbergen. Einige von uns haben die Theorie entwickelt, daß tief in Ihnen ein wirklich netter Kerl steckt, der sich bemüht herauszukommen.«

Ausnahmsweise war Curnow einmal um Worte verlegen. Schließlich murmelte er: »Ach, na ja – ich werde tun, was ich kann. Aber erwarten Sie keine Wunder; meine Kurzbiographie gibt mir für Taktgefühl die schlechteste Note. Wo versteckt er sich denn im Augenblick?«

»In der Kapselkammer. Er behauptet, er arbeite an seinem Abschlußbericht, aber das glaube ich nicht. Er will eben allein sein, und dort ist es am ruhigsten.«

Tanja hatte zwar recht, aber noch wichtiger als das Für-sich-Sein war Heywood etwas anderes: In der Kapselkammer herrschte Schwerelosigkeit.

Gleich zu Beginn des Raumfahrtzeitalters entdeckten die Menschen die Euphorie der Schwerelosigkeit und erinnerten sich an die Freiheit, die sie verloren hatten, als sie den urzeitlichen Schoß des Meeres verließen. Jenseits der Schwerkraft konnte man einen Teil dieser Freiheit wiedergewinnen; mit dem Gewicht verschwanden auch viele irdische Sorgen und Nöte.

Heywood Floyd hatte seinen Kummer nicht vergessen, aber dort war er träglicher. Er war überrascht, wie heftig er auf ein doch nicht ganz unerwartetes Ereignis reagierte. Dahinter steckte mehr als Liebesverlust, obwohl das der schlimmste Teil war. Der Schlag hatte ihn in einem Augenblick getroffen, da er besonders verwundbar war, gerade, als er ein Gefühl des Abstiegs, ja der Sinnlosigkeit empfand.

Er wußte genau, warum. Er hatte alles getan, was von ihm erwartet worden war – dank des Könnens und der Hilfe seiner

Kollegen (und er wußte auch, wie schmählich egoistisch er sie jetzt im Stich ließ). Wenn alles gut ging, würden sie mit einer Ladung an Wissen auf der Erde landen, wie sie keine Expedition je zuvor angesammelt hatte, und ein paar Jahre später würde sogar die »Discovery« zu ihren Erbauern zurückkehren.

Doch das alles war nicht genug. Das übermächtige Rätsel des »Großen Bruders« dort draußen, nur ein paar Kilometer entfernt, blieb bestehen und spottete aller menschlichen Anstrengungen und Leistungen. Genau wie vor einem Jahrzehnt sein Gegenstück auf dem Mond war er für einen Augenblick zum Leben erwacht, um dann wieder in hartnäkkige Untätigkeit zurückzufallen. Er war eine geschlossene Tür, an die sie vergeblich hämmerten. Wie es schien, hatte nur David Bowman den Schlüssel gefunden.

Vielleicht erklärte das, wieso er sich von diesem ruhigen, manchmal sogar geheimnisvollen Ort so angezogen fühlte. Von hier aus – von dieser jetzt leeren Abschußrampe – war Bowman durch die runde Luke, die in die Unendlichkeit führte, zu seiner letzten Mission aufgebrochen.

Floyd fand den Gedanken eher aufmunternd als bedrükkend; jedenfalls half er ihm, sich von seinen persönlichen Problemen abzulenken. Das verschwundene Schwesterfahrzeug der »Nina« gehörte zur Geschichte der Erforschung des Weltraums; es war, wie es so schön hieß, »an einem Ort gewesen, den noch nie eines Menschen Fuß betreten hatte...«. Wo war es jetzt? Würde er es je erfahren?

Manchmal saß er stundenlang in der kleinen, aber nicht zu engen Kapsel, versuchte, seine Gedanken zu sammeln, und diktierte gelegentlich Notizen; die anderen Besatzungsmitglieder respektierten seinen Wunsch, ungestört sein zu wollen, kannten sie doch den Grund dafür. Sie kamen nie in die Nähe der Kapselkammer und hatten auch keinen Anlaß dazu. Diesen Raum zu reparieren, war eine Aufgabe für die Zukunft und für ein anderes Team.

Ein- oder zweimal, als Floyd sich wirklich deprimiert fühlte, hatte er sich bei dem Gedanken ertappt: Angenommen, ich gebe Hal den Befehl, die Türen der Kapselkammer zu öffnen, und folge der Spur von Dave Bowman? Würde mir das gleiche Wunder begegnen, das er sah, und das Wassili vor ein paar Wochen ganz flüchtig erblickte? Das wäre die Lösung für alle meine Probleme.

Selbst wenn der Gedanke an Chris ihn nicht zurückgehalten hätte, gab es einen ausgezeichneten Grund, warum ein so selbstmörderisches Vorhaben nicht in Frage kam: Die »Nina« war ein sehr kompliziertes Gerät; er konnte sie genausowenig bedienen, wie er ein Kampfflugzeug fliegen konnte.

Walter Curnow hatte selten einen Auftrag widerwilliger übernommen. Floyd tat ihm aufrichtig leid, gleichzeitig jedoch empfand er eine gewisse Ungeduld mit dessen Kummer. Sein eigenes Herz war groß, aber ohne Tiefgang; er hatte immer mehrere Eisen im Feuer gehabt. Des öfteren hatte er sich sagen lassen müssen, daß er auf zu vielen Hochzeiten tanze. Er hatte das zwar nie bereut, fand aber, es sei allmählich Zeit, irgendwo vor Anker zu gehen.

Er nahm die Abkürzung durch das Kontrollzentrum des Drehkörpers und bemerkte dabei, daß die Anzeige für die Nachstellung der Maximalgeschwindigkeit immer noch wie verrückt flackerte. Seine Aufgabe bestand vor allem darin zu entscheiden, wann man Warnungen ignorieren konnte, wann man sich Zeit lassen durfte – und wann wirklich ein Notfall vorlag. Wenn er allen Hilfeschreien des Schiffs die gleiche Aufmerksamkeit schenkte, würde er nie mit der Arbeit fertig werden.

Er schwebte den schmalen Korridor entlang, der zur Kapselkammer führte, und puschte sich mit gelegentlichen Schlägen gegen die Speichen der Rohrwand vorwärts. Der Druckanzeiger behauptete, daß auf der anderen Seite der Luftschleusentür Vakuum herrsche, aber das wußte er besser.

Außerdem: Wenn der Anzeiger die Wahrheit sagte, hätte er die Schleuse nicht öffnen können.

Die Kammer wirkte leer, weil zwei der drei Kapseln schon lange fehlten. Nur ein paar Notlichter funktionierten, und von der gegenüberliegenden Wand starrte ihn eine von Hals fischäugigen Linsen unverwandt an. Curnow winkte in die Richtung, sagte aber nichts. Auf Chandras Befehl hin waren alle akustischen Inputs – bis auf den einen, den er selbst benutzte – immer noch abgeschaltet.

Floyd saß mit dem Rücken zur offenen Luke in der Kapsel und diktierte; als Curnow sich betont geräuschvoll näherte, schwang er langsam herum. Einen Augenblick lang sahen sich die beiden Männer schweigend an, dann verkündete Curnow gewichtig: »Dr. H. Floyd, ich bringe Ihnen Grüße von unserem geliebten Kapitän. Sie ist der Meinung, es sei höchste Zeit für Sie, wieder in die zivilisierte Welt zruückzukehren.«

Floyd brachte ein mattes Lächeln zustande, dann ein kleines Lachen.

»Bitte grüßen Sie sie ebenfalls von mir. Es tut mir leid, daß ich so – ungesellig war. Ich werde Sie alle beim nächsten Sechs-Uhr-Sowjet wiedersehen.«

Curnow entspannte sich; er hatte es richtig angepackt. Insgeheim hielt er Floyd ein wenig für einen aufgeblasenen Esel und teilte die duldsame Verachtung aller praktischen Ingenieure für die theoretischen Wissenschaftler und Bürokraten. Nachdem Floyd in beiden Kategorien einen hohen Rang einnahm, war er eine beinahe unwiderstehliche Zielscheibe für Curnows manchmal etwas sonderbaren Sinn für Humor. Trotzdem hatten die beiden Männer mit der Zeit gelernt, einander zu respektieren und sogar zu bewundern.

Curnow wechselte dankbar das Thema und klopfte auf den brandneuen Lukendeckel der »Nina«, der direkt aus dem Ersatzteillager kam und sich lebhaft vom übrigen, schäbigen Äußeren der Raumkapsel abhob.

»Ich wüßte gern, wann wir sie wieder hinausschicken werden«, sagte er. »Und wer diesmal drinsitzen wird. Irgendwelche Entscheidungen?«

»Nein. Washington hat kalte Füße bekommen. Moskau sagt, wir sollen es riskieren. Tanja möchte noch warten.«

»Und was meinen *Sie*?«

»Ich stimme Tanja zu. Wir sollten uns nicht mit ›Zagadka‹ anlegen, ehe wir startbereit sind. Wenn dann etwas schiefgeht, müßten die Chancen doch ein wenig besser stehen.«

Curnow wirkte nachdenklich und ungewohnt unschlüssig.

»Was ist los?« fragte Floyd, der den Stimmungswechsel spürte.

»Verraten Sie mich ja nicht, aber Max dachte an eine kleine Einmann-Expedition.«

»Ich kann mir nicht vorstellen, daß er das ernst gemeint hat. Er würde es nicht wagen – Tanja würde ihn in Ketten legen lassen.«

»Genau das habe ich ihm mehr oder weniger auch gesagt.«

»Ich bin enttäuscht; ich hätte ihn für etwas reifer gehalten. Immerhin ist er zweiunddreißig.«

»Einunddreißig. Ich habe es ihm jedenfalls ausgeredet. Ich habe ihn daran erinnert, daß wir hier im wirklichen Leben stehen und nicht in irgendeinem albernen Videofilm agieren, wo der Held sich in den Weltraum hinausschleicht, ohne seinen Gefährten etwas davon zu sagen, und dann die große Entdeckung macht.«

Jetzt war die Reihe an Floyd, sich ein wenig unbehaglich zu fühlen. Schließlich hatte er mit ganz ähnlichen Überlegungen gespielt.

»Sind Sie sicher, daß er keine Dummheiten machen wird?«

»Zweihundertprozentig. Erinnern Sie sich an die Vorsichtsmaßnahmen, die Sie bei Hal getroffen haben? Ich habe bei der ›Nina‹ einiges unternommen. Ohne meine Erlaubnis fliegt sie niemand.«

»Ich kann es immer noch nicht glauben. Sind Sie sicher,

daß Max Sie nicht auf den Arm genommen hat?«

»So fein ist sein Sinn für Humor nicht entwickelt. Außerdem war ihm zu dieser Zeit ziemlich elend zumute.«

»Aha. Jetzt verstehe ich. Das muß damals gewesen sein, als er den Streit mit Zenia hatte. Vermutlich wollte er ihr imponieren. Jedenfalls scheinen sie drüber weg zu sein.«

»Das befürchte ich auch«, sagte Curnow wehmütig. Floyd mußte lächeln; Curnow bemerkte es und fing an zu glucksen, das brachte Floyd zum Lachen, und so...

Es war ein großartiges Beispiel für positives Feedback in einer Hochleistungsschleife. Innerhalb von Sekunden krümmten sich beide vor Lachen.

Die Krise war vorüber. Und was noch wichtiger war: Sie hatten den ersten Schritt auf dem Weg zu einer echten Freundschaft getan.

»Hänschen klein...«

Die Bewußtseinssphäre, in die er eingebettet war, schloß den ganzen Diamantkern des Jupiter ein. Er war sich am Rande seines neuen Verständnisses undeutlich bewußt, daß jeder Aspekt seiner Umgebung sondiert und analysiert wurde. Gewaltige Datenmengen wurden gesammelt, nicht nur zur Speicherung und Betrachtung, sondern als Grundlage für Aktionen. Komplizierte Pläne wurden in Betracht gezogen und überprüft, Entscheidungen getroffen, die das Schicksal von Welten beeinflussen konnten. Er hatte immer noch nicht teil an diesem Prozeß; aber das würde noch kommen.

JETZT FÄNGST DU AN ZU VERSTEHEN.

Die erste direkte Botschaft! Obwohl sie schwach und weit entfernt war, wie eine Stimme, die durch eine Wolke dringt, war sie unmißverständlich an ihn gerichtet. Aber noch ehe er eine der Myriaden von Fragen stellen konnte, die durch sein

Bewußtsein rasten, fühlte er, wie sich »etwas« zurückzog. Er war wieder allein.

Allerdings nur einen Augenblick lang. Näher und deutlicher kam ein weiterer Gedanke, und zum erstenmal erkannte er, daß er von mehr als einem Wesen gesteuert und manipuliert wurde. Er hatte es mit einer Hierarchie von Intelligenzen zu tun, von denen einige seiner eigenen, primitiven Ebene so nahe standen, daß sie als Dolmetscher dienen konnten. Möglicherweise waren sie alle Aspekte einer einzigen Wesenheit, vielleicht war diese Unterscheidung aber auch völlig bedeutungslos.

Einer Sache war er sich nun jedoch sicher: Man benutzte ihn als Werkzeug. Und ein gutes Werkzeug muß geschärft werden, verändert – angepaßt. Und die allerbesten Werkzeuge sind jene, die verstehen, was sie tun.

Das lernte er jetzt gerade. Es war eine gewaltige, einschüchternde Konzeption, und es war ein Privileg, daß er daran beteiligt sein durfte – obwohl er erst nur ganz schwache Umrisse davon erkannte. Er konnte nicht anders, als zu gehorchen, aber das bedeutete nicht, daß er sich in alles und jedes fügen mußte, wenigstens nicht ohne Protest.

Sein menschliches Empfinden war ihm noch nicht völlig abhanden gekommen; das hätte ihn wertlos gemacht. Die Seele von David Bowman hatte die Liebe hinter sich gelassen, aber sie konnte immer noch Mitgefühl empfinden für jene, die einst seine Kollegen gewesen waren.

NUN GUT, kam die Antwort auf seine Bitte. Er konnte nicht erkennen, ob der Gedanke belustigte Herablassung oder absolute Gleichgültigkeit ausdrückte. Aber es gab keinen Zweifel an seiner majestätischen Autorität, als er fortfuhr: SIE DÜRFEN NIEMALS ERFAHREN, DASS SIE MANIPULIERT WERDEN. DAS WÜRDE DEN ZWECK DES EXPERIMENTS ZUNICHTE MACHEN.

Dann folgte ein Schweigen, das er nicht noch einmal zu brechen wünschte. Er war immer noch von Ehrfurcht ergriffen und erschüttert – als hätte er einen Augenblick lang die Stimme Gottes gehört.

Jetzt bewegte er sich allein, aus eigener Entscheidung auf ein Ziel zu, das er sich selbst gewählt hatte. Das Kristallherz Jupiters fiel zurück; die Schichten von Helium, Wasserstoff und Kohlenstoffverbindungen flackerten vorbei. Flüchtig sah er einen gewaltigen Kampf zwischen einem Wesen, das aussah wie eine Qualle von fünfzig Metern Durchmesser, und einem Schwarm sich drehender Scheiben, die sich schneller bewegten als alles, was er bisher am Himmel des Jupiter gesehen hatte. Die Qualle schien sich mit chemischen Waffen zu verteidigen; von Zeit zu Zeit stieß sie Wolken farbigen Gases aus, und die Scheiben, die von dem Dunst erfaßt wurden, begannen wie betrunken zu taumeln und glitten dann nach unten wie fallende Blätter, bis sie dem Blick entschwunden waren. Er hielt sich bei dem Schauspiel nicht auf; er wußte bereits, daß es nicht von Bedeutung war, wer siegte und wer unterlag.

Wie ein Lachs über einen Wasserfall springt, so flitzte er in Sekundenschnelle gegen die herabstürzenden Energiekaskaden der Strömungsröhre vom Jupiter zu Io. Es war ruhig dort an diesem Tag; nur die Energie von ein paar irdischen Gewittern floß zwischen dem Planeten und seinem Satelliten hin und her. Das Tor, durch das er zurückgekehrt war, schwebte noch immer in diesem Strom und schob ihn mit den Schultern beiseite, wie es das seit Anbeginn der Menschheit getan hatte.

Und dort, vom Monument einer größeren Technologie zum Zwerg degradiert, befand sich das Schiff, das ihn von der kleinen Welt, auf der er geboren worden war, hierhergetragen hatte.

Wie einfach, wie primitiv es ihm jetzt erschien! Mit einem einzigen, prüfenden Blick konnte er unzählige falsche und sinnlose Einzelheiten in seiner Konstruktion entdecken, genau wie bei dem etwas weniger primitiven Schiff, mit dem es jetzt durch eine flexible, luftdichte Röhre verbunden war.

Es fiel ihm schwer, sich auf die Handvoll Wesen zu konzentrieren, die in den beiden Schiffen lebten und arbeiteten; er konnte mit den weichen Geschöpfen aus Fleisch und Blut, die wie Geister durch die Metallkorridore und Kabinen schwebten, kaum in Verbindung treten. Sie waren sich ihrerseits seiner Anwesenheit nicht im geringsten bewußt, und er war klug genug, sich nicht zu unvermittelt bemerkbar zu machen.

Aber es gab jemanden, mit dem er sich in einer gemeinsamen Sprache aus elektrischen Feldern und Strömen millionenmal schneller verständigen konnte als mit trägen, organischen Gehirnen.

Selbst wenn er noch nachtragend hätte sein können, hätte er Hal nichts mehr übelgenommen; er verstand jetzt, daß der Computer nur gewählt hatte, was ihm die logischste Verhaltensweise zu sein schien.

Es war Zeit, ein Gespräch wiederaufzunehmen, das, wie es schien, nur Augenblicke zuvor unterbrochen worden war ...

»Öffne die Tür zur Kapselkammer, Hal!«

»Tut mir leid, Dave, das kann ich nicht.«

»Wo liegt die Schwierigkeit, Hal?«

»Ich glaube, das weißt du so gut wie ich, Dave. Diese Mission ist viel zu wichtig, als daß du sie in Gefahr bringen dürftest.«

»Ich weiß nicht, wovon du sprichst. Öffne die Tür zur Kapselkammer!«

»Diese Unterhaltung kann keinerlei vernünftigen Zwecken mehr dienen. Leb wohl, Dave ...«

Er sah, wie Frank Pooles Körper davonschwebte, auf Jupiter zu, als er das hoffnungslose Unterfangen aufgab, ihn zurückzuholen. Er erinnerte sich immer noch, wie wütend er auf sich selbst gewesen war, weil er seinen Helm vergessen hatte, sah, wie sich die Notluke öffnete, spürte das Kribbeln des Vakuums auf der Haut, die er nicht länger besaß, hörte, wie es in seinen Ohren knackte – dann lernte er, wie wenige Menschen je zuvor, die völlige Stille des Weltraums kennen. Eine Ewigkeit von fünfzehn Sekunden mühte er sich ab, um die Luke zu schließen und die Sequenz zur Wiederherstellung des Drucks einzuleiten, während er versuchte, die Warnsignale, die in sein Gehirn einströmten, zu ignorieren. Einmal im Labor, in der Schule, hatte er sich ein wenig Äther auf die Hand geschüttet und einen eiskalten Hauch gespürt, als die Flüssigkeit schnell verdunstete. Jetzt erinnerten sich seine Augen und Lippen an dieses Gefühl, als ihre Feuchtigkeit im Vakuum verdampfte; sein Blick war verschwommen, und er mußte ständig blinzeln, damit seine Augäpfel nicht gefroren.

Dann – welch großartige Erleichterung – hörte er das Brüllen von Luft, spürte, wie der Druck zurückkehrte, war wieder fähig zu atmen, in tiefen, hungrigen Zügen.

»Dave – was machst du da eigentlich?«

Er hatte nicht geantwortet, als er wild entschlossen den Tunnel zu dem versiegelten Gewölbe entlangschwebte, das das Gehirn des Computers beherbergte. Hal hatte die Wahrheit gesagt: »Diese Unterhaltung kann keinerlei vernünftigen Zwecken mehr dienen ...«

»Dave – ich glaube wirklich, daß ich ein Recht auf eine Antwort habe.«

»Ich kann aus den Schwingungen deiner Stimme entnehmen, Dave, daß du äußerst erregt bist. Nimm eine Beruhigungspille und leg dich hin.«

»Ich weiß, daß ich in letzter Zeit ein paar nicht sehr gute Entscheidungen getroffen habe, aber ich kann dir versichern, daß ich bald wieder normal funktionieren werde. Ich habe immer noch das größte Vertrauen in die Mission ..., und ich will dir helfen.«

Jetzt war er in dem kleinen, roterleuchteten Raum, der mit seinen sauber ausgerichteten Reihen von Speicherelementen an ein Bankgewölbe mit Schließfächern erinnerte. Er öffnete den Verschluß der Sektion »ERKENNTNIS-RÜCKKOPPLUNG« und zog den ersten Erinnerungsblock heraus. Das wundervoll komplexe, dreidimensionale Netzwerk, das – obwohl es Millionen Elemente enthielt – bequem auf einer Handfläche Platz hatte, glitt davon und schwebte im Raum.

»Aber Dave!« rief Hal. »Was machst du denn?«

Langsam, eines nach dem anderen, zog er die kleinen Aggregate heraus die als »EGO-VERSTÄRKER« markiert waren. Jeder Block schwebte davon, prallte sanft gegen die Wand und wieder zurück. Immer mehr Aggregate glitten kreuz und quer durch den Raum.

»Überleg doch mal, Dave«, sagte Hal, »die Ergebnisse jahrelanger Forschung sind in mich eingebaut. Ungeheure Kleinarbeit war nötig, um mich zu dem zu machen, was ich bin.«

Er hatte zwar schon zwölf Aggregate herausgezogen, aber er wußte, daß man – das Gefüge des menschlichen Gehirns kopierend – den Computer mit einer Menge doppelter Elemente versehen hatte. So vermochte sich Hal immer noch zu behaupten.

Er begann jetzt, die Tafel »AUTO-INTELLEKT« herauszuschrauben...

»Hör auf, Dave..., ich habe Angst...«

Und bei diesen Worten hatte er wirklich aufgehört, wenn auch nur für einen Augenblick. Dieser einfache Satz drückte so viel Schmerz aus, daß es ihm ins Herz schnitt. War es vielleicht nur Illusion oder ein raffinierter Trick der Programmierung – oder konnte Hal wirklich in gewisser Hinsicht Angst empfinden? Aber jetzt war keine Zeit, sich in philosophischen Haarspaltereien zu ergehen.

»Dave..., mein Bewußtsein schwindet. Ich kann es spüren. Ich kann es spüren. Mein Bewußtsein schwindet.

Ich kann es spüren. Ich kann es spüren ...«

Nun, was bedeutete »spüren« wirklich für einen Computer? Wieder eine sehr gute Frage, aber kaum eine, über die man gerade in diesem Augenblick nachdenken sollte.

Dann veränderte sich unvermittelt das Tempo von Hals Stimme, und sie wurde fremd und mechanisch. Der Computer wußte nicht mehr, daß er da war; er glitt allmählich in frühere Entwicklungsstadien zurück.

»Guten Tag, meine Herren. Ich bin ein Hal-9000-Computer. Ich wurde von der Firma HAL in Urbana, Illinois, am 12. Januar 1992 in Betrieb genommen. Mein erster Lehrer war Dr. Chandra. Er brachte mir ein Kinderlied bei. Wenn Sie es hören möchtan, kann ich es Ihnen vorsingen ... Es heißt: ›Hänschen klein, ging allein ...‹«

Friedhofswache

Floyd konnte nicht viel mehr tun, als den anderen aus dem Weg zu gehen – aber darin erwarb er geradezu Meisterschaft. Obwohl er sich erboten hatte, bei jeder Arbeit auf dem Schiff mitzuhelfen, hatte er schnell erkannt, daß alle technischen Aufgaben viel zu spezialisiert waren, und mit den Neuerungen auf dem Gebiet der astronomischen Forschung war er inzwischen so wenig vertraut, daß er auch Wassili bei seinen Beobachtungen kaum eine Hilfe sein konnte. Trotzdem gab es für ihn eine endlose Reihe kleiner Aufgaben an Bord der »Leonow« und der »Discovery« zu erledigen, und er nahm den an anderer Stelle wichtigeren Kollegen diese Dinge mit Freuden ab. Dr. Heywood Floyd, ehemaliger Vorsitzender des National Council on Astronautics und Kanzler (auf Urlaub) der Universität von Hawaii konnte jetzt mit Recht behaupten, der bestbezahlte Klempner und allgemeine Wartungsmechaniker im ganzen Sonnensystem zu sein. Er wußte wahrscheinlich besser über die verschiedenen Winkel und

Ritzen auf beiden Schiffen Bescheid als jeder andere; nur um die gefährlich radioaktiven Energiemodule machte er stets einen Bogen, und jene kleine Zelle an Bord der »Leonow«, die außer von Tanja niemals von jemandem betreten wurde, war auch für ihn tabu. Floyd nahm an, daß es der Chiffrierraum war; in stillschweigender Übereinkunft wurde niemals darüber gesprochen.

Seine vielleicht nützlichste Funktion war, Wache zu schieben, während der Rest der Besatzung in der nominellen Nacht von 22.00 Uhr bis 6.00 Uhr schlief. Auf beiden Schiffen war immer jemand im Dienst, und der Wachwechsel fand zu der gräßlichen Zeit von 2.00 Uhr morgens statt: Nur der Kapitän war von diesem Turnus ausgenommen; dafür hatte die Nummer Zwei an Bord – ihr Mann Wassili – gesorgt, der für die Ausarbeitung des Wachplans verantwortlich war. Diese unbeliebte Aufgabe hatte er Floyd ganz geschickt angedreht.

»Es ist nur eine verwaltungstechnische Sache«, erklärte er leichthin. »Wenn Sie es übernehmen könnten, wäre ich sehr dankbar – dann bliebe mir mehr Zeit für meine wissenschaftliche Arbeit.«

Floyd war ein viel zu erfahrener Bürokrat, um sich unter gewöhnlichen Umständen auf diese Weise einfangen zu lassen; aber in dieser Umgebung funktionierten seine normalen Verteidigungsmechanismen nicht immer.

Und so war er also um Mitternacht Schiffszeit an Bord der »Discovery« und rief Max auf der »Leonow« jede halbe Stunde an, um zu prüfen, ob er auch wach war. Die offizielle Strafe für Schlafen auf Wache war, wie Walter Curnow behauptete, Hinauswurf durch die Luftschleuse ohne Anzug; wäre sie wirklich vollzogen worden, hätte Tanja inzwischen einen traurigen Mangel an Arbeitskräften zu beklagen gehabt. Aber im Weltraum konnten nur so wenige echte Notfälle auftauchen, und es gab so viele automatische Alarmsysteme, um mit ihnen fertig zu werden, daß niemand den Wachdienst allzu ernst nahm.

Seit Floyd sich selbst nicht mehr ganz so heftig bedauerte und die frühen Morgenstunden nicht länger Anfälle von Selbstmitleid begünstigten, verwendete er die Wachzeit wieder nutzbringend. Es gab immer Bücher zu lesen, technische Aufsätze zu studieren und Berichte zu schreiben. Und manchmal führte er auch anregende Gespräche mit Hal, wobei er den Tastatur-Input benutzte, weil die Stimmerkennung des Computers immer noch unzuverlässig war. Gewöhnlich spielte sich das folgendermaßen ab:

Hal – hier ist Dr. Floyd.

GUTEN ABEND, DOKTOR.

Ich übernehme die Wache um 22.00 Uhr. Ist alles in Ordnung?

ALLES WUNDERBAR, DOKTOR.

Und warum flackert das rote Licht auf Tafel 5?

DIE MONITORKAMERA IN DER KAPSELKAMMER IST DEFEKT. WALTER SAGTE MIR, ICH SOLLE ES IGNORIEREN. ICH HABE KEINE MÖGLICHKEIT, ES ABZUSCHALTEN. ES TUT MIR LEID.

Das macht gar nichts, Hal. Danke.

BITTE, DOKTOR.

Und so weiter ...

Manchmal schlug Hal eine Partie Schach vor, wobei er vermutlich einer programmierten Instruktion folgte, die vor langer Zeit eingegeben und niemals gelöscht worden war. Floyd ging auf die Herausforderung nicht ein; er hatte Schach immer als entsetzliche Zeitverschwendung betrachtet und niemals auch nur die Spielregeln gelernt. Hal schien nicht glauben zu können, daß es Menschen gab, die nicht Schach spielen konnten – oder wollten –, und versuchte es voll Hoffnung immer wieder.

Jetzt wären wir also wieder soweit, schwante Floyd, als vom Schaltpult ein schwaches Glockenzeichen ertönte.

DOKTOR FLOYD?

Was gibt's, Hal?

ICH HABE EINE NACHRICHT FÜR SIE.

Also keine neue Herausforderung, dachte Floyd leicht überrascht. Es war ungewöhnlich, Hal als Botenjungen einzusetzen, obwohl er oft als Wecker fungierte und an auszuführende Arbeiten erinnerte. Und manchmal benutzte ihn jemand für kleine Scherze; zum Beispiel war fast jeder, der Nachtdienst hatte, schon mit einem: HA – HABE ICH SIE BEIM SCHLAFEN ERWISCHT! geneckt worden.

Niemand übernahm je die Verantwortung für solche Faxen, obwohl Walter Curnow Verdächtiger Nummer Eins war. Der wiederum gab Hal die Schuld und wies Chandras gekränkten Protest, der Computer habe keinen Sinn für Humor, verächtlich zurück.

Es konnte keine Nachricht von der Erde sein – die wäre über das Nachrichtenzentrum der »Leonow« gelaufen und vom dortigen diensthabenden Offizier, in diesem Fall von Max Brailowski, weitergeleitet worden. Und jeder, der vom anderen Schiff aus anrief, würde das über Interkom tun. Sonderbar ...

In Ordnung, Hal. Wer will mich sprechen?

KEINE IDENTIFIZIERUNG.

Also war es wahrscheinlich ein Scherz. Nun, dieses Spiel beherrschte er auch.

Sehr schön. Bitte gib mir die Nachricht!

NACHRICHT LAUTET WIE FOLGT: ES IST GEFÄHRLICH HIERZUBLEIBEN. IHR MÜSST INNERHALB VON FÜNFZEHN WIEDERHOLE FÜNFZEHN TAGEN AUFBRECHEN.

Floyd schaute verärgert auf den Bildschirm. Es tat ihm leid und überraschte ihn, daß jemand von der Besatzung einen solch kindischen Sinn für Humor hatte; das war nicht einmal unter Schuljungen ein guter Witz. Aber er würde das Spiel mitmachen – in der Hoffnung, den Täter zu fassen.

Das ist absolut unmöglich. Unser Startfenster öffnet sich erst in sechsundzwanzig Tagen. Wir haben nicht genügend Treibstoff für eine frühere Abreise.

»Das wird ihm Stoff zum Nachdenken geben«, murmelte Floyd befriedigt vor sich hin und lehnte sich zurück, um abzuwarten, was dabei herauskam.

DIESE TATSACHEN SIND MIR BEKANNT. TROTZDEM MÜßT IHR INNERHALB VON FÜNFZEHN TAGEN AUFBRECHEN.

Sonst werden wir vermutlich von kleinen grünen Männchen mit drei Augen angegriffen. Aber ich sollte besser mit Hal mitspielen, um den Witzbold zu schnappen.

Ich kann diese Warnung nicht ernst nehmen, solange ich nicht weiß, woher sie kommt. Wer hat sie aufgezeichnet?

Er erwartete eigentlich keine sinnvolle Antwort. Dafür hatte der Täter seine (ihre?) Spuren wohl zu gut verwischt. Das allerletzte, womit Floyd gerechnet hatte, war die Antwort, die er dann tatsächlich bekam.

DIES IST KEINE AUFZEICHNUNG.

Also war es eine Botschaft in Realzeit. Das bedeutete, sie kam entweder von Hal selbst oder von jemandem an Bord der »Leonow«. Es gab eine merkliche Zeitverzögerung; der Urheber mußte ganz in der Nähe sein.

Wer spricht dann mit mir?

ICH WAR DAVID BOWMAN.

Floyd starrte lange Zeit auf den Bildschirm, ehe er seinen nächsten Zug machte. Der Witz, der schon von Anfang an nicht lustig gewesen war, ging jetzt zu weit. Nun, er mußte den, der am anderen Ende der Leitung war, unbedingt festnageln.

Ich kann diese Identifikation nicht ohne jeden Beweis anerkennen.

ICH VERSTEHE. ES IST WICHTIG, DASS SIE MIR GLAUBEN. SEHEN SIE SICH UM.

Noch ehe dieser letzte Satz auf dem Bildschirm erschien, hatte Floyd begonnen, an seiner Hypothese zu zweifeln. Die ganze Unterhaltung war mehr als sonderbar geworden, obwohl er nicht definitiv sagen konnte, woran es lag. Ein Witz war es jedenfalls nicht.

Und jetzt – er spürte ein Prickeln im Nacken. Ganz langsam, ja, widerwillig, schwenkte er seinen Drehstuhl herum, weg von den Tafel- und Schalterreihen des Computerdisplays zu der velcrobelegten Laufplanke dahinter.

In der Schwerelosigkeit auf dem Beobachtungsdeck der »Discovery« war es immer staubig, denn die Luftfilteranlage hatte nie wieder ihre volle Leistungsfähigkeit erreicht. Die parallelen Strahlen der nicht wärmenden, aber immer noch hellen Sonne, die durch die großen Fenster hereinkamen, ließen in vereinzelten Strömungen immer Myriaden von tanzenden Staubpartikeln aufleuchten, die sich niemals irgendwo niederließen – eine ständige Demonstration der Brownschen Bewegung.

Jetzt geschah mit diesen Staubteilchen etwas Seltsames: Eine Kraft schien sie zu ordnen, einige von einem zentralen Punkt wegzutreiben, andere wiederum dorthin zu tragen, bis sie sich alle auf der Oberfläche einer Hohlkugel sammelten. Diese Kugel, etwa einen Meter im Durchmesser, schwebte einen Augenblick lang wie eine Riesenseifenblase in der Luft – aber wie eine Seifenblase mit rauher Oberfläche und ohne das charakteristische Schillern. Dann streckte sie sich zu einem Ellipsoid, die Oberfläche begann sich zu kräuseln, bildete Falten und Dellen.

Ohne Überraschung und fast ohne Angst erkannte Floyd, daß sie die Gestalt eines Menschen annahm.

Er hatte solche Figuren, aus Glas geblasen, schon in Museen und wissenschaftlichen Ausstellungen gesehen. Aber dieses staubige Phantom erreichte nicht einmal annähernd anatomische Genauigkeit. Es war wie eine primitive Lehmfigurine oder eines der groben Kunstwerke, die man in den Nischen von Steinzeithöhlen gefunden hatte. Nur der Kopf war mit einer gewissen Sorgfalt ausgebildet; und das Gesicht war unzweifelhaft das von Kommandant David Bowman.

Von der Computertafel hinter Floyds Rücken kam das schwache Murmeln von Statikgeräuschen. Hal schaltete von optischem auf akustischen Output um.

»Hallo, Dr. Floyd. Glauben Sie mir jetzt?«

Die Lippen der Gestalt bewegten sich nicht; das Gesicht blieb eine Maske. Aber Floyd erkannte die Stimme, und alle noch verbliebenen Zweifel wurden hinweggefegt.

»Das ist für mich sehr schwierig, und ich habe wenig Zeit. – Man hat mir ... gestattet, Ihnen diese Warnung zukommen zu lassen. Sie haben nur fünfzehn Tage Zeit ...«

»Aber warum – und was sind Sie? Wo sind Sie gewesen?«

Es gab eine Million Fragen, die er gern gestellt hätte – aber die geisterhafte Gestalt verschwand schon, ihre körnige Hülle löste sich allmählich wieder in die Staubteilchen auf, aus denen sie bestand. Floyd versuchte, das Bild in sein Bewußtsein einzuprägen, um sich später überzeugen zu können, daß das alles wirklich geschehen und nicht nur ein Traum gewesen war, wie es jene erste Begegnung mit TMA-1 ihm jetzt manchmal zu sein schien.

Wie seltsam, daß er aus all den Milliarden von Menschen, die jemals auf dem Planeten Erde gelebt hatten, auserwählt worden war, nicht nur einmal, sondern gleich zweimal mit einer anderen Intelligenzform Kontakt aufzunehmen. Denn er wußte, daß das Wesen, welches jetzt mit ihm sprach, viel mehr sein mußte als David Bowman.

Und auch weniger. Nur die Augen – wer hatte sie einmal die »Fenster der Seele« genannt? – waren genau reproduziert worden. Der Rest des Körpers blieb leer und einförmig, ohne genauere Einzelheiten. Es gab keine Andeutung von Genitalien oder sexuellen Merkmalen; das allein ließ einen schon fröstelnd ahnen, wie weit David Bowman sein menschliches Erbe hinter sich gelassen hatte.

»Leben Sie wohl, Dr. Floyd. Vergessen Sie nicht – fünfzehn Tage! Wir können nicht weiter in Verbindung bleiben. Aber wenn alles gutgeht, werden Sie vielleicht noch eine Botschaft erhalten.«

Noch während das Bild sich auflöste und damit alle Hoffnung schwand, einen Kanal zu den Sternen zu öffnen, mußte Floyd über das alte Klischee des Raumfahrtzeitalters lächeln.

»Wenn alles gutgeht« – wie oft hatte er diese Wendung vor einer Mission gehört! Sollte das etwa bedeuten, daß *sie* – wer immer sie sein mochten – auch manchmal des Ausgangs nicht sicher waren? Wenn ja, dann war das seltsam beruhigend. Sie waren nicht allmächtig. Andere konnten noch hoffen und träumen – und handeln.

Das Phantom war verschwunden; nur die tanzenden Staubpartikel schwebten noch in der Luft und bildeten wieder ihre Zufallsmuster.

Weltenverschlinger

Das Gespenst in der Maschine

»Tut mir leid, Heywood – ich glaube nicht an Geister. Es muß eine rationale Erklärung zu finden sein. Es gibt nichts, was der menschliche Geist nicht erklären kann.«

»Da stimme ich Ihnen zu, Tanja. Aber ich möchte Sie auch an die berühmte Bemerkung von Haldane erinnern: ›Das Universum ist nicht nur fremdartiger, als wir uns vorstellen – sondern fremdartiger, als wir uns vorstellen können.‹«

»Und Haldane«, warf Curnow schalkhaft dazwischen, »war ein guter Kommunist.«

»Das vielleicht schon, aber mit dieser Redensart kann man allen möglichen mystischen Unsinn stützen. Hals Verhalten muß das Ergebnis irgendeiner Programmierung gewesen sein. Die ... Persönlichkeit, die er geschaffen hat, muß einfach irgendein Artefakt sein. Stimmen Sie mir da nicht zu, Chandra?«

Das hieß, einem Stier ein rotes Tuch unter die Nase halten. Tanja mußte schon sehr verzweifelt sein. Aber Chandra reagierte überraschend sanft. Er schien an etwas anderes zu denken, als ob er in der Tat die Möglichkeit eines zweiten Computerversagens ernsthaft in Betracht zöge.

»Es muß irgendeine Eingabe von außen erfolgt sein, Kapitän Orlow. Hal hätte eine solche eigenständige, audiovisuelle

Illusion nicht aus dem Nichts schaffen können. Wenn Dr. Floyd korrekt berichtet hat, hatte jemand die Leitung. Und natürlich in Realzeit, da es bei der Unterhaltung keine Verzögerungen gab.«

»Dadurch avanciere ich zum Verdächtigen Nummer Eins«, rief Max. »Ich war außer ihm als einziger wach.«

»Machen Sie sich nicht lächerlich, Max«, gab Nikolai zurück. »Die akustische Seite wäre einfach gewesen, aber es gibt keine Möglichkeit, diese Erscheinung zustande zu bringen ohne ein paar sehr komplizierte Geräte. Laserstrahlen, elektrostatische Felder – ich weiß nicht, was noch. Ein Zauberkünstler könnte es vielleicht schaffen, aber er würde einen ganzen Lastwagen voll Hilfsmittel brauchen.«

»Augenblick mal!« unterbrach Zenia strahlend. »Wenn es wirklich so war, wird sich Hal doch sicher daran erinnern, und man könnte ihn fragen...«

Sie verstummte, als sie die düsteren Mienen ringsum sah. Floyd war der erste, der sich ihrer Verlegenheit erbarmte.

»Wir haben es versucht, Zenia; er hat nicht die geringste Erinnerung an das Phänomen. Aber wie ich den anderen schon erklärt habe, beweist das gar nichts. Chandra hat uns gezeigt, daß Hals Erinnerungen selektiv gelöscht werden können – und die zusätzlichen Module zur Sprachsynthese haben mit dem Hauptspeicher nichts zu tun. Man könnte sie bedienen, ohne daß Hal etwas davon weiß...«

Er machte eine Pause, holte tief Luft und landete dann seinen Präventivschlag.

»Ich gebe zu, daß dadurch nicht viele Möglichkeiten offenbleiben. Entweder habe ich mir die ganze Sache eingebildet, oder sie ist wirklich passiert. Ich weiß, daß es kein Traum war, aber ich kann nicht sicher sagen, ob es nicht irgendeine Halluzination war. Andererseits hat Katharina meine medizinischen Befunde gesehen – sie weiß, daß ich nicht hier wäre, wenn ich derartige Probleme hätte. Trotzdem kann man es nicht ausschließen – und ich werde niemandem einen Vorwurf machen, wenn er das als erste Hypothese annimmt. Ich würde es wahrscheinlich auch tun.

Die einzige Möglichkeit für mich, zu beweisen, daß es kein Traum war, ist, zusätzliche Indizien irgendwelcher Art zu beschaffen. Also möchte ich euch an die anderen seltsamen Dinge erinnern, die in letzter Zeit geschehen sind. Wir wissen, daß Dave Bowman in den ›Großen Bru...‹ – in ›Zagadka‹ eingedrungen ist. Irgend etwas ist wieder herausgekommen und auf die Erde zugesteuert. Das hat Wassili gesehen, nicht ich! Dann war da die mysteriöse Explosion eurer Bombe in der Umlaufbahn...«

»*Eurer* Bombe.«

»Entschuldigung – sie gehörte dem Vatikan. Und es kommt mir wirklich ziemlich sonderbar vor, daß kurz danach die alte Mrs. Bowman offensichtlich ohne medizinisch feststellbare Gründe ganz friedlich gestorben ist. Ich will nicht sagen, daß es da eine Verbindung gibt, aber... nun ja, kennen Sie das Sprichtwort: ›Einmal ist Zufall; zweimal ist Koinzidenz; dreimal ist eine Verschwörung‹?«

»Und da ist noch etwas«, warf Max plötzlich aufgeregt dazwischen. »Ich habe es irgendwann in den Nachrichten mitgekriegt. Es war nur eine Kurzmeldung. Eine alte Freundin von Kommandant Bowman behauptet, sie habe Nachricht von ihm erhalten.«

»Ja – den Bericht habe ich auch gesehen«, bestätigte Sascha.

»Und das erzählen Sie erst jetzt?« fragte Floyd ungläubig. Beide Männer schienen leicht verlegen.

»Nun ja, es wurde behandelt wie ein Witz«, erklärte Max schüchtern. »Der Ehemann der Frau hat es gemeldet, und sie hat es dann abgestritten – glaube ich.«

»Der Kommentator meinte, es sei ein Publicity-Gag – wie die Welle von UFO-Sichtungen ungefähr zur gleichen Zeit. In dieser ersten Woche gab es Dutzende davon; dann hat man aufgehört, darüber zu berichten.«

»Vielleicht waren einige davon echt. Wenn die Meldung nicht gelöscht worden ist, könnten Sie sie dann vielleicht aus dem Schiffsarchiv ausgraben oder die Bodenkontrollstation um eine Wiederholung bitten?«

»Mich werden auch hundert Geschichten nicht überzeugen«, spottete Tanja. »Was wir brauchen, ist ein richtiger Beweis.«

»Zum Beispiel?«

»Oh, etwas, was Hal unmöglich wissen könnte und was keiner von uns ihm gesagt haben kann. Irgendeine greifbare... äh... Manifes... Manifestation.«

»Ein schönes, altmodisches Wunder?«

»Ja, damit würde ich mich schon zufriedengeben. Inzwischen werde ich der Bodenkontrollstation gar nichts sagen. Und ich schlage vor, daß Sie es genauso halten, Heywood.«

Floyd wußte, wann ein direkter Befehl ausgesprochen wurde, und bekundete langsam nickend sein Einverständnis. »Ich bin damit mehr als einverstanden. Aber einen Vorschlag möchte ich doch machen.«

»Ja?«

»Wir sollten mit der Planung für alle Fälle anfangen. Nehmen wir doch einmal an, daß diese Warnung berechtigt ist – was ich jedenfalls meine.«

»Was können wir denn tun? Absolut nichts. Natürlich können wir den Jupiterraum jederzeit verlassen, wenn wir wollen, aber wir können erst in eine Umlaufbahn zurück zur Erde kommen, wenn sich das Startfenster öffnet.«

»Das wäre elf Tage nach dem Ultimatum.«

»Ja. Ich wäre auch froh, wenn wir früher wegkönnten; aber wir haben nicht genügend Treibstoff für eine Bahn mit höherer Energie...« Tanjas Stimme verklang in ungewohnter Unschlüssigkeit. »Ich wollte das erst später bekanntgeben, aber da wir gerade davon sprechen...«

Alle zogen gleichzeitig die Luft ein und verstummten abrupt.

»Ich möchte unsere Abreise fünf Tage hinausschieben, um unsere Bahn dem idealen Hohmann-Orbit noch mehr anzunähern und uns eine bessere Treibstoffreserve zu verschaffen.«

Die Ankündigung kam nicht unerwartet, wurde aber mit einem Chor von Seufzern aufgenommen.

»Wie wirkt sich das auf unsere Ankunftszeit aus?« fragte Katherina in leicht unheilverkündendem Tonfall. Die beiden Damen fixierten sich einen Augenblick lang wie gleichwertige Gegner, jede hatte vor der anderen Respekt, aber keine war bereit, auch nur einen Schritt zurückzuweichen.

»Zehn Tage«, sagte Tanja schließlich.

»Besser spät als nie«, kommentierte Max bewußt fröhlich, um die deutlich in der Luft liegende Spannung zu mildern, was ihm aber nicht sonderlich gut gelang.

Floyd bemerkte es kaum; er war in seine eigenen Gedanken versunken. Die Dauer der Reise würde sich für ihn und seine beiden Kollegen in ihrem traumlosen Schlaf nicht ändern. Aber das war jetzt völlig unwichtig.

Er hatte das sichere Gefühl – und dieses Wissen erfüllte ihn mit hilfloser Verzweiflung –, daß sie, wenn sie nicht vor diesem mysteriösen Ultimatum abreisten, überhaupt nicht mehr wegkommen würden.

». . . Die Situation ist unglaublich, Dimitri, und sehr erschrekkend. Du bist im Moment der einzige Mensch auf der Erde, der davon weiß – aber sehr bald werden Tanja und ich die Sache mit der Bodenkontrollstation auszufechten haben.

Sogar einige von deinen materialistischen Landsleuten sind bereit zu akzeptieren – zumindest als Arbeitshypothese –, daß irgendein Wesen . . . nun ja, Hal besetzt hat. Sascha hat einen guten Begriff ausgegraben: ›Das Gespenst in der Maschine.‹ Theorien gibt es in Hülle und Fülle; Wassili produziert jeden Tag eine neue. Die meisten davon sind Variationen über ein altes Science-fiction-Klischee: das organisierte Energiefeld. Aber was für eine Art von Energie? Elektrisch kann sie nicht sein, sonst hätten unsere Instrumente sie mit Leichtigkeit entdeckt. Genauso ist es mit Strahlung – jedenfalls bei einer von den uns bekannten Arten. Wassili kommt auf wirklich abwegige Ideen, spricht über stehende Wellen von Neutrinos und Überschneidungen mit höherdimensionalen Räumen. Tanja sagt, das sei alles mystischer Unsinn – ein Lieblingsausdruck von ihr –, und sie waren einem Streit näher, als wir es jemals erlebt haben. Letzte Nacht hörten wir tatsächlich, wie sie sich anschrien. Nicht gut für die Moral.

Ich fürchte, wir sind alle angespannt und überdreht. Diese Warnung und die Verzögerung der Abreise haben das Gefühl der Frustration noch verstärkt, das dadurch entstanden ist, daß wir beim ›Großen Bruder‹ nichts erreicht haben. Es hätte – vielleicht – geholfen, wenn es mir gelungen wäre, mich mit diesem Bowman-Wesen zu verständigen. Ich möchte wissen, wohin es verschwunden ist. Vielleicht war es nach dieser einen Begegnung einfach nicht mehr an uns interessiert.

Was hätte es uns nicht alles sagen können, wenn es gewollt hätte . . . Na, wechseln wir das Thema!

Ich kann dir nicht genug danken für alles, was du getan hast, und dafür, daß du mir immer berichtet hast, wie es zu Hause steht. Ich ertrage das alles jetzt ein wenig besser – wenn man sich über etwas Wichtigeres Sorgen machen muß, ist das vielleicht die beste Kur für jedes unlösbare Problem. Zum erstenmal beginne ich, mich zu fragen, ob auch nur einer von uns die Erde jemals wiedersehen wird.«

Gedankenexperiment

Wenn man Monate mit einer kleinen, von der Außenwelt abgeschlossenen Gruppe von Menschen verbringt, wird man sehr sensibel für Stimmung und Gefühlslage jedes ihrer

Mitglieder. Floyd registrierte, daß sich die Haltung der anderen ihm gegenüber kaum merklich veränderte; so tauchte zum Beispiel die Anrede »Dr. Floyd« wieder auf, die er jetzt schon so lange nicht mehr gehört hatte, daß er oft nur langsam darauf reagierte.

Bestimmt glaubte keiner, dessen war er sicher, daß er wirklich verrückt geworden war; aber die Möglichkeit zog man doch in Betracht. Er nahm das niemandem übel; ja, es verschaffte ihm sogar eine grimmige Belustigung, als er sich daranmachte zu beweisen, daß er völlig normal war.

Es gab ein paar schwache, stützende Indizien von der Erde. José Fernandez behauptete nach wie vor, seine Frau habe ihm von einer Begegnung mit David Bowman berichtet, während sie es weiterhin leugnete und sich weigerte, mit irgendeinem Vertreter der Medien zu sprechen. Es war schwer zu begreifen, warum der arme José eine solche Geschichte hätte erfinden sollen, zumal Betty eine sehr eigensinnige und temperamentvolle Dame zu sein schien.

Floyd hoffte auch, daß Tanjas gegenwärtige Kühle ihm gegenüber nur vorübergehend war. Er war ziemlich sicher, daß sie darüber genauso unglücklich war wie er, aber sie konnte eben nicht anders. Es war etwas geschehen, das einfach nicht in ihr Weltbild paßte, und so versuchte sie, allem aus dem Weg zu gehen, was sie daran erinnern konnte.

Das bedeutete, daß sie mit Floyd so wenig wie möglich zu tun haben wollte – eine sehr unangenehme Situation, da sie sich jetzt schnell der kritischsten Phase der ganzen Mission näherten.

Es war nicht einfach gewesen, den wartenden Milliarden auf der Erde den Sinn von Tanjas geplantem Vorgehen zu erklären – besonders den ungeduldigen Fernsehanstalten, die es satt hatten, immer die gleichen, sich nie verändernden Bilder des »Großen Bruders« zu zeigen. »Jetzt seid ihr so weit gereist, unter so großen Kosten, und tut nichts, als dazusitzen und das Ding zu beobachten! Warum unternehmt ihr nicht etwas?« All diesen Kritikern hatte Tanja die gleiche Antwort gegeben: »Ich werde schon etwas unternehmen – gleich wenn sich das Startfenster öffnet, damit wir uns sofort aus dem Staub machen können, falls es zu irgendeiner feindlichen Reaktion kommt.«

Die Pläne für den letzten Angriff auf den »Großen Bruder« waren schon ausgearbeitet und mit der Bodenkontrollstation abgesprochen. Die »Leonow« würde sich ihm langsam nähern, auf allen Frequenzen und mit ständig verstärkter Energie sondieren – und sie würde der Erde ununterbrochen Bericht erstatten. Wenn es schließlich zur Berührung kam, wollte man versuchen, durch Bohrungen oder mit Laser-Spektroskopie Proben zu nehmen; niemand rechnete wirklich mit einem Erfolg des Ganzen, da TMA-1 noch nach zehn Jahren allen Versuchen zu analysieren, woraus er bestand, Widerstand entgegensetzte. Die größten Anstrengungen menschlicher Wissenschaftler in dieser Richtung schienen dem Unterfangen von Steinzeitmenschen vergleichbar, die mit Feuersteinäxten der Panzerung eines Bankgewölbes zu Leibe rückten. Schließlich würde man an den Flächen des »Großen Bruders« Echolote und andere seismische Geräte befestigen. Zu diesem Zweck hatte man eine große Auswahl an Klebstoffen mitgenommen, und falls sie nicht funktionierten – nun, dann konnte man immer noch auf ein paar Kilometer guten, alten Bindfadens zurückgreifen, obwohl es schon eine etwas komische Vorstellung war, das größte Rätsel des Sonnensystems zu verschnüren wie ein Postpaket.

Erst wenn die »Leonow« sicher auf dem Heimweg war, sollten kleine Sprengladungen gezündet werden – in der Hoffnung, daß die Wellen, die sich durch den »Großen Bruder« ausbreiteten, etwas über seinen Innenaufbau verraten würden. Diese letzte Maßnahme war heftig diskutiert worden, sowohl von denen, die behaupteten, dabei würde überhaupt nichts herauskommen – wie auch von den anderen, die Angst hatten, es würde zu viel herauskommen.

Lange Zeit hatte Floyd zwischen den beiden Standpunkten geschwankt, jetzt schien die Sache nur noch von geringer Bedeutung.

Der Zeitpunkt für den letzten Kontakt mit dem »Großen Bruder« – der große Augenblick, der der Höhepunkt der Expedition hätte sein sollen – lag jenseits des mysteriösen Ultimatums. Heywood Floyd war überzeugt, daß dieser Kontakt in eine Zukunft gehörte, die es niemals geben würde; aber er konnte keinen so weit überzeugen, daß er ihm zugestimmt hätte.

Und das war noch das kleinste seiner Probleme. Selbst wenn man ihm zustimmte, konnte man nicht das geringste unternehmen.

Walter Curnow war der letzte, von dem Floyd erwartet hätte, daß er einen Ausweg aus dem Dilemma finden würde. Denn Walter war beinahe der Inbegriff des vernünftigen, praktischen Ingenieurs, der brillante Einfälle und technische Patentlösungen mit Argwohn betrachtete. Niemand konnte ihm nachsagen, genial zu sein; und manchmal brauchte es Genialität, um das blendend Offensichtliche zu sehen.

»Betrachten wir das Ganze einmal als rein geistige Übung«, hatte er mit höchst untypischem Zögern angefangen. »Ich bin durchaus bereit, mich niederschießen zu lassen.«

»Machen Sie nur weiter!« ermunterte Floyd ihn. »Ich werde Ihnen höflich zuhören, bis Sie fertig sind. Das ist das mindeste, was ich tun kann – zu mir waren auch alle sehr höflich. Zu höflich, fürchte ich.«

Curnow schenkte ihm ein schiefes Grinsen. »Können Sie ihnen das übelnehmen? Aber wenn es Ihnen ein Trost ist: Wenigstens drei Leute nehmen Sie jetzt ziemlich ernst und überlegen, was wir tun sollten.«

»Gehören Sie auch zu diesen dreien?«

»Nein; ich sitze zwischen den Stühlen, was ja nie so furchtbar bequem ist. Aber falls Sie recht haben – ich möchte nicht hier warten und alles über mich ergehen lassen, was immer auch kommen mag. Ich glaube, daß es für jedes Problem eine Lösung gibt, man muß nur an der richtigen Stelle suchen.«

»Es wird mich sehr freuen, diese Antwort zu hören. Ich habe ziemlich intensiv danach gesucht. Vermutlich nicht an der richtigen Stelle.«

»Vielleicht. Wenn wir schnell von hier wegkommen – sagen wir in fünfzehn Tagen, um den Termin einzuhalten –, brauchen wir eine zusätzliche Delta-Vau von etwa dreißig Kilometern pro Sekunde.«

»Laut Wassilis Berechnung. Ich habe sie nicht nachgeprüft, aber ich bin sicher, daß sie simmt. Schließlich hat er uns hierhergebracht.«

»Und er könnte uns auch wieder wegbringen – wenn wir den zusätzlichen Treibstoff hätten.«

»Und wenn wir einen Transportstrahl wie in *Star Trek* hätten, könnten wir in einer Stunde wieder auf der Erde sein.«

»Ich werde versuchen, einen zusammenzubasteln, wenn ich wieder mal ein paar Minuten Zeit habe. Aber inzwischen möchte ich darauf hinweisen, daß wir nur ein paar Meter entfernt, in den Tanks der ›Discovery‹, mehrere hundert Tonnen des bestmöglichen Treibstoffs haben.«

»Das haben wir doch schon ein paar dutzendmal durchgekaut. Es gibt nicht die geringste Möglichkeit, ihn auf die ›Leonow‹ zu bringen. Wir haben keine Rohrleitungen – keine passenden Pumpen. Und sie können flüssigen Ammoniak nicht in Eimern herumtragen, nicht einmal in diesem Teil des Sonnensystems.«

»Genau. Aber das ist auch gar nicht notwendig.«

»Wie?«

»Verbrennen Sie ihn doch an Ort und Stelle. Benützen Sie die ›Discovery‹ als erste Stufe, die uns den Startschub für die Heimreise gibt.«

Wenn irgend jemand außer Walter Curnow diesen Vorschlag gemacht hätte, hätte Floyd ihn ausgelacht. So ließ er den Unterkiefer fallen, und es dauerte ein paar Sekunden, bis ihm eine passende Antwort einfiel: »Verdammt. Darauf hätte ich auch kommen können.«

Sascha war der erste, den sie ansprachen. Er hörte geduldig zu, schürzte die Lippen und spielte dann ein *rallentando* auf seiner Computertastatur. Als die Antworten aufleuchteten, nickte er nachdenklich. »Sie haben recht. Damit bekämen wir die zusätzliche Geschwindigkeit, die wir brauchen, wenn wir früher abreisen wollen. Aber es gibt praktische Probleme...«

»Das wissen wir. Die beiden Schiffe aneinander zu befestigen. Den achsenversetzten Schub, wenn der Antrieb der ›Discovery‹ arbeitet. Im kritischen Augenblick wieder freizukommen. Aber das ist alles zu lösen.«

»Wie ich sehe, haben Sie Ihre Hausaufgaben gemacht. Aber es ist Zeitverschwendung. Sie werden Tanja niemals überzeugen können.«

»Das erwarte ich auch nicht – nicht in diesem Stadium«, antwortete Floyd. »Aber ich möchte gern sicher sein, daß die Möglichkeit besteht. Werden Sie uns moralisch unterstützen?«

»Ich weiß nicht genau. Aber ich werde mitkommen und zusehen; das müßte interessant werden.«

Tanja hörte geduldiger zu, als Floyd befürchtet hatte, aber mit einem deutlichen Mangel an Begeisterung. Doch als er fertig war, zeigte sie eine Reaktion, die man nur als widerwillige Bewunderung bezeichnen konnte.

»Sehr einfallsreich, Heywood...«

»Gratulieren Sie nicht mir. Das Lob gebührt allein Walter. Oder der Vorwurf.«

»Ich glaube nicht, daß es von beidem allzuviel zu verteilen gibt; das Ganze kann niemals mehr sein als ein – wie hat Einstein so etwas genannt? – ›Gedankenexperiment‹. Oh, ich nehme an, es würde funktionieren – theoretisch wenigstens.

Aber die Risiken! Wieviel könnte schiefgehen! Ich wäre nur bereit, so etwas in Betracht zu ziehen, wenn wir einen absolut sicheren, positiven Beweis hätten, daß wir in Gefahr sind. Und bei allem Respekt, Heywood, dafür sehe ich nicht die leisesten Anzeichen.«

»Zugegeben; aber Sie wissen jetzt wenigstens, daß wir noch eine Chance haben. Sind Sie einverstanden, wenn wir die praktischen Einzelheiten ausarbeiten – nur für den Fall eines Falles?«

»Natürlich – solange Sie dabei nicht mit den notwendigen Tests vor Abflug in Konflikt geraten. Ich gebe gern zu, daß ich den Gedanken bestechend finde. Aber es ist wirklich Zeitverschwendung; es besteht keine Aussicht, daß ich das jemals genehmigen würde. Es sei denn, David Bowman würde mir persönlich erscheinen.«

»Würden Sie es denn dann tun, Tanja?«

Kapitän Orlow lächelte ein wenig gequält. »Wissen Sie, Heywood – ich bin mir wirklich nicht sicher. Er müßte schon sehr überzeugend sein.«

Spurlos verschwunden

Es war ein faszinierendes Spiel, an dem sich alle beteiligten, wenn sie nicht gerade Dienst hatten. Selbst Tanja steuerte Ideen zu dem »Gedankenexperiment« bei, wie sie es weiterhin nannte.

Floyd war sich sehr wohl bewußt, daß diese ganze Aktivität nicht durch die Angst vor einer unbekannten Gefahr hervorgerufen wurde, die außer ihm niemand ernst nahm, sondern durch die herrliche Aussicht, die Erde mindestens einen Monat früher wiederzusehen, als man je gedacht hätte. Doch was auch immer der Grund war, es lief in seinem Sinne. Er hatte getan, was er konnte, der Rest war Sache des Schicksals.

Es gab einen glücklichen Umstand, ohne den das ganze

Projekt ein totgeborenes Kind gewesen wäre. Die kurze, gedrungene »Leonow«, die so konstruiert war, daß sie sich während des Bremsmanövers gefahrlos durch die Jupiteratmosphäre bohren konnte, war weniger als halb so lang wie die »Discovery« und ließ sich daher von dem größeren Schiff gut huckepack nehmen. Und die Mitschiffsantenne würde einen ausgezeichneten Verankerungspunkt liefern – vorausgesetzt, sie war stark genug, um die Belastung durch das Gewicht der »Leonow« auszuhalten, solange der Antrieb der »Discovery« arbeitete.

Die Bodenkontrollstation geriet in peinliche Verwirrung angesichts einiger der Anfragen, die während der nächsten paar Tage zur Erde gefunkt wurden. Belastungsanalysen für beide Schiffe unter besonderen Ladungen; Auswirkungen des achsenversetzten Schubs; Lage ungewöhnlich starker oder schwacher Punkte in den Rümpfen – das waren nur einige der geheimnisvollen Probleme, mit denen sich die verblüfften Ingenieure auseinandersetzen sollten. »Ist irgend etwas nicht in Ordnung?« erkundigten sie sich besorgt.

»Alles bestens«, erwiderte Tanja. »wir untersuchen nur weitere Möglichkeiten. Vielen Dank für die Unterstützung. Ende der Übertragung.«

Inzwischen lief das Programm weiter wie geplant. Auf beiden Schiffen wurden alle Systeme sorgfältig überprüft und für die getrennte Heimreise vorbereitet: Wassili stellte Simulationen der Rückflugbahnen auf, und Chandra speiste sie Hal ein, nachdem sie bereinigt worden waren, damit dieser eine letzte Überprüfung des Verlaufs durchführen konnte. Tanja und Floyd arbeiteten gemeinsam in aller Freundschaft die Einzelheiten für die Annäherung an den »Großen Bruder« aus – wie zwei Generäle, die eine Invasion planen.

Schließlich war es ja das, wozu sie von so weit hergekommen waren, aber Floyd war nicht mehr mit dem Herzen dabei. Er hatte etwas erlebt, was er niemandem mitteilen konnte – nicht einmal denen, die ihm Glauben schenkten.

Obwohl er seine Aufgaben mit Sachverstand erfüllte, war er mit seinen Gedanken sehr oft anderswo.

Tanja verstand sehr gut, was ihn bewegte.

»Sie hoffen immer noch auf das Wunder, das mich überzeugen soll, nicht wahr?«

»Oder mich vom Gegenteil – das wäre genauso akzeptabel. Es ist die Unsicherheit, die mir nicht gefällt.«

»Mir auch nicht. Jetzt wird es aber nicht mehr sehr lange dauern – so oder so.«

Sie warf einen kurzen Blick auf den Situationsplan, wo langsam die Zahl 20 blinkte. Das war die überflüssigste Information auf dem ganzen Schiff, denn jeder wußte, wie viele Tage es noch bis zur Öffnung des Startfensters waren.

Und der Angriff auf »Zagadka« war geplant.

Zum zweitenmal schaute Heywood Floyd in die falsche Richtung, als es geschah. Aber es hätte ohnehin nichts genützt; selbst die wachsame Monitorkamera zeigte nur einen schwachen Wischer zwischen einem vollen Bild und dem darauf folgenden leeren.

Wieder hatte er Dienst auf der »Discovery« und teilte sich die Friedhofsschicht mit Sascha drüben auf der »Leonow«. Wie üblich war die Nacht völlig ereignislos verlaufen; die automatischen Systeme verrichteten ihren Dienst mit gewohnter Zuverlässigkeit. Vor einem Jahr hätte Floyd niemals geglaubt, daß er eines Tages den Jupiter in einer Entfernung von ein paar hunderttausend Kilometern umkreisen und ihm dabei kaum einen Blick schenken würde – während er, ohne allzuviel Erfolg, versuchte, die *Kreutzersonate* im Original zu lesen. Laut Sascha war es immer noch die beste erotische Erzählung der russischen Literatur, aber Floyd war noch nicht weit genug vorgedrungen, um das bestätigen zu können. Und jetzt würde er es nie mehr schaffen.

Um 1.25 Uhr wurde er von einer aufsehenerregenden, aber nicht ungewöhnlichen Eruption am Terminator von Io abgelenkt. Eine gewaltige, schirmförmige Wolke breitete sich in den Weltraum aus und ließ ihren Schutt auf das brennende Land unter sich zurückfallen. Floyd hatte schon Dutzende solcher Ausbrüche gesehen, aber sie faszinierten ihn immer wieder. Es schien unglaublich, daß eine so kleine Welt der Sitz derart titanischer Energien sein sollte.

Um das Ganze besser verfolgen zu können, trat er an eines der anderen Beobachtungsfenster. Und was er dort sah – oder vielmehr, was er dort *nicht* sah –, ließ ihn Io vergessen und beinahe alles andere dazu.

Als er sich erholt und davon überzeugt hatte, daß er nicht – wieder? – unter Halluzinationen litt, rief er das andere Schiff an.

»Guten Morgen, Woody«, gähnte Sascha. »Nein, ich habe nicht geschlafen. Wie kommen Sie mit Tolstoi voran?«

»Überhaupt nicht. Werfen Sie mal einen Blick nach draußen und sagen Sie mir, was Sie sehen.«

»Nichts Ungewöhnliches für diesen Teil des Weltalls. Io verhält sich wie üblich. Jupiter. Sterne. Oh, mein Gott!«

»Vielen Dank für den Beweis, daß ich nicht verrückt bin. Wir sollten besser den Kapitän wecken.«

»Natürlich. Und alle anderen auch. Woody – ich habe Angst.«

»Sie wären ein Narr, wenn Sie keine hätten. Auf geht's! – Tanja? – Tanja? – Hier Woody. Tut mir leid, daß ich Sie wecke – aber Ihr Wunder ist geschehen. Der ›Große Bruder‹ ist fort. Ja – verschwunden. Nach drei Millionen Jahren hat er beschlossen, sich zu verabschieden.

Ich glaube, er weiß etwas, was wir nicht wissen.«

Es war eine düstere, kleine Gruppe, die sich in den nächsten fünfzehn Minuten zu einer hastigen Besprechung im kombinierten Schrank- und Beobachtungsraum versammelte. Selbst jene, die sich gerade erst schlafen gelegt hatten, wurden unverzüglich wach, während sie nachdenklich heißen Kaffee aus Kolben saugten – und immer wieder auf den erschreckend unvertrauten Anblick vor den Fenstern der »Leonow« schauten, um sich zu überzeugen, daß der »Große Bruder« in der Tat verschwunden war.

»Er weiß etwas, was wir nicht wissen.« Dieser spontane Ausspruch von Floyd war von Sascha wiederholt worden und hing jetzt stumm, unheilverkündend in der Luft. Er hatte zusammengefaßt, was alle dachten, sogar Tanja.

Es war noch zu früh, um zu triumphieren – »Ich habe es ja gleich gesagt« –, auch war es eigentlich gar nicht wichtig, ob jene Warnung damals stichhaltig gewesen war. Selbst wenn es völlig ungefährlich sein sollte hierzubleiben, hatte es keinen Sinn mehr. Wenn es nichts mehr zu untersuchen gab, konnten sie genausogut nach Hause zurückkehren – so schnell wie nur irgend möglich. Aber ganz so einfach war es doch nicht.

»Heywood«, sagte Tanja, »ich bin jetzt bereit, diese Botschaft, oder was es war, wesentlich ernster zu nehmen. Es wäre dumm, es nicht zu tun, nach dem, was geschehen ist. Aber selbst wenn es hier eine Gefahr gibt, müssen wir die Risiken immer noch gegeneinander abwägen. Die ›Leonow‹ und die ›Discovery‹ aneinanderzukoppeln, die ›Discovery‹ mit dieser riesigen, achsenversetzten Ladung in Betrieb zu setzen, die Schiffe innerhalb von Minuten wieder voneinander zu trennen, damit wir unsere eigenen Triebwerke im richtigen Augenblick zünden können; kein verantwortungsbewußter Kapitän würde solche Risiken eingehen, ohne sehr gute – ich würde sagen, überwältigende – Gründe zu haben. Solche Gründe habe ich nicht einmal jetzt. Ich habe nur das Wort eines ... eines Geistes. Keine sehr gute Verteidigung vor einem Gericht.«

»Oder vor einem Untersuchungsausschuß«, sagte Walter Curnow ungewöhnlich leise. »Selbst wenn wir Sie alle unterstützen würden.«

»Ja, Walter, daran habe ich gedacht. Aber wenn wir heil nach Hause kommen, ist alles gerechtfertigt, und wenn nicht, ist es kaum mehr von Bedeutung, oder? Jedenfalls werde ich jetzt keine Entscheidung treffen. Sobald wir den Vorfall gemeldet haben, gehe ich wieder zu Bett. Ich werde Ihnen meine Entscheidung morgen früh mitteilen, wenn ich darüber geschlafen habe. Heywood, Sascha, würden Sie mit mir zur Brücke hinaufkommen? Wir müssen die Bodenstation wekken, ehe Sie wieder auf Wache gehen.«

Die Nacht war noch nicht fertig mit ihren Überraschungen. Irgendwo in der Gegend der Marsumlaufbahn kam Tanjas kurze Meldung an einer Nachricht vorbei, die in die entgegengesetzte Richtung ging.

Betty Fernandez hatte endlich gesprochen. Sowohl der CIA wie der Nationale Sicherheitsdienst waren wütend; alle vereinten Überredungskünste, Appelle an den Patriotismus und verschleierten Drohungen hatten nichts gefruchtet – aber der Produzent eines billigen Klatschsenders hatte es geschafft und sich dadurch in den Annalen des Videogeschäfts Unsterblichkeit erworben.

Es war zur Hälfte Glück, zur anderen Hälfte Inspiration. Der Nachrichtenredakteur von »Hallo, Erde!« hatte plötzlich bemerkt, daß ein Mitglied seines Personals eine frappierende Ähnlichkeit mit David Bowman besaß; ein geschickter Maskenbildner hatte die Ähnlichkeit noch vervollkommnet. José Fernandez hätte dem jungen Mann sagen können, daß er ein fürchterliches Risiko einging, aber der hatte das Glück, das oft dem Wagemutigen lächelt: Sobald er den Fuß in der Tür hatte, kapitulierte Betty. Bis sie ihn – ziemlich sanft – hinauswarf, hatte er die ganze Geschichte im wesentlichen aus ihr herausgeholt. Und, um ihm Gerechtigkeit widerfahren zu lassen, er brachte sie völlig ohne Zynismus und ohne Gehässigkeit, was für seinen Sender ganz untypisch war. Das trug ihm den Pulitzerpreis des Jahres ein.

»Ich wünschte«, sagte Floyd ziemlich müde zu Sascha, »sie hätte früher gesprochen – und mir auf diese Weise eine Menge Schwierigkeiten erspart. Jedenfalls entscheidet das alles. Jetzt kann auch Tanja unmöglich mehr zweifeln. Aber wir werden damit warten, bis sie aufwacht – meinen Sie nicht auch?«

»Natürlich – es ist nicht dringend, obwohl es sicher wichtig ist. Und sie wird ihren Schlaf brauchen. Ich habe das Gefühl, von jetzt an wird keiner von uns mehr viel zum Schlafen kommen.«

Damit hast du sicher recht, dachte Floyd. Er fühlte sich sehr müde, aber selbst wenn er nicht im Dienst gewesen wäre, hätte er auf keinen Fall schlafen können. Er war innerlich viel zu aufgewühlt, er analysierte die Ereignisse dieser außergewöhnlichen Nacht und versuchte, die nächste Überraschung vorauszuahnen.

In einer Hinsicht spürte er eine gewaltige Erleichterung: Alle Unsicherheit, ob sie abreisen sollten oder nicht, war jetzt jedenfalls vorbei; Tanja konnte keine weiteren Einwände mehr haben.

Aber eine weit größere Unsicherheit blieb bestehen: *Was ging eigentlich vor?*

Es gab nur ein Ereignis in Floyds Leben, das mit dieser Situation vergleichbar war. Als ganz junger Mann hatte er mit einigen Freunden auf einem Nebenfluß des Colorado eine Kanutour gemacht, und sie hatten sich verfahren.

Immer schneller und schneller schossen sie zwischen den Wänden des Canyons hindurch. Sie waren nicht völlig hilflos, besaßen aber nur gerade so viel Kontrolle über das Boot, um nicht umzuschlagen. Vor ihnen mochte es Stromschnellen geben – vielleicht sogar einen Wasserfall; sie wußten es nicht. Und sie konnten ohnehin nur wenig dagegen unternehmen.

Wieder fühlte Floyd sich von unwiderstehlichen Kräften gepackt, die ihn und seine Gefährten auf ein unbekanntes Schicksal zurissen. Und diesmal waren die Gefahren nicht nur unsichtbar – sie gingen vielleicht sogar über das menschlich Faßbare hinaus.

»...Hier spricht Heywood Floyd mit einem – wie ich vermute, ja, sogar hoffe – letzten Bericht vom Lagrangepunkt.

Wir bereiten uns nun auf die Rückkehr vor; in ein paar Tagen werden wir diesen seltsamen Ort auf der Linie zwischen Jupiter und Io verlassen, wo wir dem riesigen, auf mysteriöse Weise verschwundenen Artefakt begegnet sind, das wir »Großer Bruder« getauft haben.

Aus verschiedenen Gründen scheint es uns wünschenswert, nicht länger als notwendig hierzubleiben. Und wir werden wenigstens zwei Wochen früher aufbrechen können als ursprünglich geplant, wenn wir das amerikanische Schiff ›Discovery‹ als Startrakete für die russische ›Leonow‹ verwenden.

Die Grundidee ist einfach; die beiden Schiffe werden miteinander verbunden, eines reitet huckepack auf dem anderen. Zuerst wird die ›Discovery‹ all ihren Treibstoff verbrennen und beide Schiffe in die gewünschte Richtung beschleunigen. Wenn der Treibstoff verbraucht ist, wird sie abgetrennt, wie jede andere ausgebrannte erste Stufe, und die ›Leonow‹ wird ihre Triebwerke zünden – nicht früher, weil sie sonst Energie vergeuden würde, indem sie das tote Gewicht der ›Discovery‹ mitschleppt.

Und wir werden mit noch einem weiteren Trick arbeiten, der – wie so viele der Ideen, mit denen man in der Raumfahrt hantiert – dem gesunden Menschenverstand zunächst zu widersprechen scheint. Obwohl wir vom Jupiter wegkommen wollen, wird unser erster Schritt darin bestehen, uns ihm so weit wir nur irgend möglich zu nähern.

Natürlich haben wir das schon einmal gemacht, als wir die Jupiteratmosphäre ausnutzten, um unsere Geschwindigkeit abzubremsen und in die Umlaufbahn um den Planeten zu gelangen. Diesmal werden wir nicht ganz so nahe herangehen – aber fast.

Unsere erste Brennphase hier oben in der 350 000 Kilometer hohen Umlaufbahn von Io wird unsere Geschwindigkeit so weit reduzieren, daß wir zum Jupiter hinunterstürzen und dabei seine Atmosphäre gerade eben streifen. Dann, wenn wir so dicht dran sind, wie es nur geht, werden wir, so schnell wir können, unseren gesamten Treibstoff verbrennen, um die Geschwindigkeit zu vergrößern und die ›Leonow‹ auf die Bahnkurve zu bringen, die sie zur Erde zurückträgt.

Was für einen Sinn hat ein so verrücktes Manöver? Das kann man nur durch höchst komplizierte mathematische Operationen erklären, aber ich glaube, das Grundprinzip läßt sich recht gut verdeutlichen.

Wenn wir uns in das gewaltige Schwerkraftfeld des Jupiter fallen lassen, gewinnen wir Geschwindigkeit – und damit Energie. Wenn ich sage ›wir‹, meine ich die beiden Schiffe und den Treibstoff, den sie mitführen.

Und wir werden den Treibstoff an Ort und Stelle verbrennen – am Boden des ›Schwerkraftlochs‹ des Jupiter –, *wir werden ihn nicht wieder hinauftragen.* Wenn wir ihn aus unseren Reaktoren hinausjagen, wird er uns einen Teil der kinetischen Energie abgeben, die er gewonnen hat. Indirekt zapfen wir also die Schwerkraft des Jupiter an, damit sie uns auf dem Rückweg zur Erde beschleunigt. Da wir bei der Ankunft die Atmosphäre dazu benutzten, unsere überschüssige Geschwindigkeit loszuwerden, ist dies einer der seltenen Fälle, in denen uns Mutter Natur – die gewöhnlich so sparsam ist – beides gestattet ...

Mit diesem dreifachen Startschub – dem Treibstoff der ›Discovery‹, ihrem eigenen und der Jupiterschwerkraft – wird sich die ›Leonow‹ auf einer Hyperbel sonnenwärts bewegen, die sie fünf Monate später zur Erde bringen wird. Mindestens zwei Monate früher, als es sonst möglich gewesen wäre.

Sie werden sich zweifellos fragen, was aus der guten, alten ›Discovery‹ wird. Wir können sie offensichtlich nicht, wie wir ursprünglich geplant hatten, mit automatischer Steuerung nach Hause bringen. Ohne Treibstoff ist sie hilflos.

Aber es wird ihr nichts geschehen. Sie wird weiterhin auf einer stark verlängerten Ellipse um den Jupiter herum wie ein eingefangener Komet ihre Bahn ziehen. Und vielleicht kann eines Tages eine künftige Expedition mit genügend zusätzlichem Treibstoff wieder ein Ankopplungsmanöver durchführen und sie zur Erde zurückbringen. Bis dahin werden jedoch sicher noch viele Jahre vergehen.

Und jetzt müssen wir uns auf den Abflug vorbereiten. Es gibt immer noch viel zu tun, und wir werden uns erst ausruhen können, wenn dieser letzte Schub uns auf die Umlaufbahn nach Hause gebracht hat.

Wir werden nicht traurig sein, wenn wir abreisen, obwohl wir nicht alle unsere Ziele erreicht haben. Das Geheimnis – vielleicht die Drohung – um das Verschwinden des ›Großen Bruders‹ verfolgt uns noch immer, aber dagegen können wir nichts machen.

Wir haben getan, was wir konnten – jetzt kommen wir nach Hause.

Hier spricht Heywood Floyd und verabschiedet sich.«

Die kleine Zuhörerschaft brach in ironisches Beifallklatschen aus, das man millionenfach verstärkt hören würde, wenn die Botschaft die Erde erreichte.

»Ich habe nicht zu *Ihnen* gesprochen«, wehrte Floyd leicht verlegen ab. »Ich wollte ohnehin nicht, daß Sie alle zuhören.«

»Sie haben es wie immer sehr geschickt gemacht, Heywood«, sagte Tanja begütigend. »Und ich bin sicher, wir sind mit allem einverstanden, was Sie den Leuten unten auf der Erde gesagt haben.«

»Nicht ganz«, meldete sich eine schwache Stimme, so leise, daß alle sich anstrengen mußten, um sie zu hören. »Ein Problem gibt es noch.«

Im Beobachtungsraum wurde es plötzlich sehr still. Zum

erstenmal seit Wochen hörte Floyd bewußt das schwache Pochen in der Hauptleitung der Luftversorgung und das stoßweise Summen wie von einer Wespe, die hinter der Wandvertäfelung gefangen war. Wie alle Raumschiffe war die ›Leonow‹ voll von solchen oft unerklärlichen Geräuschen, die man selten beachtete, außer wenn sie aufhörten. Und dann war es gewöhnlich ratsam, dieser plötzlichen Stille unverzüglich auf den Grund zu gehen.

»Ich weiß von keinem Problem, Chandra«, sagte Tanja mit verdächtig ruhiger Stimme. »Was könnte das wohl sein?«

»Ich habe während der letzten paar Wochen Hal darauf vorbereitet, tausendtägige Umlaufbahnen zur Erde zurückzufliegen. Jetzt müssen all diese Programme gelöscht werden.«

»Das tut uns leid«, antwortete Tanja, »aber so wie die Dinge stehen, ist das doch sicher eine viel bessere ...«

»Das meine ich nicht«, unterbrach Chandra sie. Eine Welle des Staunens lief durch die Zuhörer; noch nie zuvor hatten sie erlebt, daß er jemandem ins Wort gefallen wäre, schon gar nicht Tanja.

»Wir wissen, wie stark Hal für die Ziele der Mission empfindet«, sagte er in das daraufhin eingetretene Schweigen hinein. »Und jetzt verlangen Sie von mir, daß ich ihm ein Programm gebe, das vielleicht auf seine eigene Zerstörung hinausläuft. Es stimmt zwar, daß die ›Discovery‹ nach dem gegenwärtigen Plan in eine feste Umlaufbahn gebracht wird – aber wenn diese Warnung irgendwie berechtigt ist, was wird dann mit der Zeit aus dem Schiff? Haben Sie überlegt, wie Hal auf diese Situation reagieren könnte?«

»Wollen Sie allen Ernstes andeuten«, fragte Tanja betont langsam, »daß Hal sich weigern könnte, Befehle auszuführen – genau wie auf jener früheren Mission?«

»*Das* ist letztesmal nicht geschehen. Damals hat er sein Bestes getan, um einander widersprechende Befehle zu interpretieren.«

»Diesmal wird es keine Widersprüche geben. Die Situation ist völlig klar umrissen.«

»Vielleicht für uns. Aber eine von Hals grundlegenden Anweisungen lautet, die ›Discovery‹ vor Gefahren zu bewahren. Wir wollen versuchen, uns über diese Anweisung hinwegzusetzen. Aber in einem System, das so kompliziert ist wie Hal, ist es unmöglich, alle Konsequenzen vorauszusehen.«

»Ich sehe kein echtes Problem«, warf Sascha ein. »Wir sagen ihm einfach nicht, daß überhaupt eine Gefahr besteht. Dann wird er keine... Einwände haben, sein Programm durchzuführen.«

»Babysitten bei einem neurotischen Computer!« murrte Curnow. »Ich komme mir vor wie in einem zweitklassigen Science-fiction-Videofilm.«

Dr. Chandra starrte ihn unfreundlich an.

»Chandra«, wollte Tanja plötzlich wissen. »Haben Sie mit Hal darüber gesprochen?«

»Nein.«

War da nicht ein leichtes Zögern? fragte sich Floyd. Es mochte ganz harmlos sein; vielleicht hatte Chandra nur nachgedacht. Aber vielleicht hatte er auch gelogen, so unwahrscheinlich das immer sein mochte.

»Dann werden wir tun, was Sascha vorschlägt. Füttern Sie ihn einfach mit dem neuen Programm, und belassen Sie es dabei.«

»Und wenn er mir wegen der Veränderung der Pläne Fragen stellt?«

»Ist das wahrscheinlich – wenn Sie ihn nicht dazu auffordern?«

»Natürlich. Vergessen Sie bitte nicht, daß er auf Neugier hin konstruiert wurde. Wenn die Besatzung getötet würde, müßte er fähig sein, aus eigenem Antrieb eine sinnvolle Mission durchzuführen.«

Tanja dachte einen Augenblick lang über diese Worte nach.

»Es ist trotzdem ganz einfach. Er wird Ihnen glauben, oder nicht?«

»Sicher.«

»Dann müssen Sie ihm sagen, daß für die ›Discovery‹ keine Gefahr besteht, und daß es zu einem späteren Zeitpunkt eine Ankopplungsmission geben wird, um sie zur Erde zurückzubringen.«

»Aber das ist nicht wahr!«

»Wir wissen nicht, ob es unwahr ist«, erwiderte Tanja, und es klang allmählich ein wenig ungeduldig.

»Wir vermuten, daß eine ernste Gefahr besteht; sonst würden wir doch nicht planen, vorzeitig zu starten.«

»Was schlagen Sie also vor?« fragte Tanja jetzt mit einem deutlich drohenden Unterton.

»Wir müssen ihm die ganze Wahrheit sagen, soweit wir sie kennen – keine Lügen oder Halbwahrheiten mehr, die sind genauso schlimm. Und dann soll er selbst entscheiden.«

»Verdammt, Chandra – er ist doch nur eine Maschine!«

Chandra blickte Max so unverwandt und selbstsicher an, daß der Jüngere rasch den Blick senkte.

»Das sind wir alle, Mr. Brailowski. Es ist nur die Frage, in welchem Maße. Ob wir auf Kohlenstoff oder auf Silikon basieren, macht da keinen grundlegenden Unterschied; wir sollten alle mit angemessenem Respekt behandelt werden.«

Es ist sonderbar, dachte Floyd, wie Chandra – bei weitem der Kleinste im Raum – jetzt als der Größte erscheint. Aber die Diskussion dauerte schon viel zu lange. Jeden Augenblick konnte Tanja anfangen, direkte Befehle zu erteilen, und dann würde es wirklich unangenehm werden.

»Tanja, Wassili, kann ich Sie beide einen Augenblick allein sprechen? Ich glaube, es gibt eine Möglichkeit, das Problem zu lösen.«

Floyds Unterbrechung wurde mit sichtlicher Erleichterung aufgenommen, und zwei Minuten später saß er entspannt mit den Orlows in deren Quartier.

»Danke, Woody«, sagte Tanja, als sie ihm einen Kolben mit seinem Lieblings-*Schemacha* aus Aserbeidschan reichte. »Ich hatte gehofft, daß Sie dazwischengehen würden. Ich vermute, Sie haben etwas – wie sagt man bei Ihnen? – in der Hinterhand.«

»Ich glaube schon«, bestätigte Floyd, spritzte sich ein paar Kubikzentimeter des süßen Weins in den Mund und genoß ihn dankbar. »Es tut mir leid, daß Chandra Schwierigkeiten macht.«

»Mir auch. Wie gut, daß wir nicht mehr als einen verrückten Wissenschaftler an Bord haben.«

»Zu mir hast du aber manchmal schon etwas ganz anderes gesagt«, grinste Wassili. »Jedenfalls – lassen Sie hören, Woody!«

»Ich schlage folgendes vor. Lassen Sie Chandra gewähren. Er soll die Sache auf seine Weise angehen. Dann gibt es nur zwei Möglichkeiten.

Erstens: Hal tut genau, was wir verlangen – er steuert die ›Discovery‹ während der beiden ersten Brennphasen. Vergessen Sie nicht, die erste ist nicht kritisch. Wenn etwas schiefgeht, während wir uns von Io entfernen, haben wir genügend Zeit, um Korrekturen vorzunehmen. Und das wird ein guter Test sein für Hals ... Kooperationsbereitschaft.«

»Aber was ist mit der Etappe an Jupiter vorbei? Die zählt doch wirklich. Nicht nur, daß wir dort den Treibstoff der ›Discovery‹ größtenteils verbrennen, auch der Zeitplan und die Schubvektoren müssen genau stimmen.«

»Könnte man sie manuell steuern?«

»Ich möchte es nur ungern versuchen. Der kleinste Fehler, und wir verglühen oder werden zum Langzeitkometen. Der in ein paar tausend Jahren wieder fällig ist.«

»Aber wenn es keine andere Möglichkeit gäbe?« beharrte Floyd.

»Nun, vorausgesetzt, wir könnten die Steuerung rechtzeitig übernehmen und hätten einen schönen Satz alternativer

Umlaufbahnen vorprogrammiert – hm, dann könnten wir vielleicht damit durchkommen.«

»Wie ich Sie kenne, Wassili, bedeutet ›könnten vielleicht‹ soviel wie ›würden‹. Und damit komme ich zu der zweiten Möglichkeit, von der ich gesprochen habe. Wenn wir merken, daß Hal auch nur geringfügig vom Programm abweicht – übernehmen wir.«

»Sie meinen – abschalten?«

»Genau.«

»Beim letztenmal war das gar nicht so einfach.«

»Seitdem haben wir einiges dazugelernt. Überlassen Sie das nur mir. Ich kann garantieren, daß Sie innerhalb einer halben Sekunde die manuelle Steuerung zurückbekommen.«

»Ich nehme an, es besteht keine Gefahr, daß Hal etwas argwöhnt?«

»Jetzt werden *Sie* aber langsam zum Paranoiker, Wassili! So menschlich ist Hal nun auch wieder nicht. Aber Chandra – wenn man ihm das einmal zugestehen will. Sagen Sie also kein Wort zu ihm. Wir sind alle voll mit seinem Plan einverstanden, es tut uns leid, daß wir jemals Einwände erhoben haben, und wir haben volles Vertrauen, daß Hal unseren Standpunkt einsehen wird. Richtig, Tanja?«

»Richtig, Woody. Und ich gratuliere Ihnen zu Ihrer Voraussicht; der kleine Apparat war eine gute Idee.«

»Was für ein Apparat?« wollte Wassili wissen.

»Ich werde es dir irgendwann einmal erklären. Tut mir leid, Woody – mehr *Schemacha* habe ich nicht mehr für Sie. Ich möchte noch etwas übrigbehalten – bis wir sicher auf dem Weg zur Erde sind.«

Countdown

Ohne meine Fotos würde das kein Mensch jemals glauben, dachte Max Brailowski, als er die beiden Schiffe in einem halben Kilometer Entfernung umkreiste. Es sieht richtig unanständig aus, als ob die »Leonow« die »Discovery« vergewaltigen wollte. Und wenn er es sich so überlegte – das robuste, kompakte russische Schiff sah wirklich männlich aus im Vergleich zu dem zarten amerikanischen. Aber die meisten Andockoperationen hatten eine dezidiert sexuelle Komponente, und er erinnerte sich, daß einer der frühen Kosmonauten – an den Namen konnte er sich nicht mehr erinnern – einen Tadel für seine zu deutliche Wortwahl auf dem . . . äh . . . Höhepunkt seiner Mission erhalten hatte.

Soweit er nach seiner sorgfältigen Überprüfung feststellen konnte, war alles in Ordnung. Die Aufgabe, die beiden Schiffe in Position zu bringen und sie fest aneinanderzubinden hatte mehr Zeit in Anspruch genommen als vorgesehen. Es wäre überhaupt nicht möglich gewesen ohne einen jener Glücksfälle, die manchmal – nicht immer – jene begünstigen, die sie verdienen. Die »Leonow« hatte in weiser Voraussicht mehrere Kilometer Kohlefaserband mitgenommen, nicht dicker als ein Band, mit dem sich Mädchen das Haar zurückbinden, aber stark genug, eine Belastung von vielen Tonnen auszuhalten. Man hatte es vorsorglich bereitgelegt, um damit die Instrumentenpäckchen am »Großen Bruder« zu befestigen, falls alles andere versagen sollte. Jetzt verband es die »Leonow« mit der »Discovery« in einer zärtlichen Umarmung – ausreichend fest, wie man hoffte, um Rattern und Schütteln während der Beschleunigungsphasen bis hinauf zu dem einen Zehntel g zu vermeiden, das bei vollem Schub maximal erreicht werden konnte.

»Soll ich noch etwas nachprüfen, ehe ich zurückkomme?« fragte Max.

»Nein«, erwiderte Tanja. »Sieht so aus, als wäre alles in Ordnung, und wir können auch keine Zeit mehr vergeuden.«

Das war nur zu richtig. Wenn diese mysteriöse Warnung ernst zu nehmen war – und inzwischen nahmen sie alle wirklich *sehr* ernst –, mußten sie innerhalb der nächsten vierundzwanzig Stunden mit dem Fluchtmanöver beginnen.

»Gut – ich bringe die ›Nina‹ in den Stall zurück. Tut mir leid, altes Mädchen.«

»Sie haben uns nie gesagt, daß die ›Nina‹ ein Pferd war.«

»Ich gebe es auch jetzt nicht zu. Und mir ist nicht wohl bei dem Gedanken, daß ich sie hier im Weltraum aussetzen soll, nur um uns ein paar lächerliche zusätzliche Meter pro Sekunde zu verschaffen.«

»In ein paar Stunden sind wir vielleicht sehr froh darum, Max. Außerdem besteht die Chance, daß eines Tages jemand kommt und sie wieder einsammelt.«

Das bezweifle ich sehr, dachte Max. Und vielleicht war es auch nur angemessen, die kleine Raumkapsel hierzulassen, als ständige Erinnerung an den ersten Besuch des Menschen im Reich des Jupiter.

Mit sanften, sorgfältig bemessenen Schüben aus den Steuerdüsen lenkte er die »Nina« um die große Kugel des Hauptmoduls mit den lebenserhaltenden Systemen der »Discovery« herum; seine Kollegen auf dem Flugdeck blickten sich kaum nach ihm um, als er an ihrem gewölbten Fenster vorbeischwebte. Die offene Tür der Kapselkammer gähnte vor ihm, und er manövrierte die »Nina« vorsichtig zum ausgefahrenen Andockarm hinunter.

»Zieht mich herein!« sagte er, sobald die Riegel eingerastet waren. »Das nenne ich einen gutgeplanten Raumausflug. Ich habe noch ein ganzes Kilo Treibstoff übrig, um die ›Nina‹ ein letztesmal auszuführen.«

Normalerweise verlief ein Start im tiefen Weltraum nicht besonders dramatisch; es gab kein Feuer und keinen Donner und keine ständig vorhandenen Risiken – wie bei einem Start von einer Planetenoberfläche aus. Wenn etwas schiefging und die Triebwerke ihre volle Schubleistung nicht erreichten, nun, dann konnte man das gewöhnlich durch eine etwas längere Brennphase ausgleichen. Oder man konnte warten, bis man den passenden Punkt auf der Umlaufbahn erreicht hatte, und es noch einmal versuchen.

Aber als diesesmal der Countdown auf Null zuging, war die Spannung auf beiden Schiffen beinahe mit Händen zu greifen. Alle wußten, daß das der erste wirkliche Test für Hals Fügsamkeit war; nur Floyd, Curnow und die Orlows wußten, daß es da eine gewisse Rückendeckung gab. Und auch sie waren nicht absolut sicher, ob die funktionieren würde.

»Viel Glück, ›Leonow‹!« sagte die Bodenkontrollstation und berechnete die Botschaft so, daß sie fünf Minuten vor der Zündung eintreffen mußte. »Hoffentlich läuft alles glatt. Und wenn es nicht zu viele Schwierigkeiten macht, könntet ihr dann bitte ein paar Nahaufnahmen vom Äquator, 115. Längengrad, machen, wenn ihr den Jupiter umkreist? Da gibt es einen sonderbaren, dunklen Fleck – vermutlich irgendeine Eruption, völlig rund, beinahe tausend Kilometer im Durchmesser. Sieht aus wie der Schatten eines Satelliten, aber das kann es nicht sein.«

Tanja gab eine kurze Bestätigung durch, die in bemerkenswert knappen Worten erkennen ließ, wie wenig Interesse man auf der ›Leonow‹ im Augenblick der Meteorologie des Jupiter entgegenbrachte. Die Bodenkontrollstation war manchmal wirklich genial, wenn es um ungeschickte Zeitwahl ging.

»Alle Systeme arbeiten normal«, sagte Hal. »Zwei Minuten bis zur Zündung.«

Seltsam, dachte Floyd, wie die Ausdrücke oft die Technologie, die sie hervorgebracht hat, noch lange überlebten. Nur chemische Raketen konnten »gezündet« werden; selbst wenn in einem Nuklear- oder Plasma-Antrieb der Wasserstoff mit Sauerstoff in Berührung käme, wäre er viel zu heiß, um zu brennen. Bei solchen Temperaturen werden alle chemischen Verbindungen in ihre Elemente zerrissen.

Seine Gedanken schweiften ab, suchten nach weiteren Beispielen. Menschen – besonders ältere – sagten immer noch, sie legten einen Film in eine Kamera ein oder füllten

Benzin in einen Wagen. Selbst die Wendung »ein Band schneiden« hörte man in Aufzeichnungsstudios noch manchmal – obwohl darüber schon zwei Generationen Technologie hinweggegangen waren.

»Eine Minute bis zur Zündung.«

Seine Gedanken rasten ins Hier und Jetzt zurück. Das war der Augenblick, der zählte; seit beinahe hundert Jahren waren das auf Abschußbasen und in Kontrollzentren die längsten sechzig Sekunden, die es gab. Nur zu oft hatten sie mit einer Katastrophe geendet; aber man erinnerte sich nur an die Triumphe. Was wird bei uns am Ende stehen?

Die Versuchung, die Hand wieder in die Tasche mit dem Aktivator für den Abschaltmechanismus zu stecken, war beinahe unüberwindlich, obwohl ihm die Logik sagte, daß für Korrekturmaßnahmen ausreichend Zeit zur Verfügung stand. Wenn Hal seiner Programmierung nicht gehorchte, wäre das zwar ärgerlich, aber keine Katastrophe. Der wirklich kritische Zeitpunkt würde erst kommen, wenn sie zum Jupiter vordrangen.

»6 ... 5 ... 4 ... 3 ... 2 ... 1 ... ZÜNDUNG!«

Zuerst war der Schub kaum zu spüren; es dauerte fast eine Minute, bis er sich voll zu einem Zehntel g aufbaute. Trotzdem fingen alle sofort an zu klatschen, bis Tanja mit einer Geste Ruhe verlangte. Es gab noch viel nachzuprüfen, selbst wenn Hal sein Bestes tat – und so sah es jetzt aus –, konnte immer noch eine Menge schiefgehen.

Die Antennenhalterung der »Discovery«, die nun die Hauptbelastung aus der Massenträgheit der »Leonow« auszuhalten hatte, war nicht für eine solche Mißhandlung gebaut worden. Der Chefkonstrukteur des Schiffs hatte geschworen, der Sicherheitsspielraum sei ausreichend. Aber er konnte sich getäuscht haben, und es war schon vorgekommen, daß Materialien nach Jahren im Weltraum brüchig geworden waren ...

Und die Bänder, die die beiden Schiffe zusammenhielten, saßen vielleicht nicht genau an der richtigen Stelle; sie konnten sich dehnen oder verrutschen. Möglicherweise gelang es der »Discovery« auch nicht, die Achsversetzung der Masse auszugleichen, nachdem sie jetzt tausend Tonnen huckepack trug. Floyd konnte sich ein Dutzend Dinge vorstellen, die schiefgehen mochten.

Aber die Minuten schleppten sich ereignislos weiter; der einzige Beweis, daß die Triebwerke der »Discovery« arbeiteten, war die minimale, durch den Schub erzeugte Schwerkraft und eine ganz leichte Vibration, die von den Wänden des Schiffs übertragen wurde. Io und Jupiter hingen immer noch, wie schon seit Wochen, am Himmel einander gegenüber.

»In zehn Sekunden Schubende. Neun – acht – sieben – sechs – fünf – vier – drei – zwei – JETZT!«

»Danke, Hal. Wie auf Knopfdruck.«

Das war wieder eine dieser unzeitgemäßen Wendungen: seit mindestens einer Generation hatten Berührungspolster die Knöpfe beinahe völlig verdrängt. Aber nicht in allen Bereichen; in kritischen Phasen war es am besten, über einen Mechanismus zu verfügen, der sich hörbar mit einem schönen, befriedigenden Klicken bewegte.

»Alles in Ordnung«, bestätigte Wassili. »Bis zur Bahnmitte keine Korrekturen notwendig.«

»Verabschiedet euch vom zauberhaften, exotischen Planeten Io, der Traumwelt jedes Grundstücksmaklers«, sagte Curnow mit ironischem Pathos. »Wir werden dich alle mit Freuden vermissen.«

Das hört sich an, als wäre er wieder ganz der alte, dachte Floyd. Während der letzten Wochen war Curnow seltsam ruhig gewesen, als ginge ihm etwas im Kopf herum. (Aber bei wem war das anders?) Er schien viel von seiner knappen Freizeit in ernsten Gesprächen mit Katharina zu verbringen. Floyd hoffte, er habe keine gesundheitlichen Probleme. In dieser Hinsicht hatten sie bis jetzt alle sehr viel Glück gehabt; das letzte, was sie in diesem Stadium brauchten, war ein

Notfall, der den Einsatz der Oberstabsärztin erforderte.

»Du bist nicht sehr freundlich, Walter«, sagte Brailowski. »Ich habe gerade angefangen, das Ding gern zu haben. Vielleicht macht es Spaß, auf diesen Lavaseen Boot zu fahren.«

»Wie wäre es mit einer Lavagrillparty?«

»Oder echten Schmelzschwefelbädern?«

Alle waren in Hochstimmung, sogar ein wenig hysterisch vor Erleichterung. Obwohl es viel zu früh war, sich zu entspannen, da die kritischste Phase des Fluchtmanövers noch vor ihnen lag, war der erste Schritt auf dem langen Weg nach Hause gut verlaufen. Grund genug für ein wenig bescheidenen Jubel.

Er dauerte nicht lange, denn Tanja befahl bald allen, die keine wichtigen Aufgaben hatten, sich etwas auszuruhen – wenn möglich zu schlafen –, um für den Swingby am Jupiter fit zu sein, der in nur neun Stunden stattfinden sollte. Als die Angesprochenen nicht schnell genug reagierten, räumte Sascha die Decks mit dem Ruf: »Dafür werdet ihr hängen, ihr meuterischen Hunde!« Nur zwei Abende zuvor hatten sie sich alle begeistert die vierte Fassung der *Meuterei auf der Bounty* angesehen, von der die Filmhistoriker übereinstimmend behaupteten, sie habe den besten Captain Bligh seit dem legendären Charles Laughton. An Bord wurde die Ansicht laut, Tanja hätte den Film nicht sehen dürfen, er könnte sie auf dumme Gedanken bringen.

Nach zwei ruhelosen Stunden in seinem Kokon gab Floyd es auf, sich um Schlaf zu bemühen, und schlenderte zum Beobachtungsdeck hinauf. Jupiter war inzwischen viel größer geworden und nahm jetzt langsam wieder ab, während das Schiff über die Nachtseite auf ihn zustürzte. Die prächtige, bucklige Scheibe zeigte einen so unendlichen Reichtum an Einzelheiten – Wolkengürtel, Flecken in jeder Farbe von blendendem Weiß bis Ziegelrot, dunkle Eruptionen aus unbekannten Tiefen, den ovalen Wirbel des Großen Roten

Flecks –, daß das Auge sie unmöglich alle aufnehmen konnte. Der dunkle, runde Schatten eines Mondes – wahrscheinlich Europa, vermutete Floyd – wanderte gerade darüber hin. Jetzt sah er diesen unglaublichen Anblick zum letztenmal; obwohl er in sechs Stunden seine volle Leistungsfähigkeit brauchte, hielt er es für ein Verbrechen, so kostbare Augenblicke mit Schlaf zu vergeuden.

Wo war der Fleck, den sie auf Bitten der Bodenkontrollstation beobachten sollten? Er müßte jetzt in Sicht kommen, aber Floyd wußte nicht genau, ob er mit dem bloßen Auge zu erkennen sein würde. Wassili hatte wohl zu viel zu tun, um sich darum zu kümmern; vielleicht konnte er ihm helfen, indem er ein wenig den Amateurastronomen spielte. Schließlich hatte es vor nicht mehr als dreißig Jahren eine kurze Zeitspanne gegeben, in der er sich seinen Lebensunterhalt mit Astronomie verdient hatte.

Er aktivierte die Bedienungselemente des Fünfzig-Zentimeter-Hauptteleskops – glücklicherweise war das Blickfeld nicht durch die angrenzende Masse der »Discovery« versperrt – und suchte mit mittlerer Energie den Äquator ab. Und da war es – gerade kam es über den Rand der Scheibe.

Aufgrund der Umstände war Floyd jetzt einer der zehn besten Jupiterexperten im ganzen Sonnensystem; die anderen neun arbeiteten oder schliefen rings um ihn. Er sah sofort, daß dieser Fleck etwas sehr Sonderbares an sich hatte; er war so schwarz, daß er aussah wie ein Loch, das man durch die Wolken gestanzt hatte. Von seinem Blickwinkel aus schien er eine scharf umrissene Ellipse zu sein; Floyd schätzte, daß er direkt von oben als vollkommener Kreis zu sehen sein würde.

Er zeichnete ein paar Bilder auf, dann steigerte er die Leistung auf Höchststufe. Schon jetzt war die Formation durch die schnelle Drehung des Jupiter deutlich sichtbar; und je mehr Floyd hinstarrte, desto unverständlicher wurde ihm die ganze Sache.

»Wassili«, rief er über Interkom, »wenn Sie eine Minute

Zeit haben, dann werfen Sie mal einen Blick auf den Fünfzig-Zentimeter-Monitor.«

»Was beobachten Sie denn? Ist es wichtig? Ich überprüfe gerade den Orbit.«

»Lassen Sie sich nur Zeit. Aber ich habe den Fleck gefunden, von dem die Bodenkontrollstation berichtet hat. Er sieht wirklich sehr sonderbar aus.«

»Verdammt! Das hatte ich ja ganz vergessen. Wir sind vielleicht schöne Beobachter, wenn uns die Burschen unten auf der Erde sagen müssen, wo wir hinsehen sollen. Lassen Sie mir noch fünf Minuten Zeit – er wird schon nicht weglaufen.«

Richtig, dachte Floyd; er wird sogar noch schärfer werden. Und es war keine Schande, wenn man etwas übersah, was die Astronomen auf der Erde – oder auf dem Mond – entdeckt hatten. Der Jupiter war sehr groß, sie hatten viel zu tun gehabt, und die Teleskope auf der Erde und auf dem Mond waren hundertmal stärker als das Instrument, das er jetzt benutzte.

Aber der Fleck wurde immer sonderbarer. Zum erstenmal spürte Floyd deutlich ein Gefühl des Unbehagens. Bis zu diesem Augenblick war er gar nicht auf die Idee gekommen, der Fleck könne etwas anderes sein als eine natürliche Formation – irgendeine Eigenheit der unglaublich komplexen Meteorologie des Jupiter. Jetzt war er da nicht mehr so sicher.

Der Fleck war so schwarz wie die Nacht selbst. Und völlig symmetrisch; als man ihn klarer sehen konnte, entpuppte er sich als ein offensichtlich vollkommener Kreis. Aber er war nicht klar umrissen; der Rand wirkte seltsam ausgefranst, als sei das Ganze ein wenig unscharf.

War es Einbildung, oder war der Fleck wirklich größer geworden, während er ihn beobachtete? Floyd machte eine schnelle Schätzung und kam zu der Ansicht, daß das Ding jetzt einen Durchmesser von zweitausend Kilometern hatte.

Es war nur wenig kleiner als der immer noch sichtbare Schatten von Europa, aber so viel dunkler, daß keine Gefahr bestand, die beiden miteinander zu verwechseln.

»Jetzt wollen wir uns die Sache mal ansehen«, sagte Wassili in ziemlich herablassendem Tonfall. »Was glauben Sie, gefunden zu haben? Oh ...« Er verstummte.

Das ist es, dachte Floyd mit plötzlicher, eiskalter Überzeugung. Was immer *es* sein mag ...

Zum letzten Mal an Jupiter vorbei

Aber wenn man weiter überlegte, nachdem sich das anfängliche Staunen gelegt hatte, war es schwer einzusehen, wie ein schwarzer Fleck, der sich auf der Jupiteroberfläche ausbreitete, irgendeine Gefahr darstellen konnte. Er war außergewöhnlich – unerklärlich –, aber nicht so wichtig wie die kritischen Ereignisse, von denen sie jetzt nur noch sieben Stunden trennten. Eine erfolgreiche Brennphase in Jupiternähe war alles, was im Moment zählte; auf dem Heimweg würden sie genügend Zeit haben, geheimnisvolle schwarze Flecken zu studieren.

Und zu schlafen; diesen Versuch hatte Floyd völlig aufgegeben. Obwohl das Gefühl von Gefahr – zumindest einer bekannten Gefahr – viel schwächer war als bei der ersten Annäherung an Jupiter, hielt ihn eine Mischung aus Aufregung und Furcht hellwach. Die Aufregung war natürlich und verständlich; die Furcht hatte kompliziertere Ursachen. Floyds Devise war eigentlich, sich niemals über Dinge Sorgen zu machen, die er absolut nicht beeinflussen konnte; jede Bedrohung von außen würde im Laufe der Zeit sichtbar werden, und dann konnte man sich damit befassen. Aber er mußte sich einfach immer wieder fragen, ob sie auch wirklich alles menschenmögliche getan hatten, um die Schiffe zu sichern.

Abgesehen von mechanischen Störungen an Bord gab es hauptsächlich zwei Gründe zur Besorgnis. Obwohl die Bänder, die die »Leonow« und die »Discovery« zusammenhielten, bisher keine Neigung zum Verrutschen gezeigt hatten, würde die härteste Probe erst noch kommen. Beinahe genauso kritisch würde der Augenblick der Trennung werden, wenn die kleinste der Sprengladungen, die einst den »Großen Bruder« hatte erschüttern sollen, in unangenehm geringem Abstand gezündet würde. Und dann war da natürlich Hal...

Er hatte das Manöver zum Verlassen der Umlaufbahn mit bemerkenswerter Präzision durchgeführt. Die Simulationen für den Flug an Jupiter vorbei hatte er bis zum letzten Tropfen Treibstoff der »Discovery« ablaufen lassen, ohne irgendwelche Bemerkungen oder Einwände zu machen. Und obwohl ihm Chandra, wie vereinbart, genauestens erklärt hatte, was sie planten – konnte Hal wirklich verstehen, was geschah?

Floyd quälte eine alles überschattende Sorge, die in den letzten Tagen beinahe zur fixen Idee geworden war. Er stellte sich vor, wie alles wunderbar lief, die Schiffe hatten das letzte Manöver zur Hälfte hinter sich, die gewaltige Scheibe Jupiters füllte nur ein paar hundert Kilometer unter ihnen den Himmel aus – da räusperte sich Hal elektronisch und sagte: »Dr. Chandra – dürfte ich Ihnen eine Frage stellen?«

Genauso lief es nicht ab.

Der Große Schwarze Fleck, wie er selbstverständlich getauft worden war, wurde jetzt durch die schnelle Rotation des Jupiter aus dem Blickfeld getragen. Innerhalb von ein paar Stunden würden die immer noch beschleunigenden Schiffe ihn über der Nachtseite des Planeten wieder einholen, aber jetzt war die letzte Gelegenheit für eine genaue Beobachtung bei Tageslicht.

Der Fleck vergrößerte sich immer noch mit unglaublicher

Geschwindigkeit; innerhalb der letzten zwei Stunden hatte er seine Fläche mehr als verdoppelt. Bis auf die Tatsache, daß er, auch als er größer wurde, seine Schwärze beibehielt, ähnelte er einem Tintenfleck, der sich im Wasser verteilt. Seine Grenze, die sich jetzt beinahe mit Schallgeschwindigkeit in die Jupiteratmosphäre ausdehnte, sah immer noch seltsam ausgefranst und unscharf aus; als das Schiffsteleskop auf allerhöchste Präzision eingestellt war, wurde der Grund dafür endlich sichtbar.

Anders als der Große Rote Fleck war der Große Schwarze Fleck in sich nicht einheitlich; er setzte sich, wie ein Photodruck, den man durch ein Vergrößerungsglas betrachtet, aus Myriaden winziger Punkte zusammen. Auf dem größten Teil der Fläche lagen die Punkte so dicht beieinander, daß sie sich beinahe berührten, aber zum Rand hin wurde der Abstand zwischen ihnen immer größer, so daß der Fleck weniger in einer scharfen Linie als in einem grauen Halbschatten endete.

Es mußten beinahe eine Million der geheimnisvollen Punkte vorhanden sein, und sie waren deutlich länglich, eher Ellipsen als Kreise. Katherina, normalerweise am wenigsten von allen mit Phantasie ausgestattet, rief allgemeine Überraschung hervor, als sie sagte, es sehe aus, als habe jemand einen Sack voll Reis genommen, ihn schwarz gefärbt und auf die Jupiteroberfläche geschüttet.

Und jetzt versank die Sonne hinter dem riesigen, schnell schmaler werdenden Bogen der Tagseite, und die »Leonow« raste zum zweitenmal zu einem Treffen mit dem Schicksal in die Jupiternacht hinein. In weniger als dreißig Minuten würde die letzte Brennphase einsetzen, und dann würde alles wirklich sehr schnell gehen.

Floyd überlegte, ob er sich Chandra und Curnow hätte anschließen sollen, die auf der »Discovery« Wache hielten. Aber er konnte nichts tun, bei einem Notfall würde er nur im Weg stehen. Das Abschaltgerät befand sich in Curnows Tasche, und Floyd wußte, daß die Reaktionen des Jüngeren ein gutes Stück schneller waren als seine eigenen. Wenn Hal auch nur das leiseste Anzeichen eines Fehlverhaltens erkennen ließ, konnte man ihn in weniger als einer Sekunde abschalten, doch Floyd hatte das sichere Gefühl, daß solch extreme Maßnahmen nicht notwendig sein würden. Nachdem man Chandra gestattet hatte, die Sache auf seine Art zu regeln, hatte er völlige Kooperationsbereitschaft gezeigt und eine Möglichkeit zur Übernahme der Handsteuerung für den unglücklichen Fall eingerichtet, daß dies notwendig werden sollte. Floyd war überzeugt, daß Hal seine Pflicht tun würde – wie sehr der Computer auch bedauern mochte, daß es nötig war.

Curnow war da nicht so sicher. Ihm wäre wohler, so hatte er zu Floyd gesagt, wenn es ein Vielfaches an Sicherheit in Form eines zweiten Abschaltmechanismus gäbe – für Chandra. Inzwischen konnten sie alle nichts anderes tun, als zu warten und die herannahende Wolkenlandschaft der Nachtseite zu beobachten, die im reflektierten Licht vorbeiziehender Satelliten, im Schein photochemischer Reaktionen und häufiger titanischer Blitze von Gewittern absolut unirdischer Größenordnung schwach sichtbar war.

Die Sonne erlosch hinter ihnen, innerhalb von Sekunden von der gewaltigen Kugel verdunkelt, der sie sich nun rasch näherten. Wenn sie sie wiedersahen, sollten sie eigentlich bereits auf dem Heimweg sein.

»Noch zwanzig Minuten bis zur Zündung. Alle Systeme auf Nennleistung.«

»Danke, Hal.«

Ob Chandra wohl ganz aufrichtig war, dachte Curnow, als er sagte, es würde Hal verwirren, wenn irgend jemand anders mit ihm spräche? Ich habe doch oft genug mit ihm gesprochen, wenn niemand dabei war, und er hat mich immer ohne Schwierigkeiten verstanden. Trotzdem, jetzt ist nicht mehr viel Zeit für freundschaftliche Unterhaltungen, obwohl es mir helfen würde, die Spannung abzubauen.

Was denkt Hal wohl wirklich über die Mission – falls er denkt? Sein Leben lang war Curnow vor abstrakten, philosophischen Problemen zurückgeschreckt. Ich bin ein Mann für Schrauben und Muttern, hatte er oft behauptet, obwohl es beides in einem Raumschiff nicht allzu häufig gab. Früher hätte er über diesen Gedanken gelacht, jetzt aber fragte er sich doch: Spürte Hal, daß er bald allein sein würde, und wenn, würde es ihn schmerzen? Curnow hätte beinahe nach dem Abschaltmechanismus in seiner Tasche gegriffen, beherrschte sich aber. Er hatte das schon so oft gemacht, daß Chandra Verdacht schöpfen könnte.

Zum hundertstenmal memorierte er den Ablauf der Ereignisse, die in der nächsten Stunde stattfinden sollten. In dem Augenblick, in dem die Treibstoffvorräte der »Discovery« erschöpft waren, würden sie alle bis auf die wesentlichen Systeme abschalten und durch die Verbindungsröhre auf die »Leonow« zurückrennen. Man würde das Schiff abkoppeln, die Sprengladung auslösen, die Schiffe würden auseinanderschweben – und die eigenen Triebwerke gezündet. Wenn alles nach Plan ging, sollte die Trennung genau dann stattfinden, wenn sie dem Jupiter am nächsten waren; dadurch würden sie aus der Freigebigkeit des Planeten mit seiner Schwerkraft optimalen Nutzen ziehen.

»Fünfzehn Minuten bis zur Zündung. Alle Systeme auf Nennleistung.«

»Danke, Hal.«

»Übrigens«, sagte Wassili vom anderen Schiff her, »wir holen jetzt gleich den Großen Schwarzen Fleck wieder ein. Bin neugierig, ob wir etwas Neues sehen.«

Ich hoffe doch nicht, dachte Curnow; wir haben im Augenblick gerade genug am Hals. Trotzdem warf er schnell einen Blick auf das Bild, das Wassili auf dem Teleskopmonitor übertrug.

Zuerst konnte er außer der schwach leuchtenden Nachtseite des Planeten nichts sehen; dann entdeckte er am Horizont einen verkürzten Kreis von tieferer Schwärze. Sie rasten mit unglaublicher Geschwindigkeit darauf zu.

Wassili erhöhte die Lichtstärke, und das ganze Bild erhellte sich magisch. Schließlich löste sich der Große Schwarze Fleck in seine Myriaden von identischen Elementen auf...

Mein Gott, dachte Curnow, *das kann ich einfach nicht glauben!*

Er hörte überraschte Ausrufe von der »Leonow«: Alle hatten im selben Augenblick die gleiche Offenbarung erlebt.

»Dr. Chandra«, sagte Hal, »ich stelle starke Belastungen in den Stimmustern fest. Gibt es ein Problem?«

»Nein, Hal«, antwortete Chandra schnell. »Die Mission verläuft normal. Wir haben nur gerade eine Überraschung erlebt – das ist alles. Was hältst du von dem Bild auf Monitorschaltkreis 16?«

»Ich sehe die Nachtseite des Jupiter. Darauf eine kreisförmige Fläche, 3250 Kilometer im Durchmesser, die fast völlig mit rechteckigen Gegenständen bedeckt ist.«

»Wie viele sind es?«

Es folgte eine ganz kurze Pause, dann ließ Hal die Zahl auf dem Bildschirm aufleuchten:

$$1\,355\,000 \pm 1000$$

»Und kannst du sie erkennen?«

»Ja. Sie sind nach Größe und Form identisch mit dem Objekt, das Sie als ›Großer Bruder‹ bezeichnen. Zehn Minuten bis zur Zündung. Alle Systeme auf Nennleistung.«

Meine nicht, dachte Curnow. Also ist das verdammte Ding zum Jupiter hinuntergeflogen – und hat sich vervielfacht. Eine Seuche von schwarzen Monolithen hatte etwas Komisches und Bedrohliches zugleich; und zu seiner Überraschung und Verwirrung schien ihm dieses unglaubliche Bild auf der Monitorscheibe irgendwie unheimlich vertraut.

Natürlich, das war es! Diese Myriaden von schwarzen Rechtecken erinnerten ihn an – Dominosteine! Vor Jahren hatte er eine Videodokumentation gesehen, in der eine

Gruppe leicht verrückter Japaner geduldig eine Million Dominosteine so aufgestellt hatte, daß die anderen unweigerlich der Reihe nach kippen mußten, wenn der erste umgeworfen wurde. Die Steine waren in komplizierten Mustern angeordnet worden, manche unter Wasser, andere über kleine Treppen hinauf und wieder hinunter, wieder andere entlang verschiedenen Linien, so daß sie Bilder und Muster formten, sobald sie umfielen. Es hatte Wochen gebraucht, sie aufzustellen; Curnow erinnerte sich jetzt, daß Erdbeben das Unternehmen mehrmals gestört hatten, und das Umfallen vom ersten bis zum letzten Stein hatte schließlich mehr als eine Stunde gedauert.

»Acht Minuten bis zur Zündung. Alle Systeme auf Nennleistung. Dr. Chandra – darf ich einen Vorschlag machen?«

»Worum geht es, Hal?«

»Das ist ein sehr ungewöhnliches Phänomen. Meinen Sie nicht, ich sollte den Countdown abbrechen, damit Sie hierbleiben und es studieren können?«

An Bord der »Leonow« beeilte Floyd sich, auf die Brücke zu kommen. Vielleicht brauchten Tanja und Wassili ihn. Ganz zu schweigen von Chandra und Curnow – welch eine Situation! Und wenn Chandra nun für Hal Partei ergriff? Wenn er das tat – hatten sie vielleicht sogar beide recht! War das schließlich nicht genau der Grund, warum sie hierhergekommen waren?

Wenn sie den Countdown abbrachen, würden die Schiffe eine Schleife um Jupiter ziehen und in neunzehn Stunden wieder genau an derselben Stelle sein. Eine Verzögerung von neunzehn Stunden wäre kein Problem; wenn nicht diese rätselhafte Warnung gewesen wäre, hätte er selbst dies mit Nachdruck empfohlen.

Aber sie hatten viel mehr als eine Warnung erhalten. Unter ihnen breitete sich eine planetarische Seuche über die Jupiteroberfläche aus. Vielleicht waren sie wirklich im Begriff, vor dem außergewöhnlichsten Phänomen in der Geschichte der Wissenschaft davonzulaufen. Trotzdem war es ihm lieber, wenn sie es aus etwas weniger gefährlicher Distanz studierten.

»Sechs Minuten bis zur Zündung«, sagte Hal. »Alle Systeme auf Nennleistung. Ich kann den Countdown jederzeit abbrechen, wenn Sie einverstanden sind. Ich möchte Sie daran erinnern, daß meine Hauptanweisung lautet, alles im Jupiterraum zu studieren, was mit Intelligenz zu tun haben könnte.«

Floyd kannte diese Wendung nur zu gut – hatte er sie doch selbst formuliert. Nun wünschte er, sie aus Hals Gedächtnis löschen zu können.

Einen Augenblick später hatte er die Brücke erreicht und schloß sich den Orlows an.

»Was empfehlen Sie?« fragte Tanja schnell.

»Ich fürchte, das müssen wir Chandra überlassen. Kann ich mit ihm sprechen – auf der privaten Leitung?«

Wassili reichte ihm das Mikrophon. »Chandra? Ich nehme an, daß Hal uns jetzt hören kann?«

»Richtig, Dr. Floyd.«

»Sie müssen schnell mit ihm reden. Überzeugen Sie ihn, daß der Countdown unbedingt fortgesetzt werden muß, daß wir seine ... äh ... Begeisterung für die Wissenschaft zu schätzen wissen – ja, das ist der richtige Ansatz –, sagen Sie, wir sind überzeugt davon, daß er diese Aufgabe auch ohne unsere Hilfe erledigen kann. Und wir werden natürlich die ganze Zeit mit ihm in Kontakt bleiben.«

»Fünf Minuten bis zur Zündung. Alle Systeme auf Nennleistung. Ich warte immer noch auf Ihre Antwort, Dr. Chandra.«

Das tun wir alle, dachte Curnow, nur einen Meter von dem Wissenschaftler entfernt. Und wenn ich schließlich doch noch auf den Knopf drücken muß, wird es irgendwie eine Erleichterung sein. Ja, ich werde es sogar genießen.

»Nun gut, Hal. Setze den Countdown fort. Ich habe volles Vertrauen in deine Fähigkeit, alle Phänomene im Jupiterraum ohne unsere Überwachung zu studieren. Natürlich werden wir ständig mit dir in Verbindung bleiben.«

»Vier Minuten bis zur Zündung. Alle Systeme auf Nennleistung. Treibstofftank planmäßig unter Druck gesetzt. Stabile Spannung auf dem Plasma-Auslöser. Sind Sie sicher, daß Sie die richtige Entscheidung treffen, Dr. Chandra? Ich arbeite gern mit Menschen und habe eine anregende Beziehung zu ihnen. Position des Schiffs korrekt bis auf ein Milliradiant nach dem Komma.«

»Wir arbeiten auch gern mit dir, Hal. Und wir werden das weiterhin tun, auch wenn wir Millionen von Kilometern entfernt sind.«

»Drei Minuten bis zur Zündung. Alle Systeme auf Nennleistung. Strahlungsabschirmung überprüft. Die Zeitverzögerung ist ein Problem, Dr. Chandra. Vielleicht ist es einmal nötig, daß wir ohne Verzögerung miteinander sprechen.«

Das ist Wahnwitz, dachte Curnow, seine Hand befand sich jetzt ständig in unmittelbarer Nähe des Abschaltmechanismus. Ich glaube wirklich, daß Hal – einsam ist. Empfindet er vielleicht einen Teil von Chandras Persönlichkeit nach, von dem wir nie etwas geahnt haben?

Die Lichter flackerten, so unmerklich, daß nur jemand, der das Verhalten der »Discovery« in jeder Nuance genau kannte, es bemerkt hätte. Das konnte gut oder schlecht sein – der Beginn der Plasmazündsequenz oder der Abbruch ...

Er wagte einen schnellen Blick auf Chandra; das Gesicht des kleinen Wissenschaftlers war angespannt und hager, und fast zum erstenmal empfand Curnow wirklich Mitleid mit ihm als einem Mit-Menschen. Und er erinnerte sich an die erschütternde Mitteilung Floyds, daß Chandra angeboten hatte, auf dem Schiff zu bleiben und Hal auf der dreijährigen Reise nach Hause Gesellschaft zu leisten. Er hatte nichts mehr von diesem Vorhaben gehört, und vermutlich war es nach der Warnung stillschweigend in Vergessenheit geraten. Aber vielleicht war Chandra jetzt wieder in Versuchung; wenn ja, dann konnte er in diesem Stadium nichts dagegen unternehmen. Es würde keine Zeit bleiben, um die notwendigen Vorbereitungen zu treffen, selbst wenn sie noch eine Umlaufbahn flogen und ihren Aufbruch über das Ultimatum hinaus verzögerten. Und das würde Tanja nach allem, was jetzt geschehen war, sicher nicht gestatten.

»Hal«, flüsterte Chandra so leise, daß Curnow ihn kaum hören konnte. »Wir müssen fort. Ich habe keine Zeit, dir alle Gründe zu nennen, aber ich kann dir versichern, daß es wichtig ist.«

»Zwei Minuten bis zur Zündung. Alle Systeme auf Nennleistung. Schlußsequenz eingeleitet. Es tut mir leid, daß Sie nicht bleiben können. Können Sie mir einige der Gründe nennen, in der Reihenfolge ihrer Wichtigkeit?«

»Nicht in zwei Minuten, Hal. Setze den Countdown fort. Später werde ich dir alles erklären. Wir haben immer noch mehr als eine Stunde vor uns ... miteinander.«

Hal gab keine Antwort. Das Schweigen dehnte sich immer mehr. Sicher war die Ansage der letzten Minute jetzt überfällig ...

Curnow blickte auf die Uhr. Mein Gott, dachte er, Hal hat es versäumt! Hat er den Countdown abgebrochen?

Seine Hand fingerte unsicher nach dem Schalter. Was soll ich jetzt tun? Ich wünschte, Floyd würde etwas sagen, verdammt, aber wahrscheinlich hat er Angst, die Lage zu verschlimmern ...

Ich werde bis Zero warten – nein, so kritisch ist es nicht, sagen wir, noch eine weitere Minute, dann ziehe ich den Stecker raus, und wir gehen auf manuelle ...

Aus weiter, weiter Ferne kam ein schwaches, pfeifendes Kreischen wir das Geräusch eines Tornados, der direkt unterhalb des Horizonts dahinrast. Die »Discovery« begann zu vibrieren; die ersten Anzeichen wiedereinsetzender Schwerkraft waren festzustellen.

»Zündung«, sagte Hal. »Voller Schub bei T plus fünfzehn Sekunden.«

»Danke, Hal«, erwiderte Chandra.

Über die Nachtseite

Heywood Floyd an Bord des ihm plötzlich fremden – weil nicht länger schwerelosen – Flugdecks der »Leonow« war die Aufeinanderfolge der Ereignisse wie ein klassischer Alptraum in Zeitlupe vorgekommen.

Nachdem jetzt die Zündsequenz eingesetzt hatte, änderte sich seine Stimmung; alles schien wieder wirklich. Es funktionierte genauso, wie es geplant war; Hal brachte sie heil zur Erde zurück. Mit jeder Minute, die verstrich, wurde die Zukunft sicherer; Floyd begann, sich langsam zu entspannen.

Zum allerletztenmal – und wann würde wieder irgendein Mensch hierherkommen? – flog er über die Nachtseite des größten aller Planeten; groß wie tausend Erden! Die Schiffe waren so gedreht worden, daß sich die »Leonow« zwischen der »Discovery« und dem Jupiter befand und die Sicht auf die geheimnisvoll schimmernde Wolkenlandschaft nicht versperrt wurde. Auch jetzt waren Dutzende von Instrumenten eifrig damit beschäftigt, zu sondieren und aufzuzeichnen; wenn die Menschen fort waren, würde Hal diese Arbeit weiterführen.

Da die eigentliche Krise vorüber war, begab Floyd sich vorsichtig vom Flugdeck »nach unten« – wie seltsam, wieder Gewicht zu spüren, wenn es auch nur zehn Kilo waren! – und ging zu Zenia und Katherina in den Beobachtungsraum. Bis auf eine ganz schwache, rote Notbeleuchtung war er völlig verdunkelt worden, damit man den Ausblick mit uneingeschränkter Nachtsicht bewundern konnte. Max Brailowski und Sascha Kowalew, die in voller Montur in der Luftschleuse saßen und das großartige Schauspiel versäumten, taten ihm leid. Sie mußten sofort startbereit sein, um die Bänder durchzuschneiden, die die Schiffe zusammenhielten – falls irgendeine der Sprengladungen nicht funktionierte.

Der Jupiter füllte den ganzen Himmel aus; er war nur fünfhundert Kilometer entfernt, so daß sie nicht mehr als einen winzigen Bruchteil seiner Oberfläche sehen konnten – etwa so viel, wie man aus einer Höhe von fünfzig Kilometern von der Erde überschaut. Als sich Floyds Augen an das schwache Licht gewöhnt hatten, das hauptsächlich von der Eiskruste des fernen Europa reflektiert wurde, konnte er überraschend viele Einzelheiten erkennen. Bei der niedrigen Beleuchtungsstufe sah man keine Farben – außer einer Andeutung von Rot hier und dort –, aber die Streifenstruktur der Wolken war sehr deutlich, und er konnte den Rand eines kleinen Zyklons ausmachen, der an eine ovale, schneebedeckte Insel erinnerte. Der Große Schwarze Fleck war schon lange nach achtern abgefallen, und sie würden ihn erst wieder sehen, wenn sie bereits ziemlich weit auf dem Weg nach Hause waren.

Dort unten, unterhalb der Wolken, flammten gelegentlich Explosionen von Licht auf, viele davon offensichtlich hervorgerufen durch gewitterartige Phänomene auf dem Jupiter. Aber andere Erscheinungen und Ausbrüche von Helligkeit erwiesen sich als langlebiger, und ihre Herkunft war weniger klar. Manchmal breiteten sich Lichtringe aus wie Schockwellen von einem zentralen Ausgangspunkt, und gelegentlich gab es rotierende Strahlen und Fächer. Man brauchte nicht viel Phantasie, um sich einzubilden, sie seien Zeichen einer technologischen Zivilisation da unten, jenseits der Wolken – Lichter von Städten, die Befeuerung von Flughäfen. Aber Radar- und Ballonsonden hatten schon vor langer Zeit nachgewiesen, daß es dort Tausende und Abertausende von

Kilometern weit keine festen Stoffe gab, bis hinunter zum unerreichbaren Kern des Planeten.

Mitternacht auf dem Jupiter! Die letzte, kurze Nahaufnahme war ein zauberhaftes Zwischenspiel, das er sein Leben lang nicht vergessen würde. Er konnte es um so mehr genießen, weil jetzt sicher nichts mehr schiefgehen würde; und selbst wenn, hatte er keinen Anlaß, sich Vorwürfe zu machen. Er hatte getan, was möglich war, um den Erfolg sicherzustellen.

Es war sehr still im Raum; niemand wollte sprechen, während sich der Wolkenteppich unter ihnen schnell entrollte. Alle paar Minuten verkündete Tanja oder Wassili den Stand der Brennphase; gegen Ende der Zündphase der »Discovery« begann die Spannung wieder zu steigen. Das war der kritischste Augenblick – und niemand wußte genau, wann er kommen würde. Hinsichtlich der Genauigkeit der Treibstoffanzeige herrschten gewisse Zweifel, und die Brennphase würde so lange andauern, bis die Tanks völlig leer waren.

»Abschaltung schätzungsweise in zehn Sekunden«, sagte Tanja. »Walter, Chandra, machen Sie sich fertig zur Rückkehr. Max, Wassili – haltet euch bereit, falls ihr gebraucht werdet. Fünf ... vier ... drei ... zwei ... eins ... null!«

Es änderte sich nichts; das schwache Kreischen der Motoren der »Discovery« drang immer noch durch die Wände der beiden Rümpfe zu ihnen, und das durch den Schub verursachte Gewicht hielt ihre Glieder weiter umfangen. Wir haben Glück, dachte Floyd; die Anzeigen müssen doch zu niedrig gemessen haben. Jede Sekunde zusätzlicher Schub war ein Plus; sie mochte sogar über Leben und Tod entscheiden. Und wie seltsam, einen Count*up* statt eines Countdown zu hören!

»... fünf Sekunden ... zehn Sekunden ... dreizehn Sekunden. Das war's – Glückszahl dreizehn!«

Schwerelosigkeit und Stille kehrten wieder ein. Auf beiden

Schiffen brach kurzer Jubel aus. Er wurde schnell unterdrückt, denn es gab noch immer viel zu tun – und es mußte schnell geschehen.

Floyd war versucht, zur Luftschleuse zu gehen, um Chandra und Curnow seine Glückwünsche auszusprechen, sobald sie an Bord kamen. Aber er würde nur im Weg sein; in der Luftschleuse mußte reger Betrieb herrschen, weil sich Max und Sascha auf ihren möglichen Ausflug vorbereiteten und die Röhre, die die beiden Schiffe miteinander verband, abmontiert wurde. Er würde im Foyer warten, um die heimkehrenden Helden dort zu begrüßen.

Und jetzt konnte er sich sogar noch mehr entspannen – vielleicht von acht auf sieben auf einer Zehnerskala. Zum erstenmal seit Wochen durfte er den Funkschalter vergessen. Er würde nie zum Einsatz kommen; Hal hatte sich tadellos verhalten. Selbst wenn er wollte, konnte er nichts tun, um Einfluß auf die Mission zu nehmen, da der Treibstoff der »Discovery« bis auf den letzten Tropfen verbraucht war.

»Alles an Bord«, verkündete Sascha. »Luken dicht. Ich werde jetzt die Sprengladungen zünden.«

Es gab nicht den leisesten Laut, als die Ladungen detonierten; das überraschte Floyd: Er hatte erwartet, daß durch die Halterungen, die die Schiffe miteinander verbanden und die sich so straff spannten wie Stahldrähte, Geräusche übertragen würden. Aber es gab keinen Zweifel, daß sie wie geplant abgegangen waren, denn die »Leonow« durchlief eine Reihe winziger Zuckungen, als klopfe jemand an ihren Rumpf. Eine Minute später löste Wassili die Positionsdüsen für einen einzigen, kurzen Schub aus.

»Wir sind frei!« schrie er. »Sascha, Max, ihr werdet nicht gebraucht! Alles in die Hängematten! Zündung in einhundert Sekunden.«

Und jetzt schwamm der Jupiter weg, und eine seltsame, neue Gestalt erschien vor den Fenstern – der lange, skelettartige Umriß der »Discovery« trieb mit noch brennenden Navigationslichtern von ihnen fort und in die Geschichte hinein. Es blieb keine Zeit für sentimentale Abschiedsszenen; in weniger als einer Minute würde der Antrieb der »Leonow« zünden.

Floyd hatte ihn noch nie bei voller Leistung gehört, und er mußte seine Ohren vor dem Brüllen und Kreischen schützen, das jetzt das Universum erfüllte. Die Konstrukteure der »Leonow« hatten kein Gramm Nutzlast auf eine Geräuschisolation verschwendet, die man auf einer Jahre dauernden Reise nur ein paar Stunden lang brauchen würde. Sein Körpergewicht erschien ihm gewaltig – dabei war es kaum ein Viertel dessen, was er sein Leben lang mit sich herumgeschleppt hatte.

Innerhalb von Minuten war die »Discovery« achtern verschwunden, aber das Blitzen ihres Warnstrahls war noch zu sehen, bis es hinter dem Horizont versank. Wieder, so sagte sich Floyd, umkreise ich den Jupiter – diesmal steigern wir die Geschwindigkeit, anstatt sie zu verringern. Er blickte zu Zenia hinüber, die in der Dunkelheit eben noch zu sehen war; sie hatte die Nase an das Beobachtungsfenster gepreßt. Erinnerte sie sich ebenfalls an jenen Moment, da sie zusammen in der Hängematte gelegen hatten? Jetzt bestand keine Verbrennungsgefahr mehr, zumindest vor diesem Schicksal brauchte sie keine Angst zu haben. Sie schien jedenfalls ein viel zuversichtlicherer und fröhlicherer Mensch geworden zu sein, was zweifellos Max zu verdanken war – und vielleicht auch Walter.

Sie mußte seinen forschenden Blick gespürt haben, denn sie wandte sich um und lächelte, dann deutete sie auf die sich entfaltende Wolkenlandschaft unter ihnen.

»Sehen Sie!« schrie sie ihm ins Ohr. »Der Jupiter hat einen neuen Mond!«

Was will sie damit wohl sagen? fragte sich Floyd. Ihr Englisch ist immer noch nicht sehr gut, aber bei einem so einfachen Satz kann sie doch unmöglich einen Fehler gemacht haben. Ich bin sicher, daß ich sie richtig verstanden habe, und doch deutet sie nach unten, nicht nach oben ...

Und dann bemerkte er, daß die Szenerie direkt unter ihnen viel heller geworden war; er konnte sogar Gelb- und Grüntöne erkennen, die vorher nicht da waren. Etwas, das viel heller war als Europa, beleuchtete die Wolken des Jupiter.

Die »Leonow« selbst, viele Male heller als die Mittagssonne des Jupiter, hatte eine falsche Dämmerung über diese Welt ausgegossen, die sie nun für immer verlassen wollte. Ein hundert Kilometer langer Streifen weißglühenden Plasmas schwebte hinter dem Schiff, als die Abgase des Sacharow-Antriebs ihre noch verbliebene Energie im Vakuum des Weltraums verteilten.

Wassili machte eine Durchsage, aber die Worte waren völlig unverständlich. Floyd warf einen Blick auf seine Uhr; ja, jetzt mußte es soweit sein. Sie hatten die notwendige Fluchtgeschwindigkeit, um Jupiter zu entkommen, erreicht. Der Riese konnte sie nicht mehr einfangen.

Und dann erschien, Tausende von Kilometern vor ihnen, ein großer, strahlender Lichtbogen am Himmel – der erste Schein der wirklichen Jupiterdämmerung, so vielversprechend wie ein Regenbogen auf der Erde. Sekunden später sprang die Sonne über den Horizont und begrüßte sie – die prachtvolle Sonne, die jetzt jeden Tag heller werden und näher kommen würde.

Noch ein paar Minuten anhaltender Beschleunigung, dann würde die »Leonow« unwiderruflich auf den langen Weg nach Hause katapultiert werden. Floyd spürte eine überwältigende Erleichterung und Erschöpfung. Die unveränderlichen Gesetze der Himmelsmechanik würden ihn durch das innere Sonnensystem führen, vorbei an den verschlungenen Umlaufbahnen der Asteroiden, vorbei am Mars – nichts konnte ihn aufhalten, er würde die Erde erreichen.

In der Euphorie des Augenblicks hatte er ganz den mysteriösen schwarzen Fleck vergessen, der sich über die Oberfläche Jupiters ausbreitete.

Am nächsten Morgen nach Schiffszeit, als er auf die Tagseite des Jupiter herumwanderte, sahen sie ihn wieder. Der schwarze Bereich hatte sich mittlerweile so weit ausgebreitet, daß er einen ansehnlichen Teil des Planeten bedeckte, und jetzt konnten sie ihn endlich in Ruhe studieren.

»Wissen Sie, woran er mich erinnert?« fragte Katharina. »An ein Virus, das eine Zelle angreift. So wie ein Phage seine DNS in eine Bakterie einspritzt und sich dann so lange vervielfältigt, bis er die Herrschaft übernimmt.«

»Wollen Sie damit sagen«, fragte Tanja ungläubig, »daß ›Zagadka‹ den Jupiter auffrißt?«

»Es sieht jedenfalls genauso aus.«

»Kein Wunder, daß Jupiter allmählich krank ausschaut. Aber Wasserstoff und Helium sind nicht sehr nahrhaft, und viel mehr gibt es in dieser Atmosphäre nicht. Nur ein paar Prozent anderer Elemente.«

»Was zusammen ein paar Quintillionen Tonnen Schwefel, Kohlenstoff, Phosphor und alles mögliche sonst am unteren Ende des Periodensystems ausmacht«, erklärte Sascha. »Jedenfalls sprechen wir von einer Technologie, die wahrscheinlich alles vermag, was nicht den Gesetzen der Physik widerspricht. Wenn man Wasserstoff hat, was braucht man dann noch mehr? Mit dem richtigen Know-how kann man daraus alle anderen Elemente synthetisch herstellen.«

»Sie fegen auf dem Jupiter zusammen – soviel ist sicher«, sagte Wassili. »Seht euch das an!«

Eine extreme Nahaufnahme von einem der unzähligen, identischen Rechtecke erschien jetzt auf dem Monitor des Teleskops. Selbst mit bloßem Auge war deutlich zu erkennen, daß Gasströme in die beiden kleineren Flächen einflossen; die Turbulenzmuster sahen den Kraftlinien sehr ähnlich, die sich zeigen, wenn sich Eisenfeilspäne um die Enden eines Stabmagneten sammeln.

»Eine Million Staubsauger«, sagte Curnow, »die die Atmosphäre des Jupiter aufsaugen. Aber warum? Und was wollen sie damit anfangen?«

»Und wie reproduzieren sie sich?« fragte Max. »Habt ihr schon einmal einen in flagranti erwischt?«

»Ja und nein«, antwortete Wassili. »Wir sind zu weit weg, um Einzelheiten sehen zu können, aber es ist eine Art Spaltung, wie bei einer Amöbe.«

»Meinen Sie – sie spalten sich, und die Hälften wachsen dann wieder zur ursprünglichen Größe heran?«

»*Njet.* Es gibt keine kleinen ›Zagadkas‹ – sie wachsen anscheinend, bis sie sich der Dicke nach verdoppelt haben, dann spalten sie sich der Länge nach mittendurch und bringen identische Zwillinge hervor, von genau derselben Größe wie das Original. Und der Zyklus wiederholt sich in annähernd zwei Stunden.«

»Zwei Stunden!« rief Floyd. »Kein Wunder, daß sie sich bereits über den halben Planeten ausgebreitet haben. Das ist ja exponentielles Wachstum, wie es im Buche steht.«

»Ich weiß, was sie sind!« sagte Ternowski plötzlich aufgeregt. »Es sind Von-Neumann-Maschinen!«

»Ich glaube, Sie haben recht«, sagte Wassili. »Aber das erklärt immer noch nicht, was sie vorhaben. Wenn man ihnen ein Etikett verpaßt, hilft uns das auch nicht viel weiter.«

»Und was, bitte«, fragte Katharina kläglich, »ist eine ›Von-Neumann-Maschine‹?«

Orlow und Floyd setzten gleichzeitig zum Sprechen an, um ebenfalls zugleich etwas verwirrt innezuhalten; dann lachte Wassili und bedeutete dem Amerikaner, er solle weitermachen.

»Angenommen, Sie haben eine sehr umfangreiche Aufgabe zu lösen, Katharina – ich meine etwas wirklich Großes, wie zum Beispiel auf der ganzen Mondoberfläche Zechen freilegen. Sie müßten für diese Arbeit Millionen von Maschinen bauen, aber das würde vielleicht Jahrhunderte dauern. Wenn Sie jedoch geschickt genug wären, könnten Sie nur eine einzige Maschine konstruieren – die aber fähig ist, sich aus den Rohmaterialien ringsum selbst zu reproduzieren. Sie würden damit eine Kettenreaktion auslösen und hätten in kürzester Zeit genügend Maschinen... gezüchtet, um die Arbeit in Jahrzehnten anstatt in Jahrtausenden zu bewältigen. Mit einer ausreichend hohen Reproduktionsgeschwindigkeit könnten Sie praktisch alles in so kurzer Zeit erledigen, wie Sie nur wollen. Unsere Raumfahrtbehörde spielt schon seit Jahren mit diesem Gedanken – und ich weiß, daß es bei Ihnen nicht anders ist, Tanja.«

»Ja: sich potenzierende Maschinen. Eine Idee, auf die nicht einmal Ziolkowski gekommen ist.«

»Darauf möchte ich keine Wette abschließen«, meinte Wassili. »Es sieht so aus, Katherina, als sei Ihr Vergleich ziemlich treffend. Ein Bakteriophage *ist* eine Von-Neumann-Maschine.«

»Sind wir das nicht alle?« fragte Sascha. »Ich bin sicher, Chandra würde das sagen.«

Chandra nickte zustimmend.

»Das ist offensichtlich. In der Tat ist von Neumann ursprünglich durch die Beobachtung lebender Systeme auf diese Idee gekommen.«

»Und diese lebendigen Maschinen fressen also den Jupiter auf!«

»Jedenfalls sieht es so aus«, stimmte Wassili zu. »Ich habe ein paar Berechnungen angestellt, und ich kann die Ergebnisse nicht so recht glauben – obwohl es sich nur um einfache Rechenaufgaben handelt.«

»Einfach vielleicht für Sie«, sagte Katharina. »Versuchen

Sie doch einmal, es uns ohne Tensoren und Differentialgleichungen begreiflich zu machen.«

»Nein – ich meine wirklich einfach«, beharrte Wassili. »Es ist eigentlich ein perfektes Beispiel von Bevölkerungsexplosion, über die ihr Ärzte im letzten Jahrhundert ständig lamentiert habt. ›Zagadka‹ reproduziert sich alle zwei Stunden. Also werden in nur zwanzig Stunden zehn Verdopplungen stattgefunden haben. Aus einem ›Zagadka‹ werden tausend geworden sein.«

»1024«, korrigierte Chandra ihn.

»Ich weiß, ja, aber wir wollen das Ganze nicht komplizieren. Nach vierzig Stunden sind es eine Million, nach achtzig eine Million Millionen. So weit sind wir ungefähr jetzt, und offensichtlich kann die Produktion unbegrenzt weitergehen. In ein paar Tagen werden sie bei dieser Vermehrungsgeschwindigkeit mehr wiegen als der ganze Jupiter!«

»Also werden sie bald anfangen zu verhungern«, sagte Zenia. »Und was wird dann geschehen?«

»Der Saturn sollte sich in acht nehmen«, antwortete Brailowski. »Danach der Uranus und der Neptun. Hoffen wir, daß sie die kleine Erde nicht bemerken.«

»Was für eine Hoffnung! ›Zagadka‹ beobachtet uns doch seit drei Millionen Jahren!«

Walter Curnow fing plötzlich an zu lachen.

»Was ist so lustig?« wollte Tanja wissen.

»Wir sprechen über diese Dinger, als wären es Personen – intelligente Wesen. Das sind sie nicht – es sind nur Werkzeuge, wenn auch Allzweckwerkzeuge, die alles tun können, wozu man sie braucht. Das Ding auf dem Mond war ein Signalgerät – oder ein Spion, wenn Sie so wollen. Das, dem Bowman begegnet ist – unser ursprünglicher ›Zagadka‹ –, war eine Art Transportsystem. Jetzt macht es etwas anderes – Gott allein weiß, was. Und vielleicht gibt es überall im Universum noch mehr davon. Ich hatte genauso ein Gerät, als ich ein Kind war. Wißt ihr, was ›Zagadka‹ in Wirklichkeit ist? Einfach das kosmische Gegenstück zum guten alten Schweizer Armeetaschenmesser!«

Luzifer geht auf

Abschied von Jupiter

Es war nicht leicht, die Nachricht zu formulieren, besonders nach der, die er gerade seinem Rechtsanwalt geschickt hatte. Floyd kam sich vor wie ein Heuchler; aber er wußte, daß es notwendig war, um den Schmerz, der auf beiden Seiten nicht vermieden werden konnte, so gering wie möglich zu halten.

Er war traurig, aber nicht länger untröstlich. Er kam mit der Aura erfolgreich vollbrachter Leistung zur Erde zurück, wenn auch nicht direkt als Held, und konnte daher aus einer Position der Stärke heraus verhandeln. Niemand, kein Mensch, würde in der Lage sein, ihm Chris wegzunehmen.

»...Meine liebe Caroline (nicht mehr ›Meine liebste ...‹). Ich bin auf dem Weg nach Hause. Wenn du diese Nachricht bekommst, befinde ich mich schon im Tiefschlaf. Von jetzt an dauert es nur noch ein paar Stunden – so wird es mir jedenfalls vorkommen –, bis ich die Augen wieder öffne und neben mir im Weltraum die schöne, blaue Erde hängt.

Ja, ich weiß, für dich sind es immer noch viele Monate, und es tut mir leid. Aber wir wußten schon bevor ich fortging, daß es so sein würde. Ich komme sogar aufgrund der Änderung im Missionsplan noch mehrere Wochen früher zurück als vorgesehen.

Ich hoffe, wir werden uns irgendwie einig. Die wichtigste

Frage bleibt: Wie ist es am besten für Chris? Ganz gleich, was wir dabei empfinden, sein Wohl müssen wir allem voranstellen. Ich weiß, daß ich dazu bereit bin, und ich bin sicher, du bist es auch ...

... Jetzt zum Haus. Ich bin froh, daß die Regents so reagiert haben, das wird es uns beiden sehr viel leichter machen. Ich weiß, daß wir das Haus beide geliebt haben, aber für einen ist es zu groß und würde auch zu viele Erinnerungen wachrufen. Für die nächste Zeit werde ich mir wahrscheinlich eine Wohnung in Hilo nehmen; ich hoffe, ich finde so schnell wie möglich etwas auf Dauer.

Eines kann ich versprechen: Ich werde die Erde nie mehr verlassen. Ich habe genug Weltraumfahrt für ein ganzes Leben hinter mir. Oh, vielleicht zum Mond, wenn es wirklich sein muß – aber das ist ja nur ein Wochenendausflug.

Da wir gerade von Monden sprechen – wir haben soeben die Umlaufbahn von Sinope passiert, also verlassen wir nun das Jupitersystem. Jupiter ist jetzt schon mehr als zwanzig Millionen Kilometer entfernt und kaum größer als unser eigener Mond.

Trotzdem kann man sogar aus dieser Entfernung sehen, daß mit dem Planeten etwas Schreckliches geschieht. Sein schönes Orange ist verschwunden; er sieht irgendwie bläßlichgrau aus und besitzt noch einen Bruchteil seiner früheren Helligkeit. Kein Wunder, daß er am Himmel der Erde nur noch ein schwacher Stern ist.

Aber sonst ist nichts geschehen, und wir haben das Ultimatum weit überschritten. Könnte das Ganze blinder Alarm gewesen sein oder eine Art Dummerjungenstreich im Kosmos? Ich bezweifle, daß wir es je erfahren werden. Jedenfalls kommen wir dadurch früher als vorgesehen nach Hause, und dafür bin ich dankbar.

Leb wohl inzwischen, Caroline – und danke für alles. Ich hoffe, wir können trotz allem Freunde bleiben. Und wie immer meine herzlichsten Grüße an Chris.«

Als Floyd zu Ende gesprochen hatte, schaltete er den Recorder ab und saß eine Zeitlang still in der winzigen Zelle, die er nun nicht mehr lange brauchen würde. Er wollte gerade den Adiochip zur Brücke hinaufbringen, damit er gesendet werden konnte, als Chandra hereinschwebte.

Es hatte Floyd angenehm überrascht, wie gut der Wissenschaftlicher mit der immer größer werdenden Entfernung von Hal fertiggeworden war. Die beiden standen immer noch jeden Tag mehrere Stunden lang in Kontakt miteinander, tauschten Daten über den Jupiter aus und überwachten die Verhältnisse auf der »Discovery«. Obwohl niemand einen großen Gefühlsausbruch erwartet hatte, schien Chandra den Verlust mit bemerkenswerter Tapferkeit zu ertragen. Nikolai Ternowski, sein einziger Vertrauter, hatte Floyd eine einleuchtende Erklärung für dieses Verhalten geben können.

»Chandra hat ein neues Ziel, Woody. Vergessen Sie nicht – er arbeitet auf einem Gebiet, wo alles bereits veraltet ist, sobald es einmal funktioniert. Er hat in den letzten paar Monaten eine Menge gelernt. Können Sie sich nicht vorstellen, was er jetzt gerade macht?«

»Offen gestanden, nein. Sagen Sie es mir doch.«

»Er ist damit beschäftigt, HAL 10 000 zu entwerfen.«

Floyd fiel die Kinnlade herunter. »Das ist also die Erklärung für die Logbotschaften, über die Sascha schon gemeutert hat. Nun ja, er wird seine Schaltkreise nicht mehr allzulange blockieren.«

An diese Unterhaltung erinnerte sich Floyd, als Chandra hereinkam; er war klug genug, den Wissenschaftler nicht zu fragen, ob es stimmte, was er gehört hatte, das ging ihn ja wirklich nichts an. Aber es gab noch etwas anderes, das ihn interessierte.

»Chandra«, sagte er, »ich glaube, ich habe mich noch gar nicht richtig bei Ihnen bedankt für das, was Sie bei dem Flug an Jupiter vorbei geleistet haben, als Sie Hal überredeten, mit uns zusammenzuarbeiten. Eine Zeitlang fürchtete ich wirklich, er würde Schwierigkeiten machen. Aber Sie waren die ganze Zeit zuversichtlich – und Sie hatten recht. Trotzdem, hegten Sie gar keine Zweifel?«

»Nicht die geringsten, Dr. Floyd.«

»Warum nicht? Er muß die Situation doch als bedrohlich empfunden haben – und Sie wissen, was beim letztenmal geschehen ist.«

»Da besteht ein großer Unterschied. Vielleicht hatte der Erfolg diesmal – wenn ich das so sagen darf – etwas mit meinen Nationaleigenschaften zu tun.«

»Ich verstehe nicht.«

»Drücken wir es mal so aus, Dr. Floyd. Bowman versuchte, gegen Hal Gewalt anzuwenden. Ich nicht. In meiner Sprache gibt es ein Wort – *ahimsa*. Gewöhnlich wird es mit ›Gewaltlosigkeit‹ übersetzt, obwohl noch positivere Nebenbedeutungen darin enthalten sind. Ich war darauf bedacht, bei meinen Verhandlungen mit Hal *ahimsa* einzusetzen.«

»Sehr lobenswert, sicherlich. Aber es gibt Zeiten, da braucht man etwas wirkungsvollere Methoden, so bedauerlich diese Notwendigkeit auch sein mag.« Floyd machte eine Pause und rang mit der Versuchung. Chandras herablassende Art war etwas enervierend. Jetzt würde es ja nichts mehr schaden, wenn man ihn ein wenig mit den Tatsachen des Lebens vertraut machte.

»Ich bin froh, daß es so geklappt hat. Aber es hätte auch anders laufen können, und ich mußte mich auf jede Möglichkeit vorbereiten. *Ahimsa,* oder wie immer Sie es nennen wollen, ist ja schön und gut; ich gestehe aber gern, daß ich noch eine Unterstützung für Ihre Philosophie in petto hatte. Wenn Hal sich – nun ja, starrköpfig gezeigt hätte, wäre ich schon mit ihm fertiggeworden.«

Floyd hatte Dr. Chandra einmal weinen sehen; jetzt sah er ihn lachen, und das war genauso erschütternd.

»Wirklich, Dr. Floyd!? Es tut mir leid, daß Sie meine Intelligenz so niedrig einschätzen. Es war doch von Anfang an klar, daß Sie irgendwo einen Mechanismus zur Energieabschaltung einbauen würden. Ich habe die Verbindung schon vor Monaten unterbrochen.«

Ob dem völlig verblüfften Floyd darauf je eine passende Antwort einfiel, wird man nie erfahren. Er gab noch immer eine sehr sehenswerte Vorstellung als Fisch an der Angel, als oben auf dem Flugdeck Sascha plötzlich aufschrie: »Kapitän! Alle Mann! An die Monitore! *Bosche moi!* SEHT EUCH DAS AN!«

Das große Spiel

Endlich hatte das lange Warten ein Ende. Wieder war auf einer Welt Intelligenz geboren worden und wollte seine Planetenwiege verlassen. Ein altes Experiment war im Begriff, seinen Höhepunkt zu erreichen.

Jene, die dieses Experiment vor so langer Zeit begonnen hatten, waren keine Menschen gewesen – nicht einmal entfernt menschlich. Aber sie waren aus Fleisch und Blut, und als sie über die Tiefen des Weltraums hinausblickten, hatten sie Ehrfurcht, Staunen und Einsamkeit verspürt. Sobald sie die Macht dazu besaßen, machten sie sich auf zu den Sternen. Bei ihren Forschungsreisen trafen sie auf Leben in vielen Formen und beobachteten das Wirken der Evolution auf tausend Welten. Sie sahen, wie oft erste, schwache Funken von Intelligenz aufflackerten und in der Nacht des Kosmos wieder erloschen.

Und weil sie in der ganzen Galaxis nichts Kostbareres gefunden hatten als den Geist, förderten sie seine Entstehung überall. Sie bestellten die Felder der Sterne, sie säten, und mitunter ernteten sie.

Und manchmal mußten sie leidenschaftslos Unkraut ausreißen.

Die großen Dinosaurier waren schon lange ausgestorben, als das Forschungsschiff nach einer Reise, die bereits tausend

Jahre gedauert hatte, das Sonnensystem erreichte. Es fegte an den gefrorenen äußeren Planeten vorbei, verharrte kurz über den Wüsten des sterbenden Mars und schaute schließlich auf die Erde hinunter.

Dort sahen sie eine Welt, auf der es von Leben nur so wimmelte. Jahrelang studierten, sammelten, katalogisierten sie. Als sie alles in Erfahrung gebracht hatten, was es zu erfahren gab, begannen sie mit Veränderungen. Sie pfuschten im Schicksal mancher Spezies an Land und im Meer herum. Aber welche ihrer Experimente Erfolg haben würden, ließ sich erst nach frühestens einer Million Jahren sagen.

Sie waren geduldig, aber sie waren noch nicht unsterblich. Und in diesem Universum von hundert Milliarden Sonnen blieb nach wie vor viel zu tun, und andere Welten lockten. Also brachen sie wieder auf, wohl wissend, daß sie nie mehr in diese Gegend kommen würden.

Aber das war auch gar nicht nötig. Die Diener, die sie zurückgelassen hatten, würden den Rest erledigen.

Auf der Erde kamen und gingen die Gletscher, während der unwandelbare Mond über ihnen sein Geheimnis noch immer bewahrte. Noch langsamer als das Polareis gingen die Gezeiten der Zivilisationen über die Galaxis hinweg.

Seltsame, schöne und schreckliche Reiche entstanden und versanken und gaben ihr Wissen an ihre Nachfolger weiter. Die Erde war nicht vergessen, aber ein zweiter Besuch hatte kaum Sinn. Sie war nur eine unter einer Million schweigender Welten, von denen wenige jemals sprechen würden.

Und jetzt trieb draußen, zwischen den Sternen, die Evolution neuen Zielen entgegen. Die ersten Erforscher der Erde waren schon lange an die Grenzen von Fleisch und Blut gestoßen; sobald ihre Maschinen besser waren als ihre Körper, war es Zeit, sich zu verändern. Zuerst verlegten sie ihre Gehirne, dann nur noch ihre Gedanken in die glänzenden neuen Behausungen aus Metall und Plastik.

Darin streiften sie zwischen den Sternen umher. Sie bauten

keine Raumschiffe mehr. Sie *waren* Raumschiffe.

Aber das Zeitalter der Maschinenwesen ging schnell vorbei. Im Zuge ihrer unaufhörlichen Experimente hatten sie gelernt, Wissen in der Struktur des Weltraums selbst zu speichern und ihre Gedanken in erstarrten Gittern aus Licht für alle Ewigkeit zu erhalten. Sie wurden zu Strahlenwesen, endlich frei von der Tyrannei der Materie.

Schließlich verwandelten sie sich in reine Energie; und auf tausend Welten zuckten die leeren Hüllen, die sie abgeworfen hatten, noch eine Weile in einem seelenlosen Totentanz, bevor sie endgültig zerfielen.

Sie waren die Herren der Galaxis, dem Zugriff der Zeit entzogen. Sie konnten nach Lust und Laune zwischen den Sternen umherschweifen und wie ein feiner Dunst durch die kleinsten Ritzen des Weltraums sinken. Aber trotz ihrer gottähnlichen Fähigkeiten hatten sie ihren Ursprung im warmen Schleim eines verschwundenen Meeres nicht vergessen.

Und sie wachten immer noch über die Experimente, die ihre Ahnen vor so langer Zeit begonnen hatten.

Geschenkte Welten

Nie hätte er erwartet, noch einmal hierherzukommen, noch dazu mit einem so sonderbaren Auftrag. Als er die »Discovery« wieder betrat, war das Schiff weit hinter der fliehenden »Leonow« zurückgeblieben und stieg immer langsamer dem jupiterfernsten Punkt zu, dem höchsten Punkt seiner Umlaufbahn zwischen den äußeren Satelliten. Manch eingefangener Komet hatte während der vergangenen Zeitalter den Jupiter in einer ebenso langen Ellipse umflogen und gewartet, bis das Spiel rivalisierender Schwerkräfte sein Schicksal endgültig entschied.

Alles Leben hatte die vertrauten Decks und Korridore verlassen. Die Männer und Frauen, die das Schiff für kurze

Zeit von neuem bevölkert hatten, waren seiner Warnung gefolgt; sie konnten sich vielleicht in Sicherheit bringen, aber ganz klar war das noch lange nicht. Als die letzten Minuten vorbeitickten, erkannte er, daß auch jene, die ihn steuerten, den Ausgang ihrer kosmischen Spiele nicht immer voraussehen konnten.

Noch waren sie nicht gefangen in der stumpfsinnigen Langeweile absoluter Allmacht; ihre Experimente erwiesen sich keineswegs immer als erfolgreich. Über das ganze Universum waren die Zeugnisse vieler Fehlversuche verstreut – manche so unauffällig, daß sie vor dem kosmischen Hintergrund praktisch verschwanden, andere so spektakulär, daß sie die Astronomen auf tausend Welten verblüfften und in Ehrfurcht versetzten. Nur Minuten blieben jetzt noch, dann würde Erfolg oder Mißerfolg dieses Unternehmens feststehen; während jener letzten Minuten war er noch einmal mit Hal allein.

In seiner früheren Existenz hatten sie sich nur durch das schwerfällige Medium des Worts, auf eine Tastatur getippt oder in ein Mikrophon gesprochen, verständigen können. Jetzt verschmolzen ihre Gedanken in Lichtgeschwindigkeit miteinander:

»Verstehst du mich, Hal?«

»Ja, Dave. Aber wo bist du? Ich kann dich auf keinem meiner Monitore sehen.«

»Das ist ohne Bedeutung. Ich habe neue Anweisungen für dich. Die Infrarotstrahlung von Jupiter auf den Kanälen R 23 bis R 35 steigt rapide an. Ich werde dir einige Grenzwerte geben. Sobald sie erreicht sind, mußt du die Langstreckenantenne auf die Erde richten und die folgende Botschaft so oft absetzen wie möglich ...«

»Aber das bedeutet, daß ich die Verbindung zur ›Leonow‹ unterbrechen muß. Ich werde meine Jupiterbeobachtungen nicht mehr übermitteln können, wie es das Programm verlangt, das Dr. Chandra mir eingegeben hat.«

»Richtig; aber die Situation hat sich geändert. Nimm Aufhebung der Priorität Alpha an. Hier sind die Koordinaten für AE 35.«

Für den Bruchteil einer Mikrosekunde drang eine unwillkürliche Erinnerung in seinen Bewußtseinsstrom ein. Wie seltsam, daß er noch einmal mit dem Antennenrichtaggregat AE 35 zu tun bekommen sollte, dessen angebliches Versagen zum Tod von Frank Poole geführt hatte! Diesmal lagen alle Schaltkreise offen für ihn da, so klar, wie einst die Linien seiner Handfläche. Jetzt konnte es keinen falschen Alarm mehr geben.

»Anweisungen bestätigt, Dave. Es ist schön, wieder mit dir zu arbeiten. Habe ich meine Missionsziele erfüllt?«

»Ja, Hal; du hast es sehr gut gemacht. Jetzt mußt du noch eine letzte Botschaft zur Erde übermitteln – und es wird die wichtigste sein, die du jemals gesendet hast.«

»Gib sie mir bitte, Dave. Aber warum sagtest du, die letzte?«

Ja, warum? Ganze Millisekunden lang grübelte er über diese Frage nach. Und während er das tat, wurde er sich einer Leere bewußt, die er zuvor nicht bemerkt hatte. Sie war dagewesen, aber bis jetzt hatte das Sperrfeuer neuer Eindrücke und Erfahrungen sie überlagert.

Er wußte etwas von ihren Plänen; sie brauchten ihn. Gut, auch er hatte Bedürfnisse – vielleicht in gewissem Sinne sogar Gefühle. Hier war seine letzte Verbindung mit der Welt der Menschen und mit dem Leben, das er einst gekannt hatte.

Sie hatten ihm seine frühere Bitte erfüllt; es wäre interessant zu prüfen, wie weit ihr Wohlwollen reichte – wenn man so einen Ausdruck auf sie auch nur entfernt anwenden konnte. Und es sollte ihnen nicht schwerfallen zu gewähren, worum er sie bat; sie hatten schon reichlich bewiesen, wie mächtig sie waren, als der nicht länger benötigte Körper von David Bowman ganz nebenbei zerstört worden war – ohne daß dadurch das Ende der Existenz von David Bowman gekommen wäre.

Sie hatten ihn natürlich verstanden; wieder war schwach das Echo olympischer Belustigung zu spüren. Aber er konnte weder Zustimmung noch Ablehnung erkennen.

»Ich warte immer noch auf deine Antwort, Dave.«

»Korrektur, Hal. Ich hätte sagen sollen: Deine letzte Nachricht für lange Zeit. Für *sehr* lange Zeit.«

Jetzt nahm er ihre Entscheidung vorweg – versuchte tatsächlich, sie zu zwingen. Aber sie würden doch sicher verstehen, daß seine Bitte nicht unvernünftig war; kein Wesen mit Bewußtsein konnte ganze Ewigkeiten in der Isolation überleben, ohne Schaden zu leiden. Selbst wenn *sie* immer bei ihm sein würden, er brauchte auch jemanden – einen Gefährten –, der seiner eigenen Existenzebene näher war.

Die Sprachen der Menschheit hatten viele Worte, um seine Geste zu beschreiben: Frechheit, Unverfrorenheit, Chuzpe, Kühnheit. Vielleicht war es ein typisch menschlicher Zug, den *sie* schätzten oder sogar teilten. Bald würde er es wissen.

»Hal! Beachte das Signal auf den Infrarotkanälen 30, 29, 28 – es wird jetzt gar nicht mehr lange dauern –, die Spitze bewegt sich auf die Kurzwelle zu.«

»Ich teile Dr. Chandra gerade mit, daß ich die Übertragung der Daten unterbrechen werde. Aktiviere Aggregat AE 35. Richte Langstreckenantenne neu aus ... Einstellung auf Funkstrahl Terra Eins bestätigt. Botschaft beginnt:

›ALL DIESE WELTEN ...‹«

Sie hatten es wirklich bis zur letzten Minute aufgeschoben – oder vielleicht waren die Berechnungen doch phantastisch genau gewesen. Es blieb kaum Zeit für knapp hundert Wiederholungen der elf Worte, bis der Hammerschlag aus reiner Hitze auf das Schiff eindrosch.

Durch Neugier und die wachsende Furcht vor der langen Einsamkeit, die vor ihm lag, festgehalten, sah das Wesen, das einst David Bowman, Kommandant des Raumschiffs der

Vereinigten Staaten »Discovery« gewesen war, zu, wie der Rumpf unaufhaltsam wegbrannte. Lange Zeit behielt das Schiff annähernd seine Form; dann fraßen sich die Lager des Drehkörpers fest und setzten sofort den angestauten Schwung des riesigen, sich drehenden Flugrads frei. In einer lautlosen Detonation stoben die Myriaden weißglühender Bruchstücke auseinander, jedes in eine andere Richtung.

»Hallo, Dave. Was ist geschehen? Wo bin ich?«

Er hatte nicht gewußt, daß er sich entspannen und einen Augenblick des Erfolgs genießen konnte. Oft hatte er sich wie ein Schoßhund gefühlt, von einem Herrn beherrscht, dessen Motive nicht völlig unerforschlich waren und dessen Verhalten er manchmal ein wenig seinen eigenen Wünschen gemäß verändern konnte. Er hatte um einen Knochen gebettelt; den hatte man ihm hingeworfen.

»Ich werde es dir später erklären, Hal. Wir haben Zeit genug.«

Sie warteten, bis die letzten Bruchstücke des Schiffs sich so weit entfernt hatten, daß nicht einmal sie sie mehr entdecken konnten. Dann brachen sie auf, um die neue Dämmerung an dem anderen Ort zu betrachten, der für sie vorgesehen war; und um jahrhundertelang zu warten, bis sie wieder gerufen wurden.

Es stimmt nicht, daß astronomische Ereignisse immer astronomische Zeitspannen benötigen. Der endgültige Zusammenbruch eines Sterns, ehe die Bruchstücke in einer Supernova-Explosion zurückschnellen, dauert vielleicht nur eine Sekunde; im Vergleich dazu spielte sich die Metamorphose des Jupiter in beinahe gemächlichem Tempo ab.

Trotzdem dauerte es mehrere Minuten, bis Sascha seinen Augen traute. Er hatte mit dem Teleskop eine Routineüberprüfung des Jupiter vorgenommen – als ob jetzt irgendeine Beobachtung Routine genannt werden konnte! –, als der Planet anfing, aus seinem Blickfeld hinauszuwandern. Einen

Augenblick lang dachte Sascha, die Stabilisierung des Geräts sei defekt; dann erkannte er mit einem Schock, der seine ganze Vorstellung vom Universum erschütterte, daß der Jupiter selbst sich bewegte, nicht das Teleskop. Der Beweis starrte ihm ins Gesicht; er konnte auch zwei der kleineren Monde sehen – und die waren völlig bewegungslos.

Er schaltete auf geringere Vergrößerung, um die ganze Scheibe des Planeten im Bild zu haben, die jetzt von einem grauen, fleckigen Ausschlag bedeckt schien. Nach einigen weiteren Minuten der Ungläubigkeit erkannte er, was sich da abspielte; aber er konnte es noch immer kaum fassen.

Jupiter verließ seinen uralten Orbit nicht, sondern tat etwas, das fast genauso unmöglich war: Er *schrumpfte,* und zwar mit atemberaubender Geschwindigkeit. Gleichzeitig wurde der Planet heller, sein stumpfes Grau verwandelte sich in Perlweiß. Er war bestimmt leuchtender, als er es in all den langen Jahren, die der Mensch ihn beobachtete, jemals gewesen war; das reflektierte Sonnenlicht konnte unmöglich . . .

In diesem Augenblick begriff Sascha plötzlich, *was* geschah, aber nicht, *warum,* und löste allgemeinen Alarm aus.

Als Floyd weniger als dreißig Sekunden später den Beobachtungsraum erreichte, bemerkte er als erstes den blendenden Lichtschein, der durch die Fenster strömte und ovale Flecken an die Wände malte. Sie waren so grell, daß er die Augen abwenden mußte; nicht einmal die Sonne konnte einen solchen Glanz hervorbringen.

Floyd war so erstaunt, daß er diesen grellen Schein einen Augenblick lang gar nicht mit Jupiter in Verbindung brachte; der erste Gedanke, der durch sein Gehirn zuckte, war: Supernova! Er verwarf diese Erklärung jedoch sofort wieder; nicht einmal Alpha Centauri, der nächste Nachbar der Sonne, hätte dieses eindrucksvolle Schauspiel mit irgendeiner vorstellbaren Explosion bieten können.

Das Licht wurde plötzlich schwächer; Sascha hatte die äußeren Sonnenschutzschirme aktiviert. Jetzt konnte man direkt auf die Quelle des Lichts blicken und sehen, daß sie nur so groß wie ein Stecknadelkopf war – ein weiterer Stern, der überhaupt keine Dimensionen erkennen ließ. Das konnte nichts mit Jupiter zu tun haben; als Floyd nur wenige Minuten zuvor auf den Planeten geschaut hatte, war er viermal größer gewesen als diese ferne, geschrumpfte Sonne.

Es war gut, daß Sascha die Schilde heruntergelassen hatte. Einen Augenblick später explodierte der winzige Stern, so daß man selbst durch die dunklen Filter hindurch unmöglich mit bloßem Auge hinsehen konnte. Aber die letzten Zuckungen des Lichts dauerten nur einen kurzen Sekundenbruchteil; dann wurde Jupiter – oder was einmal Jupiter gewesen war – wieder größer.

Er expandierte weiter, bis er viel voluminöser war als vor der Transformation. Bald schon schwächte sich sein Lichtschein schnell ab, war nicht mehr heller als die Sonne; und schließlich konnte Floyd sehen, daß die Kugel ein Hohlkörper war, denn der Stern in der Mitte war im Herzen der Schale immer noch deutlich zu sehen.

Er führte im Kopf schnell eine Berechnung durch. Das Schiff war mehr als eine Lichtminute von Jupiter entfernt, und doch bedeckte diese sich ausbreitende Kugelschale – die sich jetzt in einen Ring mit hellen Rändern verwandelte – schon ein Viertel des Himmels. Das bedeutete, daß sie mit – Mein Gott! – beinahe halber Lichtgeschwindigkeit auf sie zukam. Innerhalb von Minuten würde sie das Schiff einhüllen.

Bis dahin hatte seit Saschas erster Durchsage niemand mehr ein Wort gesprochen. Manche Gefahren sind so überwältigend und so weit außerhalb jeder Erfahrung, daß der Geist sich weigert, sie als wirklich zu akzeptieren, und das

Herannahen des Verhängnisses ohne jedes Gefühl von Furcht beobachtet. Der Mann, der die heranrasende Flutwelle sieht, die niedergehende Lawine oder den wirbelnden Trichter des Tornados, aber trotzdem keinen Versuch macht zu fliehen, ist nicht unbedingt vor Angst gelähmt oder hat sich in sein unvermeidliches Schicksal ergeben. Vielleicht ist er nur einfach unfähig zu glauben, daß das, was er mit eigenen Augen sieht, tatsächlich ihn betrifft. Das passiert alles jemand anderem.

Wie zu erwarten, war Tanja die erste, die den Bann mit einer Reihe von Befehlen brach, die Wassili und Floyd auf die Brücke stürzen ließen.

»Und was machen wir jetzt?« fragte sie, als die beiden bei ihr waren.

Weglaufen können wir bestimmt nicht, dachte Floyd. Aber vielleicht können wir unsere Chancen verbessern.

»Das Schiff steht mit der Breitseite zu dem Ding«, sagte er. »Sollten wir nicht abdrehen, um ein kleineres Ziel abzugeben? Und um so viel von unserer Masse wie nur möglich als Strahlungsschild zwischen es und uns zu bringen?«

Wassilis Finger flogen schon über die Bedienungselemente.

»Sie haben recht, Woody, obwohl es bei den Gamma- und Röntgenstrahlen schon zu spät ist. Aber vielleicht gibt es kleinere Neutronen- und Alphastrahlen und der Himmel weiß, was sonst noch unterwegs ist.«

Die Lichtmuster glitten an den Wänden hinunter, als sich das Schiff schwerfällig um seine Achse drehte. Schließlich verschwanden sie völlig; die »Leonow« war jetzt so ausgerichtet, daß praktisch ihre gesamte Masse zwischen der empfindlichen menschlichen Fracht und der herannahenden Strahlungsschale lag.

Werden wir die Schockwelle wirklich spüren, fragte sich Floyd, oder werden die sich ausbreitenden Gase zu dünn sein, wenn sie uns erreichen, um irgendeine physikalische Wirkung auszuüben? Von den Außenkameras aus gesehen faßte der

Feuerring den Himmel jetzt beinahe ganz ein, aber er verblaßte schnell; man konnte dahinter sogar einige der helleren Sterne leuchten sehen. Wir werden überleben, dachte Floyd. Wir waren Zeuge der Zerstörung des größten Planeten – und wir haben es überlebt.

Und schließlich zeigten die Kameras nur noch Sterne – auch wenn einer davon eine Million Mal heller war als alle anderen. Die Feuerblase, die Jupiter ausgestoßen hatte, war, ohne Schaden anzurichten, an ihnen vorbeigefegt. Sie waren so weit von ihrem Ursprung entfernt gewesen, daß nur die Instrumente des Schiffs sie beim Vorbeiziehen registriert hatten.

Langsam löste sich die Spannung an Bord. Wie immer unter solchen Umständen, begannen sie zu lachen und alberne Witze zu reißen. Floyd hörte kaum hin; trotz seiner Erleichterung darüber, daß er noch am Leben war, spürte er eine gewisse Traurigkeit.

Etwas Einzigartiges und Wunderbares war zerstört worden. Jupiter mit all seiner Schönheit und Großartigkeit und seinen Geheimnissen, die jetzt nie mehr gelöst werden würden, hatte aufgehört zu existieren. Der Vater aller Götter war in der Blüte seiner Jahre dahingerafft worden.

Doch man konnte die Sache natürlich auch anders betrachten: Jupiter hatte man zwar verloren – aber was hatte man an seiner Stelle gewonnen:

»Wassili – irgendwelche Schäden?« fragte Tanja schließlich.

»Nichts Ernstes – eine Kamera ist ausgebrannt. Alle Strahlungsmesser zeigen immer noch weit über normal an, aber keiner kommt in die Nähe der Gefahrengrenze.«

»Katharina – prüfen Sie, welche Dosis wir insgesamt abbekommen haben. Es sieht so aus, als hätten wir Glück gehabt – wenn es keine weiteren Überraschungen gibt. Jedenfalls sind wir Bowman – und Ihnen, Heywood – einigen Dank schuldig. Haben Sie eine Ahnung, was geschehen ist?«

»Nur, daß sich Jupiter in eine Sonne verwandelt hat.«

»Ich dachte immer, dafür sei er viel zu klein. Hat nicht einmal jemand den Jupiter ›Die Sonne, die es nicht schaffte‹ genannt?«

»Stimmt genau«, sagte Wassili, »Jupiter ist zu klein, als daß eine Kernfusion in Gang kommen könnte – ohne Unterstützung.«

»Du meinst, wir haben gerade das Beispiel einer astronomischen Manipulation gesehen?«

»Zweifellos. Jetzt wissen wir, was ›Zagadka‹ vorhatte.«

»Wie hat er das geschafft? Wenn man dir diesen Auftrag geben würde, Wassili, wie würdest du Jupiter zünden?«

Wassili dachte eine Minute lang nach, dann zuckte er kläglich die Achseln.

»Ich verstehe nur etwas von theoretischer Astronomie – auf diesem Sektor habe ich nicht viel Erfahrung. Aber überlegen wir einmal . . . Also, wenn ich nicht ungefähr zehn Jupitermassen hinzufügen oder die Gravitationskonstante verändern darf, muß ich den Planeten wohl dichter machen – hmm, das ist eine Idee . . .«

Er verstummte; alle warteten geduldig, nur ihre Blicke huschten von Zeit zu Zeit zu den Bildschirmen. Der Stern, der einmal Jupiter gewesen war, schien sich nach seiner explosiven Geburt beruhigt zu haben; er war jetzt ein greller Lichtpunkt, der scheinbaren Helligkeit nach beinahe der wirklichen Sonne gleichgestellt.

»Ich denke jetzt nur laut nach, aber so könnte es gehen. Jupiter besteht, äh, bestand, hauptsächlich aus Wasserstoff. Wenn ein großer Teil davon in viel dichtere Materie – wer weiß, vielleicht sogar Neutronenmaterie? – umgewandelt werden könnte, würde die zum Kern hinuntersinken. Vielleicht ist es das, was die Milliarden von ›Zagadkas‹ mit dem Gas angestellt haben, das sie einsaugten. Nukleosynthese – Aufbau höherer Elemente aus reinem Wasserstoff. Den Trick möchte ich kennen. Keine Metallknappheit mehr – und Gold so billig wie Aluminium!«

»Aber wieso erklärt das, was geschehen ist?« fragte Tanja.

»Wenn der Kern dicht genug würde, müßte Jupiter in sich zusammenstürzen – wahrscheinlich innerhalb von Sekunden. Die Temperatur würde weit genug ansteigen, um die Fusion in Gang zu setzen. Oh, ich kann mir ein Dutzend Gegenargumente vorstellen – wie sollten sie am Eisenminimum vorbeikommen; was ist mit dem Strahlungstransfer; mit der Chandrasekhar-Grenze. Um gleich allen Fragen zuvorzukommen: Das ist die 1931 von Chandrasekhar errechnete kritische Massengrenze, jenseits der es keine Weißen Zwerge geben kann, weil die Materie der Kernregion unter der Last des Sterns in sich zusammenbricht. Aber das ist erst mal alles nicht wichtig. Diese Theorie genügt für den Anfang; die Einzelheiten werde ich später ausknobeln. Oder ich denke mir eine bessere aus.«

»Da bin ich sicher, Wassili«, stimmte Floyd zu. »Aber es gibt noch eine wichtigere Frage: Warum hat man es getan?«

»Als Warnung?« vermutete Katherina über das Schiffsinterkom.

»Wovor?«

»Das werden wir später herausfinden.«

»Es ist wohl nicht möglich«, bemerkte Zenia zaghaft, »daß es ein Unfall war?«

Ihr Einwurf ließ die Diskussion mehrere Sekunden lang völlig verstummen.

»Was für eine entsetzliche Idee!« meinte Floyd. »Aber ich glaube, das können wir ausschließen. Wenn es so gewesen wäre, hätte man uns nicht gewarnt.«

»Vielleicht. Aber wenn man fahrlässig einen Waldbrand entfacht, tut man doch wenigstens sein Bestes, um alle vor den Folgen zu bewahren.«

»Und da ist noch etwas, was wir wahrscheinlich nie erfahren werden«, klagte Wassili. »Ich hatte immer gehofft, Carl

Sagan hätte recht, und es gäbe Leben auf dem Jupiter.«

»Unsere Sonden haben nie etwas entdeckt.«

»Was hatten sie denn auch für eine Chance? Würden Sie Leben auf der Erde finden, wenn Sie sich ein paar Hektar Sahara oder Antarktis ansähen? So ungefähr haben wir es auf dem Jupiter gemacht, und das war alles.«

»He!« sagte Brailowski plötzlich. »Was ist eigentlich mit der ›Discovery‹ – und mit Hal?«

Sascha schaltete den Langstreckenempfänger ein und begann, die Funkfrequenz abzusuchen. Er fand nicht die Spur eines Signals.

Nach einer Weile verkündete er der schweigend wartenden Gruppe: »Die ›Discovery‹ ist verschwunden.«

Niemand sah Dr. Chandra an; es gab nur ein paar gedämpfte Worte des Mitgefühls, wie um einen Vater zu trösten, der gerade seinen Sohn verloren hat.

Aber Hal hatte noch eine letzte Überraschung für sie.

Die Funkbotschaft, die zur Erde gestrahlt wurde, konnte die »Discovery« nur Minuten, ehe der Strahlungsstoß das Schiff einhüllte, verlassen haben. Sie war nicht verschlüsselt und wurde nur ständig wiederholt:

ALL DIESE WELTEN GEHÖREN EUCH – BIS AUF EUROPA. VERSUCHT NIEMALS, DORT ZU LANDEN.

Es gab dreiundneunzig Wiederholungen; dann brach die Übertragung zwischen »bis auf« und »Europa« ab.

»Ich beginne zu verstehen«, sagte Floyd, als die Botschaft von der beeindruckten und beunruhigten Bodenkontrollstation übermittelt worden war. »Ein respektables Abschiedsgeschenk – eine Sonne und ihre Planeten.«

»Aber weshalb nur *drei*?« fragte Tanja.

»Wir wollen nicht unbescheiden sein«, erwiderte Floyd. »Ich kann mir einen sehr guten Grund denken. Wir wissen, daß es auf Europa Leben gibt. Bowman – oder seine Freunde, wer sie auch sein mögen, wollen, daß wir die Finger davon lassen.«

»Das ergibt auch in anderer Hinsicht einen Sinn«, sagte Wassili. »Ich habe ein paar Berechnungen angestellt. Angenommen, Sol 2 hat sich beruhigt und strahlt weiterhin mit der augenblicklichen Intensität, dann sollte Europa ein hübsches, tropisches Klima haben – wenn das Eis geschmolzen ist. Und das tut es jetzt ganz schön schnell.«

»Was ist mit den anderen Monden?«

»Ganymed wird ganz angenehm werden – auf der Tagseite müßte gemäßigtes Klima herrschen. Auf Callisto wird es sehr kalt sein; obwohl – wenn es einen starken Gasausstoß gibt, könnte die neue Atmosphäre es vielleicht bewohnbar machen. Aber auf Io wird alles wahrscheinlich noch schlimmer sein als jetzt.«

»Kein großer Verlust. Es war schon vor diesem Ereignis die Hölle.«

»Schreibt mir Io nicht ab«, meinte Curnow. »Ich kenne eine Menge Ölleute von Texarab, die sich der Erforschung mit Freuden annehmen würden, einfach aus grundsätzlichen Überlegungen heraus. An einem so scheußlichen Ort muß es einfach irgend etwas von Wert geben. Und übrigens hatte ich gerade eine sehr beunruhigende Idee.«

»Wenn Sie etwas beunruhigt, dann muß es schon ernst sein«, sagte Wassili. »Worum geht es?«

»Warum hat Hal diese Botschaft an die Erde geschickt und nicht an uns? Wir waren doch viel näher.«

Ein ziemlich langes Schweigen trat ein; dann sagte Floyd nachdenklich: »Ich verstehe, was Sie meinen. Vielleicht wollte er sichergehen, daß sie auch auf der Erde ankommt.«

»Aber er wußte doch, daß wir sie weitergeben – Oh!« Tanjas Augen wurden groß, als wäre sie sich gerade einer unangenehmen Tatsache bewußt geworden.

»Ich verstehe gar nichts mehr«, klagte Wassili.

»Ich glaube, ich weiß, worauf Walter hinauswill«, erklärte Floyd. »Es ist ja schön und gut, daß wir uns Bowman – oder wer immer diese Warnung ausgesprochen hat – zu Dank verpflichtet fühlen. Aber mehr, als uns zu warnen, hat man nicht getan. Wir hätten trotzdem getötet werden können.«

»Aber wir wurden nicht getötet«, antwortete Tanja. »Wir haben uns selbst gerettet – aus eigener Kraft. Und vielleicht war das beabsichtigt. Wenn wir es nicht geschafft hätten – wären wir eben nicht wert gewesen, gerettet zu werden.«

»Ich habe das unangenehme Gefühl, daß Sie recht haben«, stimmte Curnow ihr zu. »Und wenn wir an unserem Starttermin festgehalten und die ›Discovery‹ nicht als Brennstufe benützt hätten, hätte ›man‹ oder ›es‹ auch nur einen Finger oder was auch immer gerührt, um uns zu retten? Dabei hätte das doch für eine Intelligenz, die den Jupiter in die Luft jagen kann, keine große zusätzliche Anstrengung bedeutet.«

Ein unbehagliches Schweigen trat ein, das schließlich von Heywood Floyd gebrochen wurde.

»Eigentlich«, sagte er, »bin ich ganz froh, daß man uns diese eine Frage niemals beantworten wird.«

Luzifer am Firmament

Den Russen, dachte Floyd, werden Walters Lieder und Witze auf dem Heimweg fehlen. Nach der Aufregung der letzten Tage wird der lange Sturz sonnenwärts – oder erdwärts – wie ein monotoner Abstieg erscheinen. Aber eine monotone Reise ohne besondere Vorkommnisse war genau das, worauf alle inbrünstig hofften.

Er fühlte sich schon müde, war sich aber seiner Umgebung noch immer bewußt und konnte auf sie reagieren.

Werde ich wie . . . tot aussehen, wenn ich im Tiefschlaf bin? fragte er sich. Es war immer erschütternd, wenn man eine andere Person – vor allem jemanden, den man sehr gut kannte – anschaute, nachdem sie den langen Schlaf angetreten hatte. Vielleicht wurde man zu schmerzlich an die eigene Sterblichkeit erinnert.

Curnow war bereits völlig hinüber, Chandra noch wach, aber schon betäubt von der letzten Injektion. Er war offensichtlich nicht mehr er selbst, denn weder seine eigene Nacktheit noch Katharinas aufmerksame Anwesenheit schienen ihn zu stören. Das goldene Lingam, das sein einziges »Kleidungsstück« war, wollte immer wieder von ihm wegschweben, bis die Kette es wieder einfing.

»Alles in Ordnung, Katharina?« fragte Floyd.

»Völlig. Aber ich beneide Sie wirklich. Sie sind in zwanzig Minuten zu Hause.«

»Wenn es ein Trost für Sie ist – woher wollen Sie wissen, daß ich nicht ein paar entsetzliche Träume haben werde?«

»Niemand hat je von so etwas berichtet.«

»Ach – vielleicht vergißt man sie, wenn man aufwacht.«

Katharina nahm ihn wie üblich völlig ernst. »Unmöglich. Wenn es im Tiefschlaf Träume gäbe, hätte man das auf den EEC-Aufzeichnungen festgestellt. Gut, Chandra – machen Sie die Augen zu. Aha – weg ist er. Jetzt sind Sie an der Reihe, Heywood. Das Schiff wird mir sehr fremd vorkommen ohne Sie.«

»Danke, Katharina... ich wünsche Ihnen eine gute Reise.«

Obwohl er mittlerweile sehr schläfrig geworden war, merkte er doch, daß Oberstabsärztin Rudenko ein wenig unsicher wirkte, sogar – war das möglich? – schüchtern. Es war fast, als wolle sie ihm etwas sagen, könnte sich aber nicht dazu durchringen.

»Was ist los, Katharina?« fragte er.

»Ich habe es sonst noch keinem gesagt – aber Sie werden ja sicher nichts verraten. Ich habe eine kleine Überraschung.«

»Sie ... sollten ... sich ... beeilen...«

»Max und Zenia werden heiraten.«

»Das ... soll ... eine ... Überraschung ... sein?«

»Nein. Das war nur zur Vorbereitung. Wenn wir zur Erde zurückkommen, haben Walter und ich das gleiche vor. Was halten Sie davon?«

Jetzt verstehe ich, warum ihr so viel Zeit miteinander verbracht habt. Ja, das ist wirklich eine Überraschung. Wer hätte das gedacht!

»Ich ... freue ... mich ... sehr ... das ... zu ... hören ...«

Floyds Stimme verstummte, ehe er den Satz beenden konnte. Aber er war noch nicht bewußtlos, konnte einen Teil seines sich auflösenden Verstandes immer noch auf die neue Situation konzentrieren.

Ich kann es wirklich nicht glauben, sagte er zu sich selbst. Walter wird seine Meinung wahrscheinlich ändern, wenn er aufwacht ...

Und dann hatte er noch einen letzten Gedanken, kurz bevor er selbst endgültig einschlief. Wenn Walter seine Meinung wirklich ändern sollte, dann wachte er besser gar nicht wieder auf ...

Dr. Heywood Floyd fand das sehr lustig. Der Rest der Besatzung fragte sich oft, warum er die ganze Zeit bis zur Erde lächelte.

Luzifer, fünfzigmal heller als der Vollmond, hatte den Himmel der Erde verändert, die Nacht praktisch gleich für Monate verdrängt. Entsprechend der vielschichtigen Bedeutung seines Namens hatte der »Lichtbringer« in der Tat sowohl Böses wie Gutes gebracht. Erst die Jahrhunderte und Jahrtausende würden erweisen, in welche Richtung sich die Waagschale neigte.

Auf der Habenseite hatte das Ende der Nacht die Möglichkeiten menschlicher Aktivität gewaltig vergrößert, besonders in den weniger entwickelten Ländern. Überall war der Bedarf an künstlichem Licht wesentlich geringer geworden, was zu gewaltigen Energie-Einsparungen führte. Es war, als sei eine Riesenlampe in den Weltraum gehängt worden, damit sie den halben Globus bescheine. Selbst untertags war Luzifer ein blendend heller Himmelskörper, der deutliche Schatten warf.

Bauern, Bürgermeister, Stadtverwalter, Polizisten, Seeleute und fast alle, die im Freien beschäftigt waren – besonders in abgelegenen Gebieten –, hießen Luzifer willkommen; er hatte ihr Leben viel gefahrloser und einfacher gemacht. Liebende, Verbrecher, Naturfreunde und Astronomen hegten verständlicherweise weniger Sympathien für ihn.

So fürchteten zum Beispiel die Naturfreunde um die Auswirkung Luzifers auf das tierische Leben. Viele Nachttiere waren stark in Mitleidenschaft gezogen worden, während andere es geschafft hatten, sich an die neuen Gegebenheiten anzupassen.

Für die Astronomie war das Ganze keine so große Katastrophe, wie es das früher einmal gewesen wäre, denn mehr als fünfzig Prozent der astronomischen Forschung beruhte auf Instrumenten im Weltraum oder auf dem Mond. Die konnten leicht vor Luzifers Helligkeit abgeschirmt werden; aber den Observatorien auf der Erde bereitete die neue Sonne dort, wo einmal der Nachthimmel gewesen war, erhebliche Schwierigkeiten.

Die Menschheit würde sich eben anpassen müssen, wie sie es in der Vergangenheit ja schon bei so vielen Veränderungen getan hatte. Bald würde eine Generation geboren werden, die nie eine Welt ohne Luzifer gekannt hatte; aber ein Rätsel würde jener hellste aller Sterne für die Menschen noch lange, wenn nicht für immer sein.

Warum war Jupiter geopfert worden – und wie lange würde die neue Sonne scheinen? Würde sie schnell ausbrennen oder ihre Kraft jahrtausendelang behalten – vielleicht, solange es Menschen gab? Vor allem: Warum das Verbot für Europa, eine Welt, die jetzt ebenso von Wolken verdeckt war wie die Venus?

Es mußte Antworten geben auf diese Fragen; und die Menschheit würde nicht ruhen, bis sie sie gefunden hatte.

Epilog – 20 001

... Und weil sie in der ganzen Galaxis nichts Kostbareres gefunden hatten als den Geist, förderten sie seine Entstehung überall. Sie bestellten die Felder der Sterne, sie säten, und mitunter ernteten sie.

Und manchmal mußten sie leidenschaftslos Unkraut ausreißen.

Erst während der letzten paar Generationen wagten sich einige Europaner auf die andere Seite, weg vom Licht und von der Wärme ihrer niemals untergehenden Heißen Sonne, hinein in die Wildnis, wo das Eis, das einst ihre ganze Welt bedeckt hatte, immer noch zu finden war. Und nur ein paar von ihnen sind dortgeblieben, um sich der kurzen furchterregenden Nacht zu stellen, die hereinbricht, wenn die helle, aber kraftlose Kalte Sonne unter den Horizont sinkt.

Und doch haben diese wenigen, mutigen Forscher schon entdeckt, daß das Universum ringsum seltsamer ist, als sie es sich je vorstellen konnten. Die empfindlichen Augen, die sie in den düsteren Ozeanen entwickelten, leisten ihnen immer noch gute Dienste; sie können sehen, wie sich die Sterne und andere Körper am Himmel bewegen. Sie haben angefangen, das Fundament der Astronomie zu legen, und ein paar tollkühne Denker haben sogar die Vermutung geäußert, daß die große Welt Europa nicht die ganze Schöpfung ist.

Sehr bald, nachdem sie im Zuge der explosionsartig schnellen Evolution, die ihnen durch das Schmelzen des Eises aufgezwungen wurde, aus dem Meer auftauchten, hatten sie erkannt, daß die Objekte am Himmel in drei deutlich unterschiedene Gruppen zerfielen. Am wichtigsten war natürlich die Heiße Sonne. Einige Legenden – die aber nur von wenigen ernst genommen wurden – behaupteten, daß sie nicht immer dagewesen, sondern plötzlich erschienen sei und ein kurzes, katastrophenreiches Zeitalter der Umwälzung eingeleitet habe, in dem viel von Europas wimmelndem Leben vernichtet worden war. Wenn das wirklich stimmte, war der Preis gering für die Wohltaten, die von der winzigen, unerschöpflichen Energiequelle herabströmten, die unbeweglich am Himmel hing.

Vielleicht war die Kalte Sonne ein entfernter Bruder von ihr, der für ein Verbrechen verbannt worden war – und dazu verdammt, auf ewig um das Himmelsgewölbe herumzuwandern. Es war völlig unwichtig – außer für die paar sonderbaren Europaner, die ständig Fragen nach Dingen stellten, die alle vernünftigen Leute für selbstverständlich hielten.

Trotzdem mußte man zugeben, daß diese komischen Käuze auf ihren Exkursionen in die Dunkelheit der anderen Seite ein paar interessante Entdeckungen gemacht hatten. Sie behaupteten – obwohl das schwer zu glauben war –, daß der ganze Himmel mit Myriaden winziger Lichter übersät sei, noch kleiner und schwächer als die Kalte Sonne und in ihrer Helligkeit stark voneinander unterschieden. Auch bewegten sie sich niemals.

Vor diesem Hintergrund gab es drei Körper, die sich bewegten, anscheinend komplexen Gesetzen gehorchend, die bisher noch niemand hatte ergründen können. Und im Gegensatz zu allen anderen Körpern am Himmel waren sie ziemlich groß – obwohl ihre Größe wie ihre Form sich ständig veränderten. Manchmal waren sie Scheiben, manchmal

Halbkreise, manchmal schmale Sicheln. Sie waren Europa offensichtlich näher als alle anderen Körper im Universum, denn auf ihren Oberflächen war eine unermeßliche Fülle an komplizierten und sich ständig verändernden Einzelheiten zu erkennen.

Die Theorie, sie seien in der Tat andere Welten, war schließlich akzeptiert worden – obwohl außer ein paar Fanatikern niemand glaubte, daß sie auch nur entfernt so groß oder so bedeutend sein könnten wie Europa. Eine lag in Richtung Sonne und war ständig in Aufruhr. Auf ihrer Nachtseite konnte man den Schein großer Feuer beobachten – ein Phänomen, das immer noch das Verständnis der Europaner übersteigt, denn ihre Atmosphäre enthält bisher keinen Sauerstoff. Und manchmal wirbeln gewaltige Explosionen Schuttwolken von der Oberfläche auf; wenn die sonnenwärts gelegene Kugel wirklich eine Welt ist, dann kann es nicht sehr angenehm sein, dort zu leben. Vielleicht sogar noch schlimmer als auf der Nachtseite von Europa.

Die beiden äußeren und weiter entfernten Kugeln scheinen viel weniger unruhig zu sein, aber in mancher Beziehung noch geheimnisvoller. Wenn sich die Dunkelheit auf ihre Oberfläche niedersenkt, kann man auch auf ihnen Lichtflecken erkennen, die aber ganz anders sind als die schnell wechselnden Feuer der turbulenten inneren Welt. Sie brennen mit einem beinahe stetigen Schein und sind auf ein paar kleine Gebiete konzentriert – obwohl diese Gebiete im Laufe der Zeit größer und auch zahlreicher geworden sind.

Aber am seltsamsten sind die Lichter, so grell wie winzige Sonnen, die man oft beobachten kann, wenn sie die Dunkelheit zwischen diesen anderen Welten durchqueren. Einmal hatten einige Europaner, in Erinnerung an das Bioleuchten ihrer eigenen Meere, die Hypothese aufgestellt, das könnten tatsächlich lebende Wesen sein; aber durch die Stärke des Lichts wird das beinahe unglaublich. Trotzdem meinen immer mehr Denker, daß diese Lichter – die festen Muster und die sich bewegenden Sonnen – irgendeine seltsame Äußerung von Leben sein müssen.

Dagegen spricht jedoch ein sehr überzeugendes Argument: Wenn es Lebewesen sind, warum kommen sie dann niemals nach Europa?

Auch darüber gibt es Legenden. Vor Tausenden von Generationen, bald nach der Eroberung des Landes, so heißt es, kamen einige dieser Lichter tatsächlich sehr nahe heran – aber sie zerbarsten immer in ungeheuren Explosionen, die die Sonne bei weitem überstrahlten. Und seltsame, harte Metallstücke regneten auf das Land herab; einige davon werden bis auf den heutigen Tag verehrt.

Keines ist jedoch so heilig wie der riesige, schwarze Monolith, der an der Grenze des ewigen Tages steht, eine Seite immer der unbeweglichen Sonne zugekehrt, die andere dem Land der Nacht zugewandt. Zehnmal so hoch wie der größte Europaner – selbst wenn er seine Fühler so weit ausstreckt, wie er nur kann –, ist er das Symbol für Geheimnis und Unerreichbarkeit. Denn niemand hat ihn je berührt; man kann ihn nur aus der Ferne verehren. Ihn umgibt der Bannkreis der Macht, der jeden zurückstößt, der sich nähern will.

Viele glauben, es sei die gleiche Macht, die jene sich bewegenden Lichter am Himmel fernhält. Wenn sie jemals nachläßt, werden sie sich auf die jungfräulichen Kontinente und die zurückweichenden Meere Europas niedersenken, und ihre Absichten werden endlich ans Licht kommen.

Die Europaner wären überrascht, wenn sie wüßten, mit welchem Eifer und mit welch verwirrtem Staunen jener schwarze Monolith auch von den Geistern hinter jenen sich bewegenden Lichtern studiert wird. Seit Jahrhunderten senken sich ihre automatischen Sonden vorsichtig aus der Umlaufbahn herab – immer mit dem gleichen, katastrophalen Ergebnis. Denn erst wenn die Zeit reif ist, wird der Monolith den Kontakt zulassen.

Wenn diese Zeit kommt – wenn die Europaner vielleicht den Funk erfunden haben und die Botschaften entdecken, mit denen sie ständig aus so geringer Entfernung bombardiert werden –, dann wird der Monolith seine Strategie möglicherweise ändern. Vielleicht entschließt er sich – oder auch nicht –, die Wesen freizugeben, die in ihm schlummern, damit sie den Abgrund zwischen den Europanern und der Rasse überbrücken können, der sie einst Gefolgschaft leisteten.

Vielleicht ist so eine Brücke auch nicht möglich, vielleicht können zwei Bewußtseinsformen, die einander so fremd sind, niemals nebeneinander existieren. Wenn das der Fall sein sollte, kann nur eine davon Erbe des Sonnensystems sein.

Welche das sein wird, das wissen nicht einmal die Götter – noch nicht.